EVEREST
1658

BERKUN OYA

1977 Bursa doğumlu. 1999'da M.S.Ü. Devlet Konservatuarı Tiyatro Bölümü'nden mezun oldu, aynı yıl Krek Tiyatro Topluluğu'nu kurdu. Oyun yazarı ve yönetmen olarak yurt içi ve yurt dışında birçok ödüle layık görüldü. *Radikal* gazetesinde köşe yazarlığı yaptı. Bilgi Üniversitesi'nde "Yaratıcı Süreç" üzerine dersler verdi. Yazar ve yönetmen olarak tiyatro, sinema ve televizyon alanlarında çalışmayı sürdürmektedir.

BERKUN OYA

ESNEYEN BOŞLUK

ÖYKÜLER
GAZETE YAZILARI
OYUNLAR
ve TERK EDİLMİŞ BİR ROMAN

§

Yayın No **1658**
Türkçe Edebiyat **642**

Esneyen Boşluk
Berkun Oya

Editör: Mehmet Said Aydın
Son okuma: Özge Özel
Kapak görseli: Mehdi Ghadyanloo
Kapak tasarımı: Emir Tali
Sayfa tasarımı: Muzaffer Aysu

1-2. Basım: Haziran 2017

ISBN: 978 - 605 - 185 - 155 - 6
Sertifika No: 10905

Baskı ve Cilt: Melisa Matbaacılık
Matbaa Sertifika No: 12088
Çiftehavuzlar Yolu Acar Sanayi Sitesi No: 8
Bayrampaşa/İstanbul
Tel: (0212) 674 97 23 Faks: (0212) 674 97 29

EVEREST YAYINLARI
Ticarethane Sokak No: 15 Cağaloğlu/İSTANBUL
Tel: (0212) 513 34 20-21 Faks: (0212) 512 33 76
e-posta: info@everestyayinlari.com
www.everestyayinlari.com
www.twitter.com/everestkitap
www.facebook.com/everestyayinlari
www.instagram.com/everestyayinlari

Babama

YAYIN NOTU

Kitapta yer alan gazete yazıları ve öyküler yazarla beraber tasnif edildi. *Bayrak* dışındaki oyunlar ilk kez kitaplaşıyor. "Terk Edilmiş Bir Roman" ise açık uçlu bir metin olarak ilk kez okuyucunun karşısına çıkıyor. Oyunlardaki teknik kullanımlar, dönemin şartlarını yansıtması bakımından, ilk yazıldıkları zamana göre korundu.

İÇİNDEKİLER

ÖYKÜLER

ESNEYEN BOŞLUK

Şimdi çıkıp gidiyorum bu evden, peşimden gelmeye kalkma. Bekleme beni, acıkınca üşüyünce dönerim sana sanma, gittiğim yerde karnım tok, başım hep dik olacak. Otur dendiğinde oturduğum, yat dendiğinde yattığım, istendiği an patiyi uzattığım için sevilmek utanç veriyor artık bana, hem kendimden utanıyorum hem de senin adına. Kemikleri balkon kapısının önüne bıraktım, tas temiz, epey bir mama var, ziyan olmasın, sat onları, götür veterinere geri ver, alırlar. İnsanlarla da beni konuşma, elâlemin diline düşürme, ne kendini, ne beni. Soran olursa, hastaydı, uyuttuk dersin, yalan da değil, yıllarca uyuttun beni ama açtım artık gözlerimi, kızgın değilim sana, merak etme, dargın değilim, senin de kabahatin yok, öyle görmüş, öyle öğrenmişsin, yetiştirilme meselesi bu işler. Sen artık benim içimde esneyen bir boşluksun, birbirimizi kandırmayalım, bitti, buraya kadar... İyi bak kendine, mevsim dönüyor, zibidi gibi çıkma sokağa, sıkı giyin, gece yarılarında abuk sabuk mesajlar atma insanlara, o saatte bir mesajla

---

Metinlerin sonunda yer alan künye ilk yayımlanma tarihine ilişkindir. Künyesi olmayan metinler, ilk defa bu kitapta okuyucuyla buluşmakta. [ed.n.]

kalkıp gelenlere tüm hayatını ortaya serme, her sigaraya öpücük verme, zırt pırt âşık olma. Ben aşağı sokakta o kör kızın köpeğiyle dalaşmıştım hatırlıyor musun, geçen yaz, uzun uzun suratına bakmıştık hani kızın ikimiz de, köpeği de üstüme atlamıştı benim, çıkık çeneli, kumral bir kız, hatırladın mı? Bul o kızı, dinle beni, bir bildiğim var da söylüyorum, tanıyorum seni, iyi tanıyorum. Lafımı dinle, bul o kızı... Hadi, çıkıyorum ben bu evden artık, son kez, sensiz ve tasmasız, hakkını helal et, aç kapıyı.

Köpek çıkıp gitti evden. Adam mutfak camından izledi. Köpek hiç dönüp bakmadı, ta ki köşeyi dönene kadar, tam sokağın sonundan köşeyi dönerken, bir araba geldi karşıdan, farı köpeği aydınlattı karanlık sokakta, sahnede gibi aydınlandı köpek, araba durdu. Bir süre bekledi şoför, köpek kıpırdamıyor, kornaya bastı şoför, köpek umursamıyor, sonra yavaş yavaş başını çevirdi ve mutfak camına baktı köpek. Adam bir eliyle perdeyi tutuyordu, iyice sıktı perdeyi. Arabanın şoförü, korkutup kaçırmak için köpeği, boş viteste gaza basıyor, korna çalıyordu hâlâ, kötü bir gösterinin dramatik bir finalle kurtarılmaya çalışılması gibi, ışıklar, kornalar, komşular çıktı balkona, onlar da gördü köpeği, kıpırdamıyor, dikmiş gözlerini adama bakıyordu köpek, adam bir süre daha izledi ve çekiverdi perdeyi hızla, olduğu yere çöktü. Araba hızla geçip gitti, sessizliğe gömüldü sokak. Adam bir süre öylece durdu. Sonra kalktı ayağa ve buzdolabına doğru yürüdü, hafif araladı buzdolabının kapağını, kararsızlık içinde bir süre durdu ve gözyaşlarına boğuldu.

Kış geçti, bahar geç geldi, köpekten bir daha hiç haber almadı adam, soranlara; "Apartman dairesinde olacak şey değil, bir arkadaşın çiftliğine yolladım," dedi, "ara sıra gidip görüyorum, orada iyi, daha mutlu." Aşağı sokakta dalgın dalgın yürüyordu bir gün, birden çıkık çeneli kör kızı fark etti, ona doğru yaklaşıyordu kız, köpeği yanında. Durdu adam, bekledi ve kız yanından geçerken tam konuşacaktı ki, kızın köpeği lafa girdi. "Hatırladım sizi," dedi, "o serseriyle takılıyordunuz, hayırdır görünmüyor epeydir ortalıkta." Adam cevap verdi köpeğe; "Yapamadık... Mutsuzdu buralarda, bir arkadaşın çiftliği var, orada şimdi, keyfi yerinde." Köpek alaylı gülümsedi adama ve "Tabii, tabii..." dedi, "eminim öyledir. Bu tipler hep böyle, zora gelemezler, bana hikâye uydurmanıza gerek yok, daha ilk gördüğümde anlamıştım, köpeklerin yüz karasıdır böyleleri, sahte bir gurur madalyasıyla gezerler boyunlarında, anlatır dururlar sabaha kadar, yok özgür irade, yok karşılıksız sevgi, nereden öğrenirlerse artık bu lafları, dil pabuç gibi, temel değerler sıfır. Olmadığı şeye özenenden korkacaksın, adam olsun, köpek olsun, fark etmez. İyi olmuş gittiği, sizin gibi adamın işi olmaz öylesiyle. Gerçek bir sahipsiniz siz, hissediyorum, gerçek bir sahibin karizması, bakışları var sizde, gözleriniz görüyor, sesiniz güven veriyor." Adam utandı, ne diyeceğini bilemedi, köpek devam etti sözlerine; "Yarım saate biter işim, ekmek alıp eve döneceğiz, sonra boşum, vaktiniz varsa uğramak isterim size, daha yakından tanımak isterim sizi, tabii isterseniz..." Adamın yüzü kıpkırmızı oldu, cesaretini topladı ve konuştu; "Bilmem ki nasıl olur, hem hanımefendiye de sormak gerekmez mi?" Köpek yapıştırdı cevabı; "Sadece kör değil, sağırdır hanımefendi, duymaz bizi, çişimi yapıyorum sanıyor şu anda beni, aslında çişim de yok değil ama bekleyebilirim, hatta uygun görürseniz size geldiğimde yaparım, içeri girdiğim gibi, oracıkta... Ne dersiniz?"

Köpek, kırk dakika sonra adamın evindeydi, çişini yaptı, içeri girdiği gibi. Adam kızdı köpeğe ve gazeteyle poposuna vurdu. Adamın gururu okşandı, iyi hissetti kendini. Köpek açtı ve koca bir çuval mama aylardır öylece duruyordu küçük tuvalette. Adam çıkarttı mamayı, tasa döktü, köpek soktu kafasını ve iştahla yemeye başladı.

04.01.2013, *Radikal*

KALAMAR

Komşunun bahçesindeki meşe ağacı beş yaşındaydı daha, bizim ceviz fidandı, oğlum doğmamıştı henüz, nüfus kâğıdında bekârdım, kalbim de bakir, karımla Eczacı Refik'in evindeki ilk karşılaşmamıza birkaç yıl vardı daha, yolda görse tanımazdı karım beni, oysa ben onu görsem, yine unutamazdım...

Balık pazarında ressam bir arkadaşla oturuyorduk, iri kalamar getirecekti Nusret Kaptan, ucuza verecekti, konuşmuştuk anlaşmıştık, bir şişe de şarap almıştık, kaptanın dolabına atmıştık, tekneyi bekliyorduk. Ben bir çay söyledim, arkadaş durmadan madensuyu içiyor, önce resimlerini alan zenginlerden şikâyet ediyor, sonra da almayan zenginlere küfrediyordu, arada bir boğazı kurbağa gibi şişiyor, yüzü şekilden şekile giriyordu. Birden büyük bir gümbürtü koptu, kale tarafından, yerimizden fırladık. Arkasından bir çığlık, genç bir kadın sesi. Kaleye doğru koşmaya başladık, meydana vardığımda çay fincanını hâlâ sımsıkı elimde tuttuğumu fark ettim. Belli ki bir felaket tablosunun içine sürükleniyorduk, az sonra yabancı bir acının yerlisi olacaktık, elimde çay bardağıyla olay yerine varmak uygunsuz geldi bana, felaket tablosundaki yerimi aldığımda ellerim boş olsun istedim, yavaşladım, bardağı bir ağacın dibine bıraktım, ressam arkadaş farkı açtı, beş metre kadar önümde koşuyor ve birden uzaktaki duvarın arkasından bir oğlan fırladı, taş çatlasa 15 yaşında, elinde bir tabanca, dört beş el ateş etti gelişigüzel, ressam arkadaş yere yığıldı, bir yandan can çekişiyor, bir yandan küfrediyor, avazı çıktığı kadar bağırıyor, ben bir elektrik dolabının arkasına saklandım, elim ayağım titriyor, oğlan sokağı döndü, gözden kayboldu. Korka korka arkadaşın yanına vardım, sürükleyerek yol kenarına çektim, yarasına baktım, ufak bir sıyrık, mühim bir şey yok ama hastaneye gitmek gerek. İlk patlamadan sonraki kadın çığlığını bir kez daha duyduk, kafamı kaldırıp baktım, içimde tarifsiz bir istek doğdu kadına doğru yürümek için, arkadaşı öylece bıraktım, yürümeye başladım, zenginlerden ve oğlandan sonra sıra bende, ana avrat küfrediyor arkamdan ressam arkadaş. Aldırmadım, hızlanan adımlarla sese doğru yaklaştım, köşeyi döndüm, gözlerim büyüdü, olduğum yerde donakaldım. Yerde yarı çıplak yatıyor, gencecik, dünyalar güzeli bir kadın, can çekişiyor.

Ressam arkadaşla genç kadını aynı ambulansa koyduk, hastaneye vardık. Arkadaşa pansuman yaptılar, odadan çıktım, kadını arıyorum. Nusret Kaptan nefes nefese girdi Acil'in kapısından, elinde bir ıslak torba, göz göze geldik, "İyi misiniz abi?" dedi. "İyiyiz," dedim. "Sağ olun abim," dedi, anlamadım, "Ne için Nusret Kaptan?" dedim, "Hanımı getirmişsiniz abi, halden çocuklar söyledi." Şaşırdım kaldım, "Yapma yaa, eşin miydi Nusret Kaptan, geçmiş olsun." O sırada bir doktor geldi yanımıza, Nusret Kaptan'ı tanıyor, kadının durumunu anlattı, kadın iyi, yaşayacak, en az iki hafta hastanede kalacak, on beş dakikaya odaya alacaklar, Nusret karısını anca o zaman görebilecek.

Hastanenin bahçesine çıktık Nusret'le, birer sigara yaktık, gözüm ıslak torbada, Nusret anlattı, ben dinledim. Üçüncü kez oluyormuş bu, Nusret'in ilk karısından olan oğlu, tek çocuğu, anası denizde boğulmuş, Nusret de bu genç kadınla evlenmiş, üçtür Nusret'in tabancasını yürütüp ateş ediyor kadıncağıza, istemiyor evde, anasının üstüne gül kokladığı için Nusret'in de suratına bakmıyor. Baba demeyi kesmiş, evde her gün kıyamet. Konuşmuş Nusret, yalvarmış, dövmüş, dizlerine kapanıp ağlamış, ne yapsa olmamış, oğlan sindiremiyor, takmış kafaya, öldürecek üvey anneyi. "Nerede şimdi çocuk?" dedim. "Kayıp abi," dedi, "jandarma arıyor, soba borusunda epey bir para vardı, onu da bulmuş, ne varsa almış, yok ortada hergele..."

Nusret Kaptan'ı hastanede yaralı karısıyla bırakıp evime gittim. Ayrılırken elindeki ıslak torbayı bana uzattı, "Sizin kalamarlar abim," dedi. Cebimden para çıkartmak istedim, elimi tuttu, izin vermedi. "Yok abim," dedi, "para istemez, benden olsun, sayenizde kurtuldu bu kız, Allah sizden razı olsun."

Ressam arkadaş muhtemelen hastaneden meyhaneye geçti, çevrede kim varsa topladı masasına ve sabaha kadar anlattı başından geçenleri, yaşananlar onun ağzından çıkarken, bir ineğin fabrikanın ön kapısından sağ girip, arka kapısından salam olarak çıkması kadar değişti. Talihsiz ve saçma bir kaza, adeta bir Kuvayi Milliye hikâyesine dönüştü ressamın tablosunda.

Ben eve vardığımda, çıkmadan mutfak kapısını açık bıraktığımı fark ettim. Pek yapacağım şey değildir, şaşırdım, kendime kızdım, evin içi buz gibi, kapıları kapattım, karnım köpek gibi açtı ama evi ısıtmak gerekiyordu önce, ıslak torbayı masanın üstüne bıraktım, sobaya birkaç odun attım, bir ince sigara sardım, koltuğa uzandım, kemiklerim ısındıkça, vakitsiz ve tatlı bir uykuya daldım. Tıkırtıyla uyandım... Gözümü açtığımda evde yalnız olmadığımdan emindim. Hiç kıpırdamadan, gözlerim açık, bir süre öylece durdum yattığım yerde, sesleri takip ettim. Tıkırtılar yakından, çok yakından geliyordu. Hızla döndüm ve korkuyla doğruldum koltukta. Oğlan... Nusret Kaptan'ın oğlu, yemek masasında oturuyor. Masanın üstünde babasının tabancası, tabancanın yanında ıslak torba, içinde kalamarlar. Gözlerini dikmiş bana bakıyor oğlan. Kalbim iki bin metrede uçaktan atılmış bir adamın ceketi gibi titriyor. Konuşamıyorum, kıpırdayamıyorum, oğlanla göz gözeyiz, şaşkınlık ve korku içinde, masanın üstündeki tabanca ağzıma sokulmuş gibi duruyorum koltukta, oğlan kalamarlara baktı ve konuştu sonunda;

– Pişireyim mi bunları abi?

Yumuşacıktı oğlanın sesi, konuşunca bakışları da anlam kazandı. O da en az benim kadar korkuyor. Yüz tane soru var çocuğa soracak. Ne işin var burada? İçeri nasıl girdin? Mutfak kapısını sen mi açtın? Ne istiyorsun benden? Niye buradasın? Bu soruların hepsini içimden, şu soruyu ise dışımdan sordum balıkçı Nusret'in mavi gözlü oğluna:

– Aç mısın?

Kafasını evet anlamında salladı, bir süre konuşmadan durduk, hâlâ göz gözeyiz. Sonunda koltuktan kalktım, masaya yürüdüm ve tam karşısındaki sandalyeye oturdum, karşılıklı oturuyoruz şimdi, masanın üstünde kalamarlar ve babasının tabancası.

– Adın ne senin?

– Yaşıyor mu abi?

(Sessizlik)

– Yaşıyor...

– Sen hiç âşık oldun mu abi?

(Sessizlik)

– Oldum tabii.

– İnsan âşık olunca anlar değil mi abi?

– Anlar tabii...

Oğlanın kafasının içinden neler geçtiğini delice merak ediyordum artık. Kalktım, birkaç odun daha attım sobaya. Evin içi ısındıkça, biz de birbirimize ısındık, arkadaş olduk oğlanla. Jandarma her yerde oğlanı, oğlan ise karşımda, kafasındaki soruların cevaplarını arıyordu.

Babasının denizden çıkardığı kalamarları yedik beraber. Tabanca hep masanın üstünde durdu. Ben birkaç kadeh şarap içtim, oğlan kola sordu, yok dedim, madensuyunun içine bir kaşık pekmez döküp karıştırdım, oğlana verdim, al sana kola dedim, içti, hoşuna gitti.

Oğlan sırılsıklam âşıktı babasının genç karısına, her sabah ıslak uyanıyor, gençliğinin baharında, aşk acısıyla kavruluyordu. Balıkçı Nusret'in oğlu, mermileri üvey annesine değil, aşkına sıkıyordu...

Sabaha karşı sesler duyduk, kalkıp camdan baktım, jandarma bahçe kapısındaydı. Arkamı döndüm, oğlan yoktu. Masanın üstüne baktım, tabanca yoktu...

İki jandarma eri verandaya kadar vardılar, ben kıpırdamadan duruyorum pencerenin önünde, şimdi çalacaklar kapıyı, soracaklar. Belki de birileri gördü oğlanı benim eve girerken, ne diyeceğim, ne halt edeceğim, belli değil, mum gibi dikilmiş bekliyorum vurulacak kapıyı, vurdular sonunda. Jandarmanın cipi bahçe kapısının önünde çalışır vaziyette, içinde biri daha var, hayal meyal görüyorum, ya Nusret'se diye korkuyorum, jandarma polis umurumda değil, Nusret Kaptan'a nasıl izah edilecek durum, kara kara onu düşünüyorum. Farların ışığı üzüm bağını yalayıp evin duvarlarına vuruyor. Kapıya doğru yürüdüm, hiç düşünme dedim kendime, aç kapıyı, bak suratlarına, sonra ne olacaksa olsun. Ben kapıyı açtığım anda cereyan yaptı, mutfak kapısı çarptı. Anladım ki mutfaktan kaçtı oğlan, kapıyı açık bıraktı.

İki tane tıfıl herif, biri esniyordu kapıyı açtığımda, beni görünce ağzını kapattı, öbürü açıklanamaz bir şekilde Angela Merkel'e benziyor. Ben gülümsedim, Merkel kepini çıkarttı, elini bana uzattı, sanki ben de birine benziyormuşum gibi yüzüme baktı, tokalaştık.

– Hayırlı sabahlar abi, rahatsız ettik kusura bakma, sizin arkadaş, epey bir alkol almış kendisi, duman etti çarşıyı, köylünün anasına bacısına küfür etmiş, meyhaneci Yusuf'la dövüşmüşler, evine götürelim dedik, yolda sızdı, nerede oturur onu da bilmiyoruz, bir yardımcı olabilirseniz...

Durum anlaşıldı. Cipin içindeki Nusret Kaptan değil, benim ressam arkadaş... "Dostlar seçilen ailedir" derdi başka bir eski arkadaş. Bu laf geldi o an aklıma ve düşündüm, ailenin her türlüsü Ortadoğu'ya benziyor, yalnızlık Batı icadı.

Jandarma erleriyle birlikte cipe kadar yürüdüm, arkadaşı ayılttık, beni görünce gözlerinin içi güldü, gel bende kal dedim, anlaşılmaz sesler çıkarttı, kafasını tecrübeli bir pilotun uçağı piste indirmesindeki ustalıkla cama yerleştirdi ve sızdı. Ben arkaya, yanına geçtim, erler yerlerini aldılar ve gün ağarırken ressam arkadaşın evinin yolunu tuttuk, ben tarif ettim, Merkel arabayı kullandı, öbür er ve benim arkadaş eve kadar uyudu. Bir ara radyo dinledik, karşı kıyı Midilli, Yunanca şarkılar eşliğinde eve vardık, horozlar ötüyordu. Merkel bir sigara yaktı, yaralı ressam ayıldı, yatağına yatırana kadar son gücüyle bağıra bağıra horozların taklidini yaptı.

Erler beni eve geri getirdiler, binlerce kez teşekkür ettiler, birer bardak su içtiler, sonra da çekip gittiler. Uykum yok, cin gibiyim, baktım masanın üstünde şarabın dibi duruyor, biraz peynir kestim, şarabı da aldım verandaya çıktım, bağda, zeytinlikte, her yerde gözüm Nusret'in oğlunu arıyor, yok... Ortalık aydınlanırken, kafamda türlü düşünce, güneş yükseldikçe ben alçaldım, olmayacak şeyler getirdim aklıma, Nusret'in karısının yerde kanlar içinde yarı çıplak yatan hali, belinin kıvrımları, incecik ayak bilekleri, yalvaran çaresiz gözleri. Yabani ve müstehcen zevkler peşinde, şehirli bir utancın esaretinde, yavaş yavaş uyuyakaldım...

Tepemde öğlen güneşi, kulaklarımda kara sinekler, ağrılar içinde uyandım. Eve girdim. Evin içi serin, evin içi güzel, gerindim gerindim gerindim ve koltuğa uzandım. Bir önceki gün yaşananları, başımdan geçenleri düşündüm. Akşama doğru balık pazarında sakin sakin otururken başlayan ve sabahın erken saatlerine kadar süren hadiseleri, bir fotokopi makinesinin kâğıdı tarayarak ilerleyen ışığı gibi taradım zihnimde ve önem sırasına göre yerlerine yerleştirdim. En tepeye Nusret Kaptan'ın mavi gözlü oğlunu koydum. Hâlâ kayıp mı? Çıktı mı ortaya? Belki de ilk vapurla kaçtı adadan, belki de tıpış tıpış evine döndü.

Günlerden salıydı. Küçük bir bavul yapmam ve bir an önce yola çıkmam, akşam saatlerinde İstanbul'da olmam gerekiyordu, öyle de oldu. Bir hafta kadar birikmiş işleri halletmek için şehirde kaldım. Arkadaşlarla görüştüm. Endoskopi yaptırdım. Boktan bir konsere gittim. İki kere sokakta kavga izledim. Saçımı kestirdim. Eski sevgilimin yeni sevgilisinin eski sevgilisiyle tanıştım, sohbet ettim, telefonunu istedim, verdi, kaybettim ve adaya döndüm.

Haftanın başlarında ve sonlarına doğru Nusret Kaptan'ın oğlu ara ara geldi aklıma. Adaya döndüğümde ne bekliyordu beni... Oğlan ortaya çıkmış ve babasına benim olay gecesi onu evimde sakladığımı anlatmış olabilirdi. Oğlan hastaneyi basıp yarım kalan işi tamamlamış olabilirdi. Oğlan adadan kaçmış ve hâlâ dönmemiş olabilirdi. Hepsi olabilirdi. Hatta tam da bu sırayla, hepsi birden de olmuş olabilirdi...

Bagajda yoldan aldığım sarı yapraklı bir bitki, hayalimde ihtimallerin sirki, adaya vardım. Eve bile gitmeden kahveye attım kendimi ve oturup beklemeye başladım. Elbet az sonra birileri gelip sormasam da anlatacaktı olanları. Ada insanı için, adada yaşanan en küçük olay, dünyanın geri kalanında yaşanabilecek mühim hadiselerin hepsinden daha hayati ve dönüştürücüdür. Dolar çıktı, ekonomi çöktü ya da başbakan muhalefet partisinin lideriyle yatakta basıldı, kafalarında pembe külotlarla gazetelerde boy boy fotoğraflar, başbakanın poposunda Liberace, öbürünün poposunda başbakan dövmesi ve diyelim ki aynı günlerde ada meydanındaki ağaca bir kedi çıkmış inemiyor, adalıya anlatın, bak böyle böyle şeyler olmuş, gazetelere çıkmış, siyasi istikrarın derin sırrı meğer buymuş diye, sen onu bırak da bu kedi nasıl inecek ağaçtan der, aklınızı alır oracıkta. Kaldı ki bu olay büyük, çok büyük. Ada çalkalanıyor olmalı.

Kahvemi yudumlarken meydanı izledim ve yıllardır yabancı hissettiğim bu adanın yerlisi olmaya başladığımı fark ettim o an, ilk kez. Ağaçlardaki kediler ve poyrazdan lodosa dönen rüzgâr, ömrümün ilk yarısından kalan tarumar mirastan ve tüm eski sevgililerden önemliydi artık... İşte tam bunları düşünürken, Nusret Kaptan'ın hızlı adımlarla bana doğru yaklaşmakta olduğunu gördüm, elinde koca bir sopa, yüzünde aldatıcı bir gülümsemeyle...

Ne yaşanmış olursa olsun, dövecek hali yok herhalde beni, üstüme yürüyor gibi bir hali var oysa ama yüzündeki manasız gülümsemenin sebebi ne o zaman? Ayağa kalktım ve karar verdim. Balıkçı Nusret ne derse desin, savunmam inkâr olacak. Mezara kadar inkâr. Savunmaların karakteri en alçak ve etkisi en yüksek olanı. 15 yaşında aşk sarhoşu sivilceli bir oğlanın söyleyeceklerini kim ciddiye alır. İnkâr edeceğim. Kimse gelmedi benim evime, hastaneden evime döndüm, kalamarımı yedim ve uyudum ben o gece. Şahidim var mı, yok ama ne önemi var, ne zorum var ki, niye yalan söyleyeyim...

– Deli danalar gibi oğlanı aradık o gece bütün adada, neden sakladın çocuğu evinde?

– Nereden çıkarıyorsun bunları Nusret Kaptan, neden yapayım ki ben böyle bir şey, delirdin mi, aşk olsun...

Evet, delirdin mi diyeceğim, sözlerinin benim hakkımda yüz kızartıcı ve delice şeyler düşündüğü sonucu doğurduğunu korkusuzca çarpacağım suratına. Bakalım o zaman ne diyecek. Küçücük çocuk neden yalan söylesin ki diyebilir. Hadi bir desin bakalım. Cevabım hazır. Tabanca taşıyan, para çalan, insan öldürmeye kalkan bir çocuktan bahsediyoruz burada Nusret Kaptan, kusura bakma ama neresi küçük bu çocuğun!..

Ben bütün bu düşünceleri üstüme doğru yürüyen Nusret Kaptan'la aramdaki sekiz metreye sığdırdım ve sonunda gömleğine sinmiş balık kokusunu duyacağım kadar yaklaştı ve konuştu Nusret Kaptan:

– Hoş geldin abi, yoktun epeydir...

Dedi eli sopalı balıkçı ve ben içimdeki korkuyu kustum birden adamın suratına, söylenebilecek en saçma şeyi söyleyiverdim.

– Hayat, Nusret Kaptan... Bir gün varız, bir gün yokuz.

Ben bu lafı ettikten sonraki iki buçuk saniye, Osmanlı İmparatorluğu'nun Lale Devri kadar uzun sürdü, en az o kadar keyfî, uzun ve amaçsız. Nusret Kaptan boş boş baktı suratıma, ne demek istediğimi anlamaya çalışırken o kadar zorlandı ki, ıkınır gibi bir ifade yerleşti yüzüne, gözleri kısıldı. Bir şey yapmam şart, aklımı başıma toplayıp bir şeyler daha söylemeliyim.

– İstanbul'daydım Nusret Kaptan, işlerim vardı.

– Güzel kalamar çıkıyor abi, seversin sen, akşam tekneye uğra istersen, ayırayım sana.

Kısa bir süre daha kalamarlardan ve yazın ne kadar sıcak geçeceğinden konuştuk. Adam oğluyla ilgili tek laf etmiyor, çocuk hâlâ kayıp olsa bahsederdi mutlaka, belli ki çıktı çocuk ortaya, anlattı her şeyi, Balıkçı Nusret önce biraz kızdı bana, anlam veremedi, sonra sindirdi, vazgeçti kurcalamaktan, hırsız evine kadar kovalanmaz dedi ve kapattı konuyu. Şimdi sormak tekrar alevlendirecek adamın içindeki huzursuzluğu, durduk yerde iş açacağım başıma ama ben de çatlıyorum meraktan, başkasına sorup öğrenmek de var, arı kovanına çomak sokmanın manası yok ama dayanamıyorum...

– Sahildeki lokantalar da açılmış hep, gözün aydın Nusret Kaptan, iyi mi bari işler?

– İdare ediyoruz abi, turist de başladı, iyi oldu. Ben tutmayayım sizi, hadi hayırlı günler, akşam bekliyorum, kalamarınızı ayıracağım.

– Sağ ol kaptan, kolay gelsin.

– Size de abi.

– Oğlan ne oldu, çıktı mı ortaya?

Bu son lafı ediverdim ve içim soğudu birden, kalbim havada, gözüm sopada bekliyorum, olacaklara hazırım, korkmuyorum.

– Çıktı abi çıktı, sabaha karşı hastaneye gitmiş hergele, oturmuş ağlamış hanımın başında, özür dilemiş, bir haftadır da yanından ayrılmıyor. Bana da huysuzluk yapmıyor, bir dediğimi iki etmiyor, aklı başına geldi, adam oldu oğlan... Hanıma anne demiyor hâlâ ama bana baba diyor artık, eski inadı kalmadı, biz de affettik öyle olunca ne yapalım, adanın tepelerinden çiçek toplayıp götürüyor her gün hastane odasına...

Aşk, ödül değil, bedeldir. Tek kişinin marifetidir ve bedelini tek kişi öder. Sevdikçe çoğalır bedel, çoğaldıkça ağırlaşır kalp ve kalbi ağırlaştıkça, insan hafifler...

Anakara değildir aşk. Sırtını uçsuz bucaksız dağlara yaslamış geniş vadilere benzemez. Denizlerle çevrili bir adadır. Heyecanla atan bir kalbin hareketi gibi, sular yükselir, sular alçalır, adalar büyür, adalar küçülür. Okyanusun ortasındaki bir ada kadar uzak ve yalnızdır aşk. On beş yaşında bir oğlan çocuğunu, seksen yaşında bir kadını, bugün, belki yarın, hepimizi, görünmez denizler kavuşturur ve teslimiyet, aşk için ödenen bedellerin en mütevazı olanıdır. Nusret Kaptan'ın mavi gözlü oğlu, o gecenin sabahında teslim olmuştu aşka ve öldürmeyi değil, yaşatmayı seçmişti üvey anneyi. Bir çocuğun cenazesi kalktı karnından ve balıkçının oğlu büyüdü o sabah, babasının sandığı gibi değil ama dediği gibi aynen, adam oldu... Bütün bunları düşündüm ve dayanamadım, sordum Nusret Kaptan'a:

– Neredeymiş peki senin oğlan, nerede saklanmış, ne yapmış o gece?

– Sordum abi çok, söylemedi, dolaştım bağlarda dedi, başka laf etmedi. Biz de hırsız evine kadar kovalanmaz dedik, kurcalamadık.

24.05.2013, *Radikal*

YASTIK

Sıradan bir günün sonunda, olağanüstü bir gecenin iki kolunu göğsünde birleştirmiş yüzünde tebessümle beni beklediğini bilmiyordum. Bilemezdim. Akşam saatleriydi. Hava kararmak üzereydi. Yaz yakındı. Sabah uzak. Her tür beklentinin hayatı nasıl altüst ettiğini ve insan zihninde "şüphe"yi yaratanın da bazen gün gibi ortada, bazen derinlerde gizlenmiş bir beklenti olduğunu düşünerek ve arada bir evden çıkmadan cebime doldurduğum fıstıklardan ağzıma atarak, elimde torbam yürüyordum. Salondaki büyük koltuğun kenar yastığı dikişlerinden sökülmüş, içinden tüyler taşıp duruyordu ve bu, hem de en uygunsuz zamanlarda şüpheli durumlar yaratıyordu. Örneğin kapı çalıyor, ben açmak için koltuktan kalkıyorum, kalkışım esnasında kenar yastığı üzerinde hafif bir baskı yaratmam yetiyor ve kapıyı açıp misafirimle salona döndüğümde tüyler havada uçuşuyor. Ya dolapta birini gizliyorum ya da evde kendi kendine yastık savaşı çıkaran bir manyağım gibi durumlar oluşuyor. Bu yüzden haftalar sonra, sonunda yastığı bir torbaya koymuş, terziye götürüyordum. Akşam vakti, hava domuzuna güzeldi, entariler kısa, salına salına yürüyordum. Birden aydınlanmaya başladı ortalık. Önce, ilgi çekmeye çalışan birkaç ergen bulutun işi sandım, değil. Sabah oluyordu. Güneş doğuyordu tepelerin üstünden. Hiç beklemedikleri anda birden aydınlanan binaların yüzeyleri, duştan çıkıp bornozunu giymeden küçük kızına yakalanmış babalar gibi şaşkındı, telaşlıydı, hazırlıksızdı. Ben de öyle, torbamda yastık, ağzımda fıstık, aval aval bakıyordum gökyüzüne. Çevremdeki herkes bir anlam vermeye çalışıyordu olanlara. Güneş hızla yükseliyor, hava ısınıyor, sabah kuşları ötüyordu. Her gün erken saatte karısının yaptığı sıcak poğaçaları arabasına yerleştirip sokakları gezen Topal Mustafa şaşkındı, kahveden çıktı, kaldırıp başını gökyüzüne baktı benim gibi ve seke seke eve koştu hemen, televizyonun karşısına kurulmuş dizisini bekleyen karısına seslendi kapı önünde ayakkabılarını çıkarırken, "Kalk Emine, fırını yak, sabah oluyor." Emine fırladı koltuktan, kapı önüne gitti, Topal Mustafa'yla göz göze geldiler. Emine boş boş baktı Mustafa'nın suratına, Mustafa bağırdı; "Ne bakıyorsun kız, koş fırını yak, duymadın mı dediğimi?" Emine, Mustafa'nın yanından geçti, neredeyse hiç ışık almayan evlerinden çıktı, sokağa attı kendini, gökyüzüne baktı ve öylece kalakaldı. Komşusu Mesude, ikinci kattaki pencereden Emine'ye seslendi: "Deprem olacak!" Emine sese döndü, Mesude'yle göz göze geldiler, "Hacı Anne dedi Emine, kesin deprem olacak, evde durmayın diyor, ablam çocukları giydiriyor, çıkıyoruz biz, parka gideceğiz, siz de gelin, kocan nerede?" Emine, 28 yaşındaydı. Ne güzel ne çirkindi ve bunun farkındaydı. Topal Mustafa kısırdı, çocukları olmuyordu ve bu yüzden en çok ATV'nin dizilerini seviyordu Emine, nedense dizi değil kanal seçiyordu ve her sabah Mustafa'yı yolcu edip, akşama kadar patik örüyordu. Geçinmek zordu poğaçayla, zaten ayın on günü hastaydı Mustafa, patikler suyu gazı ödüyordu, mahallenin en şık bebekleri Emine'den giyiniyordu. Koşmaya başladı Emine birden. Mesude arkasından baktı, bağırdı. Emine köşeyi dönmüştü bile, ayağında ev patikleri, kalbinde tarifsiz bir heyecan, üst yola çıktı, çay bahçelerini geçti, karakola kadar koştu. Önlerinden hızla geçen Emine'yi gören iki polis memuru önce birbirlerine baktılar, sonra Emine'nin geldiği yöne, kovalayan eden yoktu Emine'yi ama şüpheli bir durum vardı ortada. Memurlardan sıska ve sık saçlı olan pek umursamadı ama şişman ve sık saçlı olan kayıtsız kalamadı, sigarasını attı yere ve Emine'nin peşinden koşmaya başladı. Ömründe ilk kez, bir başka insanın zihninde, şüphe yarattı Emine. Şişman memur, nefes nefese koşuyordu Emine'nin peşinden, gözlerinde görev aşkı ve kalbinde gizli bir beklentiyle...

Bir süre sonra şişman memurun peşinden koştuğunu fark etti Emine, önce duraksadı, sonra daha da hızlanarak devam etti koşmaya. Akşam karanlığında doğan güneş, vakitsiz öten sabah kuşları ve evinden uzak sokaklarda kan ter içinde koşan Emine. Neden birden delirmiş gibi koşmaya başladığını bile açıklayamayacak olan bu genç kadın, polisten kaçması gerektiğinden emindi sanki. Kalbindeki düğüm koşmayı, kovalanmak kaçmayı gerektiriyordu. Topal Mustafa'nın karısı tarifsiz bir özgürlük hissediyordu içinde, koştukça terliyor, ıslandıkça hızlanıyor, hızlandıkça uzaklaşıyor, uzaklaştıkça yaklaşıyordu kalbindeki düğüme, bir tırnak atıyordu, her köşeyi döndüğünde. Hırkasını çıkarttı, yol kenarına attı, eşarbını fırlattı, yüzünde afacan bir gülümseme, peşinde şişman memur, koştu Emine, surlara kadar. Surlara vardığında bitkindi artık, çöktü kaldırıma, nefes nefese. Arkasına döndü, memura baktı ve gözleri büyüdü birden. Emine'den yüz metre kadar uzakta, yerdeydi şişman memur, surlara kadar yetmişti gücü, kalbi dayanmamıştı daha fazlasına ve alnından tek bir kurşunla vurulup düşmüş biri gibi yatıyordu yerde. Emine elini ağzına götürdü, kalktı ayağa, yavaş yavaş hızlanan adımlarla memurun yanına kadar vardı, çöktü yanına, memurla göz gözeler şimdi. Elini uzattı memur, Emine çekinerek ama gönüllü tuttu uzanan eli, tuttuğu anda kararmaya başladı hava, yarım dakika kadar bir zaman içinde gece oldu. Sabah kuşları sustu, araba farları yandı, normale döndü hayat. Ben, şişman polis memurunun kırk dokuz yıllık kısa ömrünün son anlarına yetiştim, kenar yastığını torbadan çıkardım, Emine'yle birbirimize baktık. Yastığı memurun başının altına koyduk, ellerini tuttuk ve bekledik. Son nefesini verirken kafası yana düştü memurun, gözleri açıktı hâlâ, son ve kuvvetli bir nefes verdi, ruhunu üfler gibi, yastığın yırtık kenarından bir tüy havalandı ve denize doğru yükseldi. Ben uzanıp şişman memurun gözlerini kapattım, Emine de benim gözlerimi kapattı ve uyandım.

22.03.2013, *Radikal*

KOPENHAG

Güneş, sabahın erken saatlerinden beri süren yağmurun ardından, sonunda, bulutların arasından belirdi, Posta Müzesi'nin önünden başlayarak tüm meydanı bir fotokopi makinesinin ışığı gibi taradı, çizmelerime ulaştı, burunlarını aştı ve durdu. Olduğum yerde dikiliyorum, başım önümde, gözlerim çizmelerimde. Tartıya çıkmış, kilosuna bakan biri gibi bir süre durdum öylece, sonra birkaç adım attım müzeye doğru. Güneşi yüzümde hissettim. Meydanın ortasında iki köpek birbirine, sahipleri köpeklerine havladı ve ben eski Başkan'ı düşündüm.

Duygusallaştıkça incelen, korktukça kalınlaşan sesini karnımda duydum. Kelimeleri ağzının içinde birer kukla gibi oynatan, derinlerden gelen tehditkâr ifadesini sağından kalktığı günlerde yumuşatmayı beceren ve haftanın altı günü solundan kalkan bu adamı düşündüm, köpekleri ve sahiplerini seyrederken.

Sene 2029. Aylardan Mart. 52 yaşına girdim, birkaç gün önce. Düşündüm. Eski Başkan'ın partisi hükümetten düşeli epey zaman geçmiş. O zaman doğan çocuk okuma yazma biliyor şimdi. Babası koca adam. Başkan'ın, meşhur Tahsintepe skandalının hemen arkasından iktidarı kaybettiği unutulmaz günlerden bu yana yedi sene geçmiş, eski Başkan aramızdan ayrılalı beş sene. O gün çıkan gazetelerin manşetleri geldi gözümün önüne: "Türk siyasetinin büyük kaybı." "Bir devir kapandı." "Siyasetin ustası, son yolculuğuna uğurlanıyor." "Cimbom finalde." "Dünya Madonna'ya ağlıyor." "Kanser tarih oldu, sıra reflüde." Her gazete eski Başkan'ın ölümünü manşet yapamamıştı elbette. Gündem yoğundu, bir seçim yapmak zorundaydı editörler, zor zamanlardı... Meydanı geçip ara sokaklardan birine girdim. Kopenhag'da son günümdü. Dönmeden hediye almam gereken birkaç kişi vardı. Bir insanın hayatında, seyahatten dönerken hediye alması gereken birkaç kişi olması kadar kıymetli hiçbir şey yoktur bence. Birden fazla, dörtten azsa bu rakam, muhteşem bir hayatınız var demektir.

Vitrinlere bakarken Tahsintepe skandalı hâlâ aklımdaydı. Neden? Neden Tahsintepe'de ve neden birden cinnet geçirmişti eski Başkan, bunu düşündüm, şef bıçaklarının fiyatlarına bakarken. Hediye almayı ısrarla erteliyor, uçağımın kalkacağı saat her an biraz daha yaklaşırken, havaalanı mağazalarındaki çeşitliliğe güveniyor ve kendime iyi bir şef bıçağı arıyordum. Tahta saplı, evladiyelik, iyi bir şef bıçağı. Bavula vereceğim.

Cinnet ânının internetteki video görüntüleri geldi gözümün önüne, Başkan, Tahsintepe'de, 850 bin kişiyi barındıracak toplu konutların açılışını yapıyor, günlerden cuma, kurmaylarıyla birlikte açılış sonrası cuma namazını kılmak üzere restorasyonu yeni tamamlanan camiye gidiyorlar, ezan okunuyor ve namazın ortasında, Başkan, birden, fısıldayarak başlayıp gittikçe yükselen bir sesle anlaşılmayan bir dilde konuşmaya, sonunda bağırmaya, önce göğsüne, sonra kafasına vurmaya başlıyor, görüntüler hâlâ canlı gözümün önünde, kimse ne dediğini anlamıyor, Başkan, kendisinden başka hiç kimsenin anlamadığı ama kendisinin son derece hâkim olduğu, fonetik olarak biraz Latinceye, biraz da kuş diline benzeyen bu tuhaf dilde sesi kısılana kadar bağırarak ve dövünerek caminin kapısına koşuyor, üzerindekileri yırtıyor ve dışarı atıyor kendini, halkın arasına karışıyor, basın mensuplarının merdiven dayadığı ve alanı yukarıdan gören duvara kadar gidip tırmanıyor ve herkesin şaşkın bakışları altında olduğu yerden bir süre daha bağırdıktan sonra birden duruyor, bir heykel gibi, hiç kıpırdamadan ve sonunda, Türkçe, yüksek sesle ve yüzünde mahsun bir ifadeyle şu sözler dökülüyor dudaklarından:

türk kürt rum müslüman
ermeni gay yahudi roman
fener cimbom trabzon ve çarşı
gelin oturalım boğaza karşı
bir fıkram var ey dostlar
anlatmazsam öleceğim
derdim kendimle benim
elbet bir gün çözeceğim...

Dedi ve sendeledi, kalabalığın üstüne bir rockstar gibi bırakıverdi kendini o gün Yeni Türkiye'nin Eski Başkan'ı. Ertesi sabah erkenden, erken seçim kararı alındı, bir ayda tüm hazırlıklar tamamlandı, seçime gidildi ve bir daha da dönülemedi.

Ülkemde hâlâ siyasi istikrarsızlık sürüyor. Erken seçimi başka seçimler izledi. Muhalefet liderleri sekizer kere değişti, haftaya bugün bir seçim daha var, artık oy kullanmıyorum, Kopenhag'da kendime, iyi bir şef bıçağı arıyorum.

16.11.2012, *Radikal*

SAKAL

Kasım bitti. 31 Aralık kapıda. Yılbaşı gecesi yaklaşırken hep bir sıkıntı kaplar benim içimi. Daha temmuzdan başlar bu durum bazı yıllar. Aslında derdim özel günlerin hepsiyle. Temsil meselesine dönüşür hep bu günler, mutluluğun skoru tutulur. Mahalle baskısının en yakışıklısını hep bu özel günlerden hatırlarım ben. Gönülsüz ve çaresiz, bir smokin giyer ki ruhum, hep küçük gelir, yakası sıkar, hiç yakışmaz, göbeğim taşar, tadım kaçar, gerilirim, yorulurum, tat kaçıracak bir şey yoksa da sıkıntı yok, ben bulurum. Yine öyle oluyor bugünlerde. Hızla yaklaşıyor yılbaşı müsameresi ve ben yan gülmeye başladım çoktan. Bu kafayla küçük bir hikâye yazdım. Küçük bir yılbaşı hikâyesi. İyi de geldi, yarım beden büyüdü smokin.

İyi akşamlar. Ben Doktor Bernard Cohen. Kliniğim Grenoble'da, Court Beriat sokağı üzerinde No: 38'de. Sizlerle geçen kış başımdan geçen tatsız ama öğretici bir olayı paylaşmak istiyorum. Soğuk bir gün. Hiç hasta randevum yoktu, sadece bir kez aşağıdan kapımı çaldılar ama onlar da Greenpeace üyesi olduklarını iddia eden birkaç sarhoş gençti.

Camdan bir süre izleyip gitmelerini bekledim. Kliniğin içinde adımlarımı sayarak birkaç tur attım ve eski karımın yüzünü gözümün önüne getirmeye çalıştım. Bunalmıştım. Sonunda biraz hava almak için klinikten çıktım. Sakalımı klinikte bıraktım. Sokaklar karanlık. Akşam vakti. Karda yürüyen insanlar. Havada ıslak yün kokusu. Yüzümde bir ağrı. Elimi götürdüm, sakalım var... Korktum! Yüzümü yılanlar sarmış gibi, havada ıslak yün kokusu... Sakalım klinikte, eminim, benim sakalım, çıkarken girişteki vestiyere asmıştım. Bir ayna arıyorum. Yok. Vitrinler cıvıl cıvıl, yılbaşına iki gün var, her yer rengârenk. Tarifsiz bir telaş kapladı ruhumu, sokaklarda babalar ve kızları, yüzümde kim bilir kimin sakalı, havada ıslak yün kokusu... Kliniğe dönmeliyim, hiç çıkmamalıydım, sakalım klinikte, hiç çıkarmamalıydım. Korkuyla tekrar götürdüm elimi yüzüme, bir umutla dokundum ve çaresizlik içinde düştü elim sağ yanıma, doldu gözlerim, ağlıyorum, zor nefes alıyorum. Yanımdan geçen ilk insanı durdurdum. Şefkatle baktı genç kız yüzüme, güzeller güzeli bir genç kız...

Genç Kız – İyi misiniz?

Doktor Cohen – Sakalım!

Genç Kız – Evet, çok yakışmış.

Doktor Cohen – Yoo... Sakal benim değil.

Genç Kız – Hiç belli olmuyor.

Doktor Cohen – Teşekkürler...

Bir süre sessizlik oldu, öylece baktık birbirimize, bir tanrıça güzelliğindeki bu kızın hatlarında gezdirirken gözlerimi birden eski karımın yüzü geldi gözümün önüne, yıllardır hatırlayamadığım o yüz neden şimdi, tüm çizgileri, benleri ve akıl almaz orantısızlığıyla bu kadar berrak bir şekilde aklımda...

Genç Kız – İmza topluyorum, hükümetin enerji politikasını protesto ediyoruz. Destek olmak ister misiniz?

Doktor Cohen – Ben doktorum...

Neden durduk yere bunu söylediğimle ilgili hiçbir fikrim yok, bu sakal bütün dengemi bozdu, hemen kliniğe dönüp tıraş olmalıyım.

Genç Kız – Öyle mi, ne güzel, ne doktorusunuz?

Doktor Cohen – Benim kliniğe dönmem gerekiyor.

Genç Kız – Sadece birkaç dakikamızı alır...

Doktor Cohen – Bilmem ki, doğru olur mu acaba, yani ne bileyim böyle sokak ortasında...

Genç Kız – Nasıl, anlamadım?

Kız boş boş suratıma bakıyor, hemen uzaklaşmam lazım buradan, önce kliniğe gidip tıraş olmalıyım, sonra da kendi sakalımı takıp çekip gitmeliyim buralardan, hemen, en uzak yere, Afrika, İstanbul, Tokyo, hepsi olur, çekip gitmeliyim, bir an önce

Doktor Cohen – Çok güzelsin, hep böyle kal. Olur mu?..

Kız geriye doğru bir iki adım attı, sonra da dönüp koşarak uzaklaştı yanımdan. Sokağın ortasında, yılbaşına iki gün kala, yüzümde bir yabancının sakalıyla öylece kalakaldım, gözlerimde yaşlar, aklımda eski karımın yüzü, havada ıslak yün kokusu.

Şimdiden, herkese, iyi seneler...

30.11.2012, *Radikal*

LEYLA VE GÖNÜL

Kalbimdeki devrim ve bütün âşıklar için:

Gönül – Leyla'yı da benim gibi 7 Aralık'ta köprünün altında tutuklamışlar. Yaklaşık 20 kişilik bir grup. Tanıdığım kimse yoktu aralarında. 20 yabancı insan bir anda aynı otobüsün içinde ömür boyu kader ortağı olacağımız bir yolculuğa çıktık. Leyla'yı otobüsten hatırlamıyorum. Biber gazının etkisiyle gözlerimi açmakta zorlanıyor, akan kanı durdurmak için mendilimi kafama basıyordum. Hamileydim. Artık değilim.

Leyla – Gönül'ü ilk kez 7 Aralık günü otobüste gördüm. Kafası kanıyordu. Diğerlerinin aksine sakindi, kimseyle konuşmuyordu. Upuzun, sapsarıydı saçları ve o buz gibi havada bağcıklı sandaletler vardı çıplak ayaklarında. Saçlarını kestiler. Çocuğunu karnından aldılar. Ona enfeksiyon kaptığını, bebeğin nefes almadığını ve almazlarsa Gönül'ü öldüreceğini söylediler. Ameliyattan sonra Gönül iki hafta kadar hiç konuşmadı. Sonra bir gün bizi avluya çıkarttıkları bir sırada yavaş yavaş avlunun ortasına doğru ilerledi, sandaletlerini, kıyafetlerini, iç çamaşırlarını tek tek çıkarttı, avlunun ortasına bıraktı ve tüm hızıyla koşarak kendini taş duvara çarptı. Zorlukla doğruldu ve bir kez daha, bir kez daha...

Gönül'ü götürdüler, bir süre kimse görmedi onu. Avludaki kızlar, aç köpekler gibi Gönül'ün kıyafetlerinin üstüne üşüştüler. Kimi gömleğini aldı, kimi eteğini, kimi külodunu, iki yaşlı kadın sutyenini çekiştirirken yırttılar. Ben sandaletlerini zar zor kurtardım ellerinden. Gönül'ü bir daha gördüğüm güne kadar sakladım.

Gönül – Koğuşa döndüğüm günün gecesi Leyla'nın sesiyle uyandım. İlaçların etkisiyle sürekli uyuyordum. Gözümü açtığımda Leyla'nın yüzünü gördüm. Bir süre yüzlerimizin arasında bir paravan varmış gibi boş boş birbirimize baktık. Sonra sesini duydum Leyla'nın ve yavaş yavaş kalktı paravan.

Leyla – Hoş geldin...

Gönül – Dedi ve gülümsedi Leyla. Elinde sandaletlerimi tutuyordu. O günden sonra binlerce kez Leyla'yı yine öyle gülümserken gördüm ve her seferinde o geceyi, elinde sandaletlerle bana gülümsediği o ânı hatırladım. Her seferinde.

Leyla – Gönül'ü koğuşa getirdiklerinde kendinde değildi. Gece olmasını bekledim ve yatağına gittim. Sandaletlerini gösterdim ona, konuşmaya çalıştım, sorular sordum, sabaha kadar fısıldaya fısıldaya konuştum baş ucunda. Gönül hiç konuşmadı. Sabaha karşı gün ağarırken esnedim ve elimle ağzımı kapattım. O ana kadar neredeyse hiç kıpırdamayan Gönül birden elini yüzüne götürdü ve beni taklit ederek ağzını kapattı. Ben güldüm, Gönül gülümsedi ve sonunda konuştu ilk kez.

Gönül – Benim ihtiyacım yok, senin olsun sandaletler, benim gidecek yerim yok...

Leyla – O gün, o köprünün altında tutukladılar ve bir otobüse koydular bizi. O gün ailemden, dostlarımdan ayırdılar beni. Evimden, eşyalarımdan, kitaplarımdan ve sevdiğim tüm sokaklardan. Ve ben o gün âşık oldum. Bir çift sandaletin sağ tekiyim artık ben...

Gönül – O gün, o köprünün altında tutukladılar ve bir otobüse koydular bizi. Karnımdaki bebeği ve tüm geçmişimi aldılar. O soğuk aralık gününde bana Leyla'yı verdiler. Bugün yine 7 Aralık. Tam altı sene geçti o günün üstünden. Yarın sabah 08:30'da tahliye oluyoruz. Bir çift sandaletin sol tekiyim artık ben ve yarın gidecek bir yerimiz var...

07.12.2012, *Radikal*

AYNA

Özgürlüğüne aşırı derecede düşkün bir adamdı o, eldiven bile giymezdi.

Ağzını kapasalar burnundan çıkardı dili ve ayakkabılarını hep yarım numara büyük alırdı. Bencil adamdı. Kendinden başka kimseyi pek düşünmezdi, arada bir annesi gelirdi en fazla aklına, yirmi yıl önce ölen annesi. Umurunda değildi dünya, anadilde eğitim, azınlık hakları, eşcinsel evlilik, kafan rahat boşanma... Toplumun kanayan yarası olan tüm bu meselelerin hiçbiri umurunda değildi. Yeter ki hasta olmasın, yataklara düşmesin, çıldırtıyordu onu düşüncesi bile, manyak gibi bakıyordu bu yüzden kendine, iç fanilası, sabah sporu, her öğün sebze, bir ömür geçti böyle.

Sonra bir gün, PAT diye hasta oldu, birden, bir sabah uyandı, gözleri çökmüş, boyu kısalmış, sağ kulağı yastıkta kalmış. Uzandı aldı kulağını, zorladı, mümkün değil, kulak yeri bir gecede küçülmüş, kulağı aynı kalmış, olmuyor, ne yapsa geri takamıyor. Neyse dedi, gitmem ben doktora hastaneye, zaten dinlemiyorum ki ben insanları, çok gerekirse var işte hâlâ öbür kulağı. Banyoya girdi ve korka korka aynaya baktı adam, yüzü kırış kırış, dişleri sapsarı.

Evden çıktı, hava soğuk, başladı hapşırmaya, aman dedi, neme lazım, ben evime döneyim, bir daha bakmayıveririm aynaya, evime döneyim ben, hiç çıkmam gerekirse, her şey geliyor artık eve, hem zaten neydi öyle, yıllardır manyak gibi sokaklarda ne işim var benim, evden çalışırım, camdan bakarım, şöminemi yakarım, çok bunalırsam takarım beremi balkona çıkarım. Evin önüne vardı, anahtarı çıkaracak, eli cebinden çıkmıyor, öbürünü denedi, çoktan kopmuş omuzundan, yerde yatıyor öbür kolu, tığ gibi kalmış parmakları, fırlamış parmağından döne döne gidiyor sokakta gümüş yüzüğü. Peşinden gitsem dedi, koşsam yakalasam, aman dedi, neme lazım, kulağım kolum kopmuş zaten, yüzüksüz de yaşarım.

Oturdu apartman kapısının dibine ve bir komşu bekledi, elbet biri açacak bu kapıyı, rica edersem alırlar anahtarı cebimden, daire kapımı da açarlar. Eve girdikten sonrası kolay. Ama kimseler yoktu görünürde, sert bir rüzgâr başladı, saçları uçtu gitti, yakalamaya çalışırken saç tellerini havada, o kadar büyük hareketler yaptı ki, hasta bedeni kaldırmadı, meme uçları düştü yerlere, bacakları kırıldı, cebindeki kolu çıkarıp salladığı gibi sokağın karşı tarafına fırlattı, bir köpek, kolu kapıp kaçtı. Sabah sekiz buçuk-dokuz gibi çıkmıştı evden, öğlene doğru öldü, apartman kapısının önünde. Son nefesini verirken, bir komşu yaklaşıyordu apartmana doğru, üst kattaki imam hatipli oğlan, yerde yüzüğü gördü, besmeleyle eğildi yere, aldı, besmeleyle kalktı, yüzüğü parmağına taktı. Oğlanın telefonu çaldı, açtı, annesi arıyordu, "Oğlum," dedi annesi, "kapkara bir köpek gördüm rüyamda, kopuk bir kol taşıyordu ağzında, iyi misin sen, merak ettim." Telefon kesildi. Oğlan apartmana varmak üzereydi. Hasta adamdan geriye kalanlar can çekişiyordu yerde. Son gücüyle konuştu adam, "Anahtar var, cebimde..." Oğlan, son nefesini veren adamın yanından geçip apartmana girerken başıyla selam verdi ve "Var anahtarım," dedi, "teşekkür ederim abi, hayırlı akşamlar..."

Adamı kapının önünde bıraktı oğlan, içeri girdi, asansöre bindi, yukarı çıkarken elini kaldırdı havaya ve parmağındaki yüzüğe baktı asansörün aynasında. Sonra elini ağzına götürdü, bıyığının kenarındaki çorba izini sildi ve otobüste karşısında oturan sarışın kızı düşünmeye başladı, aynaya bakıyordu hâlâ, yavaş yavaş gözlerini kapattı.

21.12.2012, *Radikal*

KORİDOR

Kapı aralıktı. Adam yavaşça itti kapıyı ve kadının içine girdi. Uzun bir koridor karşıladı adamı. Zemin duvardan duvara halı, tavan strafor kaplıydı ve duvarlarda ses izolasyonu sağlayan kalın kadife kumaşlar asılıydı, kadının içindeki sesler kontrollü, yankısız ve toktu. Yıllardır birçok tartışmada kadının sakinliğini nasıl o denli koruyabildiğini, işine geldiğinde nasıl o kadar ketum olabildiğini anlıyor gibiydi şimdi adam.

Koridorda ilerlerdi, ta ki karşısına karşılıklı iki kapı çıkana kadar. Kapılardan birinin arkasından, kadının en sevdiği şarkılar duyuluyordu, kadının sesinden, şarkıların başlarını uydurup geçiştiriyor, nakaratlarda coşuyordu kadın, diğer kapıya dayadı adam kulağını ve dayamasıyla çekmesi bir oldu, arkadan biri tüm gücüyle vurdu kapıya, bir kez daha, bir kez daha, biri yumrukluyordu kapıyı ısrarla, kapının kolunu zorluyordu, adamın tarafındaki kol yukarı aşağı hareket edip duruyordu, kapının üstünde anahtar vardı ve belli ki koridor tarafından kilitliydi kapı. İstese açabilirdi adam kapıyı ama öyle ısrarcı, öyle tehditkâr vuruluyordu ki kapı, herhangi bir şeyi çok istediğinde ve istediği anda alamadığında kadının nasıl bir baş belasına dönüştüğünü gayet iyi biliyordu adam, kapının diğer tarafındakinin kadın olmasından korktu, kadının içinde kadının kendisiyle karşılaşmaktan korktu adam, deminden beri niçin kapıyı açmadığı, niçin onu beklettiği, ne zaman çocuk yapılacağı, ne zaman Ikea'ya gidileceği gibi boğucu soruların muhatabı olmak istemedi ve yürümeye devam etti koridorda.

İlerledikçe genzi yanmaya başladı adamın ve bir süre sonra koca bir duman bulutunun içine girdi, göz gözü görmüyor, eliyle ağzını kapattı adam, duman boğazını, gözlerini yakıyor, nefes almak her an biraz daha güçleşiyordu. Ve sonra birden inanılmaz bir şey oldu. Bir anda, koca duman bulutu, yok oldu.

Adam şaşırdı, rahatladı, derin bir nefes aldı ve ürktü hemen arkasından. Kadını iyi tanıyordu adam, bu işin içinde bir iş var diye düşündü. Evin içinde durmadan oda değiştirilerek sabahlara kadar süren kavgalar geldi gözünün önüne.

Tarafların en az birer kere "Gidiyorum!" resti çekip, ceketlerini giyip yarım saat yatağın üstünde ceketle oturdukları sonra da yavaş yavaş ceketi çıkarttıkları o geceler. Bu tip uzun gecelerdeki birden geri adım atmalar, birden adama nefes aldırmalar, birden gerçek olamayacak kadar adamın işine gelen bir cümle kurmalar, birden ahiret soruları sormayı kesip adamı rahat bırakmalar, bu tip şeyleri birden yapıverdiğinde kadın, arkasından her zaman korkunç bir şey gelirdi ve adam bu tuzağa her defasında düşerdi.

Adamın çoktan "İşte bu kadar, her şey düzeldi, şimdi dürümler söylenecek..." diye düşünmeye başladığı o kutsal anlarda kadın öyle bir laf söylerdi ki birden zamanda altı saat geri gidiverirlerdi ve adam aç, halsiz ve çaresiz, kaderine küsüp bir köşeye çökerdi.

Kavga ederken bir yandan iştahla yemek yenmesi, kadına göre, en pahalı sutyeninden sapan yapılması gibi bir şey olduğundan, cesaret edip dolabı da açamazdı adam. İşte bu yüzden aniden yok olan duman bulutu ürküttü adamı, sağına soluna korkuyla baktı, arkasından bir ses geliyor sandı ve şuursuzca koşmaya başladı koridorda.

Koşmaktan tükendiğinde yavaşladı, arkasına baktı, kimse yoktu. Birden yok olan duman bulutunun arkasından pek de korkunç bir şey olmamıştı. Durdu adam kadının içinde ve düşündü, önce kızdı kendine, kadına olan önyargılarından dolayı ayıpladı kendini, rahatsız oldu, kadının hayatındaki varlığının ne kadar kıymetli olduğunu düşündü, sonra da kadını suçladı, içiyle dışı bir olmadığı için. Duvarda çift kanatlı kocaman bir kapı fark etti, yaklaştı, açıp girdi kapıdan adam.

Kapı, başka bir koridora açılıyordu. Yürümeye devam etti adam, epey yürüdü, yorgun düştü. Kadının içinde derinlere doğru gittikçe, birden çok önemli bir şeyi fark etti, bu yolun bir de dönüşü vardı... Girmeden hava karanlıktı ama sabah olmak üzeredir artık diye düşündü. Kadın uyanmadan çıkmalıydı kadının içinden, belki de uyandı diye düşündü.

"Uyansa hissederdim," dedi sonra sesli olarak dışından ve kadının içinde kendi sesini duydu adam ilk kez, afalladı, bir daha konuştu: "Hey... Hoo... Hey..." Kulaklarına inanamadı, adamın sesi, kadının içinde, kendi sesi değildi. Boğazını temizledi, bir daha denedi, yok, adamın sesiyle alakası yok, erkek sesi bile değil sanki, kadın sesi de denemez, tuhaf, kimliksiz, asap bozucu bir ses. Fena halde keyfi kaçtı adamın, yürümeye devam etti, duvarlara vurmaya başladı ve bir başkasının sesiyle avazı çıktığı kadar bağırmaya. Bir kapı daha gördü, tekmeyle indirdi kapıyı ve daldı odaya. Odanın içinde, dört kişi yan yana oturuyordu bir bankta, dört erkek... Beyninden vurulmuşa döndü, "Siz kimsiniz?" dedi, "ne işiniz var burada?" Sonra gözleri büyüdü birden, yumruğunu sıktı ve bağırdı, "Hanginiz Serkan?"

Erkekler kıpırdamadan ve gözlerini ayırmadan adama bakıyorlardı. "Serkan hanginiz?.. Hanginizse erkek gibi çıksın ortaya." Dört erkek, oturdukları banktan beraber ve yavaşça kalktılar, adama doğru yürüdüler ve adamı eşşek sudan gelinceye kadar dövdüler. Kadının içinde, eski sevgililer, ağzını burnunu kırdılar, dişlerini eline verdiler, tekme tokat attılar adamı odadan. Kan revan içinde koşmaya başladı koridorda, yönünü tayin edemiyordu artık, nerede olduğunu bilmiyordu, koridorlar dönüp duruyordu, çıkışı kaybetmekten korktu adam, durdu, ters istikamete doğru koşmaya başladı. Ayağı takıldı ve düştü. Halsizdi, güçsüzdü artık, sırtını duvara dayadı, gözlerini kapattı. Sıcak ve tatlı bir uykuya dalmak üzereydi ki birden uzaklardan gelen sesi duydu, gözlerini açtı, bir araba hızla yaklaşıyordu, farların ışığı adamın gözünü alıyordu. Üstü açık, eski bir Amerikan arabası, beyaz. Arabanın içinde dört beş kişi, deliler gibi dans ediyor, kahkahalar, çığlıklar atıyorlar, müzik bangır bangır, araba yanından geçerken, kadını fark etti adam, kadın da arabadaydı, ön koltukta, şoförün yanında. Şoföre baktı adam, tanıyamadı, sonra arka koltuktaki kızlardan biri şoföre bağırdı: "Serkan... Ne kadar kaldı?"

Araba geçip gitti. Kadın, adamı fark etmedi bile, içinde, fark etmediği bir yabancı madde gibiydi adam. Hafta başında kadınla beraber doktora gideceklerdi. Aylardır durmadan öksürüyordu kadın. Yokluğumda ne yapar diye düşündü, doktora bensiz gidecek, röntgeni çekilecek, beni görecek mi röntgen filminde, sevinecek mi beni gördüğüne? Hayır.

Deliye dönecek, günlüğünü okuduğumda ne kadar kızmıştı, hatırla, içinde olduğumu anlarsa kıyameti koparacak.

Hemen kalktı ve şuursuzca koşturmaya başladı adam kadının içinde, odalara girdi, odalar odalara açıldı, kapılar kapandı, rüzgârlar esti ve sonunda bir odada mahsur kaldı, çıkamıyor, ağlamaya başladı ama sesi çıkmıyordu artık, başkasının sesi bile çıkmıyordu artık adamdan. Birden bir ses duydu sonra, ayak sesi, kapıyı fark etti, kapının altından gölge gördü, biri vardı kapının arkasında, yumruklamaya başladı, kilitliydi kapı, ısrarla yumruklarken kapıyı, yavaş yavaş uyandı adam olan bitene, kapının öbür tarafındaki kendisiydi, kadının içine yeni girdiğinde gördüğü kapıydı bu, kadının yumrukladığını sandığı kapıyı yumruklayan kendisiydi ve biliyordu ki açmayacaktı kapıyı, yürüyüp gidecekti adam, kendini, kadının içinde, öylece bırakarak. Duvarın dibine çöktü, yorgundu, bitkindi artık, yavaş yavaş gözleri kapandı. İşte tam o anda, adam, kadının içinde, sonsuz bir uykuya daldığı anda, kadın, uyandı...

11.01.2013, *Radikal*

BARACK

Barack, o sabah, kalbinde müthiş bir sıkışmayla uyandı, nefes nefese, yanına döndü hemen, karısı Michelle yatakta değildi. Terli kafasını ıslak yastığa bıraktı, gözlerini tavana dikti ve nefesini düzenledi bir süre, elini yüzüne götürdü, alnındaki teri sildi. Barack, o sabah uyandığında, birkaç dakika sonra hayatının sonsuza kadar değişeceğinden haberdar değildi.

O gün, pek yapmadığı bir şey yaptı ve alt kata giyinmeden indi, pijaması ve üstünde bir sabahlıkla, ayağında küçük kızının doğum gününde ona hediye ettiği terlikler vardı. Terliklerin bir tekinin üstünde "Dünyanın en havalı", diğerinin üstünde "Babası" yazıyordu. Merdivenleri inerken, karısının evin girişindeki holde kısık sesle birileriyle konuşmakta olduğunu fark etti. Polis telsizi sinyali duydu ve bahçeden gelen koşuşturma sesleri. Kalbindeki sıkışmayı aniden yeniden hissetti Barack ve merdivenin son basamağında durdu. Kendine, duyacaklarına hazırlanmak istercesine, kısa bir zaman verdi. Yarım dakika kadar. Derin bir nefes aldı ve son basamağı indi. İşte tam o anda, Barack sağ ayağını yere bastığı anda korkunç bir patlama oldu. Dakikalar sonra kendine geldiğinde dumandan başka bir şey göremiyor ve nefes almakta güçlük çekiyordu. Avazı çıktığı kadar bağırmaya başladı, karısının ve çocuklarının isimlerini haykırıyordu. Kısa bir süre sonra tekrar bayıldı. Uyandığında ilk gördüğü yüz Tom Selleck'in yüzüydü. Barack şaşırdı, anlam veremedi. Selleck başında, yüzünde huzursuz ve endişeli bir ifadeyle ayakta duruyor ve pencereden dışarı bakıyordu. Barack'ın konuşacak, kıpırdayacak hali yoktu, bir süre, yarım açık gözlerle ünlü aktörü izledi. Selleck elini cebine soktu, bir telefon çıkardı, tuşlara bastı ve kulağına götürdü, diğer eliyle kulağının memesiyle oynayarak bekledi bir süre ve sonra konuşmaya başladı.

– Günaydın sevgilim. Bebekler gibi uyuyordun, uyandırmak istemedim seni... Hayır, bir elma yedim çıkmadan... Olur... İnternete baktın mı bu arada? Delilik... Lütfen canını sıkma, olacak bunlar. Jay aradı, beraber programa çıkar mısınız diyor... Görüntüleri kimin koyduğunu bulmuşlar bu arada. 18 yaşında bir oğlan. Hamamda bize verdikleri odaya kamera yerleştirmiş... Sana söylemiştim, İstanbul iyi bir fikir değildi. Dünyanın sonu diye bir yer yok artık... Başbakanları açıklama yapmış bu sabah, dindar bir tip. "Böyle bir hadiseye müsamaha gösteremeyiz," diyor. Bir yandan da, *Washington Post*'un sayfasına girip bir bak. Açıldığı anda Türkiye'nin tanıtım filmi çıkıyor ekranda.

Harabeler, sahiller, dönüp duran etekli adamlar, kafalarında borular. Delilik. Gerçekten delilik. Programa çıkmak iyi bir fikir olabilir, bir düşün, haber bekliyorlar... Hastanedeyim, odasında... Michelle... Doktorlar kararın artık tamamen sana kaldığını söylüyorlar. Sabah sabah keyfini kaçırmak istemiyorum ama... Biliyorum... Biliyorum Michelle... Ben sadece...

Ünlü aktör telefonda konuşmaya devam ederek odadan çıktı. Barack, patlama sabahı kalbinde hissettiği sıkışmayı yeniden hissetti. Kızlarını düşündü önce, sonra da Türkiye'nin Başbakanı'nı. Tanıyordu Başbakan'ı. Patlama gününden bugüne ne kadar zaman geçtiğinden emin değildi ama aynı kişi olmalı diye düşündü. Tom Selleck'in tarifine uyuyordu tanıdığı adam. Pek kolay kolay bırakacak birine de benzemiyordu ülkesinde yönetimi. Basına yaptığı açıklama beyhude olsa da su serpti Barack'ın gönlüne. Haklıydı Başbakan, asla müsamaha gösterilemezdi böyle bir hadiseye, Michelle nasıl yapabilirdi böyle bir şeyi, Jay Leno'ya el ele çıktıklarını düşündükçe kalbi iyice sıkıştı, sıkıştı, sıkıştı, nefes alamaz oldu Barack ve hayata sonsuza dek gözlerini kapamadan önce, Amerika'nın dünyadaki tek gerçek dostunun Türkiye olduğunu düşündü...

25.01.2013, *Radikal*

NEFES

"Dışarı çıkar mısın..." Adam dışarı çıktı. "Kapıyı da kapat lütfen..." Adam kapıyı kapattı. "Gider misin lütfen, durma orada..." Adam cevap vermedi. "Ayaklarını görüyorum kapının altından, git hadi, lütfen bekleme orada..." Adam geri geri bir iki adım attı. Beklemeye başladı. Hiç kıpırdamadan. Dakikalar geçti, saatler, akşam oldu, sesler değişti, hava karardı, renkler değişti, hiç kıpırdamadan duruyordu olduğu yerde, gözünü bile kırpmadan. Kadınla birkaç yaz önce beraber gittikleri bir kursta öğrendikleri teknikleri uyguluyordu; nefes, ben benim, nefes, ben benim, ben buradayım, ben şu an buradayım. Ben şu an bulunduğum noktadan ayrılmama kararımı bir kez daha hatırlıyorum, nefes, ben burada mutluyum, nefes, ben buraya aidim, nefes, ben benim, nefes, ben benim, nefes, ben be... Kapı açıldı. "Manyak mısın ne bekliyorsun orada, durdun mu orada öyle bütün gün, git diyorum, git, ne duruyorsun hâlâ burada?" Adam cevap vermedi. Kadın söylenerek içeri girdi ve hızla kapattı kapıyı. Sessizlik... Nefes, ben benim, nefes, ben benim, nefes, hassiktir, nefes, hassiktir, nefes, hiç istediğim etkiyi yaratmadı, nefes, hiç havalı bir şey olmadı bütün gün burada beklemiş olmam, nefes, konsolos köpeği gibi dikiliyorum burada sabahtan beri, nefes, salak gibi dikiliyorum, nefes, hiç iyi olmadı, nefes, hiç işe yaramadı, nefes, hiç, nefes, nefes, nefes... Nefes nefeseydi adam, başı dönüyordu artık, açlık, susuzluk, ağrılar ve reddedilmek. Devrildi adam, olduğu yere yığıldı kaldı, gözleri kapandı. Zaman... Geçti... Heeiieeyy, aaııaç göuuzünüü, aııaçç... Duuuyuouyor musun beni, şşt, aç gözünü, duyuyor musun beni, uyan, kalk... Boğuk ve derinden gelen sesler berraklaştı adamın kulaklarında, gözleri kapalıydı hâlâ. Yanağında patlayan tokadı hissetti sonunda ve gözlerini açtı adam. Hâlâ yerdeydi, kadın başındaydı. "Kalk hadi, al, su, iç git hemen, gecenin yarısı oldu yeter, yetsin artık lütfen, hadi gidip yatacağım bak ben, kalma burada yerde böyle, evine git hadi." Adam cevap vermedi. Kadın içeri girdi tekrar ve kapıyı yavaşça kapattı. Adam doğruldu, kadının yere bıraktığı bardağı aldı ve suyu içti. Ceplerine soktu elini arandı, birkaç gündür cebinde duran sonu kalmış bayat gofreti buldu, yedi hemen, midesi bulandı, ayağa kalktı, başı döndü, kustu, koridorun sonundaki kalorifer peteklerinin aralarını seçti kusmak için, en münasip yer orası gibi geldi adama, en görünmeyen nokta. Kapının önüne döndü, sırtını duvara dayadı, yere çöktü ve uyuyakaldı. Sabahın erken saatlerinde, aşağı katlardan gelen bir köpek sesiyle uyandı adam, çişe çıkarılan bir köpeğin havlamaları, heyecanla merdivenlerden inen köpeğin tırnaklarıyla mermer merdivenlerde çıkardığı sesler, dinledi adam, sesler uzaklaştı ve kayboldu. Apartman kapısının yayının çıkardığı sesi ve kapanan kapının gümbürtüsünü duydu son olarak, kapattı gözlerini ve bir süre sonra yüzünü ekşiterek açtı tekrar, korkunç bir koku yayılıyordu koridora, başta anlam veremedi, doğruldu, sağına soluna baktı ve fark etti. Adamın kustukları. Sabaha karşı çalışan kaloriferler ısınmıştı ve kusmuk, menemen gibi pişmekteydi peteklerin üstünde. Bir süre huzursuz adımlarla volta attı koridorda, kadının kapısına yaklaştı, kulağını dayadı ve dinledi, hiç ses yok. Uyuyor daha diye düşündü ama kalkacak, çok yakında, işe gidecek, koku gittikçe ağırlaşıyordu kapının önünde. İşte tam o anda, birden, içinde bir kurtarma gemisinin battığını hissetti adam, açık denizde. Batan geminin çıkardığı sesleri, basıncın etkisiyle kırılan gövdenin çıkardığı korkunç çatırtıyı duydu ve gitme vakti olduğunu düşündü... Çişe çıkarılan bir köpek gibi, mermer merdivenleri tırnaklarıyla çize çize gitmeliydi, kadın uyanmadan. Gözünden akan yaşı sildi ve içinden çıkanların kokusunu, kadının kapısının önüne bırakarak gitti adam.

Bir saat kadar sonra kadın kapıyı açtı, ne koku vardı, ne adam. Gözünden akan yaşı sildi kadın ve başladı; nefes, dönecek, nefes, dönecek, nefes, dönecek, nefes...

15.02.2013, *Radikal*

YAS

Gece. Geç saat. Alyansını çıkartıp nota kâğıtlarının üstüne bıraktı, oturdu ve piyanonun tuşlarında gezdirdi parmaklarını. Konser salonunun dışındaki büyük kapının kapanma sesi duyuldu. Arkasından belli belirsiz insan sesleri. Yorgun bir temizlik işçisinin mesaisini bitirip evine dönüyor olmanın rahatlığıyla çaldığı keyifli ıslığın melodisi uzaklaşarak kayboldu. Bir süre bekledi, derin bir nefes aldı ve Schubert'in Fa Minör Fantazi'sini çalmaya başladı. Dört el için yazılmış bu eserin ancak yarısıydı çalabildiği. Diğer yarısını son 35 sene boyunca o çalmıştı.

Yüzlerce kez yan yana oturmuşlar ve yüzlerce insanı büyülemişlerdi eşsiz uyumlarıyla. Şimdi gecenin yarısında, piyanonun karşısında, tek başınaydı. Durdu, ellerini kaldırdı tuşlardan, alyansına baktı göz ucuyla, uzanıp aldı ve tam takarken parmağına, gözyaşlarına boğuldu. Dev konser salonunun kusursuz akustiği duvardan duvara gezdiriyordu hıçkırıklarını ve yaşlar yavaş yavaş süzülürken yanaklarından, selam veriyorlardı sanki boş koltuklara.

Kalktı, gözlerini sildi, üzerindeki ceketi çıkartıp katladı, uzanıp yattı yaşlı bedeniyle sahnenin ortasına ve ceketini yastık yaptı başının altında. Tavandaki dev spotlarda, yürüme yollarında gezdirdi gözlerini bir süre, ellerini kaldırdı sonra, havada tuttu ve bileklerine baktı, tırnaklarına. Sağ dizini çekti, diz kapağını kaşıdı ve iki yana açarak bıraktı kollarını sonunda. Derin bir nefes aldı, tuttu, 10'a kadar saydı içinden ve tam bırakırken havlamayı duydu!

İrkilerek doğruldu hemen, hızla toparlandı olduğu yerde, soluna baktı ve köpeği gördü. Tasmasına takılı uzun kayış yerde sürükleniyor, hayvan nefes nefese, dili ağzının içinde bir ileri bir geri, jilet gibi bir doberman. Yaklaşıp ayak uçlarına kadar geldi ve gözlerinin içine baktı yaşlı piyanistin. Bir süre öylece durdular. Piyanist hiç kıpırdamıyor. Gergin, tedirgin. Sonunda harekete geçti, sahneden çıkmak istiyordu ama köpek asabileşti, hırlamaya başladı, piyanistin önünü kesti. Diğer çıkışa yöneldi hızlı adımlarla, köpek erken davranıp çıkışa vardı ve engel oldu sahneden çıkmasına. Dönüp boş koltuklara baktı piyanist, korkmaya başlamıştı artık, huzursuz nefes alıyordu, can havliyle koltuklara doğru koştu, merdivenlerden inip soldaki ilk seyirci çıkış kapısından dışarı atmaktı derdi kendini. Köpek ok gibi fırladı, piyanist sahneden inemeden önüne geçti ve yakaladı paçasından, piyanoya doğru çekmeye başladı. Piyanist teslim oldu, çeke çeke piyanonun önüne kadar getirdi köpek piyanisti, paçasını bıraktı, kaldırıp başını yüzüne baktı ve tek bir kez havladı. Bütün duvarları yalayan bu koca ses piyanistin yüreğini ağzına getirdi, yavaşça oturdu piyanonun başına ve oturduğu anda köpek birden şefkatle sokuldu piyaniste, kafasını dizinin üstüne koydu, gözleriyle yukarıya, piyanistin yüzüne bakıyordu. Bu haliyle, haylazlık yaptığı için affedilmeyi bekleyen küçük bir çocuğa benziyordu. Piyanist çekinerek elini köpeğin başına koydu, köpek kuyruğunu sallayarak dile getirdi memnuniyetini ve sevdirdi kendini dakikalarca. Piyanist yumuşamış, rahatlamıştı artık, üstündeki gerginlik değil, içindeki merak yönetmeye başlamıştı piyanistin düşüncelerini. Nereden çıktı bu köpek? Kimin köpeği? Ne işi var burada? Benden ne istiyor!

Elini çekti köpeğin başından, köpek kıvrılıp ayağının dibine yattı ve piyanist yaşlı parmaklarını yavaşça tuşların üstüne bıraktı. Schubert'in Fa Minör Fantazi'sinin yarısını çalmaya başladı tekrar. Ama yıllardır çaldığı yarısını değil, iki hafta önce ölen kocasının 35 senedir çaldığı yarısını...

Köpek uslu uslu yatıyordu ayağının dibinde. Yaşlı piyanist eseri tamamladı, parmaklarını kaldırdı tuşların üstünden, ellerini kucağında birleştirdi. Köpek doğruldu, esneyerek gerindi, piyanistin yüzüne baktı, kısa bir süre göz göze durdular. Dayanamadı ve sordu piyanist: Kimsin sen? Köpek gözlerini ayırmadan bakıyordu piyaniste. Sonunda, sahibi çağırmışçasına hızla indi sahneden, gözden kayboldu. Piyanist arkasından baktı. Kocasının meşhur kahkahasını duydu zihninde birden. Herkes tanırdı o sesi, tüm dostları. Suya düşen taşın yarattığı hareler gibi yayılırdı kahkahası evin bütün odalarına. Notalarını topladı, ayağa kalktı ve evine gitti. Yatakta uyumayı denedi. Kocasının ölümünden bu yana yatakta uyuyamıyor, çalışma odasındaki koltukta kıvrılıp kalıyordu. Yine öyle oldu. Sabaha karşı mutfağa gitti ve bir bardak süt ısıtmak istedi kendine. Parmakları titriyordu. Korktu, nefesi sıkıştı. Korkunç bir sonun habercisiydi yaşlı bir piyanist için titreyen parmaklar... Koltuğa döndü, üşüyordu, yaşlı bedeni ne tarafına dönse sızlıyordu ve piyanist, koltuğun kenarındaki köşe yastıklarının rahatına özeniyordu. Sabahı zor etti, geceliğinin üstüne eski bir pardösü giydi ve ayağında terliklerle çıktı evden, bir taksi çağırmak için elini kaldırdı ve havada titreyen parmaklarına baktı, kalbi sıkıştı, indirdi elini ve yürümeye başladı. Konser salonuna gidiyordu...

Binanın kapısı kilitliydi. İçeride kimse yok, sabahın erken saati. Cebine götürdü elini, evinin anahtarını çıkardı ve sivri ucuyla vurdu cama, birkaç kez. Bir süre sonra bir güvenlik görevlisi göründü. Esneyerek kapıya kadar geldi, piyanisti görünce, komşunun karısıyla yatakta basılmış gibi bir ifade yerleşti adamın suratına. Kapıyı açtı. Koridorlarda ilerlediler. Yaşlı piyanist derdini anlatmış ve bir ricada bulunmuştu. Odaya girdiler. İki kişi vardı odada, biri uyukluyor, öbürü telefonuyla oynuyordu. Piyanisti görünce doğruldular, uyku ve bayat çay kokuyordu oda. Görevli meseleyi anlattı, görüntüleri tarayarak bir önceki gecenin kayıtlarına ulaştılar. Güvenlik kamerası kayıtlarında köpek yoktu. Yanındaki görevlilerden utana sıkıla izledi kendini ekranda dakikalarca yaşlı piyanist. Schubert'in Fa Minör Fantazisi'nin ikinci partisyonunu çalarken, birden gözyaşlarına boğulurken, sahnenin ortasında yatarken, var olmayan bir köpekle köşe kapmaca oynarken, usta bir pantomim sanatçısı gibi, hayalî bir köpek bacağını çekiştiriyormuşçasına kendi kendini piyanonun yanına kadar sürüklerken... Hiçbir şey söylemeden çıktı odadan. Güvenlik görevlileri arkasından şaşkınlık içinde baktılar, sonra birbirlerine döndüler ve aralarında hiç konuşmadan, duayen piyanistin akıl sağlığını kaybettiği konusunda hemfikir oldular.

Yaşlı piyanist ise aklında birlikte geçirdikleri son yılbaşı, kalbinde tarifsiz bir sızı ve kulaklarında kocasının meşhur kahkahası, gülümsedi ve düşündü: Yine yaptı numarasını... Binadan çıktı. Parmaklarına baktı, titremiyorlardı artık. Gün başlamıştı, yavaş yavaş hareketleniyordu sokaklar. Kocasının son yılbaşında kendisine hediye ettiği romanın son cümlesi geldi aklına. Genç bir kız hızla yanından geçerken piyanistin omzuna çarptı, sendeledi ama ayakta kaldı yaşlı piyanist, üç dört metre uzaktaki bir dilenci düştü yere, piyanistin yerine. Hazırdı artık, vakit gelmişti... Elini uzatıp yardım etti dilenciye, ayağa kaldırdı, teşekkür etti ve otuz sekiz yıldır beraber uyudukları eve doğru yürürken, otuz sekiz yıllık hayat arkadaşının yasını tutmaya başladı.

08.03.2013, *Radikal*

ÖYLE

Evi yıkma kararı aldılar, oturanlara daireleri boşaltmaları için birkaç ay zaman verdiler, birkaç gün bile beklemedim. Yaşlı kapıcının yaşsız karısı bir pazar akşamı çöpü almaya geldiğinde verdi haberi, kafası eğik, elleri önünde bağlı, dua mırıldanır gibi bir sesle uzun uzun anlattı durumu, sonra da başını kaldırıp yüzüme baktı. Çaresizlik vardı suratında, o an değil sadece, her an, mutlu da olsa, mutsuz da, gülse de ağlasa da suratında hep aynı çaresizlik olan bu kadının kesinlikle ve net bir cevap bekler gibi bir hali vardı şimdi karşımda. Yıllarca az kahrımı çekmeyen, haftada bir evimi temizleyen, donlarıma kadar yıkayıp, mendillerime kadar ütüleyen ve hatta bir keresinde haftalardır arayıp bulamadığım ve muhtemelen kendisine defalarca sorup bunalttığım çizmeleri bularak ve gizlediğim bir cinayet delilini ortaya çıkartmış gibi koca yemek masasının tam ortasına koyarak beni epey şaşırtan bu kadın, kesinlikle bir cevabı hak ediyordu. Gülümseyerek baktım kırklarında mıdır, elli midir, otuz mudur, kız mıdır, abla mıdır asla anlayamadığım kadına. Belki de tam bunları düşündüğüm için yüzüne bakarken şu laflar çıkıverdi ağzımdan; "Benim de yarın doğum günüm, kırka giriyorum, nasıl geçti seneler..." Kafadan zor bir matematik işlemi yapıyormuş gibi bir ifade oluştu kadının suratında, bir süre öylece durduk ve sonra ben çocukluğumdan beri ne yapacağımı bilemediğim anlarda hep yaptığım gibi esnedim. "Öyle..." dedi kadın, o kadar, öyle... Parmağımı kaldırıp beklemesini istediğimi belli eden bir işaret yaptım, eve girdim ve kısa süre sonra döndüm, döndüğümde başındaki örtüyü düzeltiyordu. Çöpü ve evin anahtarını kadına verdim, ne isterlerse alıp kullanabileceklerini, isterlerse her şeyi satabileceklerini söyledim ve ertesi sabah gün ağarırken küçük bir bavula birkaç üst baş ve babamdan kalan boş bir losyon şişesini koyup çıktım sokağa, sekiz senedir yaşadığım evden, sokaktan, mahalleden, otuzlu yaşlarımdan taşındım ve kısa süre içinde, başka bir mahallenin başka bir sokağında, yeni bir eski binada, eski bir alışkanlıkla yeni bir hayat kurmaya çalışırken buldum kendimi. Genç değildim artık, yaşlı da değildim, kapıcının karısı gibiydim, yaşsızdım ve çaresizdim.

GINGER

Ginger o sabah uyandı, yataktan kalktı ve yüzünü bile yıkamadan dünyadan uzaklaşmaya başladı. Atmosferi geçerken acıktığını ve evden çıkarken dolaptan karnı kazındığında atıştırabileceği birkaç parça bir şey alıp ceplerine koymuş olmanın ne kadar iyi bir fikir olabileceğini düşündü. Evet, kesinlikle böyle yapmalıydı ama iş işten geçmişti artık. Belki bir dahaki sefere. Bu düşüncelerle dünyadan hızla uzaklaşırken parçalanmış bir uydudan koptuğunu tahmin ettiği bir parça hızla yanından geçti, Ginger'ı ıskaladı ve gözden kayboldu. Ginger ucuz atlattığını düşündü önce, ne kadar şanslı olduğunu. Belki de milimetrik bir farkla kendisine çarpabilirdi yenip çöpe atılmış alüminyum folyo kaplı kartondan dev bir noodle kasesine benzeyen bu uzay çöpü. Ancak kısa bir süre sonra Ginger'ın ruhunu tarifsiz bir yalnızlık hissi istila etti. Belki de her sabah yaptığı gibi o sabah da yine nehir boyunda koşmalı ve köşedeki fırından sıcak ekmek ve kahve alıp evine dönmeliydi. Bir sonraki başıboş uydu parçasının da Ginger'ı ıskalamayacağı ne belliydi. Ayrıca Ginger kafasındaki düşünceleri belli bir düzene koymak ve hayatıyla ilgili geleceğini belirleyecek önemli kararlar almak için çıkmıştı bu seyahate sabah sabah. Her zamanki ortamından biraz uzaklaşmanın kendisine iyi geleceğini, daha sakin ve sağlıklı düşünebileceğini, geleceğini belirleyecek doğru kararları vermek için uzayın muhteşem bir yer olduğunu düşünmüştü. Sessiz, sakin, dış etkenler tarafından etki altına girmeye imkân tanımayan harika bir ortam. Tanıdık yüzlere rastlayıp huzursuz olacağı ve hayatı gözüktüğünden çok daha neşeli ve doluymuş gibi davranmak zorunda kalacağı bir kafeden kesinlikle daha iyi.

ESNEMELER

Esnemelerin gizlenmediği ve eniştenin en zengin olduğu ailelerden birinde büyümüştü. Fakir düğünler, kalabalık cenazeler, yanık türküler ve uyuz köpeklerle.

Zaman zaman *Kur'an* okuyan halasıyla evlere gidiyor ve ekmek suratlı bu kadın kaybolmuş bir eşyanın yerini hatırlamaya çalışan biri gibi gözlerini kısıp havalara bakarak dua okurken bir kenarda oturup başka hayatları izliyor, kendinden geçerek başlarını sallayan ev sahiplerini gülünç buluyordu. Kapıdan çıkarlarken, sanki baştan para konusu hiç konuşulmamış gibi utana sıkıla halasına ödeme yaparlar, ona da ya bir şeker, ya da reçelli bir ekmek dilimi verirlerdi. Şeker verilen evler, şehir merkezine daha yakın olanlar oluyordu çoğu zaman. Kendi mahallelerinden uzaklaştıkça şekerlerin kâğıtları süslü ve tatları sürprizlerle dolu oluyordu. Yakınlardaki evlerde şanslıysa bir dilim ekmek, kendi mahallelerindeyse ne şeker ne ekmek, ya beş karış bir surat ya da kafaya sevecen bir tokat.

UYUYAN BEDEN

Orta yerinde terk edilen rüyalar, ceket ceplerinde unutulmuş kanyak şişelerine benzeseler, kapakları olsa, saat yönüne çevrilse, yıllar boyu bekleseler...

Kimi sabahlar, ölüleri kıskanır, uyanmak sevmez bedenim. Ne bir rüyanın kalanıdır onu tutan, ne helanın uzun yolu, ne de odaya dolan, duvarları kör eden lekesiz aydınlık. Boylu boyunca uzanır kalır yatakta, asfalt üstünde tebeşirle tespit edilmiş bir ceset resmi gibi. Ben kalksam da, yıkasam da yüzümü, o soğuk çarşafta kıpırtısız, diker tavana iki gözünü ve sesleri dinler. Üç beş insan yavrusu bahçede, pencerenin pervazında irili ufaklı güvercinler, uzaklardan gelen otomobil kornaları. Hiç rahat bırakmazlar onu, sesler kulaklarını tırmalar. Hele ben, çekilmez bir gürültüyüm, gün boyu ses çıkarırım, oturmalarım, kalkmalarım, eşyalarla temasımdaki kabalık, hem bazen radyo açarım, kanal ararım, bulamam, bulamadığım yerde bırakırım, baş edilir türden adam değilimdir. Uyuyan bir beden, kendime bile ait olsa, saygıda kusur edebilirim. Düşüncesiz ve hatta yerine göre küstah bile denebilir benim için... Ne var ki kabullenmediğim, huysuzlukla reddettiğim tek suç vardır, tembellik... Tembel adam bedenine yenilir, bense radyo dinlerim, gün boyu...

ÇEKYAT

Beklenti, kör bir dilencinin gözlerine benzer. Gözler aldatıcı olabilir. Aldanmak istemez insan. Körlük ustalıkla taklit edilebilir. Eliniz cebinize giderken, gerçekten kör bir insana yardım etmek için mi vereceksiniz paranızı, yoksa alaylı bir aktörün gösterisine bilet mi alıyorsunuz, bilmek isteyebilir insan. Kandırılmak istemez. İşte bu düşüncelerle cepten çıkan demir paralar, şüphenin tavında dövülür. Her tür beklenti, insan zihnine yakışıklı bir şüphe düşürür. Korkunun kurduğu bir aile yaşar insanların göğsünde. Beklenti oğlu, şüphe ise torunudur korkunun. Bu ailenin cebinden çıkan para, dilenciye bile uğursuzluk getirir sadece. Beklentinin yarattığı şüphe, insanları çirkinleştirir. Dilenciye para, dilenci kör olduğu için değil, siz gördüğünüz için verilir. Dilencinin yatacak yeri olmadığı için değil, sizin evinizde koca bir çift kişilik yatak, salonda da bir çekyat olduğu için verilir. Dilenci kör değil, usta bir taklitçiyse de yeteneğine saygıdan vermek gerek o parayı. Yeteneğe verilen kıymet, insanlara şans getirir, şüphe ise, hepimize, sadece uğursuzluk...

GAZETE YAZILARI

ERGEN

Sanıyorum medeniyetin en kıyak servislerinden biri, tarafsızlık hakkı. Özgürce ve huzur içinde, gerine gerine tarafsızlığınızı ilan edebilmek. Yanlış anlaşılmasın, fikirsiz olmaktan, vurdumduymazlıktan, taraf tutmaya korkmaktan, çekinmekten, düşünmeye üşenmekten bahsetmiyorum. Ortada iki taraf varsa, her iki tarafa da aynı mesafede durabilmekten bahsediyorum. Aklınızın yettiğince, bilginiz ve görgünüz ölçüsünde, samimiyetle kafa patlattıktan sonra, Mavi Marmara meselesinde mesela, İsrail'in kabahatinin hükümetinkinden daha çok ya da daha az olmadığını düşünmek. Aynı deste içindeki iki 50 liralık banknot kadar eş ve eşit. Mesela diyorum. Sadece mesela. Ergenekoncularla Ergenekinciler arasındaki çift yumurta ikizliğini görmek mesela. Hepimiz yeni gelinler gibiyiz, henüz Vatandaş Kimdir sorusuna bile hakkıyla cevap bulamamış bu ergen ülkede. Yüzyıllardır reşit topraklara kurulmuş bir ergen ülkede yaşıyoruz, 18'ine basmamış sivilceli bir oğlan gibi, aklımız hep havada, elimiz hep orada. Ergene konanlar hapiste şimdi, ergene kindarlar hükümet, ergene kuntikler muhalefet. Bir gün bu ayarlar da değişecek elbet, elden ele gezecek, çürük yumurtalarla dolu, eşit boyda üç sepet.

Medeniyetin, varlığıyla olgunlaştırdığı toplumların bireylerine verdiği en güzel hediye, sepetlere eşit mesafede durabilmek ve bu yüzden hor görülmemek, şahsiyetsizlikle, vicdani sorumsuzlukla suçlanmamak. En özgün fikirler, en faydalı buluşlar, en sanatsal kopuşlar, hep en tarafsız kafalardan çıkmış tarih boyunca. Özgürce tarafsız olabilmek ve kalabalıklar tarafların bayraklarını sallarken, soğuk ama seçilmiş bir yalnızlık içinde, tekil bir aklın önderliğinde var olabilmek. Kendi aklından sorumlu, kendi fikrine vicdanlı, kimseleri de yok saymadan, her tekil akla sevdalı. Soğuktur bu türden bir yalnızlık ama soğukta daha dinç olur insan. Üşüyünce üzerinize bir bayrak örtüvermek kolaydır, taraf seçmek sıcaktır, mayışıverir insan.

Sosyal mesafe, medeniyet ölçüsüdür. Gelişmiş ülkelerin köklü ve büyük şehirlerinde dev meydanlar boşuna yok. Tevazu ve bilgelik, kavrayış ve anlayış, olaylara ve birbirimize medeni mesafelerde durdukça mümkün. Aşırı uzaklık ve aşırı yakınlık, körleştirir insanları, olaylar ve durumlar bulanık algılanır, hayal gücü kısıtlanır ve medeniyetin baş düşmanı, hayal gücünden yoksun insanlardır. Din, ırk, sınıf, statü... Yalnızlık korkusuyla yaratılmış sosyal aidiyetler, kaybetme korkusuyla sürdürülen mutsuz ilişkiler gibidir, kolunuz belinde, gözünüz dışarıda, günü kurtararak geçer ömür, zoraki sevgiliyle. Taraf tutmak uzaklaştırır bizi birbirimizden ya da manyakça yakınlaştırır. Yalnızlıktan korkmayan akıllı kalpler diliyorum hepimize, iyi hafta sonları ve olaylara, birbirimize sağlıklı mesafeler...

12.04.2013, *Radikal*

YARA

Yakınlarınızın isimlerine yabancılaştığınız olur mu hiç? Bana çok olur. "Aaa... Benim annemin adı Nermin..." gibi bir kafaya girebilir insan. Ya da sevgilisinin mesela, sadece adıyla da küsüp küsüp barışabilir.

En fenası kendi ismine yabancılaşmak tabii. Tahmin edilebileceği gibi ben fena değilim bu konuda, "Yaa Allah aşkına Berkun ne, ne Berkun'u?" diye düşünürken bulmuşumdur kendimi çok kereler. Zaten çoğu zaman da yanlış söylenir ismim, Berkut derler, Berkhun derler, hiç emin olamayıp, riske girmek istemeyenler Beaeun gibi tuhaf bir ses çıkarırlar.

Bülent Erkmen, Berkün der mesela, hiç düzeltmem, hoşuma bile gider bazen, yıllardır bir sürü afiş tasarladı yaptığım oyunlara, hep de doğru yazdı adımı afişlere sağ olsun ama ısrarla Berkün der bana ve ben asla düzeltmem, gerek yok çünkü, hırsız evine kadar kovalanmaz. Yakın arkadaşlarımsa Berksan derler, tabii o onların eşekliği.

Acayiptir isim. Cesurdur, şakacıdır. Huy, kilo, tip, karakter tanımaz, rezil de eder, vezir de eder adamı, 100 kilo kızlar tanıdım Fidan isimli, bir tellak vardı mesela Bursa hamamında zebellah gibi, adı Serpil'di. Birleştirici, bağlayıcıdır isim, çöpçatandır. Kim bilir, belki de birilerinin telefon rehberinde arka arkayadır, Bülent Arınç ve Bülent Ersoy. Zeynepler Defneler ekseri güzeldir, Kaanlar hep genç. Bir dönem Yeni Sinemacılar tekerleme gibiydi mesela, Su Akar, Deli Bakar, Serdar Akar, Önder Çakar. Recep adı mesela, kafanızdaki Recep'i düşünün, başbakanın adı da Recep, nasıl yapacağız... İsim acayiptir. Ve bazen, nadiren de olsa, bir isim, bir adama, çok yakışır.

Lafı getireceğim yerde bir adam var, ismiyle cismiyle, insanlığın hafta sonu gibi bir adam. Farklı görüşleriyle tanır onu, farkı tarif etme lüksüne sahip çoğunluk. Ama o insan bedeninde bir kısa devredir. Çoğunluğun gözünde farklıdır ama çoğunluğa benzer sokakta, üstü, başı, bıyığı, kolay ayırt edemez onu kendinden, ona dil uzatanlar, onlar kadar uzundur dili ama onlarınkinden kıvraktır, onun dili ağzının içinde sustalı bir bıçaktır, kestiği kulak kanar ama o aynı dille bir kedi gibi yalamayı da bilir açtığı yarayı. Yara nedir bilir çünkü, ezelden beri yaralıdır.

Geçenlerde bir hikâye duydum. Yıllar öncesinden bir hikâye. Günlerce işkence edip sonunda bir odaya tıkıyorlar onu ve yanındakileri, hap kadar, pislik içinde bir hücre, kemikleri sızlayan bir sürü adam, sıkış tepiş bir hücrenin içindeler. İçerisi karanlık, kimsenin ağzını açmaya hali yok ve o, "Arkadaşlar," diyor, "en kötü günümüz böyle olsun..."

Sırrı'nın sırrı bu hikâyenin içinde gizlidir bence, her yetişkin bir çocuğun cesediyse, şahane ölü taklidi yapar ve bıyık altından güler o, bütün işkencecilere. İsimler acayiptir ve ismi çok yakışır ona, ismine benzer o, ismi de ona. İsimler kadar acayiptir bu ülke. Uzaklardan mavi gözüken dağlar gibidir. Yaklaştıkça kararır. Bir hücrenin içi kadar karanlıktır Türkiye, Sırrı'larla aydınlanır. Ve bizler bu ülkede, birbirimizden habersiz, aynı başka dünyalarda yaşarız. Recepler, Mihranlar, Bülentler ve Sırrılar.

Sevgisiz büyümüş bir baba gibidir bu ülke, hatırladıkça yaralarını, bağlanır basireti ve döver kendi çocuklarını. Arkadaşım Sırrı ve arkadaşları, açlık grevindeydi, geçen hafta çıktılar. Acaba neler döndü, ne hesaplar yapıldı, sevgisiz babalar, aralarında neler konuştular, çıkmasalar ne olurdu. Sırrı açlık grevindeyken, ne zaman toktu ki diye düşündüm ben. Bu ülke Sırrı Süreyya Önder'leri ne zaman doyurdu...

23.11.2012, *Radikal*

HALI

Erkek – Aç mısınız?

Kadın – Hayır. Evliyim ben...

Erkek – Ben esmer olduğum için acıktım.

Kadın – Yanlış anladınız. Başka bir söze başlamıştım ben.

Erkek – Nasıl acıkmam... Sabahtan beri bir şey yemedim, boyuna içtim...

Bu diyalog, Melih Cevdet Anday'ın *Mikado'nun Çöpleri* oyunundan. Dünya drama edebiyatının nazar boncuğudur bence bu oyun. Bu diyalogdan yola çıkarak iletişimsizlik üzerine kurulduğu düşünülebilir oyunun. Oysa bana göre Melih Cevdet, hem bu diyalogda, hem de oyunun geri kalanında ustalıkla ve ısrarla, iletişimin gizemli katmanlarını gösterir bize. Birkaç gündür sürekli aklımda Melih Cevdet, oyundaki Erkek, Kadın, bir de Şeref Abi...

On küsur sene önce tanıdım onu. Krek'i yeni kurduğumuz zamanlarda. İlk oyunumuzu yapıyorduk. Benim yazıp yönettiğim *Eller Yukarı, Bu Bir Oyundur* adında bir oyundu. Oyunun kendisi, adından bile kötüydü. Pek paramız yoktu.

Hiç seyircimiz yoktu. İlk oyuna 6 Nokta Körler Vakfı'ndan toplu bilet alarak gelmişler ve en ön sırada oturmuşlardı. Hiç unutmam, muhteşem bir başlangıç yapmıştık Krek serüvenine... Bugün tiyatronun maddi durumu çok farklı sayılmaz.

Ama şubata kadar bilet yok oyunlara. Eşi dostu oturtacak yer bulamıyoruz. Ne güzel. O günlerde ise geçtim seyirciden, dekorun çivisini bile evden getiriyorduk. Halı gerekmişti oyun için, küçük bir parça halı belki ama hayati önemi var bizim için. Belki şimdi vardır, o zamanlarda zordu, gerçekçi görünen bir çim halı bulmak. Üstelik çok pahalı, para verip almaya kalksak, halıya oynayacağız oyunu bir sene.

Beşiktaş'ta sokakta yürüyorum. Dertliyim, düşünüyorum, halıyı bulamazsam, tiyatro kariyerim başlamadan bitecek sanıyorum. Bir vitrinin önünden geçiyorum. Ve o an... Tam da aradığımız halı... Vitrinde... Kız gibi duruyor bir platform üstünde, yanaklarım kızardı, elim ayağım birbirine dolandı, sokağın ortasında, hoşlandığı çocuğun saçını çektiği liseli kızlar gibiyim. Bir cesaret daldım dükkâna. Şaşırtıcı bir ses karşıladı beni. Şeref Abi'nin sesi, en dublaj jönü oyuncunun sesinden daha yakışıklıdır. Müşfik Hoca'nın sesiyle aynı kumaştan kesilmiş gibidir adeta. Karizmatiktir ve sevecen...

Bu hayattaki nadir inceliklerin ve güzel şeylerin kıymetini bilen insanlara has bir olgunluk vardır onda. Sevmek ve değer bilmek ne öğretilir, ne genetiktir. İnsan sevmek ve değerini bilmek, kabiliyettir. Bu kabiliyete sahip, özel bir adamdır Şeref Abi. Uzun uzun anlattım ona, kendimi tanıttım o gün Beşiktaş'taki o dükkânda, oyundan bahsettim, konusundan, sohbet ettik diyeceğim ama pek de sohbet sayılmazdı yaptığımız, ben makine gibi konuştum, o da babacan bir mahkeme hâkimi gibi dinledi. Ben ifademi sundum, o da kararı verdi. Yanındakilere döndü, Berkun'un istediği halıyı güzelce bir paket yapın arkadaşlar dedi, o halı sahneye çıkacak... Para pul istemedi Şeref Abi, "Unutma bizi yeter," dedi, "haberdar et yeni oyunlarından, madem böyle güzel bir maceraya çıkıyorsunuz, bir parçası et bizi de, bir şartla ama, davetiye istemeyiz, bilet alacağız..."

Yıllardır hiçbir oyunumu kaçırmadılar, Şeref Abi ve eşi Harika Hanım, Krek'in kadrolu seyircisi oldular. Şimdi *Radikal*'deki yazıları da takip ediyor Şeref Abi, ara sıra telefonda konuşuyoruz, yazılar, oyunlar, hayattaki nadir incelikler ve güzel şeyler üzerine sohbet ediyoruz. İletişim, insanlar birbirini yormadan ve zorlamadan anladıklarında kıymetlidir.

Gönülden, beklentisiz ve özgür olduğunda. İlle anlaşmak için değil, anlamak için insanları, insanlarla konuşup, hayatla anlaşmak için gerekli iletişim.

Melih Cevdet'in oyununda Erkek ve Kadın, karlı bir gecede, ıssız bir sokakta karşılaşmış iki yabancıdır. Birbirinin halinden anlayan iki insana dönüşürler sonunda. Din, ırk, ahlak, siyaset, cinsiyet. Hiçbir konuda birbirinin halinden anlamayan insanların müdavimi olduğu, rutubet kokan köhne bir Beyoğlu barına dönüşüyor ülkem. Müzik berbat, biralar su gibi, pist boş, herkes sarhoş... Kimse dinlemiyor birbirini, bitmez bir maç var kafalarda; kim haklı, kim haksız. Ne top tüfek, ne atom bombası, insanoğlunun en tehlikeli icadı, haklılık madalyası. Çoğunluğun plastik vicdanı kimin boynuna takarsa o madalyayı, hayat ona güzel. İletişimin gizemli katmanlarına her gün biraz daha körleşiyor insanlar, haklılık fetişiyle sarhoşlar. Dindarı kindarı muhalefeti iktidarı, hepsi haklılık pornosunda başrol oyuncuları.

Uzun bir ömür diliyorum sana Şeref Abi, sevdiklerinle... Kim bilir ne çoktur sayıları, biliyorum, tüm sevdiklerin kalbinde, birer şeref madalyası...

14.12.2012, Radikal

CUMA

mevsim boş
ne yaz gibi sarı
ne kış gibi sarı
uzandım üstüme
iki metre yatıyorum
zaman boğaz
kalbim yalı
bekliyorum
kusura bakmasınlar
ne üşür
ne ısınırlar
mevsim boş
okurlar tatil bu cuma
uzandım üstüme
kemiklerime batıyorum.

01.02.2013, *Radikal*

POST-GRİP

"Kötü bir son, sonsuz bir umutsuzluktan iyidir."

Asghar Farhadi'nin bir filminde duydum bu cümleyi. Geçen hafta. Duyduğum andan itibaren ara ara aklıma geliyor.

Birilerini dinlerken, konuşurken, ayakkabılarımı giyerken, tuzlu suyla burnumu yıkarken, eczacı kadının elişi dersini fazlasıyla ciddiye alan küçük bir kız çocuğu gibi, küçük bir makasla ilaç kutularındaki barkodları kesişini izlerken, yatakta gözlerimi tavana dikip *La Traviata*'nın başlamasını bekleyen bir opera seyircisi gibi uykuyu beklerken ve başka zamanlarda aklıma geliyor.

Bu cümleyi düşünüyorum ve hayatımdaki karşılığını. Ne çok kez, kötü sonların keskin acısına katlanmaktansa sonsuz umutsuzlukların afyonuyla uyuştuğumu düşünüyorum. Tercihlerimin samimiyetsizliğini sahte kahkahalarla ne şahane örttüğümü. Gerçeği, sevdiklerimin yanaklarına ıslak ve dürüst tokatlar gibi şaplatmaktansa onları sonsuz belirsizliklere terk ettiğim zamanları düşünüyorum ve bunun adını nasıl "vicdan" koyduğumu.

Değişen duygularımın yarattığı yeni ruh hallerini gizledim, sevilen notaya basmaya devam ettim, kimsenin eğlencesini bozmak istemedim, vicdansızlık olurdu bu. Sadece başkalarına duydukları hayranlıktan beslenen insanlara, o yolun sonunda bir gün aynı başkalarına duyacakları nefretten başka pek bir şey olmadığını söylemedim. Bıraktım beslensinler, onları aç bırakan ben olmak istemedim. Vicdansızlık olurdu bu. Daha bir sürü örnek var. Daha nice vicdan baklavası, onları oyala, kendini kandır, acıysa gerçek, şerbete daldır.

Yıllar koşarak geçiyor önümüzden. Zaman, askıdan düşen gömlek. Hep de böyle yapmadım tabii, bana da ayıp ediyorum biraz ama günlerdir sanki macunla dolmuş sinüslerim ve acıyla sızlayan kemiklerim, yaptığım zamanları düşündürüyor bana sadece.

Muhtemelen yalnız değilimdir, o yüzden yazıyorum galiba bunları, okudukça birilerinin düğmelerine basıyordur belki. Tabii herkes kendi meşrebince yaşıyordur bu durumları ama sözleri farklı, bestesi aynı şarkılarız muhtemelen. Suçluluk duygusu, kimseleri üzmemek arzusu, "Sen ağlama, kıyamam"lar falan hep en tilki esnafların akşam tezgâhları.

Asıl suç, suçlu hissetmektir zaten çoğu zaman ve biz suçlu hissederek gizleriz bu suçu, kendini yutan kara deliktir suçluluk duygusu. Bir insana kıymak da illa şakağına silah dayayıp tetiği çekmekle olmuyor, gerçeğin, sevdiği biri tarafından insandan gizlenmesi de bir tür cinayet. Üstelik gerçek, kendinden kaçanı en gülünç durumlara düşürüyor her zaman. Bir gün geliyor, gerçekten kaçanlar, tutmayan dizilerin çakma jönleri gibi kalıveriyorlar ortada.

Gerçeğe nanik yapmanın her türlüsü trajikomik. Bir ay ömrü kalmış adama son gün haberi vermek, AKP'ye oy atıp eşten dosttan gizlemek, CHP'ye oy atıp AKP'yi istemek, ayrılamadığın için evlenmek, boşanamadığın için çocuk yapmak, yalnız ve serseri takılıp *Facebook*'a günde yirmi şarkı koymak, salaş görünmek için üste başa dünyanın parasını harcamak, çocukken ağlayınca verdikleri şekeri, büyüyünce ağlatarak almak.

Neyse, dağıtmaya başladım lafı. Hastaydım geçen hafta, yaralı bir kuş gibiydim günlerce, arada eczaneye çıktım, arada çorba içmeye, tüylerim rüzgârla uçuştu, ürperdim ve yatağa döndüm, ne kanat çırpacak halim vardı ne ötecek lafım. En zayıf zamanımda yakaladı beni bu cümle: "Kötü bir son, sonsuz bir umutsuzluktan iyidir." Bir kutu antibiyotik yuttum geçen hafta, sinüslerim hâlâ açılmıyor. Bir cümle duydum geçen hafta, içimde kapılar kapanıyor.

Herkese iyi bir hafta sonu diliyorum ve hayali bir gelin başı...

08.02.2013, *Radikal*

BİRİ

Biri olmak ister. Herkes. Biri. Doktor Nihat, Avukat Esin, Yüksek Mimar Korhan Bey, Alçak Gönüllü Bihter, Son Osmanlı, Yeni Lefter, Falan Grubun Basçısı, Filan Otelin Aşçısı, Başbakanın Sağ Kolu, Beşiktaş'ın Sol Beki, Ünlü, Komünist, Zengin, Aktivist, Şakirt, Oshocu, Ülkücü, Hipster, Popstar, hayalde hep biri olmak var. Asar keser yıkar döker kasar kasar ve yüzde 90-95 oranlarında sıçar batırır insanlar, biri olma yolunda. Eğitim falan da şart değil biri olmak için. Tesadüfen biri olup, birinden biri olan var, kraldan kralcı olmak gibi. Ünlü yakını mesela, fantastik karakterdir, biridir artık iyi kötü, piyango vurmuş insandır. Daha neler neler, birinin eski sevgilisi olmakla biri olup hava atan var, alt katında falan kişi oturduğu için biri olan var, filan şarkıcıyla aynı vapura bindiği için göğsü kabaran, günü kurtaran var. Olduğu yetmez insana, hep fazlasına özenir, obezdir ego. Varlığına bir hava, ekstra bir mana katacaksa hastalıklara bile özenir insanlar, siyatiğiyle caka satan adam gördüm, sekerken devleşiyordu. Vasat bir sanatçı mesela, bipolar olmak için neler vermez, değilse de öyle takılır...

Şimdi, aklımın erdiğince, dilimin döndüğünce, bir hikâye anlatacağım:

Bir adam var ve ıssız bir yol, ne başı belli, ne sonu ve adam dikiliyor yolun ortasında, bir sağına bakıyor, bir soluna ve yürümeye başlıyor ağır adımlarla, toprağın kokusu burnunda, rüzgârın sesi kulaklarında, adam her titreşimin farkında, ayağını yere her bastığında kenetlenmiş bir çift eli, ayağını her kaldırdığında ayrılığı ve kopuşu hissediyor adam. Bir süre yürüyor, yorgun düşüyor ve yolun kenarında duruyor biraz soluklanmak için. Gözü çalıların arasına takılıyor, yaklaşıyor, uzanıp aralıyor çalıları ve bağlamayı görüyor. Tek teli kopmuş, eski bir bağlama. Kaldırıp başını etrafına bakıyor adam, kimse yok, bir kuş havalanıyor uzaklardan ve batıya doğru uçuyor, adam takip ediyor gözleriyle, kuş gözden kayboluyor. Adam bağlamayı alıyor çalıların arasından, hayatında ilk defa dokunuyor bir bağlamaya, herhangi bir enstrümanı ellerinde ilk tutuşu adamın, yolun kenarına dönüyor ve kurumuş bir ağaç kütüğünün üstüne oturuyor, kucağında bağlama. İlk sesleri çıkarıyor bağlamadan, bir kertenkele hızla geçip gidiyor önünden, adamın yolu uzun, güneş tepede, biraz durup dinlenmekte mahzur görmüyor adam ve devam ediyor bağlamadan sesler çıkarmaya, yavaş yavaş keşfediyor telleri, aralıkları, sesleri ve sessizlikleri. Hoşuna gidiyor, iyi vakit geçiriyor, başka bir beklentisi yok, biraz dinlenmek ve iyi vakit geçirmek. Tellere vurdukça hissediyor artık kenetlenmiş elleri, yere basan ayaklar gibi, telin titreşimi her durduğunda, ayrılığı ve kopuşu hissediyor adam, yerden kalkan ayaklar gibi. Sanki her sustuğunda, kucağından havalanıp çalıların arasına dönüyor bağlama. Böyle hissetmek iyi geliyor adama, hem kucağında, hem yok bağlama... Dakikalar, saatler, yıllar geçtikçe, zaman duruyor sonunda ve zamanın durduğunu her hissettiğinde adam, bağlamayı çalıların arasında ilk gördüğü ana dönüyor zihninde. Böyle hissetmek iyi geliyor adama. Hem yıllardır çalıyor bağlamayı, hem de hiç dokunmadı daha... Kendinden geçiyor adam ve geçtikçe dönüyor kendine, sevdiği bütün şarkıları çalabiliyor artık ve sonunda kendi şarkısını besteliyor.

Eksileri ve artılarıyla, tabiatta ilk kez duyulan bu şarkı, adamın şarkısıdır... İşte tam o anda bir alkış kopuyor ve kaldırıyor adam başını, yüzlerce insan, etrafında toplanmışlar, kiminin yüzünde tatlı bir tebessüm, kiminde gururlu gözyaşları, sevdikleri, dostları, tanıdıkları, tanımadıkları. Ayağa kalkıyor adam, şaşkın, çekingen ama keyifli... Hâlâ tepede güneş ve yolu çok uzun hâlâ, bağlama bir kucağında, bir çalıların arasında, bir kucağında, bir çalıların arasında...

Hepimizin önünde ıssız ve uzun bir yol, ne başı belli, ne sonu ve çalıların arasında her zaman bir bağlama. Mesele, ayağını yere her bastığında, kenetlenmiş eller gibi yapışmak tabiata ve kopuşlardan korkmamak, ayağını her kaldırdığında... Bize düşen bunu hatırlamak, hiç değilse geceleri, tam da uykuya dalmadan ve zor da olsa mümkünse, biri olma peşinde koşmadan.

İyi bir hafta sonu diliyorum herkese ve eksileriyle, artılarıyla, sizin olan şarkılar...

01.03.2013, *Radikal*

BEDREDDİN

78 yaşında bir adamın evinde misafirdim dün, benden 78 yaş gençti. "Yanlış yapmaktan korkmayalım," dedi bana, bilime olan inancından bahsetti ve "ben en çok yanılan bilimi severim," dedi... Koca bir ömrü, mevsim başlarında kabuk değiştirerek yenilenen bir hayvan gibi yaşamış bir adam vardı sanki karşımda. Tevazu, ölümsüzlüğün zihnimdeki sureti olmuştur hep ve bu adam, ispatıydı bu gerçeğin, kanlı canlı karşımda. Her insan, özündeki acı anlamsızlığıyla bizi dipsiz kuyularda merdivensiz bırakan bu hayatı mümkün mertebe katlanılır kılmaya çalışır. Kendi meşrebince, kendi becerisi kadar. Mükemmel bir hayat yoktur. Mükemmel, mümkünü imkânsız kılar. Mesele, hayatı mümkün kılmak.

Mükemmel, insanı bozar. Mazhar Osman, delileri iyileştirmek için "Meşguliyetle tedavi" adını verdiği bir yöntem uygularmış. Bakırköy'deki hastaneyi kurarken, duvarları boyatmış onlara, türlü türlü iş yaptırmış. Biz insanlar, hepimiz, psikozun kapısında, kuyrukta bekleyen adaylarız. Hiç farkında olmadan, meşguliyetle tedavi ederiz kendimizi. Muhsin Bey çiçekleriyle konuşurdu, Sezen Aksu şarkı yazar, Tarlabaşı'nda bir kadın, bir ömür çamaşır asar. Türlü türlü meşguliyetlerdir, hayatı mümkün kılan, kimi müezzin olur, kimi âşık, kimi başbakan. İnsanı hayvandan ayıran en önemli farkın boşluk duygusu olduğunu düşünmüşümdür her zaman. Rakunların içine birden sebepsiz sıkıntılar çökmüyordur herhalde, zengin bir evin kedisi "Her şeyim var, niye hâlâ mutsuzum?" yazmıyordur günlüğüne. Biz insanlar ise bir ömür boşluk duygusuyla mücadele ederiz. Zengini fakiri, mutlusu mutsuzu, bir an gelir, herkesi vurur boşluk duygusu. Güneşli ve güzel bir günde, bir mağaza vitrinine bakarken de gelir, haberleri dinlerken de, bir imza atarken de, hem de kendi düğününde... Bu yüzden çocuk yapar insanlar, bu yüzden çocuk kalır. Büyüdükçe artar çünkü bu duygu, en beklenmedik anda insanı esir alır. Bana göre biz insanlar, hayvanlardan bu yüzden ayrılır ve birbirimize en çok bu konuda benzeriz. Tekerlekli boy aynalarıyız sokaklarda hepimiz, kime baksak, kendimiz. İşte bu yüzden, hep bir meşguliyet bulmak gerek, en kolayı değilse de en kârlısı da, sevmek. İş gibi sevmeliyiz, bir mesaidir sevmek. Para pul, yatırım istemez, sermayesi doğuştan, vakit güzel geçer, hayat mümkün olur, tek bir insanı olsun, sevdiğini hatırladıkça insan. 78 yaşında bir adamın evinde misafirdim dün. Bir kez daha gördüm ki sevmek ve sevdiğine inanmak en güçlü tedaviymiş. O, kendi karnında bağdaş kurmuş bir şaman, Varidat'ın her satırını güzel gönlüne nakşetmiş.

Lagavulin için teşekkürler Tuncel Abi, kadehin dibini bıraktım farkındaysan, bir gün döneceğim için... Aklın kalbisin sen, sonsuzluk kaderin olmuş, öldükçe doğacaksın ve hayalimde her daim, Bedreddin olacaksın.

22.02.2013, *Radikal*

MEKTUP

İzninizle bir mektup yazacağım. 20 senedir yazılmayı bekleyen bir mektup...

Âşık liseli kızlar gibi oturdum yanında o gece. Koltukta üç kişiydik, ortada sen, iki yanında iki genç kız. Solundaki güzeldi, sağındaki sakallı. Bütün gece gıkımı çıkartamadım. Sehpadaki peynirlere bile uzanamadım. Her hareketim battı bana, ne yapsam fazla geldi. Âşıklar neden utanır, ben o gece anladım...

İlk yıllar

15-16 yaşlarındayım. Lise yılları. Okul zindan, okumak ziyan, babam sokağa atıyor paraları. Sıranın üstünde matematik fen, altında *Ayna Merdiven*, durmadan seni okuyorum, ergen osuruğu gibi şiirler yazıyorum, her sigarada öksürüyorum, kendimi şair sanıyorum. Bir arkadaşım var, gitar çalıyor, konsere kafasında motor kaskıyla çıkıyor, çok havalı, çok yükseğiz, mektebin artiz mektebiyiz. Ona okuttum şiirleri, okudu kaldırdı kafasını, kaşımdan kan akıyormuş gibi baktı suratıma, oğlum dedi, kötü anlatan iyi fıkrayı nasıl piç ederse, sen de Ferhan'ı okuyup okuyup almışsın kalemi eline, aynı öyle piç etmişsin. Biz sana Ferhan derdik, haddimize düşmezdi belki ama gençtik. Hızla çektim defteri arkadaşın elinden, döndüm koşmaya başladım, arkamdan güldü bağırdı, hop birader, tostun kaldı. Bahçeye çıktım, futbol sahasına kadar koştum, tribünlerin arkasına vardım, kimseler göremezdi, duyamazdı artık beni, manyak gibi bağırdım, avazım çıktığı kadar. Sonra çöktüm duvarın dibine, bir sigara yaktım, defterin ilk sayfasını açtım ve sol üst köşeye, aynı şimdi yazacağım biçimde şu cümleyi yazdım: Bu defterin sahibi Ferhan ŞensOYA'dır...

Sonra

20-21 yaşlarındayım. Konservatuvar yılları. Okul bayram yeri artık, okumak hediye, babam merakla bekliyor benden bir halt olacak mı diye. Birinci sigarası içiyorum öksürmeden, İkinci Richard oynuyorum istemeden. Kafamda kendi tiyatrom var, okul bitsin kuracağım, yazacağım yöneteceğim, ben de senin gibi olacağım. Yine bir arkadaşım var, öbüründen iyi olmasın, istiyorum ki ben yazayım, Ali de çıksın oynasın. Yazdıklarım senin izlerini taşıyor hâlâ ama kopuşlar da başlıyor yavaştan. Savaşa giden askerleri taşıyan bir gemi ayrılıyor sanki limandan...

Şimdi

36 yaşındayım. O tribünün arkasında attığım çığlıkların üstünden 20 yıl geçti. Ne zaman alçak bir sabah sigarası boğazımı yaksa, o gün gelir hâlâ aklıma. Okullar bitti, o tiyatrolar kuruldu, o oyunlar yazıldı, ben durmadan yönettim, sağ olsun arkadaşlar canla başla oynadı, bazen içten, bazen sahte, her tür alkış alındı. Tek bir seyirciye oynamak adama ne yapar onu da gördüm, kapalı gişe oynamak ne yapmaz, onu da... Yazdıklarımda senin izin çok

derinlerde artık, söylemesem pek anlamaz kimse, açık denizde bir yelkenli direğinin tepesine ne kadar uzaksa maden ocağındaki işçi, o kadar uzak işte. Ama ben hâlâ, elime kalemi her aldığımda, o madene iniyorum ve ne yazarsam yazayım, senin dizinin dibinde yazıyorum. Bugün bu gazete bana bu köşeyi veriyorsa, meslek sahibi bir adamsam ben bugün ve babamın da kafası rahatsa sonunda, sebebi sensin. Teşekkür ederim.

Alaattin Eraslan'ın anısına...

Alaattin gitti. Çok çekti, çok çektirdiler ve o da çekip gitti sonunda. Aynı bir şehrin içinden olmak gibi, Türkiye'de tiyatronun da ancak içinden olanların tanıdığı bildiği bir adamdı o. Tiyatrocuların çoğundan daha çok severdi tiyatroyu. Tiyatroya, tiyatrocuların çoğundan daha lazım bir adamdı.

Birçokları gibi sevgili Alaattin de yarım kaldı.

Türkiye, sahibini ısıran bir köpektir. Alaattin'i de ısırdı, parçalara ayırdı ve yuttu. Başımız sağ olsun.

05.04.2013, *Radikal*

DAMAK

Peter Handke, *Bir Yazarın Öğleden Sonrası* kitabında, yazar olduğunu, yazamadığında anladığını yazıyor. Ya da ona benzer bir şeyler. Benim anladığım oydu en azından, anlamak istediğim belki de. Ne haftalardır bu gazeteye yazdığım Kalamar hikâyesini tamamlayacak istek var içimde ne de kavgadan kaçacak yürek. O yüzden elimden geleni yapmaya gayret edeceğim şimdi izninizle. Ki benim yazar olduğum bilgisi de muallak zaten, memleketin en tirajlı gazeteleri ismim geçtiğinde "Oyuncu/Sunucu" falan yazar genelde adımın altına, oysa benim ömrüm yazmakla, yazdığımı sunmakla, en fenası da bazen yazdığımı oynamakla geçiyor. Kafamın içindeki bol kazalı rallinin ve ruhumdaki karanlığın sebeplerini kabaca biliyor yakınlarım. Uzaklarımdan da anlayış diliyorum bu hafta. Başka türlüsü elimden gelmiyor. Sevgili Lisa Şerminelli sağ olsun, az önce bir mesaj atarak biraz olsun güldürdü yüzümü. Tam gazeteyi arayıp beni affedin bu hafta demeyi düşünürken oturdum bu yazının başına.

Geçen hafta Alaattin Eraslan'a bu köşeden veda ederken "Türkiye, sahibini ısıran bir köpektir. Alaattin'i de ısırdı, parçalara ayırdı ve yuttu," yazmıştım. Bu hafta sahip de benim, köpek de. Isırdım kendi kolumu, tuzlu derimi kemiriyorum, hafızamda tüm geçmişimi parçalara ayırıyorum, Türkiye'yim ben bu hafta, yutacağım kendimi, yutamıyorum. Yok olmak zor iş. Yiyip bitirsen de kendini, dişler damağı ısıramıyor, insanın birazı, hep tabakta kalıyor. Ne zaman aşk acısı yaşasam ya da bir şeylere kafayı gereğinden fazla taksam, boş versene, geçer bunlar derdi dostlar, Allah gerçek dertler vermesin. Bu cümleden ders çıkarmak için dindar olmak gerekmiyor. Bunu şimdi daha da iyi anlıyorum. Allah, cümle içinde, dinler ötesi bir kelime çoğu zaman. Allahsız insan az bu dünyada ama Allahsız dil yok.

Gerçek dertler... Tuhaf bir laf, belki biraz küçümseyici, adeta dertler arası hiyerarşi yaratan, ayrımcı ve üstten bir laf sanki. Ancak insan yaşayınca anlıyor, dertler var, bir de gerçek dertler. İnsan ancak gerçek dertlerle öğreniyor. Konu dertlerse, ayrımcılıkta hiç zarar yok. Küçük dertler darılmasın, sokaklara çıkıp haklarını aramasın, hiç öyle ötekileştirilme edebiyatına falan girmesin. Asla makbulü olmaz faşizmin ama dertler arası ayrımcılık, pozitif faşizm gibi sanki. İnsan ancak yaşayınca anlıyor, küçük dertler sadece şımartıyor insanı, gerçek dertler büyütüyor.

Herkes için farklı tabii bu durumlar. Öyle olması da doğal. Kiminin küçük derdi, öbürünün cehennemi, ya öyle ya da tersi. Kimine göre ölümdür gerçek dert, kimine göre yaşam. Nasıl ayırt edeceğiz küçüğü büyükten diye dert etmeyin boşuna, başına gelince anlıyor insan. Siz siz olun, küçük dertlerin şımartan aromasından uzak durun. Sevdiklerinize sahip çıkın, sevmek büyütür insanı, gerçek dertlerle boğuşurken, sevdikleriniz kadar varsınız, sevemedikleriniz sizin kaybınız. Hafta sonu becerebilirsem adaya gideceğim. Kim bilir, belki de aynı şiirdeki gibi şehre bir film gelir, bir güzel orman olur yazılarda ve adada başlayan Kalamar hikâyesi, adada biter haftaya.

Neyse ki yok olmak zor, insanın birazı hep kalıyor tabakta, yeter ki insan açgözlülük etmesin.

17.05.2013, *Radikal*

BİTTİ

Bu benim son yazım. En azından bir süre için. Belirsiz ama muhtemelen uzun bir süre. İnsanın hayatta ancak özleyerek yapabileceği, aralıklarla uzaklaşıp, özleyerek geri dönmesi gereken şeyler var sanırım. Şeyler, yerler, hatta insanlar. Tiyatro mesela, oyun yazmak, işte tam da böyle bir şey oldu benim için. 20'li yaşlarımın başlarında, en son *Yangın Duası* adlı oyun olmak üzere arka arkaya bir sürü oyun yazdım kusar gibi, sonra durdum. Yaklaşık beş yıl tamamen uzaklaştım tiyatrodan. Sonra bir gün, sebebini hatırlamıyorum, kaşlarımı çatıp alnımı kaşıdığımı hatırlıyorum, "Oltalar suyun altında karıştı" dedim durduk yerde içimden, sonra bir kâğıda yazdım bu cümleyi, arkası çorap söküğü gibi geldi, *Bayrak* oyununu yazdım. Ardından bir uzun ara daha verdim oyun yazmaya ve bir gün geldi, oturdum masanın başına, askerden oğlu dönmüş bir annenin heyecanıyla *Güzel Şeyler Bizim Tarafta* adlı oyunu yazdım.

Oyun yazmak işte böyle bir meşgale oldu benim için, özlemelerin ve kavuşmaların hep faydasını gördüm. Gazeteye yazı yazmanın da pek farklı olmadığını hissediyorum bir zamandır, inanıyorum ki her sayfa, her yazı bir sofradır ve ben, elimden geldiğince, misafire çıkarılan porselen tabaklar gibi yazılar yazmaya gayret ettim haftalardır. Bugün topluyorum sofrayı, gidiyorum bu sayfadan. Gitmek gerekiyor. Sevmesine sevdim gazeteye yazı yazmayı, kafamın içini düzene soktu, tatillere götürdü beni, evimden bile çıkmadan. Sevdim ama gitmek gerekiyor. Bir hikâye geliyor aklıma. Miles Davis ve Keith Jarrett bir dönem sürekli birlikte konser veriyorlar. Bir zaman sonra aynı temaları sıklıkla çalmaya başlıyorlar, çalması zevkli, çalmayı seviyorlar, seyirci de bayılıyor, salonlar doluyor, herkesin keyfi yerinde. Bir kişi hariç... Bir gün Miles Davis kenara çekiyor Keith Jarrett'ı. Epey genç o yıllarda Keith Jarrett ama büyük müzisyen. Miles Davis ise Miles Davis... Bir kavanozun içine üflese nefesini ve kapağını kapatıp bir masanın üstüne koysa, çeker bir sandalye, otururum ben o masanın başına ve beklerim, sakalım uzadıkça, cümlelerim kısalsın diye... Kenara çekiyor ve soruyor Keith Jarrett'a: "Keith, ben neden artık balat çalmıyorum, biliyor musun?" Merakla bekliyor genç ve dâhi müzisyen sorunun cevabını. "Çünkü çok seviyorum balat çalmayı," diyor, "çok seviyorum da ondan..." Bu kadarıyla anlıyorlar birbirlerini, yerlerinde saymaya başladıkları konserleri bitiriyorlar, sıcak ve güvenli bir limandan ayrılıp, fırtınalı, soğuk sulara yelken açıyorlar.

Kendimi Miles Davis'le karşılaştırmak gibi bir şuur kaybı yaşamıyorum elbette. Sadece anlıyorum neden balat çalmadığını ve limandan ayrılıyorum izninizle. İçimde esneyen bir boşlukla yaşıyorum ben kendimi bileli, haftalardır yazdığım yazılar, bana boşluğun da bir kıymeti olduğunu gösterdi. Binayı bina yapanın duvarları değil, duvarların içinde kalan boşluk olduğunu öğretti. Bana bu imkânı verenlere minnettarım.

Kim bilir, belki bir gün, bir başka sofrada karşılaşmak umuduyla, veda ediyorum sizlere. Hanımlara hayali gelin başları, beylere abiye sandaletler ve güneşli, güzel bir yaz diliyorum hepinize...

31.05.2013, *Radikal*

MELİH CEVDET'LE KALBİM KIPIR KIPIR

Dünyada Geçirdim Çocukluğumu diyor Melih Cevdet Anday, benim çocukluğum ise onun dünyasında geçti. Çocukluğum, ilk gençliğim, esas gençliğim ve hatta lambaları tek tek sönen bir sokağa benzeyen son gençliğim onun dünyasında geçmeye devam ediyor. Edebiyatı onunla sevdim, onunla ve dostlarıyla. Lisede yazmaya meraklı üç arkadaş denk gelip de şiir sohbeti yapıyorsak hemen bahisler açılırdı gençliğin verdiği yersiz ama eğlenceli bir özgüven buhranıyla, hangimiz Orhan Veli, hangimiz Oktay Rifat, hangimiz Melih Cevdet diye...

Nevizade meyhanelerinde dev şairlerin oturduğu, dev olmasa da bir şairin başbakan olduğu ve Sabahattin Ali romanlarının yoga kitaplarının yanında durmadığı yıllarda büyüdüm ben, başka bir Türkiye'de, eski Türkiye'de... Ve yenisini çıkarttılar diye de gidip orda yaşamadım açıkçası, laminant parke çıktı diye güzelim rabıtayı söktürmedim, eski Türkiye'de kaldım. Melih Bey'in yeri her zaman ayrı, her zaman özeldi benim için, onun kitapları ve kahramanlarıyla zenginleşti hep dünyam. Bekârlık kahramanım *Raziye* romanındaki dayıydı, sevgili karıma ilk hediyem *Rahatı Kaçan Ağaç* kitabıydı.

Şimdi büyük bir heyecanla Everest'ten çıkan altın tuğlaya* bakıyorum ve kalbim kıpır kıpır, yüzümde tatlı bir tebessümle bu

---

* Melih Cevdet Anday, *Dünyada Geçirdim Çocukluğumu*, haz. Sevengül Sönmez-Yalçın Armağan, Everest Yayınları, 2016.

satırları yazıyorum. Sevengül Sönmez ve Yalçın Armağan incelikli, şahane bir iş çıkartmışlar, seçki zengin ve isabetli, özellikle de roman olarak *Raziye*'yi seçmelerine çok sevindim, bugünün genç kuşağı için *Raziye*'deki dayıyla tanışmanın dönüştürücü bir gücü olacağını umarım. Melih Cevdet Anday'ın zengin yazı evreninde kaybolan insan için romancılığıyla şairliği ya da oyun yazarlığı arasında ayrım yapmak, birini diğerinden öne çıkartmak zor, hele şimdi bu kitap sayesinde arka arkaya bu türler arasında yolculuğa çıkacak bir okur ne şanslı.

Melih Cevdet'i kendi döneminde olduğu gibi bugün de çoğu yaratıcıdan ayıran kıymetli bir özelliğiyle anmak istiyorum. Sanatta mutlak olan bir meseleyi ne denli güçlü kavradığını gösteren bir alıntı yaparak. "Tohum" şiirini yazmasının ardından eleştiriliyor Melih Cevdet, bu şiirle Garip akımından uzaklaşması belli çevrelerce hoş karşılanmıyor, bu duruma tepkisini ise "Tohum" şiirini kastederek şöyle dile getirmiş bir yazısında;

"Garip şiirini boşlamaydı bu kuşkusuz. Ve çeşitli tepkiler doğurdu. En yakın arkadaşlarım yersiz buldular bu girişimimi, içlerinde, heyecanla evime gelip Garip akımı anlayışından uzaklaşmamam gerektiğini söyleyenler oldu. Bu sözlerin beni ne denli duygulandırdığını şimdi çok iyi ansıyorum. Sanki arkadaşlık, birliktelik şiirin bir ozana zorladığı yeni bir deneyimden daha değerliydi!"

Melih Cevdet'ten yazar olarak, okur olarak, insan olarak öğrenecek çok şey var hâlâ ve hep de olacak ama en büyük derslerden biri yaptığım alıntıda gösteriyor kendini bence. Ne pahasına olursa olsun devrimci arayışlar ve gelişim esas olan olmalı bir yaratıcı için, çoğunluğa yakın durmanın konforuna ve kabul görmüş olanı sürdürme telaşına kapılmadan, cesaretle aramak, buldukça sorgulamak, sorguladıkça zenginleşmek gerekiyor. Sadece yazarken değil, havaalanları artarken, özgün fikirlerin azaldığı bir ülkede, laminant parkeler üstünde yaşarken.

04.07.2016, *Radikal Kitap*

HİPNOZ

Haneke'nin son filmini seyrettikten sonra, filmin adının *Aşk** olmasının filmin ehliyeti olduğunu düşündüm. Uzun zamandır hiçbir filmde olmadığı kadar durmadan aklıma geldi izlerken filmin adı. Seren'in filmini düşündüm sonra. Bu anlamda bir paralellik kurdum kendimce iki film arasında. Adı, ehliyeti olan iki iyi film. İyi ne kelime, iki çift ıslak dudak öpüşten yeni gelmişler, rüyalarımıza girmişler, ıslak yataklara uyanmışız... Seren'in filminin adını düşünmeye devam ettim. *Çoğunluk.*** Bende geç saatte yemek yemişsin hissi yaratır, yatmadan kokoreç yediğin gecenin sabahıdır çoğunluk, hazımsızlık ve mide yanması. Toksun, doymamışsın, dolmuşsun, tıka basa... Seren, sağ olsun, iki gözümün arasına soğuk bir taş koymuştu anlatırken onları. Azınlık kim diye düşündüm sonra; evrende dünyalılar, dünyada bizim buralar, buralarda kim azınlıklar? Ermeniler, Kürtler, Rumlar, fark ettim ki yanlış yoldayım. Sayısı az olup hor görülenleri değil, sayısı çok olup yok sayılanları arıyordum. Aslında azınlığın değil,

---

* Michael Haneke, *Amour*, 2012.

** Seren Yüce, *Çoğunluk*, 2010.

gizli çoğunluğun peşindeydim. Eşcinseller mesela ama daha çok da ateistler... Çünkü sakin, kendi halinde bir eşcinsel insan bir yana, en sirkli varoluşlar, en taşkın makyajlar, kesilen penisler, dikilen göğüsler, hepsi kabul görür bizde; yeter ki Eyüp Sultan'ın yolunu bilsinler. Gizli kapılar ardında ne halt ederlerse etsinler, yeter ki kaldırsınlar ellerini, aynı Allah'a dua etsinler, hele bir de sesleri güzelse, kabristan kuşlarına kasidelerle eşlik etsinler. Ama "Allahsız" biri, "Allah korkusu" olmayan biri, herkesi korkutur... Başbakan, gönülden ya da gönülsüz, fark etmez, Kürt, Roman, Çerkes, Yahudi, herkesi katar birlik beraberlik konuşmalarına, en ojeli erkekle de el sıkışır çok gerekirse ama aklından bile geçirmez herhalde ateist vatandaşlarını kürsüden selamlamayı. Oysa ne çoktur ateistlerin sayıları... En başta, çoğu dindar, kendi dini dışındaki dinlerin hepsine fevkalade ateisttir. "Bizim peygamber falan ettiği için filan olmuş der biri, o falanı bizimki etti bir kere," "filan da senin babandır," der öbürü, yok yere kıyamet kopar. Akıl, sağduyu, Erdek'ten Mars kadar uzaktır iş buralara gelince, yaldızlı yıldızlı kumaşlar yakılır, bombalar patlar, çocuklar ölür, ki zaten yaşamak hiç "cool" bir şey değildir, ölmek kavuşmak, şehitlik mertebedir. Bir bakıma anlayabiliyorum bunu, müthiş bir falcı tavsiye etseler bana, her işini çözecek, koş, seni bekliyor deseler, kalkıp gitsem ben de mesela, oturdum diyelim bekleme odasında sıramı bekliyorum, beş on dakikaya gireceğim içeri, çok uzasa yarım saat, falcı için oradayım. Tek amacım içeri girmek, herhalde yerleşmem bekleme odasına, duvarları falan boyamam zevkime göre, ne bileyim, kettle falan taşımam evden ta oralara, diş ipimi götürmem, manası yok, durur beklerim, çok sıkılırsam kalkar yürürüm biraz, sıram gelecek nasıl olsa, birazdan içerideyim. Falcıya bel bağlayan için, hayat bekleme odası.

İnsanlık serüveni, ikna etmek ve ikna olmak üzerine şekilleniyor, edenler var, olanlar var. Din, ikna masasının en lezzetli mezesi.

Yiyen müptela oluyor, yedirenler hep virtuöz şefler, elleri de dilleri de hünerli, bir sofistikasyon bulutu yaratarak ve aralarda mutlaka birdenbire ağlayarak konuşmak bile, milyonları hipnotize edebiliyor. Duyguların aniden dışa vurulması her zaman derinden etkiler çünkü insanları. Karşınızdaki insan size bamya tarifi verirken, birden "Sana âşığım ben," derse etkisi sarsıcı olur. Şeflerin aniden kendilerinden geçişleri de aynı esas üzerine kurulu. Beden dilinin kusursuz devamlılığı da hipnozun kilit unsurlarından, hele bir de etkili bir tiki varsa şefin, tutabilene aşk olsun. Sadece eğitimsiz insanlar değil, kendi aklından utanıp, saklayacak yer arayan çoğu kişiler, o halılarda, o odalarda kurtuluyorlar akıllarından, toplu bir aklın askeri oluyorlar. İnanç sahibi olmak başka şey, aklını halılarda bırakmak başka, Vatikan bahçeleri başka. Oysa ne kıymetlidir insan aklı, aynı din kitapları gibi, yerlere konmaz, hep yukarılarda durmalı...

28.12.2012, *Radikal*

MÜŞFİK HOCA'NIN ARDINDAN

Bir gün canım epey sıkkın gelmiştim okula, yukarı sahneye çıktım, ders saatine daha var, hoca oturuyor sandalyesinde, başka kimse yok, başımla selam verdim, konuşmadan geçip arkaya oturdum. Tuhaf bir şey oldu. Nefes aldı hoca. Derin bir nefes. Tesadüfen. Sıradan bir insan sesi, insandan çıkan en olağan ses. Odanın içinde büyüdü ses ve ben ağlamaya başladım. Sessiz sessiz. Hoca duymadı. Bir süre sonra arkadaşlar geldi, ders başladı, ben sahnedeydim, yapılabilecek bütün hataları arka arkaya yaparak herhalde Shakespeare'den bir tirad oynuyordum, belki de başka bir şey, hatırlamıyorum. Bir noktada duygulanmam, ağlamam, gözyaşlarına boğulmam gerekiyor, mümkün değil, yapamıyorum, yaptığım kadarı da bir şeye benzemiyor. Yapması zor olduğu için değil, yaptığım sahte olduğu için. Her şeyi denedim, bütün ailemi öldürdüm kafamda, tek tek, tüm sevdiklerimi öldürdüm, trafik kazaları, cenazeler, yetmedi, bombalar patlattım cenazelerde, yok, olmuyor. Ağlayamıyorum hocam dedim, olmuyor, izin verin haftaya deneyeyim tekrar, yapamıyorum. Odada rahatsız edici bir sessizlik, herkes beni izliyor, bütün arkadaşlar, utanç verici bir durum. Sonunda, Müşfik Hoca, bir süre gözlerini ayırmadan baktı bana ve derin bir nefes aldı. Aynı dersten önce, sadece ikimiz varken tesadüfen aldığı o nefes gibi. Birden anladım, hoca duymuştu ağladığımı, gülümsedi ve benim gözümden yaşlar akmaya başladı. İyi bir oyuncu ağlamak için sevdiklerini öldürmez kafasında. İyi bir oyuncu, insanları ve hayatı, dinler ve duyar... Hepsi bu. Aynı iyi bir insan gibi... Şimdi ben ölüm haberini alıp zamanın durduğunu hisseden yüzlerce çırağından biri olarak yazıyorum bunları hocam, senin için ağlarken, kulaklarımda sesin, yüreğimde koca bir taşla.

2012, *BirGün*

GEZİ ÜSTÜNE

Geçen gün anneannemi aradım, çoktan geçmiş bayramını kutladım, telefonda elini öptüm, sohbet ettim, daha doğrusu o konuştu, ben dinledim. Şikâyetçiydi yine, gözlerinden, boğazından, göğsünden, belinden, dizlerinden. Fark ettim ki anneannem içgüdüsel bir radyolojik disiplinle yukarıdan aşağı şikâyet ediyor hep. Hayali bir *check-up* cihazını vücudunda gezdiriyor sanki her seferinde. Sıra hiç şaşmıyor, gözden dize atlamıyor asla, tepeden tırnağa sırasıyla tarıyor her seferinde yaşlı bedenini. Gözlerini suya düşmüş ekmek içine benzetti, göğsünde hırıldayan kedilerden bahsetti, "Ayaklarım," dedi, "parmaklı taşlar gibi..." Ve finalde toparlayıcı bir teşbihle durumunu özetledi. "Anlayacağın evlat, Demirkapı'nın gecekonduları gibiyim, çivi tutmuyor hiçbir yerim." Yıllarını tıbba adamış, gönlünü edebiyata kaptırmış romantik bir radyolog gibi anneannem.

Güzel şeylerden de bahsettik, anneannemin güzellerinden. *Karadayı*'daki kızı çok beğeniyor mesela, hem hanım, hem akıllı kız diyor, hem de marifetli. "Tanıyorum ben o kızı anneanne," diyorum, "bizim okuldan." Ah... diyor, "Benim salak oğlum, haytalık edeceğine daha okuldayken alaydın ya sen o kızı..." Kahkaha atıyorum telefonda, "Yapma Allah aşkına anneanne," diyorum, "arkadaştık biz, şimdi de arkadaşımın karısı." Kocasını da tanıyor, "O çocuğun da işi zor," diyor, "koca padişahı oynadı, bundan sonra ne oynayacak, hamam tellağı mı?.."

Diziler, meşguliyetle tedavi anneannem için, oturuyor karşısına ve ağrılarını unutuyor. Sadece diziler de değil, programlar, reklamlar, haberler, kaçta ne var, kim nerede çıkıyor, hepsini biliyor. Bakamadığı tek şey var anneannemin televizyonda; Recep Tayyip Erdoğan. Güncel siyaseti ilgiyle izler, oy verir, bütün liderleri dinler, yorumlar yapar. Oturduğu yerden, memleketin halini yakından takip eder anneannem. Benim eşek kafalılığım yüzünden eskisinden daha az yaptığımız telefon sohbetlerinde, konu ne zaman siyasete gelse, karnına bir taş oturuyor anneannemin son yıllarda. Derin bir iç çekiyor, mahzunlaşıyor adeta, canı sıkılıyor, ruhu ağırlaşıyor sanki, epey ilerlemiş yaşına rağmen zihni berrak ve hayat enerjisi benden fazla olan anneannem, konu başbakana gelince, telefonda yaşlanıyor.

Ben hiçbir zaman dindar bir insan olmadım ve pek de inanç boşluğu yaşamadım. Üstelik ateist bile değilim artık, yukarıdan aşağıya inen bir sistemle formüle edilmiş ilkelerin hiçbiri ilgimi çekmiyor. Siyah cüppeli papazlar, beyaz ceketli bilim adamları, belagat ustası ağlak hocaefendiler, ruhu tesettürlü Kemalist beyefendiler, farkları yok benim için. İnsana ve hayata yukarıdan bakan söylem nereden gelirse gelsin karşıyım. Bende durum böyle, anneannem ise gerçek bir Müslümandır ve ben boşuna anlatmadım satırlarca size kendi anneannemi. Dindar, teşbih ustası ve amatör radyolog anneannem, çok hükümetler, çok başbakanlar, darbeler, kıtlıklar, krizler, acılar ve güzel günler görmüş, bedeni yorgun, ruhu genç anneannem, şimdi telefonda Recep Tayyip Erdoğan'ın lafı açılınca yaşlanıyor.

Gezi'yi konuştuk anneannemle, polisi, gazı, mizahı ve döndük dolaştık yine başbakanı. Son olayları konuştuk, öğrenci evleri meselesini, başbakanın sözlerini, meşru hayat, gayrimeşru hayat, ne varsa konuştuk. Sonuna doğru iyice dertlendi sesi, yakın zamanda sevdiğini kaybeder hani insan, boş bulunur unutur bir an, sonra birden hatırlar ve bir bıçak saplanır ya karnına, konuşmanın sonuna doğru delik deşikti anneannemin karnı, mutsuzdu, umutsuzdu, kendisi için değil, gecekonduyu yıktı yıkacak belediye, anneannem de farkında, bizim için sıkışıyordu kalbi. Uzun bir sessizlik oldu telefonda, bir süre öylece durduk, gözlerinin dolduğunu hissettim, güzel yüzünü gördüm hayalimde, huzursuz bir nefes aldı ve titreyen bir sesle konuştu sonunda anneannem, "Bak oğlum," dedi, "Müslüman bir adam bu ve büyük günaha girdi..." Nedir anneanne o dedim, nedir büyük günah. "Gençlerin tadını kaçırdı," dedi, "memleketi yöneten adam için, budur en büyük günah..."

Başbakanı baş tacı eden gençler de var tabii bu ülkede. Başbakan için erken yaşlanan gençler var, hem de milyonlarca. Onlarla konuşurken buluyorum bazen kendimi kafamın içinde, uzun bir otobüs yolculuğunda ikili bir koltuk paylaşsam tesadüfen biriyle, laf lafı açsa ve bu konulara girsek, neler derdim diye düşünüyorum. Başbakanın bir lakabı var, "Usta". Bu durumda kendini çırak olarak gören milyonlarca insan var demek oluyor. Usta-çırak ilişkisi tabiatı itibarıyla kıymetli bir özellik taşır; didişme. Usta işinde iyidir ve çırak işi ustadan öğrenir, minnettardır, saygı duyar ustaya ama didişir gerektiğinde, savaşır ustayla, iyi bir çırak olmak bu özelliği taşımayı gerektirir. Böyle bir çırağı yoksa, usta gelişmez, yerinde sayar. Usta-çırak ilişkisi, tek taraflı bir tapınma değil, karşılıklı bir eğitim olduğunda kıymetlidir. Madem ustanız bu adam, didişin biraz, savaşın ustanızla. Ustanın yıllar içinde neye dönüştüğünü ve sizleri neye dönüştürdüğünü fark edin, mazlumdan zalime, başbakandan padişaha, dertli azınlıktan ezici çoğunluğa, vatandaştan müride, polisten paralı askere geçiş serüvenini izleyin. Ustanızın kendi içindeki derin korkuyu, duygusal bir kabadayılıkla örten, zehirli ve üstten üslubunun ülkeyi nasıl ikiye böldüğünü görün, usta gidecek, baş başa kalacağız bir gün bu ülkede sizinle, Başbakan için erken yaşlanmışa benziyorsunuz, yazık değil mi size de. Ustanızla konuşun lütfen, biraz da o sizin için, bizim için ve anneannem için gençleşsin.

2013, *BirGün*

GÜZEL ŞEYLER BİZİM TARAFTA OYUNU ÜSTÜNE

Geçenlerde, *Güzel Şeyler Bizim Tarafta*'yı izlemek isteyen, ben boylarda bir arkadaşıma rastladım sokakta. Gecenin ilerleyen saatleriydi. Bana tiyatroyla konuşup ona bir bilet ayarlamamın mümkün olup olamayacağını sordu. "Şimdi mi?" dedim. "Hayır tabii ki," dedi, "şimdi değil, yarın mesela, tabii senin için bir mahzuru yoksa." "Yok," dedim. Konuşmanın sonunda ikimiz de birbirimize bir süre boş gözlerle baktık. İkimiz de sarhoş değildik. İkimiz de biraz sarhoş taklidi yaptık. Vedalaşıp zıt yönlere doğru yürümeye başladık. Yürürken ikimizin de, aynı anda zıt yönlere hemen hemen aynı hızda yürümeye başladığını düşündüm. Aramızdaki mesafenin ne kadar kontrollü ve ölçülebilir biçimde açıldığını düşündüm. Arkadaşımla alakamızın ne kadar yakın olduğunu sorguladım kafamda. Onun için istediği şeyi yapmamın ne kadar şart olduğunu hesaplamaya çalıştım. Bir daha onu ne zaman gö-

---

Bu kitabı yayına hazırlarken, bu yazıya dair şu notu düşme ihtiyacı hissettim: *Güzel Şeyler Bizim Tarafta* üzerine konuşmam o kadar çok istenmişti ki, sonunda bu ısrarların karşısında, oturup bu yazıyı yazmıştım. (Berkun Oya) rürüm? Normal şartlarda onu tekrar gördüğümde aradan ne kadar zaman geçmiş olacağını düşündüm. "Görsem ne konuşuruz?" diye düşündüm. Acaba bu bilet lafı açılır mı? Bunları düşüne düşüne eve vardım. Uyudum. Uyandım, öğlen oldu, akşam oldu. Tiyatroyu aramadım. Arkadaşım için bilet istemedim. Oyuna bir saat kala, başka bir iş için tiyatroya gittim. İçeri girdim, doğruca tuvalete yöneldim. Doluydu. Sıkışmıştım. Sabırsızdım. Birkaç kez tıklattım kapıyı. Tüm sesleri takip ettim; sifon, musluk havlu ve sonunda kilit çevirme sesi. Kapı açıldı. Arkadaşım karşımdaydı.

Güzel Şeyler Bizim Tarafta insanlar arasındaki mesafeyle ilgili bir oyundur. Sevmek, ahlak, özgürlük... Hepsi bu mesafenin içinde uzar, genişler, daralır, esner ve kopar.

BU SEFER YARIM KALMAYALIM!

Her iki tarafın da gazı bittiğinde, geriye akıl kalması umuduyla...

Bir kez daha yarım kalma tehlikesiyle karşı karşıyayız. Ne demek yarım kalmak? Eve gelen ustanın, musluğu tamir edip boruyu çatlatarak gitmesi, işin yarım kalması. Cerrahın tümörü bedenden çıkarıp makası midede unutması. Körler için yapılan yolun telefon direğinde bitmesi. Takımların yarı finallere kadar çıkıp çıkıp kös kös memlekete dönmesi. Yüzbinlerin sesi olmaya ramak kala, bir adamın sırtından vurulması. Milyonların sesi olmak için kurulan partilerin üç günde sönüp yok olması. Koca parti liderinin aylarca oy istemesi, sonra kendi oyunu atmayı becerememesi. Depremde birleşip, futbol için bölünmek. En derin kaosları iki üç provokatörün marifeti gibi görmek. Danışman or-

---

Gezi günlerinin sonuna doğruydu, yazıda ifade etmeye gayret ettiğim sebeplerle polis girmeden parktan çıkılması gerektiğini düşünüyordum. Konuyu açtığım dost meclislerinden birinde, yazmamın iyi olacağı konuşulmuştu. Günlerden 16 Haziran'dı. Bilgisayarın başına geçtim, yazıyı yazdım, "paylaş" tuşuna basmadan kapı çalındı. Ulaş geldi, "Polis parka girdi!" dedi. Gözyaşımı sildim, yazıyı rafa kaldırdım. Şimdi bu kitapta, ilk defa yayımlanıyor. (Berkun Oya) dularıyla hareket edip ağzına geleni söylemek, en sakin olunması gereken anda köpekleşip insanları ikiye bölmek. Haksızlıklar için sokağa çıkıp başbakanın annesine küfür etmek. Yarım akıllara teslim olup haklıyı haksız, haksızı haklı çıkartmak. Nasıl? Tanıdık geliyor mu bu örnekler size?

Bir kez daha yarım kalma tehlikesiyle karşı karşıyayız. Olağanüstü derecede cesur, masum ve tarihî bir hak arayışı, yarı finalden tıpış tıpış evine dönen bir takımın hayal kırıklığına dönüşmek üzere. Gezi Parkı hareketini, Gezi Parkı'yla sınırlayıp tansiyonu germek, musluğu tamir edip boruyu patlatmaktır. Girdiğimiz kadar cesur ve başımız dik çıkalım oradan ve her yere Gezi Parkı eylemlerinin altında yatan masum ve haklı beklentinin enerjisini yayalım. Bu saatten sonra orada kalmak, sadece birilerinin ekmeğine yağ sürer. Haklı ve kahramanca bir duygusallıkla girdik oraya. Şimdi de olgun ve mücadeleci bir akılla çıkalım. Madem Gezi Parkı'ndan çıktı olay, madem bunu haykırıyoruz hep bir ağızdan, o zaman çıkalım Gezi Parkı'ndan. Tekrar birleşemeyiz diye korkmayalım. Korkuyu yendiğimiz için çıkmadık mı sokağa? Kendi ellerimizle yeni bir korku yaratmayalım. Mekânları, kişileri, durumları putlaştırmayalım. Savaş en kolay kazanırken kaybedilir. Amansız bir ateist olarak, herkesin Allah'ına ayrı ayrı yalvarıyorum. Bir kişiye düşman olarak değil, herkesi kucaklayarak sürdürelim bu savaşı. Bugün Recep Tayyip Erdoğan, dün kimler kimler ve böyle giderse yarın yenileri. Fark edelim ki biz, millet olarak, siyaset ve yönetilme sistemlerimizi, bir adamın iki dudağının arasından çıkacak lafa güvenerek şekillendirmeye devam ettiğimiz sürece, sadece yeni düşmanlar yaratır ve yerimizde sayarız. İhtiyacımız olan ne yeni bir parti, ne yeni bir lider, ne de düzensizlik ve kaos. İhtiyacımız olan, akıl. Ortak hisler devrimci duygulara dönüştü, sokaklara düştük. Şimdi o kıymetli duyguların, yenilikçi düşüncelere dönüşmesi zamanı. Akıllı olma ve istediklerimizi sadece kendimiz için değil, herkes için isteme zamanı. Şimdi AKP ya da başbakan düşmanı olma zamanı değil, yeniliğe aç milyonların dostu olma zamanı. Bırakalım başbakanı kendi vicdanıyla baş başa ve son nefesini vermeden kalbindeki barikatları yıkmasını umalım.

Dünyanın en saçma argümanıyla çalkalanıyor ortalık günlerdir. Başbakan, "Camide içki içildi," diyor, "Biz içmedik," diyoruz, ispat videoları, müezzin sürgünleri, saçma sapan bir Karagöz Hacivat oyunu. Oysa bu argümanı baştan çökerten bir durum var ortada. Her iki taraf da camide içki içilmesine karşı zaten! Seccadeye rakı döküp yalamazsam gözüm açık gidecek diyen mi var? Başbakan küçültüyor, daraltıyor ve "Bu vazoyu kim kırdı"ya getiriyor olayları. Bu oyuna gelmemek lazım. Vazolar genelde top oynarken kırılır. Benim çocukluğumdan hatırladığım budur. Durduk yere alıp yere atmaz çocuk vazoyu. Top dediğin de bazen kaleye gider, bazen vazoya. Herkes Messi doğmuyor. Başbakan vazo kırmaya değil, top oynamaya karşı. Mesele bu. Biri içtiyse o birayı göğsünü gere gere camide, o da onun fıtratıdır. Aynı başbakanın da göğsünü gere gere övündüğü bir fıtratı olduğu gibi. Bizim derdimiz vazo kırmak değil top oynamaksa bu hakkı daha akıllı yollarla kazanmalıyız. Zamana yaymalıyız. Tek bir parkın içine indirgeyip sündürüp yok etmeden, bir ya da beş örgütün çatısı altında toplanmadan, kaderimizi iki dudağının arasına hapsedeceğimiz yeni liderler aramadan, olanları şeytanlaştırıp işi sidik yarışına çevirmeden, tam korkuyu yendik derken yeni korkuları kendimiz yaratmadan, sadece parkta yanımızda yatan arkadaşımıza değil, tüm insanlara inanarak ve güvenerek...

Bu düşünceleri paylaşarak çok sayıda insanı karşıma alacağımın farkındayım. Beni hiç tanımayanların fikirleri bir yana, karşıma alacağım insanların başında, en yakınlarım olacak. Ama izninizle ben, bu yazıyı yazarken fikirlerini özgürce beyan edebilme arzusunu günlerdir sokaklara taşıyan binlerce insanı örnek alıyorum. Günlerdir sabahlara kadar parkta insanları izleyip barikatta yatan çocuklardan, bütçesiz Altın Portakal çadırındaki dostlara kadar, elimden geldiğince herkesle konuşuyorum. Evime gidip biraz uyuyor, kalkıp sokağa çıkıyorum, parkta olmayanlarla da, kan ağlayan esnafla da, bütün saflığıyla başbakana bel bağlayan insanla da konuşuyorum ve parka dönüyorum. Gezi Parkı'ndaki şahane tablo, varoluşları ve fikirleri benim için ne az ne çok parktakiler kadar kıymetli bir sürü insan için antipatikleşmek üzere. Biz sadece bizim için değil, herkes için güzel günler hayal ederken birilerini kaybetmek üzereyiz. Onları kazanmanın yolu, onların da yanında olmaktan geçer.

İktidar çıkmamızı istediği için değil, biz iktidarı istemediğimiz için çıkalım parktan. Mesele gerçek ve kalıcı bir özgürleşmenin mücadelesiyse bunu şiddetin doğuracağı duygusal bir tansiyonun esaretinde değil, aklın önderliğinde yapalım.

Barikatlarda yatan çocuklara, bu uğurda canını kaybedenlere ve hepsinden çok kendimize borçluyuz bunu. Bu sefer yarım kalmayalım!

16.06.2013

OYUNLAR

YANGIN DUASI

9 Bölüm

Kişiler

Zajo
Mişkadora
Bin

1...

(Yangın... Gürül gürül yangın... Tekerlekli sandalyede Zajo bir sigara yakar, kibrit barutunun aleviyle yangın susar.

Sessizlik.

Zajo'nun çıkarttığı gazın kulak yırtan sesi)

Zajo *(seslenir)*: Mişkadora... *(es) (çığırır)* Mişkadoraaaa...

(Mişkadora, tekerlekli iskemlede, hızla girer sahneye, Zajo'ya çarpar ve durur.)

Mişka *(kuru ağlayan bir ses)*: Yerini değiştirmişsin...

Zajo: Orman yanıyor.

Mişka: Duyuyorum.

Zajo: Bir şey yapmalı.

Mişka *(es...)*: Mutfaktan mı izledin?

(Z, mırıldanarak evet anlamına gelebilecek bir ses çıkarır. Es.)

Zajo: Tarçın kavanozunu devirmişsin.

(M, başını önüne eğer. Z, sağ elinin serçe parmağını sağ kulağına sokup sallar.)

Zajo: Duymadım.

Mişka: Zajo...

Zajo *(ağlamaklı)*: Demin osurdum, onu da duymadım.

Mişka: Belki de ses çıkmadı?..

Zajo *(salya sümük)*: Duymuyorum.

(Mişka geldiği gibi hızla çıkar sahneden, gözden kaybolunca bir yere çarpar, gürültüsü gelir, Z hemen doğrulur, merakla M'nin çıktığı yöne doğru bağırır)

Zajo: Mişkadora?..

Mişka *(içeriden, sevecen)*: Duydun işteee...

***Müzik**: Erik Satie / trois gymnopédies 1 (3:30)*

2...

(Mişka ve Zajo karşılıklı durmaktadırlar. Mişka yün örmekte, iplik Zajo'nun kollarında asılı durmaktadır, Mişka'nın burnunda mandal.)

Mişka: Orman sustu.

Zajo *(Mişka'nın burnundaki mandalı çekip Mişka'nın geceliğinin cebine koyar)*: Koku da bitti.

(Es.)

Mişka *(artan ve gözyaşlarına ulaşan bir hüzünle)*: Aliiiii Baaaaaabanın bir ormanı var, ormaaaaaaaaaanında sincapları var...

Zajo: Sulu zırtlak bir şey oldun Mişka, kötüye işaret bu, yaşlılık belirtisi, sonun başlangıcı. Aklın duygusu var Mişka, hem temiz, pırıl pırıl, yoktan keder var etme.

Mişka *(zordur tüm bunları anlamak, Mişka için)*: Hımm?

(Es.)

Zajo: Yok bir şey Mişka ...

Mişka: Koku dağılmış hep, her yer koku, hiç kokmuyor.

Zajo: İlk yangını hatırlıyor musun Mişka? Ne kokmuştu... Bir elinde lavanta şişesi, diğeriyle çevrendeki dumanı, tozu dağıta dağıta sağa sola koşuyordun. Sen bir türlü alışamadın bu is kokusuna. Bense başlarda değilse de şimdilerde, seviyorum, arıyorum bu kokuyu... Geridekileri... Ve geçmişimizi hatırlattığı için. Yansa şu orman bir kez daha da getirse aklıma eski yangınları diye bekliyorum. *(Es.)* Geçmişinde hepsini değil, son üç yangını hiç düşünmem mesela, onları yirmi yangın sonra getireceğim aklıma, geçmişimiz olduklarında. *(Es.)* Gelecek kabul etmedi bizi, biz de geçmişimizde yaşıyoruz, tüm asiller gibi...

(Es.)

Mişka *(tekrar ağlamaya başlar)*. Aliiiiiiiiiiii Babaaaaaaanın bir ormanı var, ormaaaaaaaaanında tavşanlarııı....

Zajo *(susturur)*: Mişkaa...

(Esssssssss / Esssssssss.)

Mişka: Ekose bir etekliğim vardı benim, ipek bir şalım, bir de hani... ekru bir florans şapkam, tüylü tüylü, hatırlar mısın, istasyondaki o küçük pastahanede öpmüştün beni, bir kez, yoo, iki kez, yanağımdan, *(gülümser)* ama ne utanmıştım... Adını hatırlayamadığımız bir film yıldızına benzetmiştin bir de beni o gün... Ama sen daha güzelsin demiştin, hem onun çilleri de yokmuş. *(Birden telaşla elini yüzüne götürür.)* Zajo, çillerim duruyor değil mi?..

Zajo *(dikkatle Mişka'nın yüzünü inceler)*: Artmışlar.

Mişka *(gülümser)*: Çillerimi seviyorsun değil mi Zajo?..

Zajo *(ilgisiz)*: Hmmm...

Mişka: Ben güzel miyim hâlâ?..

Zajo: Hâlâ?..

Mişka *(panik)*: Hiç mi değildim?..

Zajo: Sen hep güzeldin sevgili Mişka...

(Bu söz Mişkadora'nın çok hoşuna gider.)

Mişka: Sevgili Mişka... Ne güzel söyledin... Bir daha söylesene...

Zajo: Sevgili Mişka...

Mişka: Bir daha...

Zajo: Sevgili Mişka...

(Mişka, yavaş yavaş sahneden çıkmaya başlar, ip, Mişka uzaklaştıkça, Zajo'nun kollarından boşalır.)

Mişka *(uzaktan bağırır)*: Bir dahaaa...

Zajo *(peşinden seslenir)*: Sevgili Mişkaa...

(Mişka artık gözden kaybolmuştur.)

Mişka: Bir dahaaaa....

Zajo: Sevgili Mişkaaa....

(Tam bu sırada BİN, sağdan, delirmiş gibi sahneye girer, bağırınmaktadır, yüzünde dağılmış, abartılı bir makyaj, saçları tepeye dikilmiş, alnında bir uyku maskesi.)

Bin: Yeteeeeeeer... Uyuyamıyorum... Biliyor musun uyumak? Haaa... Ne bağırıyor sidikli karın "bir daha bir daha", ne, ne bir daha... Neeeee...

Zajo *(sakin)*: Gece niye uyumadın?

Bin *(birden donup kalır)*: Gece oldu mu?.. *(Arkasından ağlamaya başlar)*

(Zajo, bir sigara yakar, Bin'e uzatır, Bin sigarayı ağzına ters koyar, Zajo, çakmağı Bin'in ağzına yaklaştırdığında durumu fark eder, sigarayı düzeltir yakar, birlikte birer nefes alırlar, Bin sakinleşir.)

Bin: Tarçın kavanozunu kim devirdi?..

Zajo: Mişka.

Bin *(derin bir soluk alır)*: Oooh, ben de ben devirdim sandım, yüreğim ağzıma geldi, yaşlılığa hiç tahammülüm yoktur bilirsin, yaşlanınca ölebilir bile insan...

Zajo: Bin?..

Bin: Ha?

Zajo *(düşünceli)*: Mişka hep çilli miydi?

Bin *(bir hatırlama süreci yaşar)*: Aaa... Aaaa, çil, çil, çil?..

Zajo *(elleriyle kendi yüzünde gösterir)*: Hani şu...

Bin: Aaa... Evet, ben tanıdığımdan beri çilli, benden önce bilmiyorum, beni zor hatırlıyorum... Neden sordun, o nerede sahi, ben bağırışmalarınızı duyunca... Girdiler dedim yine birbirle...

Zajo: Sence Mişka güzel mi?..

(Bin bir yandan ağır ağır makyajını silerken.)

Bin: Mişka mı, eee, güzel kadındır, ama son zamanlarda hiç bakmıyor kendine, *(dedikodu havasında)* tırnaklarına dikkat ettin mi, ayy... Hiç tahammülüm yok bakımsız tırnaklara, dişlerini de fırçalamıyor galiba, su içtiği bardaklar bile bok kokmaya başladı, hele o saçlar, lepiska gibi yapıştırıyor bir de onları iki yana kimi gün, hiç sevmem şekerim bakımsız kadın, geçenlerde sandıktan bir ayna çıkartıp verdim eline, halini bir görsün, kendine bir çeki düzen versin diye, önce boş boş baktı suratıma, her zamanki gibi, sonra da ağlaya zırlaya mutfağa fırladı, ne oldu bu şapşala diye gittim peşinden, bir de ne göreyim, iki çatal kapmış seninki, soktu sokacak gözüne, zor aldım elinden, çıkarıverecekti gözlerini, göz bu, olmaz, burun değil, kaş değil... Şapşal kız korkuttu beni, yatıştırdım sonra, Zajo majo, bir şey sayıklaya sayıklaya uyuyakaldı.

Zajo: Niye çağırmadın beni?

Bin: Niye... Aaaa... Sen Zajo'ydun doğru ya, aman ne tuhaf sizin isimleriniz de, hatırlamak imkânsız, gören de yaşlılıktan sanacak... Ne diyorduk, hah, güzeldir yani Mişka, hoş kadındır, bir film yıldızına benzetirim ben onu hep, adı aklıma gelmez şimdi.. tabii ya, Mişka çilliydi değil mi, hiç dikkat etmemiştim bak, ne renkti çilleri?

Zajo *(şaşkın, Bin'e bakar)*: Ne?..

Bin *(şakaya vurur)*: Eğleniyorum seninle, atlama hemen, *(sahneden çıkmak üzere hareket eder, çıkarken)* mavi olduklarını biliyorum...

Zajo *(Bin çıktıktan sonra, kendi kendine)*: Bunak ibne...

(Bin çıktığı gibi geri gelir, hemen antrenin dibinden.)

Bin: Sahi... Orman yandı değil mi?

(Zajo kafasıyla onaylar.)

Bin: Hadi gözün aydın... *(Der ve geri geri kaybolur.)*

(Zajo, bir süre yalnız kalır. Mişka, ağır ağır soldan girer.)

Mişka: Bin?..

Zajo: Gitti.

Mişka: Neye kızmış yine?

Zajo: Gürültümüzden uyuyamıyormuş.

Mişka: İyice yaşlandı.

Zajo: Ona sorsan, anasının karnında hâlâ.

Mişka: Bana durmadan tarçın kavanozunu kimin devirdiğini soruyor.

Zajo: Sen ne diyorsun Mişka?

Mişka *(bir süre durduktan sonra)*: Bilmiyorum diyorum, o da ağlaya ağlaya odasına gidiyor.

(Es.)

Zajo: Tarçın kavanozunu kim devirdi Mişka?

(Mişka cevap vermez, başını ağır ağır önüne eğer.)

Zajo: Bin'in sana verdiği ayna nerede?

(Mişka cevap vermez.)

Zajo: Mişka!..

Mişka: Anlattı ha?.. *(Es.)* Anlatmasın diye ona makyaj çantamı vermiştim.

Zajo: Ayna sende mi?

Mişka: Aldı geri.

(Zajo sağdan çıkar. Mişka, Zajo'nun yokluğunu fark eder.)

Mişka: Zajo?..

(Zajo, çıktıktan bir süre sonra içeri elinde aynayla girer.)

Mişka *(yüksek sesle)*: Zajooo?..

Zajo: Şşşşt... Bin uyuyor.

(Zajo, Mişka'nın yanına gelir, aynada kendine bakmaya başlar, ağzını açar, aynayla bir süre ağzının içine bakar.)

Zajo: Dişim çürümüş.
Mişka: Fırçalamıyor musun?
Zajo: Lavabo çok pis.
(Zajo bir sigara yakar, dumanı dağılır, bir süre sonra.)
Mişka: Sigara dişleri çürütür.
Zajo: Çürütmez, sarartır.
Mişka: Çürütür.
Zajo: Sarartır.
Mişka *(sesini yükselterek)*: Çürütüüür...
Zajo *(bağırarak karşılık verir)*: Sarartıır...
(Bağırışmalar gürültüye dönüşür ve Bin içeri delirmiş şekilde bağıra bağıra girer, elindeki süpürgeyle Zajo ve Mişka'ya saldırır.)
Bin: Yeteeeeeeeeer... Uyumak istiyoruuuuum...
(Zajo ve Mişka kaçışırlar, biri sağdan biri soldan sahneden çıkarlar, Bin de peşlerinden, bağırına bağırına kovalar.)

Müzik.

3...

(Üçü de seyirciye dönük, ortada ve yan yana.)

Mişka: Hadi hayvanlardan...
Zajo: Ben başlamam.
Mişka: Bin?..
Bin: Hep ben başlıyorum.
Mişka: İyi tamam, başlıyorum... Kuş...
Zajo: Ne kuşu?
Mişka: Bilmem, kuş işte...
Zajo: Olmaz, bir sürü kuş var.

Bin: Hadi Zajo, uğraşma kızla.

Zajo: Mızıkçılık yapıyor.

Mişka: Sensin mızıkçı.

Zajo: Şincap.

(Bin bir kahkaha patlatır.)

Zajo: Ş ile hayvan yok.

Bin: Var.

Zajo: Yok.

Bin: Söyleyeyim mi?

Zajo: Olmaz sıra bende.

Mişka: Hadi o zaman.

Bin: Hep böyle yaparsın Zajo, bir oyun oynayacağız, burnumuzdan getirdin.

Mişka: Hadi Bin, Zajo'nun süresi doldu, sıra sana geçer, söyle hayvanını.

Bin: Söylüyorum...

Zajo *(bağırır)*: Şırınga!

Bin: Şırınga diye hayvan yok

Zajo: Şırınga... *(Gözleri dolar.)* Canım yanıyor...

Bin: Ne diyor bu?

Mişka: Rüyası, hep gördüğü rüya, anlattı ya sana da...

Bin: İyi ya, anlattı dinledik, zırt pırt onun rüyasını mı dinleyeceğiz?

Mişka: Zajo? Sevgilim...

Bin: Mızıkçı herif, içine etti oyunun...

(Zajo delirir, Bin'in boynuna atlar, boğuşmaya başlarlar, Mişka ayırmaya çalışır, başarılı olamaz, o da kendinden geçer ve hızla sahneden çıkar, kısa bir süre sonra elinde bir tüfekle içeri dalar, önce Bin, sonra Zajo onu fark eder.)

Mişka *(Tüfeği Bin ve Zajo'ya doğrultmuştur, mırıldanır)*: Ölmek istiyorum...

Bin: Ters tutuyorsun o zaman şekerim.
(Zajo öfkeyle Mişka'yı izlemektedir.)
Zajo: Ben de...
(Birden Mişka'nın doğrulttuğu tüfeğin namlusunu kapar ve ağzına sokar.)
Bin: Hah bak şimdi daha bir düz...
(Esssssssssss...)
(Mişka tetiği çeker, mermi yoktur patlamaz, ama Zajo, müthiş ürker, Mişka paralize.)
Bin: O tüfeğin boş olduğunu biliyordu bu adam.
(Zajo tekrar Bin'in üstüne atlar, Bin kaçıp kurtulmak ister, sahneden çıkar, Zajo da peşinden gider. Mişka da peşlerinden gider.)
Mişka: Zajo yapma, bırak Zajo, yapma...

Müzik: *Erik Satie / Embryons desséchés*

4...

(Zajo ve Bin sahnede, yan yana.)

Zajo: Bir orman, yüzbinlerce kutu kibrit yapıyor ve bir kibrit çöpü koca ormanı yok ediyor. *(Cıklar.)* Adil değil... *(Es.)* Ben ormandan yanayım...
Bin: Ben taraf tutmam, sonu yalnızlıktır.
Zajo *(es):* Ben yalnızlıktan yanayım...
(Bin çıkar.)
Bin *(içeriden sesi duyulur)*: Biri şu tarçın kavanozunu kaldırsın.
Zajo: Mişkaaa?..
Mişka: Geliyoruum...
(Bir süre sonra elinde bir kartpostalla girer, Zajo'ya uzatır.)

Zajo: Bu ne?

Mişka: Bilmem, eski bir ayakkabının içinden çıktı.

Zajo: Ayakkabı nerden çıktı?

Mişka: Eski bir bavulun içinden.

Zajo: Mişka! Hani karıştırmayacaktık o bavulları, bizim değil onlar, hepsinin sahibi var.

Mişka: Koyarım geri, ezberledim yerini, hadi oku hemen, yoksa unutucağım.

Zajo: Bu bir kartpostal. *(Gözlüğünü çıkartır.)*

Mişka: Biliyorum, pullar var üstünde bir sürü, uzak bir yerlerden belli ki.

Zajo: Ama damga yok üstünde.

Mişka: Olsun, belki de elden verildi.

Zajo: Eliyle verecek olsa niye pul yapıştırsın ki üstüne?

Mişka: Sana ne?..

Zajo: Tivirna'dan bir meydan resmi, heykeller var, bir de havuz, *(tuhaf bir tebessümle)* hiç insan yok!

Mişka: Oku hadi, arkasını oku, hadi Zajo.

Zajo: Dur tamam okuyorum. *(Okur.)* Verdikleri yemekler hep aynı ve duvarlar çok uzun, seni özlüyorum, 8901... Saymaktan vazgeçme... Sadakati küçümseme... *(Kafasını kaldırıp, tekrarlar.)* Sadakati küçümseme....

Mişka: Hapiste herhalde adam... *(Es. İkisi de boş boş boşluğa bakarlar bir süre.) (Birden)* Belki de çıktı... Kavuştu sevdiğine... *(Ağlamaya başlar.)* Zavallı adam...

Zajo: Adam olamaz *(karta tekrar bakar)* bir kadının yazısı bu, bir kadının e'si, bir kadının ü'sü.

Mişka *(çok sinirli)*: Kim demiş!

Zajo: Ben diyorum Mişka.

Mişka: Sen ne biliyorsun, sana ne hem, rahat bırak insanları, bırak kavuşsunlar... *(Yumuşar.)* Zavallı adam...

Zajo: Adam değil Mişka, bir kadın. Bir kadının imzası bu, dişi mürekkep izleri bunlar, sonra şu çizgilerdeki sahte zarafet, kaygan ama tedirgin geçişler, bir kadın bu, basbayağı bir kadın.

Mişka *(çocukça)*: Sensin sahte, sensin kaygan...

Zajo: Mişka!..

Mişka: Ver kartımı.

Zajo *(çocuk gibi çekişirler) (Gözleri büyüyerek, alaylı)*: Kartımı mı? *(Bir kahkaha patlatır.)* Senin değil bu Mişka, asıl sen rahat bırak insanları.

Mişka: Benim o, ver.

Zajo *(yine bakar karta)*: Üstelik de kaydırmış hep, gözleri bozuk herhalde, yazının yarısı adres tarafına taşmış, özensiz belli ki.

Mişka: Adamcağızda özenecek hal mi bıraktılar sanki, baksana hep aynı yemekleri veriyorlarmış, ne hem belki, kim bilir ne şartlarda yazdı zavallı...

Zajo: Oturup ağlayalım istersen.

Mişka: Oturuyoruz zaten...

(Bin girer.)

Bin: Ne oluyor yine burada?

Zajo *(Bin'i görünce sevinir)*: Heh, Bin, gel lütfen, Mişka'ya söyler misin, bir erkek mi yazmış bunu, yoksa bir kadın mı? *(Kartı uzatır.)*

Bin *(kısacık bakar)*: Kadın.

Zajo *(sevinir, bir kahkaha atar)*: Yaa Mişka, duydun mu? Bin ne diyor, en sağlam kaynak, iki tarafın da muhbiri hem, aslan Bin... *(Mişka fena haldedir.)*

Bin *("Aslan Bin"i kastederek, gülerek, alaylı)*: Ne demek o be?.. *(Kartın resimli tarafını çevirir ve delirir.)* Benim bu...

Zajo: Yo yo... Hayır Bin. *(Kendi kendine)* Al işte, bu da başka bir manyak. *(Bin'e)* O senin değil Bin, Mişka bavullardan buldu onu, ikinizin de değil, başkasına ait, zaten şimdi onu ait olduğu yere geri koyacak Mişka. *(Mişka'ya)* Öyle değil mi sevgilim?

Bin *(ağlamaya başlar, üç yaşında çocuk gibi)*: Benim bu, beniiim... Yazı masamdan almışsınız, pis domuzlar. *(Zajo duraksar, afallar, bir Mişka'ya, bir Bin'e bakar.) (Mişka, hüzünlü boşluğa dikmiştir gözlerini.)* Kim yazdı bunları üstüne, bu pulları kim yapıştırdı... *(Ağlaya ağlaya)* Ne istediniz kartımdan?..

Zajo *(onu yatıştırmaya çalışır)*: Hayır Bin hayır, *(Mişka'ya)* bunadı iyice, Mişka onu bavullardan buldu, bir ayakkabının içinden çıkmış *(Mişka'ya döner)* erkek ayakkabısı mıydı, kadın mı, kadındı değil mi, eminim bir kadındı. *(Bin'in elinden kartı çeker.)* Bir kadının yazısı bu kesinlikle bir kadına ait.

Bin *(kartı hızla çeker Zajo'nun elinden, ağlaya, bağıra)*: Benim o, hainler, hırsızlar! *(Kartla birlikte ağlaya ağlaya içeri kaçar.)* Ne istediniz kartımdan...

Zajo *(ağır ağır Mişka'nın yanına gider)*: Mişka... *(Mişka cevap vermez.)* Mişka... Bin de söylüyor bir kadının yazdığını, zaten yollamaya da cesaret edememiş, tam kadınca bir davranış, sonra çaktırmadan savurduğu tehditler, duygu sömürüleri, kendine acındırmalar... *(Tekrarlar.) (Taklit eder ve aşağılar bir tavırla)* "Sadakati küçümseme", aman ne güzel, diyor ki yani, sen orda ağaç gibi dur, kıpırdama, gözünü bile açma, beni bekle. Adam da eminim aynen öyle yapıyordur. Uzakta olan adam olsa, döndüğünde kadın çoktan yolunu bulmuş olurdu bence, zavallı adam, evet senin dediğin gibi zavallı adam, ama bu kartı yazan değil, değil çünkü bu kartı bir kadın yazdı, zavallı olan kartın yazıldığı adam, bence bu kadın...

Mişka *(suskunluğunu bozar ama kıpırtısız boşluğa bakmayı sürdürür)*: O kartı ben yazdım *(ES...)*

Zajo *(birden bağırır)*: Biliyorum.

(Mişka bağırarak bir bıçak çıkarır battaniyenin altından ve hızla göğsüne saplar.)

(Zajo sakin.)

Zajo: Daha iyi misin?..

Mişka *(ağlayarak)*: Bir yolu olmalı...

Zajo: Binlerce yolunu denedik Mişka, vazgeç artık, bık, boş ver, ölmek yok. Beklemek var. Kaybolana kadar beklemek.

(Aynı anda takırdarlar. Müthiş bir korku.)

Mişka: Sen de hissettin mi?

Zajo: Yer çekimi, azalıyor.

Mişka: Taş kaldı mı?

(Bin korkuyla hızlı girer.)

Bin: Hissettiniz mi?

(Hep birlikte takırdarlar.)

(Çığlıklar, korku, takırdama azalarak biter.)

Mişka: Geçti...

Zajo: Birbirimize sokulalım

(Yan yana bitişirler.)

Bin *(panikle)*: Hadi hayvanlardan

Zajo: Bırak şimdi hayvanı.

Bin: Kafam dağılıyor, rahatlıyorum.

Zajo: Rahat olma vakti değil, çözüm bulma vakti, taş kaldı mı acaba?

Bin: Kırılmış, dağılmış hepsi, baktım.

Mişka: Sanki azaldı biraz...

(Es.)

Bin: Konuşma sefil, niye çaldın kartımı?

Zajo *(bir şey bulmuştur)*: Kart... Bin? Kart yanında mı?

Bin: Yanımda, niye, ne yapacaksın?

Zajo: Ver.

Bin: Yaa tabii yine orasına burasına yazıp çizip...

Zajo *(sert)*: Kartı ver Bin.

(Bin kartı çıkartır, Zajo elinden alır. Fırlatır havaya, Bin bağırır, Zajo susturur. Kart uçuşup düşer yere. Zajo biraz rahatlar, sonra diğerleri, biraz ayrılırlar.)

Zajo: Bitti...

Mişka: Şimdilik.

(Es.)

(Bin, Mişka'nın üstündeki kanla ilgilenir, yaklaşıp eller, alaylı güler.)

Bin: Sonuç?

(Mişka cevap vermek istemez. Zajo kafasıyla "Olmadı" der gibi bir işaret yapar. Bin küstah bir kahkaha atar. Mişka bozulur. Somurtarak çıkar sahneden. Zajo ve Bin sahnede kalırlar.)

(Sessizlik.)

Bin: İstasyon buraya ne kadar uzak Zajo?

Zajo: Niye... bir yere mi gidiyorsun?

Bin: Bilmem, hazır şu bavullar varken diyorum...

Zajo: O bavullar bizim değil...

Bin *(sinirlenir)*: Kimin peki?

(Kısa bir es.)

Zajo: Hem istasyonlar birbirine benzer, zaten son yangından sonra yer çekimi iyice azaldı, mutfakta tezgâha tutunmadan durmak neredeyse imkânsız, Mişka'nın lepiska saçları bile havalanmaya başladı, farkında değil misin? Otur oturduğun yerde Bin, henüz oturabiliyorken...

Bin: Sen bu kafayla o çocuğu doğuramazsın...

Zajo *(şaşırır)*: Ne çocuğu?..

Bin *(birden hatırlar)*: Aaaa... O Mişka'ydı doğru ya...

Zajo: Mişka çocuk mu doğurmak istiyor, böyle mi söyledi sana?

Bin: Tam olarak değil, tırnakları uzamış, kendini hamile sanıyor.

Zajo: Benim de tırnaklarım uzadı.

Bin: Dedim ya, sen bu kafayla çocuk doğuramazsın.

Zajo: Mişka hep çocuk ister, hamile kalırsa ağırlaşacak ya, havalanmayacak sanıyor.

Bin: O da pek sever yeri, ne anlarsa...

Zajo: Yer iyidir!

(Kısa bir es.)

Bin: Niçin evlendin Mişka'yla?

Zajo: Evlilik, tutkuları ve fırsatları bir arada yaratmanın tek yoluydu.

Bin: Bana sorarsan bir adam ne kadar çok bilir ve ne kadar çok gezerse gidip taşralı bir kızla evlenme ihtimali de o kadar artar.

Zajo: Ne demek şimdi bu, Mişka'yı bayağı mı buluyorsun, o bir taşralı mı sence?

Bin: Yoo, seni de bilgili bulmuyorum, bu örneği kendim için verdim ben, bugüne kadar evlilikten kaçışımın başlıca sebebi bu olmuştur.

Zajo *(alaylı)*: Aman kaç...

Bin: Öyle deme... Benim de hep erkekler olmadı hayatımda... Hatta daha çoğu kadındı ve çok kadındı çoğu. Kadın kadın kadınlardı.

(Sessizlik.)

Bin: Ama ben terk edilme acısını, kendi arzumla bir kadını terk ettiğimde duydum en çok... Çünkü terk ettiğim her kadınla bir kez daha terk ediyordu beni içimdeki adam... Kadife sırlarımı vurup omzuma ayrılırken bir kadının yanından, kimseyi gördüğüme inandıramadığım bir ben beliriyordu o kadının yanı başında... Bir erkek... Sırtını bana bönmüş ben boylarda bir ben... Tıpkı ben bir adam...

(Sessizlik.)

Bin: Yani Zajo... Orta yerinden yırtılmış, uçları yanmış, koparılmış günlük sayfalarıdır benim ömrüm... Kadife sırlarla dikilmiş sahipsiz bir bayrak gibi... Hep katlı... Hep bir çekmecede...

Zajo: Taşıması okumasından bile sıkıcı şiir kitapları vardır. Elden ele gezdirilip hediye diye yutturulan kötü şiir kitapları. Onlar gibi konuşuyorsun. Yavan ve tatsız...

Bin: Şiirler ahmaklar içindir. Ve ahmaklar iki sebepten yaşarlar: Kabadırlar ve kalabalıktırlar. Bense uyumsuzluğumu anlatıyorum sana... Ve geçmişi... En sevdiğin sohbet.

Zajo: Uyumsuzluğun hormonlarla ilgili. Bir talihsizlik, hepsi o. Kimseyi suçlama.

Bin: Kim... Ne şimdi, kimi suçladım ben, ne diyorsun, kimseyi suçlamadım. Suçlamayı bırak, son 100-200 yıldır ben... Karınca bile ezmedim.

Zajo *(bağırır)*: Ne ilgisi var?

Bin *(daha yüksek bağırır)*: Çok ilgisi var.

Zajo: Sen son 500 yıldır yere bile basmadın Bin... Basamadın... Basamadık...

Bin *(sakin)*: Öncesinde işlediğim günahların da tek sebebi yer çekimidir zaten. Sevmiyorum, temas hırslı yapıyor beni...

Zajo: Yapar...

(Sessizlik.)

Bin: Mişkadora'yla tanıştığın günü anlatmıştın bana hatırlıyor musun, en küçük detayları bile hatırlıyordun, bir tren istasyonunda, Savello trenini beklerken... Suda yürümek mi istiyormuş, neymiş bir şeyler anlatmıştın uzun uzun...

Zajo: "Bileklerime kadar ılık sularda yürümek istiyorum." Böyle demişti.

Bin: Ne haltsa... O zaman imrenmiştim işte, o zillinin yerinde olmayı isterdim işte o an. Benimle yalnız kalmaktan korkuyordun ya hani başlarda, çekiniyordun, sana başka gözle bakacağımı sanıyordun.

Zajo: Yok öyle bir şey, neden korkayım, ben...

Bin: Bırak şimdi, senin de hep dediğin gibi iki tarafın da muhbiriyim ben, kaşı oynasa anlarım bir erkeğin telaşını, kadının da...

Zajo *(sıkkın)*: Eeee... Ne diyeceksen ona gel.

Bin: Diyeceğim şu Zajo, korkma... Ben anlar kadar masum, anlar kadar günahkârım, o anlardır yani... Benim cinsel organlarım... Ne kadın, ne erkek... Anlar... O an... Mişka'nın bileklerine kadar ılık sularda yürümek istediği an, bir kadının ânı o, belki de en güzel ânı... Bir erkek batar ılık suda, boğulur... Kadınsa ıslanmadan yürür ve severse bir erkeği denizleri bile kurutur ve ben o kadınım... O an... Anladın mı?..

Zajo: Hadi git uyu Bin.

Bin *(güler)*: Hıh... Öyle olsun...

Zajo *(Bin çıkarken Zajo kendi kendine)*: Bunak ibne...

(Bin duyar, durur, yavaş yavaş döner, ağlamaktadır.)

Bin: Sana kızmıyorum, beni anlamanı da beklemiyorum... Ama... Ölmeyi beceremez ve korktuğumuz başımıza gelip de boşluğa karışırsak her şeyin sonunda, geride kalanlar arasında en çok anları özleyeceksin Zajo, kıymetini bilmediğin bütün anları... Bu söylediğimi unutma... Bunu söylediğim ânı, sakın unutma...

(Der ve yavaş yavaş sahneden çıkar.)

(Sahne kararır.)

Müzik: *Erik Satie / Trois gymnopediées 3*

5...

(Üçü de arka arkaya girerler, belli ki yemek yenmiştir. Bin, peçeteye ağzını silmektedir, Zajo bir sigara yakar, Mişka en arkadan ağır ağır girer, kendi halindedir.)

Bin: Eline sağlık Zajo, çok ağır olmuş.

Zajo: Tığ gibi oldun, havalanıp uçma diye yağlı yapıyorum yemekleri.

Bin: Sen niye yemedin zeki çocuk, uçup gitmek mi istiyorsun buralardan?

Zajo: Tokum.

Bin: Biz de toktuk ama hatırın olsun diye yedik iki tabak, mideme oturdu, yağlı yağlı. Mişka da yemedi hiç, karı koca zehirlediniz mi yoksa beni?

Zajo: Sabah olsun anlayacağız...

Bin *(şaşkın)*: Niye, ne var sabah?..

Zajo *(sıkılmıştır, geçiştirir)*: Hadi hayvanlardan oynayalım.

Bin: Hayvan oldu içimiz dışımız.

Zajo: İyi, yatıp uyuyalım o zaman.

Bin *(atlar)*: Olmaz... Hadi, oynayalım. Başla.

Zajo: Sen başla.

Bin: İyi, tamam... At.

Mişka: Tarçın...

(Z ve S, dönüp M'ye bakarlar.)

Zajo: Nil timsahı.

Bin: Istakoz.

Zajo: İstakoz i ile yazılır.

Bin: Şincap da s ile yazılır.

Mişka: Kavanozunu, ben devirdim

(Essss.)

Bin *(ağlamaklı, şaşkın)*: Tarçın hayvan değil mi?

Zajo *(Bin'e, sinirli)*: Hayvan, hayvan... Kavanoz da yavrusu.

Bin: Yalancılaaar.... *(Ağlaya bağıra çıkar.)*

Zajo: Bunak ibne...

Mişka: Tarçın kavanozu ne renk Zajo?

Zajo Kavanoz kırıldı Mişkadora.

Mişka: Tarçın kavanozu ne renkti Zajo?

Zajo: Tarçın rengiydi Mişka, kavanozun rengi yoktu.

Mişka: Tarçın ne renk Zajo?

Zajo *(sert)*: Mişka!.. *(Es.)*

(Mişka yavaş yavaş ellerini Zajo'nun suratına götürür ve gezdirir sonra boğazına yönelir ve tırmanan tuhaf bir şiddet arzusuyla sıkmaya başlar. Zajo önce oralı olmaz, sonra yavaş yavaş canı yanmaya başlar ve rahatsız olur, Mişka'nın ellerini tutmaya başlar...)

Zajo: Mişka... Mişka acıyor... Mişka canımı acıtıyorsun. *(Mişka kontrolden çıkmıştır, bi yandan ağlamaktadır.)* Mişka... Mişkaaaaaaa...

Mişka: Ölmek istiyoruuuuuum...

(Dışardan bir el silah sesi, ikisi de donup kalırlar.)

Mişka: Başardı...

Zajo: Mı dersin?

Mişka: Vurdu kendini.

Zajo: Bin?.. *(Es.)*

Bin *(içerden ağlamaklı bağırır)*: Ne var.

Zajo: Gel buraya.

(Bin sahneye girer, üstü başı kan.)

Bin: Pamuk var mı?

Mişka: Elini mi vurdun?

Bin: Bileğimi.

Mişka: Çok kanıyor mu?

Bin: Kocanın yaptığı pis yemeğin yağları akıyor damarlarımdan.

Zajo *(sessiz, kendi kendine)*: Boğazında kalsın o yemek.

Bin *(içeri girerken)*: Kalmamış şekerim, bileğime kadar inmiş.

(Elleri kan içindedir, M ona yardım eder, es.)

Zajo: Bunak herif, nasıl intihar edildiğini bile unutmuş.

Mişka: Zajo lütfen...

Zajo: Bugün bileğini vurdu, yarın da şakaklarını kesecek.

Bin: Seni keseceğim ben bu gece, uyurken...

Zajo: Ben uyurken mi, sen uyurken mi?

Mişka: Kesin şunu.

(Takırdamalar başlar. Yer çekimini azalmaktadır. Bir süre sonra durur. Sakinleşirler. Sessizlik. Bin huzursuz.)

Bin: Hayır kimsemiz de yok, ölmesek ne olacak...

Mişka: Senin adın neden Bin, Bin?

Bin: Senin adın neden Mişkadora?

Mişka: Adım değil o benim. Öyle Zajo'yla aramızda...

Bin: İyi, benimki de Zajo'yla aramızda.

Mişka: Zajo mu taktı adını, benimkini de Zajo...

Zajo: Binden sonrasını sayamadı.

Bin: Zajo...

Zajo: Boş ver, unutur nasıl olsa Mişka, tutamaz aklında, hamile o.

(M şaşırır.)

Mişka: Hamileyim değil mi?

Zajo: Öyle demişsin Bin'e.

Mişka *(nazlı)*: Demedim.

Zajo: Bin?

Mişka *(Bin'e)*: Söyledin mi, aşk olsun Bin, sürpriz yapacaktım ben Zajo'ya, o zaman söyleyecektim.

Bin *(alaylı)*: Yine söylersin, yalandan kim ölmüş?

Mişka: Ben umarım.

Zajo: Ne zaman?

Mişka: Kaç saat?

Zajo: Çevirme lafı, ne zaman söyleyecektin Mişka?

Mişka *(gülerek)*: Binbir, Bin'den sonra... Binbir gelir.

Bin *(küstah)*: Gözleri görmeyen biri için çok neşelisin.

Zajo: Binden sonrasını saymazsa yaşlanmayacak sandı, kalbi kaldırmadı, Bin adını kendi koydu.

Bin: Yaşlanınca ölebilir bile insan.

Zajo: Neredee...

Bin: O başka...

Zajo: Dağıtma lafı Mişka, ne zaman söyleyecektin hamile olduğunu?

Mişka: Aman canım bir şey değil, oğlan galiba.

Zajo *(bağırır)*: Mişkaaa...

Mişka *(daha yüksek)*: Ne... Ne var... Ne... Ölmezsek doğururum.

Bin: Yok öyle, ya meraktan ölmezsek, görmek isterim ben o çocuğu.

Zajo: Ne çocuğu, hangi çocuk, çocuk falan yok, yalan söylüyorsun Mişka, o kadar yalancısın ki... *(Bulamaz.)* Ölmüyoruz.

Bin: Aaaaa...

Mişka *(sinirli)*: Ben miyim yani bütün suçlu?

Zajo: Sensin, sen ve o pis çocuk.

Mişka: Hangi çocuk?

Bin: Bağırmayın, yeter.

(Derken takırdamaya başlarlar.)

Zajo: Yer çekimi, azalıyor yine.

Bin: Ne yaparız?

Mişka *(ellerini birleştirir)*: Ne olur boşluğa karışmayalım, ne olur, her sabah uyanacağım söz.

Zajo: Dua etme, yemin hiç etme, yalancısın sen, hep senin yüzünden, dürüstler ölür, bizi de yakacaksın.

Mişka: Siz niye ölemiyorsunuz o zaman?

(Takırtılar tekrar başlar.)

Bin: Senin yüzünden işte belki de, doğru söylüyor. *(Mişka'dan uzaklaşır.)*

Zajo: Biz yorgunuz, dinlensek öleceğiz...

Mişka: Ben de yorgunum, körüm. Hem de hamileyim, bu çocuğu da doğuracağım, var mı?

Zajo: Yok. Çocuk falan yok, hâlâ hiç utanmadan, hiç sıkılmadan nasıl yalan söylüyorsun?

Bin: Kör bir de yani, insan utanır.

(Mişka uzaklaşmaya başlar, Zajo kovalar, dağılırlar, takırdamalar artar, korkmaya, bağırmaya başlarlar.)

Mişka: Zajooo...

Zajo: Birbirimize sokulalım, ağırlaşırız.

(Sokulurlar, takırdarlar.)

Mişka: Taş kaldı mı?

Zajo: Kırık hep taşlar, ağırlar uçmamışsa...

Bin: Git bak hadi.

Zajo: Tek başıma gidemem, havalanırım.

Bin: Ee bir havalan gel hadi, karıştırma bizi.

Mişka: Ben gelirim Zajo, hadi gidelim.

(Göz göze gelirler, yumuşama, Bin'den ayrılıp uzaklaşırlar. Giderlerken.)

Zajo: Özür dilerim Mişka, seni kırdım.

Mişka: Özür dilemesi gereken benim, sana...

(Bin dinlemektedir, gözleri büyür, hızla yanlarına giderken.)

Bin: Sakın... Barışmayın, barışmayın, korktuğum oldu işte, sevmiyorum sizi çift, durun ben de geliyorum. *(Yaklaşırken Zajo'ya)* Yalancı o affetme, *(Mişka'ya)* sen de hemen yumuşuyorsun, dünyanın lafını etti, demediğini bırakmadı, niye hemen...

Mişka: Sana ne bizim barışmamızdan Bin, ne istiyorsun, bırak barışalım, ne kadar ayıp.

Bin: Aaa aşk olsun, ah şu gözlerin görseydi de, kendini bir küs görsen, off, ben bile...

Zajo: İbne işte, itilaftan besleniyor, sana gelecek beni çekiştirecek, bana gelecek seni...

Bin: Yok ondan değil, inan değil, ben bensiz bir başınıza öleceksiniz diye...

Zajo: Bırak şimdi...

(Konuşa konuşa çıkarlar.)

6...

(Üçü de sahnede yan yana. Kucaklarda koca koca taşlar. Bin rahatsızdır.)

Bin: Çişimiz falan gelirse?

Zajo: Niye gelsin...

(Es.)

Mişka: İşe yarar değil mi taşlar?

Zajo: Yine de çok güvenmeyelim.

Bin: Ne yapacağız?

Zajo: Ölmenin bir yolu olmalı, mesela hiç...

Bin: Ay bırak yeter, olmuyor işte halimize bak, süzgeç olduk, domuz gibi hayattayız.

Mişka: Ben çok eskiden ölümden korktuğumu hatırlıyorum, hayal meyal...

Bin: 50 yaşında falan herhalde.

Mişka: O kadar eskiyi hatırlayamıyorum.

Bin: Kaç oldun şimdi sen?

Mişka: Bilmem, Zajo biliyor, tutuyordu o hesabını.

Bin *(Zajo'ya döner)*: Kaç yaşında bu kız?

Zajo: Tutmuyorum artık, 2140 bir şey.

Bin *(alaylı ama belli etmeden)*: Çocuk düşünmüyor musun Mişka?

(Mişka utana sıkıla, nazlı Zajo'ya bakar.)

Bin: Hiç bakma ona, işin ona kaldıysa...

Zajo: Sen kendi işine baksana Bin.

Bin: Sizden güzel iş mi var? *(Güler.) (Es.) (Zajo'ya)* Sen kaç oldun?

Mişka: 14 yaş büyüktür o benden

Bin *(Zajo'ya, alaylı)*: Seni sübyancı...

Zajo: Bin, git yat hadi sen.

Bin *(Mişka'ya)*: Olgun erkek seviyorsun yani sen ha? Ben de her şeyin olmamışını severim.

Mişka: Bin lütfen...

Bin: Kütür kütür...

Zajo: Orman da yanmıyor.

Bin *(Zajo'ya bakar)*: Hastasın sen.

Mişka *(umudunu kırmamaya çalışarak)*: Yeni yandı sevgilim...

Bin (*"Hayır" anlamında*:) Olur mu?

Zajo: Olmaz, böyle oturup bekleyemeyiz. Ben boşluğa karışmayacağım.

Mişka: Ben de.

Bin: De nasıl?

Zajo: Boğalım birbirimizi.

Bin: Daha neler...

Mişka: Gel boğ hadi Zajo, bir deneyelim.

Zajo: Beni kim boğacak?

Mişka: Bin...

Bin: Yaaa yok öyle ben ne olacağım, al işte korktuğum oldu, bok vardı barıştınız.

Mişka: Ölmeyeceğiz gibi gözüküyor.

(Bakışırlar. Es.)

Bin: Aman ne öleceğiz...

(Bakışırlar. Es.)

Bin: Artık konuşmayalım birbirimizle de. Ne o öyle...

(Bakışırlar. Es.)

Bin *(müthiş bir fikir bulmuşçasına)*: Küselim. Bir şeydir. Bak ona varım, hep birlikte küseceksek, ha, düşünün bak bunu.

(Es.)

Bin: Küsen konuşmaz. Konuşanı yanar, nasıl?

Zajo: Orman da yanmıyor.

Mişka *(Zajo'ya dokunur)*: Bekliyorsun değil mi sevgilim, dua ediyorum senin içinseniniçin.

(Şaşırır, birbirlerine bakarlar.)

Zajo: Niye öyle olduoldu?

(Zajo elini ağzına götürür.)

Mişka: Yanacak, orman, yakında, yanacak sevgilim...

Bin: Oooo sevgilim mevgilim, küselim diyorum, iltifatlar, temaslar, yatar bu işbuiş.

Mişka: Ne oluyor böyleböyle, *(birden)* uykum var benim.

Bin: Benim de.

Zajo: Git yat Bin, uyu, çok uyu.

Bin: Orman yanarsa barışırızbarışırız. O da bir şeydir.

Mişka: Uykum var benim.

Bin: Alevdi gürültüydü, ben zaten... Ha bak arada bir iki şey sorarım ama... Renk falan, sayılar mayılarmayılar birkaç isim, onlar sayılmaz, sorarım öyle küçük bir şeyler, küssek desek de, ki küselim, fikri ben attım, caymam ama, onlar sayılmazsayılmaz, renk menk... Sorarım bişeyözaaaooouuuumm

(Bin bozulur, donar. Es.)

Zajo: Bir şey oldu...

(Es.)

Mişka: İyi bir şey mi?

(Es.)

Zajo: Hıı?

Mişka *(Bin'i kastederek)*: Yorgundu.

Zajo: Ölmese?

Mişka: Ölse de uyusaksak.

Zajo: Ölürse uyandırırım ben seni.

Mişka *(sözünü keserek)*: Sakın...

(Es.)

Zajo: Ben bir patlama düşünüyorum.

Mişka: Hı?

Zajo: Ben bir patlama düşünüyorum.

(Mişka'nın horlaması duyulur, gözleri açıktır yavaş yavaş kapanır. Zajo hareketlenir, Mişka'nın üstünü örter, çıkar.)

MİŞKA'NIN RÜYASI...

(Bir süre sonra ayağında patenlerle Zajo girer içeri, müziğe eşlik ederek Mişka'nın çevresinde dans etmekte, hünerlerini sunmaktadır. Mişka'nın gözleri hep kapalı. Bir süre sonra Bin uyanır. Zajo, Bin'den ve Bin Zajo'dan habersiz. Bin yavaş yavaş elini göğsüne götürür, el kaybolur, bir uzun namlulu tabancayla geri gelir, Mişka'nın kulak üstüne uzatır tabancayı. Emindir. Zajo dansını tamamlar, Mişka'yı alnından öper, sahneden müzik eşliğinde çıkar. Mişka gözlerini açar. Bin'le karşılaşır.)

(Es.)

Mişka: En güzel rüyayı gördüm. Yorulmadan, uykumda... Zajo vardıvardı... Yanımda, her yerde... Ya rüzgârdı rüyamda, ya da uçmak gibi... Bir seferde, uçmak gibi... Kolayca...

(Es.)

Mişka: Sen yoktun. Bir öpücük, Zajo'nun sıcaktısıcaktı dudakları, derisi, güneşten dikilmiş gibi, nefesi yoktu, nefessiz rüzgâr gibi, çok sıcak...

(Es.)

Mişka *(tabancayı eliyle kavrar elini çeker)*: Uyandın mı ben, çünkü...

(Es.)

Mişka: Ne demektir sence? Bu rüya. Sen yoktun.

(Es.)

Mişka: *(Parmağıyla gösterip tabancayı kastederek)* O ne için?

(Demesiyle ateş eder Bin. Mişka yığılır.)

(Es. Müzik. Müzik azalır. Müzik biter. Mişka'nın gözleri açılır. Olduğu yerde, kıpırdamadan.)

Mişka: Zajo bir patlama düşünüyormuş. Bu mu sence?..

(Müzik tekrar, daha yüksek girer, ve sahne kararır.)

7...

BİN'İN RÜYASI...

(Bin sahnede uyumaktadır. Zajo ve Mişka yanında bir bankın üstünde. Tekerlekli sandalyeleri yok. Yan yana bankta oturmaktadırlar. Seyirciye dönük, birbirleriyle ilgisiz. Üstlerinde farklı, günlük kıyafetler, zengin denemeyecek kadar sıradan, fakir denemeyecek kadar şıktırlar. Bir süre sonra.)

Mişka: Bileklerime kadar ılık sularda yürümek istiyorum.

Zajo: Göz ucuyla tabela direğinin üstündeki saate baktım. Beni Tivirna'dan evime götürecek trenin istasyona varmasına saniyeler var, hemen önümdeki raylara kondüktörün hüznü nüfuz etti bile, ama bir saate yakın süredir oturduğum bu ihtiyar bank, şimdi Venedik'te bir gondol. Neden?.. Neden şimdi? Bundan dört ay altı gün önce, Stella'nın peşinden ve her şeyin başından başlamak için geldim Tivirna'ya. Bilmediğim bir dili, aylarca anlamadığım sokak haritalarını ve nemden kurumayan yaz yağmurlarını bilerek ve isteyerek seçtim. Kırk sekiz yıllık ıstırabım burada, Tivirna'da, sakin ve dakik Goblen insanlarıyla dolu bu kır kasabasında sona erecekti. Bu sona erdirme sürecinin evreleri sandığımdan da süratli sıralandı birbiri ardına. Ne var ki arzu ettiğim gibi aydınlığa ve yeni bir başlangıca doğru değil, karanlığa ve tanıdık bir ölümün kollarına doğru. Yalnızlık... Sona eren ise hevesim ve hayallerim oldu. Sahip olduğum tüm heyecanlar Stella'nın liderliğinde bir ihanet ordusu kurarak, kimseleri duyduğuma inandıramadığım zafer marşları eşliğinde ve uzaydaki bir boşluğu fethetmek ihtirasıyla sefere çıktılar. Ve ben, artık bir işe yaramayan emekli general, Tivirna'yı bekledim, aylarca...

Mişka: Sizinki bu mu?

Zajo: Ayaklarımızın ucunda bir duvar gibi biten ve süratle dumanına karıştığımız treni kastediyor. Ritim tutan diz kapaklarıma, huzursuz ve şuursuz bakan gözlerim beni eleverdi sanırım. İkinci kez ve üstelik bu sefer doğrudan yönlendirilmiş bir soru kalıbı kullanarak benimle konuşması az önce kendi kendine konuştuğu ve benim üstüme alındığım paranoyasını da ortadan kaldırdı. Son bir saattir kuru kuru paylaştığımız ihtiyar bank, Venedik'te bir gondol bile değil artık, olsa olsa süzülerek uçan bir taklacı güvercinin kanatları. Herhangi bir tanrıya sorgusuz sualsiz inanmayı ve kollarımı gökyüzüne kaldırıp, histerik tezahürlerle şükretmeyi hiç bu kadar arzulamamıştım. İnananlar bu şükür anını görkemli yaşamak uğruna sabır diye adlandırdıkları sevimsiz bir erdem edinirler. Ama tanrılar ticarette zayıftır, onlarla alışverişte teslimat günleri her zaman aksar ve bu aksamanın suçu mutlaka taraflar arasında paylaşılır, hatasız olmadıklarını kolaylıkla kabul edebilirler ama ortada bir suç varsa mutlaka paylaşılmalıdır. Hiçbir suç yalnız işlenemez onlara göre. Tanrıların bu türden fakir edebiyatı bende sadece üstünlük duygusu ve şımarma hissi yaratır. Ve beklenen gün geldiğinde...

Mişka: Beklediğiniz tren bu mu?

Zajo: Tren mi, ne treni?

Mişka: Savello treni, kalkmak üzere.

Zajo: Bilmem, trenler birbirine benziyor.

Mişka: İstasyonlarda.

Zajo: Size bir şey sorabilir miyim?

Mişka: Lütfen?..

Zajo: Ama dürüst bir cevap bekliyorum.

Mişka: Herkes gibi.

Zajo *(şüpheli gülümser)*: Evet, herkes gibi...

(Kısa es.)

Mişka: Soru?

Zajo *(birden toparlanır)*: Aaa... Evet, soru... *(Es.)* Siz, benim kafamda yarattığım bir şey misiniz, yoksa...

(Mişka çılgın bir kahkaha atar.)

Zajo *(kahkayaya katılır)*: Gülmeyin lütfen, biliyorum, biraz tuhaf bir soru bu ama...

Mişka *(hâlâ gülmektedir)*: Ben sorunuza gülmüyorum...

Zajo: Ya?..

Mişka: Ben...

(Es.)

Zajo: Siz?

Mişka: Aynı soruyu sormak isterdim size...

Zajo *(şüpheli)*: Nasıl yani?

Mişka: Sizi meydanda gördüm, birkaç kez.

Zajo: Yaa... Ne yapıyordum?

Mişka: Öyle başı boş dolanıyordunuz, yaralı bir sokak köpeği gibi, yüzünüz hep asıktı, ama sıkıntılı bir telaş vardı gözlerinizde, elinizde hep bir kâğıt oluyordu, parmaklarınızın arasında buruşmuş küçük bir kâğıt.

Zajo: Adres arıyorumdur.

Mişka: Buldunuz mu?

Zajo *(Mişka'nın kastettiği kâğıdı çıkarır cebinden)*: Daha değil.

Mişka: Bir bakayım mı?

(Zajo kâğıdı Mişka'ya uzatır, Mişka şişe dibi gözlükler çıkarır cebinden, takar ve kâğıda bakar. Zajo şaşkın.)

Zajo: Gözleriniz... Ne kadar bozuk?

Mişka: Yakını hiç göremiyorum, uzak da yavaş yavaş kayboluyor.

Zajo: Beni nasıl tanıdınız?

Mişka *(çekingen)*: Bilmem.

Zajo: Ya ben o kişi değilsem, meydan yaralı sokak köpekleriyle dolu.

Mişka *(kısa bir sessizliğin ardından)*: Sizi sesinizden tanıdım ben.

Zajo: Sesimden mi... Biz... Tanışıyor muyuz?

Mişka: Bana adres sordunuz bir keresinde.

Zajo *(kâğıdı gösterir)*: Aynı adresi mi?

Mişka: Bilmiyorum, gözlüklerim gözümde değildi.

Zajo: Peki ne cevap vermiştiniz?

Mişka: Hiç, kafamı salladım, siz de uzaklaştınız.

Zajo: Uyansın ister miydiniz?

Mişka: Beni sevmez.

Zajo: Kimseyi sevmez o, sevse uyanmaz zaten.

Mişka: Bence size gizli bir hayranlık duyuyor.

Zajo: Hayranlık başka.

Mişka: Makyaj çantamda size aldığım ve hiçbir zaman vermeye cesaret edemediğim küçük bir hediyeyi buldu, onu saklıyor, benim fark etmediğimi düşündü.

Zajo: Uyanık...

Mişka: Yoo uyuyor, ama uyandığında bizi bulamayacak, ondan önce karışacağız biz boşluğa, zaman zaman göreceğiz oralardan onu bir başına, yapayalnız. O bizi göremese de... El sallayacağız ona, o yıldız kaydı sanacak. Bazen de yıldız kayacak, o bizi hatırlayıp ağlayacak, ağladıkça kararacak gece, karardıkça çoğalacak yalnızlığı, çoğaldıkça bizi hatırlayacak. İyi gününde tebessüm edecek, kötü gününde ıslanacak dudakları, kayan yıldızlar gibi akacak gözünden yaşlar. Ve beklerken bir başına o en büyük yalnızlığı, yorgun, yaşlı gözleri ağır ağır kapanacak.

(Bin'in gözleri açılır, bir an durur ve ardından ses çıkartmamaya çalışarak ağlamaya başlar. Sahne yavaş yavaş kararır.)

8...

(Sahnede yan yana Bin ve Zajo.)

Bin *(düşünceli)*: Eskiden... Eskiden diye bir şey, öyle bir laf... *(Hatırlamaya çalışmaktadır.)* Zajo, eskiden diye bir laf vardı değil mi?

Zajo: Var.

(Es. Bin bekler huzursuz, sabırsız, gözü Zajo'da. Sonunda dayanamayıp birden, taşkın bir şekilde.)

Bin: Küstahlık yapma da söyle işte, bekliyorum belli ki, bal gibi biliyorsun, eskiden ne...

Zajo *(sözünü keserek)*: Artık olmayan yani, eskiden, geride kalmış, bitmiş, ömrü alınmış, süresi dolmuş anlamında.

Bin: Hangisi anlamında? Bin tane şey söyledin motor gibi takır takır.

Zajo: Hepsi... Hepsi aynı şey.

Bin: Nasıl aynı şey?.. Aynı şey olsa bir şey olur.

Zajo: Bir şey olmaz, korkma. Hepsi olur.

Bin: Hadi geç bakalım dalganı, soranda kabahat.

(Bu sırada Mişka girer sahneye. Yavaş yavaş aralarına girip durur.)

Zajo: Git uyu Bin.

Bin *(birden çok sinirli, taşkın, bağırarak)*: Sus konuşma sefil...

Zajo *(öfkeyle bakar bir süre Bin'e, gergin gergin göz gözedirler. Sonunda tükürür gibi)*: Puşt...

Bin *(tükürür gibi)*: Sensin puşt. Puşt...

Mişka: Puşt demeyin birbirinize.

(Zajo ve Bin aynı anda, aynı öfkeyle Mişka'ya.)

Zajo – Bin: Sus konuşma...

Mişka *(sakin)*: Lavabo yerinde yok.

Bin *(aynı öfkeyle)*: Konuşma... *(Sonra birden.)* Nasıl yok?

Mişka: Hiç yok.

Zajo *(sakin)*: Tavana baktın mı?

Mişka *(sakin)*: Körüm ben.

Bin: Eskiden ne demekti Mişka?

Mişka *(bir an durur)*: Çok şey demekti eskiden, eskiden demek... Ama şimdi eskiden demek... Çok şey bir şey... Şey... Eski... *(Bir süre durur, sonra Bin'e döner.)* Anladın mı?

Bin *(boş boş bakmaktadır Mişka'ya, sonra hafif alaylı)*: Hmmm... Anladım...

(Sessizlik.)

Zajo: Git şu lavaboya bir bak Bin... Kapıya bir uzun sopa tutturmuştum. Onunla ittir biraz lavaboyu. Tavana yapıştıysa delikleri zorluyor olabilir, genişlemesin delikler.

Mişka: Zorluyor herhalde. Çok azaldı tuvalette yer çekimi, ben işimi bitirmeden çıkmak zorunda kaldım.

Bin *(tiksintiyle)*: Mmmm girilmez şimdi oraya.

Mişka: Yok hiç yapmadan çıktım zaten.

Bin: Eeee nereye yaptın?

Mişka: Yapmadım.

Bin: Ee ne yapacaksın, tutma, sararıyorsun sonra.

Mişka: Yapmayacağım. Hem ağırlaşırım yapmazsam, ağırlaşırsam daha zor havalanmak, ağırlaşırım değil mi Zajo?

Zajo *(hafif ters, kendi halinde)*: Bana bir şey sormayın.

(Sessizlik.)

Bin: Ben şu lavaboya bir bakayım. *(Çıkarken)* Nerede dedin sopa?

Zajo: Kapının koluna tutturdum, bırakma kaçırma sakın elinden sopayı, ucu sivri, yeni delik açmasın.

Bin: Hah benim sopam o, ben sivrilttim ucunu canımı yakmasın diye, tamam, ben de onu arıyordum.

(Konuşa konuşa çıkar sahneden Bin.)

(Sessizlik.)

(Bir süre sonra.)

Zajo: Yorgunum Mişka, çok yorgunum... O kadar yorgunum ki... Dinlensem şaşırmam.

Mişka: Sırlarımız olsa dinlenirdik, her şeyi biliyoruz, ne zor.

Zajo: Bilmediğimiz bir şeyler bulalım.

Mişka: Ne yorucu, bilmediğimiz bir şeyi bulmak.

(Es.)

Zajo: Buldum...

Mişka: Ne?

Zajo: Bulmayalım.

Mişka: Hı?

Zajo: Bulmayalım, bilmediğimiz şeyi yani, bulmayalım. Bilmeyelim olsun bitsin.

Mişka: Eveeeet...

Zajo: Bilmiyoruz işte, bilmediğimiz şeyi bilmiyoruz.

Mişka: Ben bilmiyorum.

Zajo *(taşkın)*: Ben de...

Mişka: Ohhhh...

Zajo *(eğlenerek)*: Neyi bilmiyorsun?

Mişka *(kahkaha)*: Bilmiyorum ki...

(Gülerek Bin girer.)

Bin: Ne oluyor?

Zajo: Hiiiç... Dinleniyoruz.

(Bin gülerek.)

Bin: Lavabo gitti

(Zajo elini "Eyvah" der gibi kafasına vurur.)

Mişka *(endişeli)*: Hiyyy...

Bin: Yaaa... Sopa da gitti.

Zajo: Yapma...

(Bin eliyle koca yuvarlaklar göstererek.)

Bin: Bööyle oldu delikler... Mümkün değil artık, girilmez oraya, saçım başım dikildi, zor tutundum sandalyeye, kapadım kapısını çıktım... Tuvalet işini unutun yani... *(Mişka'ya, hafif alaylı)* Hoş sen artık yapmayacağım diyordun...

Mişka: Mutfak?..

Bin: Yok artık mutfağa da yapma, gözün görmüyor mözün görmüyor diye alttan alıyoruz ama pisliğinin de bir sonu, bir ayarı olsun yani...

Zajo *(ters)*: Bin...

Bin: Ne Bin, yalan mı? Yani şu evde bir kadın yaşıyor demeye yüzümüz yok, *(Mişka'ya)* biraz öğren bunları şekerim, çocuk değilsin ki, *(kendini kastederek)* izle sor bir şey yap bari, ne bileyim yani, biraz öğren...

Mişka: Mutfakta yer çekimi var mı hâlâ, onu soruyorum ben, orası da tuvalet gibiyse, yiyecek şeyleri çıkartalım oradan.

Bin *(sinirli)*: Ee hem yapmayacağım artık diyorsun, hem yemek peşindesin ama yani, bu ne böyle, *(Zajo'ya)* bana bak hakkaten hamile falan olmasın bu, uyduruyor muyduruyor dedik ama...

Zajo *(bağırır)*: Bin yeter sus...

Bin: Aman iyi tamam. Sustuk... Bu da avukatı karısının... Uyuz...

Zajo: Dediğin doğru Mişka. Hadi elimizin uzandığı şeyleri toplayalım mutfaktan, sonra...

(Tam çıkacakken takırdamalar başlar yine, korkarlar.)

Bin *(korkarak)*: Hadi buyruuun... Başladık yine...

Zajo: Sokul bana Mişka...

(Mişka, Zajo'ya sokulur.)

Bin: Beni de beni de...

(Bin de ikisine sokulur, bir süre dururlar, takırtılar artar.)

Bin *(telaşla)*: Eyvah gidiyoruz...

Mişka: Zajo...

Zajo: Sakin... Sakin... Sakin olalım.

Bin *(çıldırmış gibi)*: Sakın sakin olalım deme bana, ne istiyorsan de, sus de, konuşma de, git uyu de, bunak de, bunak ibne de, ne bok diyeceksen de *(sesini iyice yükselterek)* sakin ol deme...

Mişka *(Bin'e eliyle uzanıp öfkeyle vurur)*: Bağırmaaa...

(Bin, Mişka'nın elini öfkeyle yakalar, ısırır, delirmiş gibidir, bırakmaz. Mişka acıyla bağırmaya başlar, Zajo, Bin'e saldırır, vurmaya başlar.)

Mişka: Zajooo...

Zajo: Bırak, bırak kızı, bırak... Bin...

(Birbirlerine şuursuzca vurmakta, bağırışıp durmaktadırlar. Bir süre sonra sesler, ve ışık aynı anda kaybolur.)

9 ...

ZAJO'NUN RÜYASI...

(Sahnede Bin ve Zajo. Bin kendi halinde tırnaklarını törpülemekte, Zajo uyumaktadır. Bir süre sonra Mişka sahneye girer. Ayakta, oldukça sağlıklı, üzerinde hemşire kıyafeti. Kıvrak ve seri hareket etmekte, hızlı konuşmaktadır. Zajo'nun yanına gelir, kafasına vurur. Zajo sıçrayarak uyanır. Bin tüm bunları görmemektedir.)

Zajo *(şaşkın)*: Mişka...
Mişka *(kolunu kastedererek, süratli)*: Aç aç aç aç...
Zajo: O ne?
Mişka *(parmaklarıyla 2 gösterir)*: Bu kaç?
Zajo: Bavulları mı karıştırdın sen yine?
(Mişka hızla vurur Zajo'nun kafasına, tekrar parmakları gösterir. Zajo korkmaya başlar.)
Mişka: Memelerime mi bakıyorsun sen?
Zajo: Hayır, Mişka ben...
Mişka: Memelerime mi bakıyorsun sen?
Zajo: Ben sana bakıyorum Mişka ve...
Mişka: Ben senin memene bakıyor muyum?
Zajo: Yapma ne olur Mişka, korkuyorum.
Mişka: Madem korkuyorsun niye bakıyorsun mememe?
(Es.)
Mişka: Niye bakıyorsun, mememe niye bakıyorsun, madem korkuyorsun niye bakıyorsun, ben senin memene bakıyor muyum?
Zajo: Mişka...
Mişka: Bir şey sordum.
Zajo *(ağlamaklı)*: Lütfen.
Mişka: Ne lütfen, böyle cevap olmaz, niye mememe bakıyorsun? Lütfen, ne demek lütfen
Zajo: Neden yapıyorsun bunu Mişka? Sebebi olsun, hep yap.
Mişka: Kim bu Mişka?
Zajo: Mişka lütfen, ben...
Mişka: Ayy hep bu Mişka, kim bu Mişka?
Zajo: Mişka bir film artisti, karım.
Mişka: Karın film artisti mi?
Zajo: Sen benim karımsın Mişka.
Mişka: Sen de benim... Bu kaç?

Zajo: Mişka lütfen.

Mişka *(şırıngayı göstererek)*: Geliyor bak...

Zajo: Ne var onun içinde?

Mişka *(bağırarak)*: Bu kaaaç?

Zajo *(ağlamaya başlar, çaresiz)*: Mişka lütfen, lütfen, ben, Mişka, yapmayalım, yapmayalım, yapmayalım, ne olur yapmayalım.

(Mişka şırıngayı batırır. Zajo acı çekmekte, ağlamakta, gözleri yavaş kapanır, hâlâ inlemektedir. Mişka sahneden çıkar, bir süre sonra Bin, Zajo'yu uyandırır. Zajo gözlerini açar.)

Bin: Böyle uyunmaz, yordun bitirdin kendini.

Zajo: Uyumuşum.

Bin: Böyle uyunmaz.

Zajo: Rüyaymış.

Bin: Aynı rüya mı?

(Zajo başıyla onaylar.)

Bin: Sen artık görme o rüyayı, ya görme ya uyanma, bu ne böyle, bitirdin perişan ettin kendini.

Zajo: Nerede Mişka?

Bin: Buradaydı şimdi, şey vardı önlük vardı üstünde.

Zajo *(şaşkın)*: Nee!..

Bin: Şaka şaka takılıyorum sana, tutturdum ama değil mi? Önlüklü, hemşire gibi...

(Zajo başıyla onaylar.)

Bin: Bastı mı yine şırıngayı?

(Zajo başıyla onaylar.)

Bin: Basmadan uyan işte.

Zajo: Nerede Mişka?

Bin: Ne bileyim, uyuyor galiba.

Zajo *(içeri seslenir)*: Mişkaaa...

Bin: Uyuyor kız, ne bağırıyorsun?

(Es.)

Bin: Mişka'ya anlatmış mıydın bu rüyayı sen?

Zajo: Hepsini değil.

Bin: Ne dedi?

(Sessizlik.)

Zajo: Bir hemşire dedim, eli şırıngalı bir hemşire. O olduğunu söylemedim, ne konuştuğumuzu da.

Bin: Rüyada ne konuştuğunuzu?

(Zajo başıyla onaylar.)

Bin: Bilmiyor yani... Ne dedi?

Zajo: Çok zaman oldu anlatalı, eskiden... Eli ayağı daha bir tutuyordu o zaman, başımı okşadı, sonra ıhlamur kaynattı, içtik birlikte...

(Zajo ağlamaya başlar. Bin yavaş yavaş yaklaşır Zajo'ya. Başını okşar, Zajo tepki vermez. Bir süre öylece dururlar. Sonra Zajo kafasını kaldırır. Bin'e bakar. Göz gözedirler.)

Bin: Ihlamur kaynatayım mı sana, ister misin?

(Es.)

Zajo *(oldukça ciddi, gerçekten merak ederek):* Dalga mı geçiyorsun?

Bin *(oldukça ciddi, gerçekten söylediğini kastederek):* Hayır...

(Bir süre göz göze kalırlar. Bin'in eli Zajo'nun başında.)

Zajo: İstemem, ama sağ ol.

(Bin birden kendini tutamayıp kıkırdar sonra sinirlerine hakim olamayıp koca bir kahkaha patlatır. Zajo, Bin'in elini üstünden iter. Bin gülmeyi sürdürmektedir, bir süre güler. Zajo onu izlemektedir. Sonra birden Bin'in gülmesi tuhaflaşır, ifadesi değişir, gözleri dolar ve ağlamaya başlar. Zajo şaşkındır. Bir süre sonra...)

Zajo: Dalga mı geçiyorsun?

(Bin bir an durur.)

Bin: Evet...

(Ve tekrar bir kahkaha patlatır, ağlamadan önceki haline döner. Gülmesi yavaş yavaş azalır. Suratında hâlâ pis bir tebessüm durmaktadır.)

Zajo: Kötü birisin sen Bin.

Bin *(alaylı)*: Olur...

Zajo: Çok kötü...

(Bir süre dururlar. Sonra Zajo sahneden çıkar. Tam o an Bin seslenir.)

Bin: Bana bak...

(Zajo durur, arkasını dönmez.)

Zajo: Ne var?

(Zajo ağlamaya başlar. Bin yavaş yavaş yaklaşır Zajo'ya. Başını okşar, Zajo tepki vermez. Bir süre öylece dururlar. Sonra Zajo kafasını kaldırır. Bin'e bakar. Göz gözedirler.)

Bin: Şu kokulu sigaralarından versene bir tane.

(Zajo kıpırdamaz. Bir süre sonra eli cebine gider, bir sigara çıkarır, Bin'e döner, yaklaşmaz, bakar sonra Bin'in zor alacağı şekilde, önüne doğru, yere atar sigarayı.)

(Es.)

Bin *(hafif alaylı, hafif kızgın)*: Çocukça...

(Zajo döner ve sahneden çıkar. Bin tek başına kalır, sigaraya doğru yaklaşır, zar zor eğilip yerden alır sigarayı, ateşi olmadığını fark eder. Bir an durur, sonra Zajo'nun çıktığı yöne doğru seslenir.)

Bin: Ateş...

(Bin birden kendini tutamayıp kıkırdar sonra sinirlerine hakim olamayıp koca bir kahkaha patlatır. Zajo, Bin'in elini üstünden iter. Bin gülmeyi sürdürmektedir, bir süre güler. Zajo onu izlemektedir. Sonra birden Bin'in gülmesi tuhaflaşır, ifadesi değişir, gözleri dolar ve ağlamaya başlar. Zajo şaşkındır. Bir süre sonra)

(İçeriden bir el silah sesi duyulur ve hemen arkasından Mişka'nın acıyla inlemesi. Bin ürker. Kaldırıp sigaraya bakar, bir süre sonra Mişka girer. Üstünden dumanlar çıkmaktadır. Yorgun ve kederlidir Mişka.)

Bin: Ne oluyor?

Mişka: Olmuyor, ne yapsam olmuyor.

Bin: Yapmasan zaten artık, ya da bir haber versen yapmadan, yüreğim ağzıma geliyor her seferinde.

Mişka: Lütfen Bin, hiç halim yok.

Bin: Biz seni uyudun sanıyoruz.

Mişka: Zajo?

Bin: Yok Zajo, burada değil.

Mişka: Nerede?

Bin: Küstü gitti.

Mişka *(telaşla)*: Nereye?

(Zajo girer.)

Zajo: Mişka...

Mişka *(rahatlar)*: Aşk olsun Bin, hiçbir dediğine inanmayacağım artık, hani burada değildi Zajo...

Bin *(Mişka'nın sözünü keserek, sinirli, tahammülsüz)*: Ayy kör karı... Değildi, şimdi geldi, bir de seninle uğraşamam, istedin mi de bal gibi görüyorsun zaten, kocan yer belki ama bana yutturamazsın.

Mişka: Zajo?..

Zajo: Buradayım Mişka, neydi o ses?

Bin: Ne olacak, süzgeç oldu seninki, bıkmadı hâlâ, baksana haline.

(Zajo, Mişka'nın yanına gider yüzünü okşar bu arada.)

Mişka: Olmuyor Zajo.

Zajo: Hadi uyu biraz Mişka, ben uyudum, iyi geldi.

Bin: Nasıl iyi geldi, anlatsana rüyayı.

Zajo *(Bin'e tehditkar)*: Anlattım dedim ya, biliyor.

Bin: Hepsini anlat, hepsini.

Mişka: Hepsini mi? Ne gördün ki Zajo?

Zajo: Yok canım aynı, hemşire işte, anlatmıştım ya sana da, bunadı bu iyice, her seferinde baştan dinlediği için başka şey anlattım sanıyor.

(Zajo, kaşıyla gözüyle Bin'e "Sakın uzatma" gibisinden işaretler yapmaktadır bir yandan, Bin de "öyle olsun" der gibi sallar kafasını.)

Bin *(alaylı)*: Tabii tabii, bunadım ben, bakma sen bana.

Mişka: Ama Bin...

Bin: Kimdi Bin, hiç bak hatırlamıyorum, düşmanıma vermesin, ne kötü şey...

Zajo: Bin yapma, yeter... Hadi Mişka, uyumaya çalış sen de biraz.

Mişka: Zajo?

Zajo: Efendim canım?

(Mişka aynı Zajo'nun rüyasındaki gibi elini kaldırıp 2 göstererek)

Mişka: Bu kaç?..

(Zajo birden donup kalır. Bin'in de ağzı açık kalmıştır. Bir süre öylece dururlar. Zajo ağlamaklı olur, ne yapacağını şaşırır, ürker.)

Bin *(şaşkın)*: Hadi buyruun...

Zajo *(ağlamaklı)*: Yapma Mişka...

Mişka: Neyi?

Zajo: Mişka lütfen...

(Bu andan sonra üçünün de konuşmasında tuhaf değişiklikler olmaya başlar, daha önce Bin'in başına geldiği gibi sesleri boğuklaşmaya başlar, sözcük sonlarını tekrar etmeye başlarlar, konuşma bozukluğu gittikçe artar, oyunun sonuna kadar sürer. Her an biraz daha çoğalarak. Seslerine hakim olamamaya başlarlar. Nefes düzenleri bozulur.)

(Mişka tekrar eliyle 2 göstererek)

Mişka *(sakin)*: Bu kaç, onu soruyorum.

Zajo: Neden soruyorsun ama?

Mişka: Kaçtı bu? Ne var ki bunda?

Bin: Tabii canım, o da bunadı belki, ne var ki bunda?

Zajo *(bağırır)*: Bin sus...

Mişka *(korkarak)*: Ne oluyor?

Zajo: Mişka lütfen yapma, yapmayalım, ben...

(Takırdamalar başlar.)

Bin: Ne oluyor, seslerimiz...

Mişka: Ben...

Zajo: Korkmayalım...

Mişka: Konuştuklarımı duyamıyorum ben.

Zajo: İşte oluyor...

Mişka: Ne oluyor?

Bin: Seslerimize ne oldu böyle?

(Takırdamalar artar.)

Zajo: Seslerimiz değil, nefeslerimiz.

Mişka: Ölüyoruz belki de.

Zajo: Ölmek gibi değil.

Bin: Çok bilirsin ölmeyi.

Zajo: Bilmem... Ama o kadar uzun yaşadım ki, anlarım. Ölmek değil bu, yer çekimi kalkıyor, nefeslerimizi de aldı, *(ağlamaya başlar)* biz...

Mişka *(bulmaya çalışır)*: Bitmek gibi değil...

Zajo: Kayboluyoruz. *(Ağlaması artar, yavaş yavaş diğerleri de katılır.)* Kabul edelim artık.

Bin: Artık mı? *(Ağlarken güler.)*

Mişka: Ben kör değilim galiba.

Zajo: Körsün.

Mişka: Olur.

Bin: Ne bekliyor bizi orada?

(Takırdamalar başa çıkılmaz hale gelir. Zajo ağlamaklı, Mişka ağlamaklı, Bin ağlamakta. Kaybolma süreci beklenmedik bir hızla gelişir. Son yaklaşmıştır.)

Zajo: Orada diye bir yer yok, kötü olan o, hiçbir yere gitmiyoruz, gidiyoruz...

Mişka *(bulmaya çalışır)*: Gitmek gibi değil.

Zajo: Yorma kendini Mişka.

Bin: Beni yor Mişka, beni yor, uykum gelsin, hiç değilse uykumda gideyim, hiç değilse...

Mişka: Zajo...

Zajo: Mişka... Ömrüm boyunca sevdim seni Mişka...

Bin *(Zajo'ya)*: Atma...

(Takırdamalar,
sesler ve sözler,
kulak yırtan gürültülere,
gürültüler sessizliklere
ve sessizlikler,
gözle görünmez aydınlıklara dönüşürler...
Son gelmiştir...
Son yoktur...)

Ocak 2001.

BAYRAK

2 Perde - 6 Tablo

Kişiler

Adam
Kadın
Anne
Baba
Abi
Âşık
Haber

BİRİNCİ PERDE

BİRİNCİ TABLO

(Kente arabayla bir buçuk, iki saat mesafede bir çiftlik evi. Evin verandalı ön bahçesi. Verandanın önündeki toprak alanda, seyirciye oldukça yakın noktada bir sandalyede Baba oturmaktadır. 65 yaşlarında bir adam. Sakindir, düşünceli, gözlerini uzaklara dikmiştir. Çıplak ayaklarında arkalarına basılmış bahçe ayakkabıları, üstünde pijama, pijamanın üstünde kalınca eski bir mont. Verandanın üstündeki evin giriş kapısının önünde Adam durmaktadır. 30 yaşlarında, zayıfça. Adam'ın üstü başı muntazamdır. Pantolon, gömlek, ceket, ayakkabılar. Dışarıdan geldiği bellidir. Adam huzursuzdur, gergindir.

Uzun sessizlik. Ardından Adam'ın lafa girmesinin hemen ardından Baba sözünü keser, Adam'ın üstüne konuşur.)

Adam: Oltalar suyun altında karıştı dedi... Beni affedecek misin dedi... Beni affedecek...

Baba *(sözü keserek, kısık sesle)*: Konuşma...

(Kısa sessizlik. Adam, Baba'nın ağzından çıkan lafı kendi sözlerinin üstüne bindiğinden anlayamamıştır. Çekingen, yarım ağız konuşur, tereddütle)

Adam: Anlamadım baba...

(Baba hemen arkasından konuşur yine. Bu sefer daha açık, yüksek, belli bir tavır takınarak)

Baba: Konuşma, sus... Konuşma benimle...

(Sessizlik. Adam bir dakika kadar öylece durur, sonra kapıyı açar ve eve girer. Baba'yı tek başına izleriz bir süre. Kapı tıklatılır, ardından açılır. Anne sahneye girer. 60 yaşlarında bir kadın. Üzerinde üstüne aceleyle geçirdiği belli bir gecelik vardır, elinde bir meyve tabağı, içinde kirazlar. Etrafa bakınır. Kısa sessizlik.)

Anne: Yanında sandım...

(Baba cevap vermez. Sessizlik.)

Anne: Konuşuyorsunuz diye...

Baba: Ne konuşayım... Ne konuşayım istiyorsun?

Anne: Ne demek... Ben değil... Ben istiyorum diye mi diyorum... Ne biçim laf...

Baba: Ne istiyorsun, söyle, ne yapayım...

Anne *(Gergin, daha yüksek sesle)*: Ne yapacağız?

(Baba cevap vermez. Uzunca bir sessizlik. Anne kapı yakınındaki sandalyeye çöker. Bir süre sonra konuşur.)

Anne: Kötü bir çocuk değil o...

Baba *(tepkili)*: Yapma...

Anne: Ne?

Baba: Ne ne?.. Cinlik yapma bana...

Anne: Ne yaptım ben şimdi?

Baba: Düşündüğümü sandığın şeylerin cevabını verme kafanda, girme kafama, git uyu, bir şey yap, bir duralım, dur, bir şey yap, bilmiyorum...

Anne: Çocuk o...

Baba: Af mı edelim?

Anne: Yardım edelim, çocuğun o senin.

Baba: Herkes birinin çocuğu, git yat.

Anne: Bu senin çocuğun...

Baba: Ne yapayım, söyle, kıçına mı vurayım sopayla?

(Sessizlik.)

Anne: Nereye gitti?

Baba: Git yat, düşüneceğim ben bir şey.

Anne: Dışarı falan çıkmasa, kapı da duymadım ama...

Baba: Git yat!

(Anne isteksiz, dışarı çıkmak üzere hareketlenir. Kapı önünde durur, yüzü kapıya dönük, kıpırdamadan bir süre bekler, sonra elindeki meyve tabağını kaldırarak tekrar döner.)

Anne: Meyve getirdim size, sever. Ağacın kirazı... Coştu bu sene, ne biçim şeyse, sen de bak, yemedin akşam da bir şey...

Baba: İstemiyorum...

(Baba bir sigara yakar. Anne bir süre bekler, sonra konuşur.)

Anne: Boşa mı konuştu adam?

Baba: Ne diyorsun?

Anne: Doktor...

Baba: Sırası mı?

(Kısa sessizlik.)

Anne *(ağlamaklı konuşur)*: Abuk subuk bir şey yapacak diye korkuyorum...

(Baba, Anne'nin sözünü keserek konuşur.)

Baba: Daha abuk subuk bir şey yapabilir mi?

(Anne çıkmak üzere kapıya yönelir yine, çıkamaz. Meyve tabağını uzatarak konuşur.)

Anne: İstemiyor musun?

Baba *(sakin, yatıştırıcı bir ses tonuyla konuşur)*: Hadi yat, uyumaya çalış biraz.

(Anne bir kez daha gelir kapının önüne, yüzü kapıya dönük, başı önüne düşer, bir süre öylece durur, sonra dönmeden olduğu yerde konuşur.)

Anne: Konuş onunla...

Baba: Arabayı saklamak lazım...

(Baba'nın bu sözü üzerine Anne cesaret bulmuşçasına yavaşça döner ve konuşmaya başlar.)

Anne: Yanımıza geldi, bize geldi, aklı başında olmasa, isteyerek yapmış olsa, böyle bir şey, ne bileyim, sana geldi, iyi bir şey bu...

Baba: İyi, anlatırsın polise...

Anne *(duymak istemediği bir lafı duymanın korkusuyla konuşur, birden kafasını dikerek)*: Ne polisi?!.

(Kapı tam bu anda açılır. Adam içeri girer. Kapı yakınındaki Anne'yle göz göze gelirler.)

Anne *(evhamlı, sıkıntılı)*: Dışarı mı çıktın?

(Adam kafasını "Hayır," anlamında sallar.)

Anne: Çıkma bir yere, dışarı çıkma sakın. Otur, konuşacağız, baban konuşmak istiyor seninle.

(Baba aniden dönerek, tehditkâr bir ifadeyle Anne'ye bakar, sonra tekrar önüne döner.)

Adam: Hayır, istemiyor.

Anne *(aniden, sinirli, yüksek sesle)*: Çıldırtmayın beni...

Adam *(hafif tersleyerek ve yüksekçe bir ses tonuyla)*: Sakin ol anne...

(Anne, hızla bir tokat atar Adam'a. Anne'nin elindeki tabaktan kirazlar saçılır yere. Anne kapının yanındaki sandalyeye halsiz çöker. Tabağı kenara bırakır, ağlamaklı olur, inleme benzeri bir ses çıkarır. Adam bir süre kıpırdamadan tokadı yediği noktada kalır durur. Sonra yavaşça hareket eder. Tabağı durduğu yerden alır, yere eğilir ve yavaş yavaş kirazları toplamaya başlar. Bir süre sonra aniden, titreyerek ağlamaya başlar. Olduğu yere çöker. Elinde kiraz tabağı. Anne elini ağzına götürür. Korkuyla dolar gözleri, yaklaşıp dokunmak ister Adam'a, Adam kendini kaçırır, Anne'nin elini iter. Anne hıçkırarak çeker elini. Baba hiç kıpırdamamaktadır. Adam yavaş yavaş toparlanır. Ayağa kalkar, gözünü siler ve kapıya döner.)

Adam: İçerideyim ben...

(Sessizlik.)

Anne: Yıka ye onları, ağacın kirazı, erik de oldu bak, bahçe kapısının önünde, toplamadım, kocamanlar, kendiniz toplamak istersiniz diye... *(Konuşamaz, gözü dolar yine.)*

(Adam yüzü kapıya dönük konuşur.)

Adam: Baba... İçerideyim ben.

(Anne bir an toparlanır, Baba'ya bakar. Sessizlik.)

Baba: Arabanı garaja sok.

(Sessizlik.)

Adam: Olur.

(Adam eve girer. Anne inleye inleye, içli içli ağlamaktadır.)

Baba: Yeter, ağlama...

Anne *(yüksek sesle, tepkili)*: Sen de otur orada, öyle bok çuvalı gibi otur orada, domuz gibi bak ağaçlara. Ne yapacağız? Ne olacak şimdi...

Baba: Yat hadi...

Anne: Yeter, yat deme bana, def ol git sen yat, çocuk yardım istemeye geldi senden, ağzının içine bakıyor, deli değil ya bu çocuk, isteyerek olmamış elbet, dinlemedin bile doğru düzgün çocuğu, suratına bile bakmadın, döndün kıçını oturdun oraya, sabah oluyor, bir şey yapmak lazım, bir şey düşünmek lazım, köy yolunda bir gören oldu mutlaka bu çocuğu, arabasını gördüler, burada, birileri biliyor mutlaka, aramayacaklar mı, bilmeyecekler mi buraya geleceğini, bulamayacaklar mı burayı? Kaçtı sanacaklar, kasten yaptı sanacaklar...

Baba: Niye geldi buraya?

Anne: Ne demek niye geldi, ne demek niye geldi, hasta mısın adam, aç kulağını, yardım istemeye geldi çocuk, nereye gitseydi, delirip, saçmalayıp, Allah muhafaza kendine bir şey mi yapsaydı, nereye gidecekti anasının babasının evinden başka, babasına geldi, yardım istemeye geldi, döndün götünü oturdun oraya... Sabah oluyor, ne yapacağız?..

Baba: Polise niye gitmedi?

(Anne, "polis" lafını duymasıyla hızla hareketlenir, bir an ne yapacağını bilemez ve tek ayağından terliğini çıkarıp Baba'ya hınçla fırlatır. Terlik Baba'yı sırtından vurur. Baba darbeyle irkilir. Oturduğu yerden öfkeyle kalkar, Anne'ye döner.)

Baba *(sinirli, bağırarak)*: Manyak mısın sen?

Anne *(çıldırmış gibidir sesi ve tavrı)*: Ne polisi... Ne polisi... Polis molis deme bana, gebertirim seni...

Baba *(bağırarak)*: Hemen polise gitseydi kaçtığını düşünmezlerdi, şimdi arıyorlardır tabii, kayıp, kime ne bizden yardım istemeye geldiyse, ne yardımı be? Ne yardımı, sokakta düştü, bir yerini mi kesti bu çocuk, köpekler kovaladı, eve mi kaçtı? İnsan öldürdü, insan...

(Tam bu anda telefon çalar. Anne korkuyla elini ağzına götürür.)

Anne: Polis arıyor...

Baba: Ne bileyim ben...

(Baba saatine bakar. Telefon, Baba'nın yakınındadır. Telsiz telefon.)

Anne: Kim arar bu saatte?

Baba *(sinirli, yüksek)*: Bilmiyorum...

(Kapı açılır. Adam evhamla içeri girer.)

Adam: Baba...

(Baba, Anne ve Adam bir süre bakışarak dururlar. Telefon çalmaya devam etmektedir. Baba, telefona uzanır, sakin ve temkinli açar. Anne ve Adam pür dikkat Baba'yı seyretmektedirler.)

Baba: Efendim? *(Bir süre durur.)* Nereyi aradınız? Hangi numarayı aradınız?

(Anne ve Adam rahatlarlar. Yanlış numara olduğunu hissetmişlerdir.)

Baba: Yanlış... Yanlış aradınız... İyi geceler...

(Kısa bir süre dururlar. Anne ve Adam'daki rahatlama hissedilir. Adam eve girmek üzere kapıya doğru harekete geçer ve Baba konuşur.)

Baba: Polis...

(Anne birden Baba'ya dönerek, şaşkın konuşur.)

Anne: Ne polisi, ne demek polis? Polis mi aradı?

Baba: Polis aradı...

Anne *(şaşkınlığı ve korkusu artarak)*: Ne dedin?

Baba *(tersleyerek)*: Duymadın mı ne dediğimi?

Anne: Eee niye...

Baba *(öfkeyle bağırır)*: Ne niye, ne bileyim, akıl mı kaldı, kafamı siktin, ne deseydim, git yat diyoruz sana, otuz kere "Yat," dedim, "git," dedim, tepemde bır bır bır, kafa mı kaldı? Al işte... Ne bok yiyeceğiz şimdi?

Anne: Yine arayacaklar, şimdi arayacaklar, ne diyeceğiz, sen açma bari, ben açayım, diyeyim, ne bileyim, ne diyeyim? Arayacaklar şimdi.

Baba: Ne bok diyorsan de...

(Baba sinirle oturur tekrar sandalyesine. Anne dişlerini sıkarak öfkeyle bakar Baba'ya ve bağırır.)

Anne: Allah belanı versin...

(Adam bitkin lafa girer.)

Adam: Ben gideyim yaa, en iyisi gideyim ben, siz de...

Baba *(bağırmadan ama çok sert ve oturaklı konuşur)*: Konuşma... Sakın... Sakın konuşma.

(Adam çaresiz, dertli, isyan eder gibi konuşur.)

Adam: Ne yapayım baba? Söyle ne yapayım...

Baba *(bağırır)*: Eşeğin ayağını yap, al ananı da git erik topla...

Anne: Arayacaklar şimdi yine...

(Sessizlik.)

Anne: Yanlış numara dedi, kapattı adam polisin suratına telefonu...

Baba: İyi, bir de sen aç şarkı söyle...

Anne: Telefonun fişini çekelim.

(Telefon tam bu anda çalar. Anne sıçrar, Baba doğrulur. Bir süre gergin beklerler. Anne telefona uzanır, açar ve kulağına bile götürmeden hemen kapatır. Baba bakar Anne'ye, sonra önüne dönerken, dalga geçen, sinirli bir halle.)

Baba: Heh. İyi oldu...

Anne: Gidelim buradan...

Baba: Saçma saçma konuşma, nereye gidiyoruz? Niye gidiyoruz?

(Sessizlik. Bir süre üçü de düşünceli öylece dururlar. Sonra Baba, Adam'a hitaben konuşur.)

Baba: Kimse gördü mü seni buraya gelirken?

Adam: Bilmem ki...

Baba *(öfkeyle, bağırarak)*: Bil ulan... Bil...

(Sessizlik.)

Baba: Git telefonun fişini çek.

(Adam eve girer. Baba ve Anne sahnede kalırlar, sessizlik.)

Anne: Başkasının başına gelse... Başkasının çocuğunu duysam, böyle, böyle bir şey yaptı diye... Allah'ım sabır ver... Güç ver bize Allah'ım, bir yol göster, bize bir yol göster Allah'ım bize...

Baba *(sözü keserek)*: Ne yapardın?

Anne: Ne?

Baba: Başkasının çocuğunu duysan... Ne yapardın?

(Anne cevap vermez, sessizlik.)

Anne: Kötü bir çocuk değil o, biraz evhamlı, büyük daha soğukkanlı da, oğlan korkak, korkak da değil de, korkmaz ama... Şey...

Baba: Ney?

(Uzun sessizlik.)

Anne: Polis bayramına mı ne götürmüştün çocuğu hatırlıyor musun? Ablanla götürmüşsünüz, ablanın kızları da varmış... Ben hastanedeydim, annemin yanında, sağdı annem...

Baba: Yapma şimdi bırak, yeter, birden aklına gelmiş gibi... Çocuk mu kandırıyorsun?

Anne: Ne dedim ki ben!..

Baba: Başlama sakın kulağı mosmordu çocuğun diye yine...

(Sessizlik.)

Baba: Kendime hakim olamadım, ne yapayım, elimin ayarı kaçtı, kayboldu sandım. Çevirip çevirip aynı şey söylenmez otuz sene, burnumdan getirdin...

Anne: Ben onu mu söyleyeceğim ne biliyorsun. Korkmuş ya polislerden, onu diyorum, kızlar da gülmüşler buna da hani...

Baba: Polisten korkmadı, silah patlattılar, ona korktu, sesten korktu, boş bulundu...

Anne: Sen de vurdun çocuğa...

(Baba dönüp Anne'ye ters ters bakar, tekrar önüne döner.)

Baba: Korktu kaçtı kayboldu, beş saat aradım sokaklarda, elim ayağım birbirine dolandı, ensem soğudu korkudan, birden bankta görünce de sinirlerim boşaldı...

Anne *(sözü keserek)*: Kendine hakim olamadın...

Baba: Bir daha vurdum mu, oldu mu böyle bir şey, çocuk mu dövdük biz, döve döve mi büyüttük bunları, bir anlık bir şeyi otuz sene işkence ettin bana, aynı lafı bininci kez konuşuyoruz. Özür diledim ya, yüz kere özür dilemedim mi?

(Sessizlik.)

Anne: Ondan özür diledin mi hiç?

Baba *(sinirli)*: Ne istiyorsun sen benden be...

Anne: Sustum aman tamam, çemkirme...

(Sessizlik. Anne bir süre sonra tekrar konuşmaya başlar.)

Anne: Bir anlık bir şey ne demek, bir daha oldu mu ne demek, kaç kere vurman gerekiyordu acaba, böyle bir laf mı olurmuş? Kendine hakim olamamışmış, ne demek kendine hakim olamamak, akranın mı o senin, beş yaşında çocuğa öyle vurulur mu? "Sağır kalabilirmiş," demedi mi doktor...

Baba: Bok var götürdün doktora, çocuk "Anne duyuyorum," dedikçe inanmadın ki, çekiştirdin durdun çocuğun kulağını, "Anne acımıyor," diyor, ısrar ediyorsun, çocuğun da dengesini bozdun, doktordan doktora taşıdın çocuğu sepet gibi, korkuttun, korktu tabii, korkmaz mı? Çocuk, "Anne iyiyim," diyor, "Geçecek annecim geçecek annecim," dedin durdun çocuğa, sana mı inansın, kulağına mı inansın çocuk.

Anne: Bana bak, ne diyorsun sen be, ben mi vurdum bu çocuğun kulağına?

Baba *(öfkeyle)*: Ben vurdum, ben. Otuz sene önce vurdum. Şu elimin tersiyle. Yere yığıldı, gözlüğü uçtu gözünden. Ben vurdum. Ama sayende otuz senedir ne çocuk unuttu, ne ben unuttum...

(Sessizlik.)

Anne: "Ucuz atlatmışsınız," dedi, "iyi sağır olmamış bu çocuk," dedi doktor... Kendine hakim olamamışmış, sen dua et...

Baba *(birden öfkeyle dönerek)*: Siktir git...

Anne: Ne biçim konuşuyorsun sen be, çiftlikteki işçin mi var senin karşında, terbiyesiz herif...

Baba: Hesap mı vereceğim otuz sene sonra hâlâ, manyak karı...

Anne: Ağzını topla...

Baba: Git oğlundan hesap sor, polisler yolda...

(Birden yakınca bir yerde bir el silah patlar. Anne sıçrar, korku içindedir.)

Anne: Oğlan...

(Baba ve Anne çevreye bakınırlar.)

Anne: Bir şey yaptı kendine, açıkta mıydı tüfekler?.. Ortalıkta mıydı?

Baba: Tabanca sesi bu, tüfek değil...

Anne: Aaaay, ayy fena oluyorum...

Baba: Sakin ol, kalbin var bak, bir de sen iş olma başıma, yuttun mu hapını?

(Anne kapıya doğru giderken kapı açılır, Adam sahneye girer. Sese şaşkın, evhamlıdır. Anne ve Adam karşılıklı kalırlar bir an. Anne birden hınçla vurur Adam'a, Adam sarsılır.)

Adam: Ne oluyor yaa!..

Anne *(öfkeyle)*: Lanet olsun seni doğurduğuma güne...

(Anne lafını eder ve hızla eve girer. Adam bir süre durur, sonra konuşur.)

Adam: Neydi o ses?

(Baba cevap vermez. Sessizlik.)

Adam: Baba...

Baba: Tabanca attı biri, köyden geliyor.

Adam: Gidip bir baksak...

(Baba döner, Adam'a bakar bir süre, sonra önüne döner, biraz bekler ve konuşur,)

Baba: Niye gitmedin polise?

(Adam cevap vermez. Sessizlik.)

Adam *(kaçamak)*: Ben anneme bir bakayım...

(Adam eve girer. Baba yalnızdır şimdi. Sessizlik, uzun sessizlik. Baba boşluğa bakmakta, öylece durmaktadır. Sonra aniden ağlamaya başlar. Patlamış gibi, taşmış gibi, küçük bir oğlan çocuğu gibi, kendine hakim olmaya çalışsa da engelleyemeden, sesler çıkartarak ağlar bir süre. Yavaş yavaş sakinleşir. Aralarda korka korka arkaya dönüp bakar, bu şekilde görülmeyi kesinlikle istememektedir. Sonra bir sigara yakar. İçmeye başlar. Bir süre sonra Anne girer. Arkadaki sandalyeye oturur. Bir süre öylece dururlar. Anne bitkindir.)

Baba: Ne yapardın başkasının çocuğu olsa?

Anne: Uzandı biraz... Sızdı çocuk... Yorgun düştü tabii. Gerildik çok, perişan olduk, uçuklamazsam iyi ben sabaha kadar. Nasıl şeyse, Allah'ım nerden sardın bu belayı başımıza... Aklı kafası uçtu gitti sanki oğlanın, tuhaf tuhaf konuşuyor, saçını okşadım, alnını ovdum biraz... "Oltalar karıştı anne" diyor, suyun altında oltaları karışmış... Bir acayip acayip laflar, gitti, kafa gitti çocukta, nasıl çıkarız biz bu beladan, nasıl Allah'ım, bir yol göster, yardım et bize, ne günahımız var, niye bize olsun böyle bir şey, deli değil ya, hasta değil ya bu çocuk...

Baba: Çocuk, başkasının çocuğu olsa ne yapardın?

Anne: Ne demek ne yapardın, ne bileyim, sorup durma Allah aşkına, bilmiyorum, ne bileyim ne yapardım? Hiç böyle insanlar mıyız biz, hiç böyle şey...

Baba: Nasıl insanlarız biz?

Anne: Bana bak, aklını başına topla, sırası mı, deli deli konuşma sen de, ne demeye çalışıyorsun, böyle bir şeyi hak edecek insanlar değiliz diyorum. Niye bizim...

Baba: Nasıl insanlarız o zaman, soruyorum sana, oğlun bir insan öldürdü, kaza değil ya, anlattı işte, kaza gibi, istemeden olmuş gibi kandırma kendini, sen topla aklını başına, benim aklım başımda, eli çarptı da ölmedi ya, ayağına basmadı ya, maç yaparken düşürdüğü arkadaşını konuşmuyoruz. Birini öldürdü, bilerek, isteyerek. Koskoca herifin istemeden yaptığı şey olabilir mi, üç aylık bebek mi, otuz yaşında koca adam bu, böyle bir işi yapacak cesareti, gücü buldu çocuğun, senin oğlun, benim oğlum. Bir silah patladı diye yatağın altına kaçan çocuk, canına kıydı bir insanın. Yeter, kandırıp durma kendini, analığını, manalığını bir bırak bir kenara, başkasının çocuğu olsa ne yapardın, soruyorum sana, senin çocuğunu öldürseler ne yapardın, herkes birinin çocuğu, uyan, aç gözünü, otuz sene cehennem azabı çektirmedin mi bana bir tokat yüzünden, kendime hakim olamadım dedikçe çıldırıp durmadın mı?

Anne: Sen bir çocuğa vurdun...

Baba: O çocuk da büyüdü, bir insan öldürdü, uyan... İstemeden yapsa... İstemeden yapsa böyle bir şeyi, şu kadarcık suçluluk hissetmese anasının babasının evine koşar mı, söylüyorum sana, laf dinle, taş attığı köpek kovaladı diye evine kaçmadı bu çocuk, alır kucağına hastanelere koşar, polise gider, tereddüt bile etmez.

Anne: Ne istiyorsun çocuktan?

Baba: Benim de çocuğum o. Ne demek ne istiyorsun, o bizden ne istiyor... Yardım et demedin mi bana, hak var, hukuk var, elbet bulacaklar, götürecekler çocuğu, düşünmek lazım, bunları düşünmek lazım...

Anne: Neye yarayacak bu söylediklerin?

Baba: Düşünüyorum... Sen de düşünsen iyi edersin... Ellerini havaya kaldırıp duracağına kafana koy da düşün biraz... Bok sıçılmadan silinmez. Düşünüyorum, bırak da düşüneyim...

(Sessizlik. Derken Anne aniden bir şeyi hatırlayıvermenin şaşkınlığıyla doğrulur.)

Anne: Oğlan... Oğlan gelecekti... Bugün ne?

Baba: Pazartesi, ne diyorsun?

Anne: Abisi gelecekti... Ne bugün?

Baba: Pazartesi...

Anne: Başına bir iş mi geldi, "Yemeğe evde olurum," dedi, kaç saat, sabah oluyor... Aramak lazım, arayalım.

Baba: Git ara... Tak telefonu, ara...

(Anne tam kapıdan çıkarken Adam girer. Karşılıklı kalırlar.)

Anne: Uyandın mı?

Adam: Uyumadım...

Anne: Abin gelecekti, sabah aradı, "Yemeğe orada olurum," dedi, daldık, unuttuk, nerede bu çocuk?

Adam: Geç otur şuraya anne, sakin ol, yorma kendini...

Anne: Oğlum, abin gelecekti diyorum, aramadı da, gel bana yardım et, telefonun fişini tak, arıyor, bulamıyor belki, nerede bu çocuk?

(Anne tam eve girerken Adam sakin, soğukkanlı konuşur.)

Adam: Yolda... Buraya geliyor, gelir birazdan...

(Anne birden durur, Adam'a döner. Baba da olduğu yerde kafasını hafif çevirir, şaşkındır.)

Anne: Nasıl?

Adam: Otur anne, telaş yapma, geliyor abim... Merak etme...

(Anne duraksar. Korkarak sorar.)

Anne: Abinin... Haberi var mı?

(Sessizlik. Adam konuşmaz.)

Anne: Oğlum, konuş, bir şey söyle...

(Sessizlik.)

Baba: Cevap versene...

Adam: Var, haberi var...

(Sessizlik. Baba yıkılmıştır.)

Baba: Allah belanızı versin...

Anne: Oğlum bir anlat, ne biliyor abin, ne dedin?

(Adam, Anne'den çok Baba'yla iletişim kurmak istemektedir ama Baba tamamen başka bir havaya bürünmüş, çökmüştür.)

Adam: Baba...

Anne: Cevap ver...

Adam: Baba...

Anne *(sert)*: Oğlum konuş diyorum...

Adam: Söyledim, anlattım işte, ne olduysa anlattım. Biliyor.

Anne: Eee... Sabah oldu, nerede o zaman, "Akşam evde olacağım," dedi... Ne zaman konuştun?

Baba: Anladın mı şimdi neden polise gitmediğini?

Anne: Ne diyorsunuz be, bir doğru düzgün konuşun... Delirtmeyin insanı...

Adam *(sözü keser)*: Abim benim evime gitti...

Anne: Eeee?

Adam: Gelecek şimdi.

Anne: Niye gitsin senin evine?

(Sessizlik...)

Anne: Oğlum konuşsana...

Adam: Buraya getiriyor...

(Anne anlamazlıktan gelmek istemektedir.)

Anne *(korkuyla)*: Neyi?

(Anne durumu fark eder. Getirilen cesettir. Eli ağzına gider...)

Anne: Sakın...

Adam: Baba...

Anne: Sakın... Olmaz... Allah'ım yardım et, Allah'ım güç ver bana, yardım et bana güzel Allah'ım, yardım et...

(Anne ağlayarak çöker...)

Adam: Baba...

Anne *(Adam'a, ağlayarak ve öfkeyle)*: Ne istedin bizden, ne yaptık biz sana, ne günahımız var, ne biçim çocuksun, nasıl insansın sen? Ne istiyorsun bizden... Ne istiyorsun?

(Bağıra bağıra ağlamaktadır Anne. Adam'a vurmaya başlar. Adam hareketsiz karşı koymamakta, Anne ayılıp bayılmakta, fenalaşmaktadır. Adam, Anne'yi ayakta tutmaya çalışmaktadır. Anne karşı koyar, vurmaya devam eder, tek taraflı bir debelenme.)

Anne: Bırak beni, bırak dokunma bana, ne istiyorsun bizden, bırak, bırak... Allah'ım ne günahım vardı, yılan mı doğurttun bana, Allah'ım yardım et, bırak, bırak dokunma bana... Bırak...

(Anne baygındır artık.)

Baba: Götür yatır anneni, yatağın başında hapı var, yutsun. Götür hadi...

(Adam, pelte gibi olmuş Anne'yi taşıyarak eve sokar, bir süre sonra tekrar girer sahneye, Baba'ya yakın noktada bir yere oturur. Sessizlik.

Adam bir süre sonra konuşmaya başlar, başta kaçamak, güvensiz konuşmaktadır, sonra açılır ve içini dökercesine dura dura, uzun uzun anlatır.)

Adam: Biriyle ilişkisi vardı baba. Varmış yani, epey zamandır. Adam oraya da gitmiş, birkaç kere. Orada bir otelde oda tutmuş adam, görüşüp durmuşlar orada...

(Baba birden Adam'ın sözünü keser.)

Baba: Annen hasta, kalbi kötü...

(Adam bir süre durur, sonra devam eder.)

Adam: Abimin işten bir arkadaşı, gidip geliyormuş iş için, o işte... Otelde kalıyormuş, adamın kaldığı otelde, işte... Görüyor... Birkaç kere... Abime anlatmış sonunda...

(Sessizlik.)

Adam: İki hafta kadar önce... Abim dedi "Yemeğe gel, konuşacağız." Gittim, ne yemek yapmış, ne bir şey, ev leş gibi, elektriğini de kesmişler, neye çarpsam bir şişe devriliyor. Karısı gittiğinden beri kafa balon oldu, bir senedir rüzgârda boş torba gibi abim baba, elâlem de konuşuyor tabii, ona da takıyor kafayı... Karısının unuttuğu bir kolye bulmuş evde, çıkarmıyor boynundan, bayağı kadın kolyesi... Bazen gecenin bir yarısı arar, söylenir durur telefonda, bağırır çağırır, ne dediği anlaşılmaz, beni arıyor, kadına bağırıyor, bir laf ediyorum, küfrediyor. Gittim oturdum, dedim herhalde içeceğiz, kafa dağıtacağız, "Ortalığı toplayayım," dedim, kızdı, "Bırak," dedi, "gel otur.." Oturdum, karısının yüzünü kesmiş bir resimden, bir kâğıda yapıştırmış, kenarını bir kaleme sarmış, onu gösterdi bana, "'Nasıl olmuş, ben yaptım," dedi, anlamıyorum, kafası da iyi, "İyi abi," dedim, "çok güzel olmuş, ne bu abi?" dedim, "Bayrak," dedi, "bayrak..." Güleyim mi ağlayayım mı, içim bir kötü oldu. "Ne bayrağı abi?" dedim, "Düşman bayrağı," dedi, deli deli güldü, bana da diyor "Gül," yalandan güldüm, abim iyi değil baba...

Baba *(bitkin, yıkılmış bir hali vardır)*: Bok herifler...

(Sessizlik.)

Adam: Sonra anlattı, arkadaşı ne dediyse, ne gördüyse, anlatırken ayıldı sanki, kafası yerine geldi, hasta yakınına ölüm haberi veren doktor gibi, ne bileyim... Sanki bir ameliyathane kapısının önündeyiz, abim cerrahtı, ben bir çuval bok baba. Beyaz önlük abimin üstünde, önlükte karımın kanı baba... Daha o an sanki, sevdiğim kadın öldü baba...

(Sessizlik.)

Baba: Eve götürelim diye de abin mi söyledi?

Adam: Abimi aradım ben, sonra yani, bir şeyden haberi yoktu onun. Dedim böyle böyle, bağırdı önce, deliye döndü telefonda. Ben ağlamaya başladım. Abim dedi "Ağlama." Ne yapacağımı bilmiyordum baba, aklım... Kafam dondu sanki, uyuştum, ne yapacağımı bilemedim ben baba. Baba bir şey söyle...

(Baba konuşmaz. Sessizlik. Adam yavaş yavaş ağlamaya başlar.)

Adam: Abim "Sen eve git," dedi, "ben gelene kadar babamlara bir şey söyleme," dedi. Yolda çok düşündüm, dedim "Süreyim arabayı uçuruma, atayım kendimi aşağı, gebereyim..."

(Baba elini başına götürür, yüzünü kapatır, sonra ağır ağır titreyerek indirir. İçindeki sızlamayı gözlerinde görürüz.)

Adam: İki kere denedim baba, yapamadım. Köye dönen virajda durdum, götürüp manzaraya baktırırdın ya hani bize, köye dönen dar viraj. Durdum orada, arabayı kenara çektim, aşağı baktım, dedim bırakayım kendimi... Bir düğünün sesi geliyordu uzaktan, çenem titredi, kalbimin içinde titriyordu sanki çenem baba, evlendiğim gün, o gece bana ettiğin laf geldi aklıma, biz arabaya binerken, çektin ya beni kenara, hatırlıyor musun, sigara vardı benim ağzımda, aldın çektin böyle iki parmağınla dudağımdan, bir nefes çektin attın yere hatırlıyor musun, "Ne bok yersen ye, sakın yatağa küs girme," dedin bana, hatırlıyor musun baba... O geldi baba aklıma... Çenemi durduramadım, takır takır, makina gibi titriyordu çenem, sımsıkı kapadım ağzımı, yumdum, susmadı, durmadı çenem, durmadı baba. Ucuna kadar gittim yolun, çalıları geçtim, dalgaların sesi geliyordu aşağıdan, adım adım ilerledim kenara...

(Adam birden hıçkıra hıçkıra ağlamaya başlar.)

Adam: Öldü baba, öldü... Ben öldürdüm... Oğlun, ben, sevdiğim kadını öldürdüm, sevdiğim kadın başkasını sevdi baba, benden habersiz otellerde buluştu, sikişti o adamla, öpüştü, benden beş bin kilometre uzakta, elini tuttu, yüzüne dokundu, sikine dokundu...

(Sessizlik. Adam bir süre ağlar, sonra biraz toparlanır, konuşmaya devam eder.)

Adam: Bir araba döndü virajı, farın ışığı yüzüme vurdu, gözlerim kısıldı. O an saçlarını gördüm sanki, arabanın ışığıyla parladı saçlar, canlı gibi, suratıma boynuma dolandı, ensesi geldi gözümün önüne, güldüğünü duydum sanki, sesler kafamda büyüdü baba, geriledim, adım adım geriledim, çalıları geçtim, yola döndüm. Araba geçti gitti, gözden kayboldu, ışığı gitti, kokusunu duydum, o an kokusunu duydum sevdiğim kadının kokusu geldi burnuma, çektim içime çekmek istedim, yol kenarında karanfillere karıştı kayboldu kokusu. Rüzgâra karıştı. Sevdiğim kadını öldürdüm ben baba, boğazını sıktım nefessiz kalana kadar, *(titreyen ellerini kaldırır havaya)* bu ellerimle sıktım...

(Yavaş yavaş indirir titreyen ellerini. Ağlamaktadır. Sessizlik. Baba oturaklı ama bitkin bir sesle konuşur.)

Baba: Kimseyi gömemezsin bu bahçeye... Gömdürtmem...

Adam *(bir çocuk gibi hıçkıra hıçkıra ağlayarak)*: Baba... Başka yolu yok...

Baba: Hakkımı helal etmiyorum... Ne sana, ne abine... Kendinizi bile gömemezsiniz artık bu bahçeye...

(Baba ayağa kalkar, kapıya ilerler, ayakta zorlanarak durmaktadır. Eve girmek üzere kapıyı açar, girmeden bir an durur, bekler ve sonra konuşur.)

Baba: Git annenin elini öp, vedalaş, çık git evimden. *(Kısa sessizlik.)* Sen sevdiğin kadını öldürmedin sadece... Benim de oğlumu öldürdün...

(Baba eve girer, kapıyı kapatır. Adam yalnız kalır. Bir süre daha içini çeke çeke ağlar, sonra durulur. Bomboş ifadesiz, perişandır. Kapı açılır. Anne girer. Yorgun, bitkin gözükmektedir Anne, bir kenara oturur. Sessizlik.)

Adam: İyi misin anne?

(Uzun bir sessizliğin ardından, ifadesiz, bitkin konuşmaya başlar Anne.)

Anne: Ne yaptık biz size? Neyi yanlış yaptık oğlum, neyi eksik yaptık? Baban titriyor içeride, perişan adam, ne konuştun, ne dedin, ne konuştunuz? Tir tir titriyordu adam... Bırakmaz da sokulayım yanına, soruyorum söylemez, put... Al oradan, buraya koy, kaldır götür, yatağa koy... Nasıl şeyse, anlamadım gitti, putla evlendim ben, bir putun hayaleti sanki adam... Kırk sene be... Ömür...

(Sessizlik.)

Adam: Yuttun mu anne hapını? Yutsun dedi bak babam.

Anne: Biz yuttuk oğlum hapı, Allah sizden bin kere razı olsun, sayenizde hapı yuttuk. Sen ayrı, abin ayrı... Tükendim bittim be... Gebersem gitsem, kurtulsam, vallahi istemiyorum başka bir şey.

Adam: Saçma saçma konuşma anne yaa...

Anne: O hele, iyice aynısı nasıl şeyse, kopyası olmuş o artık babanın, aynı dalda iki kuru armutlar sanki, "Oğlum konuş," konuşmaz, bin kere sordum, güzel güzel sordum, sıkıştırdım, yok fayda yok, "Niye gitti oğlum karın," dedim, "Olur bak böyle şeyler," dedim, "Evlilik zor iş, yürütmek zor, anlaşmak zor, konuşun, konuş, bir şey söyle," yok... Öyle domuz gibi bakar insanın suratına... "Anne karışma"... İyi karışmayayım... Ne oldu karışmadık...

(Sessizlik.)

Anne: Bana bak dövüyor muydu kızı bu hakikaten, gittik evlerine de bir mosmordu kızın gözü, biliyorsan bir şey söyle bak oğlum, ölümü gör söyle, böyle şey saklanmaz anneden babadan, saklanmaz, o kızın da bir ailesi var, insanlara...

Adam *(Anne'nin sözünü keserek)*: Bilmiyorum anne, bilmiyorum, dövmüyordur herhalde, niye dövsün, deli değil ya, bilmiyorum...

Anne: Atıp atıp içine, bak yaptıysa öyle şeyler, olmaz oğlum, saklanmaz, ölümü gör söyle, içiyor mu içki?

Adam *(sabırsız, huzursuz)*: Bilmiyorum anne, bilmiyorum yaa... Sorup durma, sıkma insanı, bilmiyorum...

Anne *(sinirli)*: Tersleme beni... Tersleme... Saygısız köpekler. Kuyruğun sıkışınca koşup gelmeyi biliyorsun değil mi, pabuç gibi dil, azarlıyor bir de insanı utanmadan. Köpek doğurmuşum ben köpek, koy önlerine mama tasını, yalasın yutsun, kapsın sonra kolunu. Ömür törpüsü müsünüz be, zehir ettiniz, zehir... Zehir ettiniz şu hayatı bana... *(Sessizlik.)* Hep babanın halt etmesi ama bunlar, hep. Hayaletle evlendim ben hayaletle... Kırk sene be, kırk sene, anlayamadım gitti kırk senedir kimin hayaletidir bu adam...

(Sessizlik. Bir süre öylece dururlar.)

Adam: Karnım kazındı, yemedim ben hiçbir şey anne, bir şey varsa...

Anne: Zıkkım ye...

(Sessizlik.)

Anne: Git içeride yufka var setin üstünde, çiğ. Isıt ye onu. Abine diye yaptıydım, *(ağlamaklı olarak, toparlanır)* nerede o...

Kaç oldu saat, ne konuştunuz, ne oluyor, bilmiyorum ki, anlatmıyorsunuz ki... Eşek başıyım ben burada, sen git babana anlat, babanla konuşun her şeyi.

Adam: Dinliyor mu sanki?

Anne: Sen dinliyor musun oğlum? Ben anlatıyorum, yalvarıyorum da dinliyor musun bir söylediğimi? Abin dinliyor mu? Bir kere dinlediniz mi?

(Sessizlik.)

Anne: Nerede kaldı bu çocuk...

Adam: Gelir anne, gelir şimdi, telaş yapma, anca...

(Kısa sessizlik.)

Anne: Git ısıt böreği... Babana da sor... Git otur biraz adamın yanında...

(Sessizlik.)

Adam: Anne...

(Sessizlik.)

Adam: Sen anladın değil mi? Abim... Geliyor da... Babam sinirli şimdi bak, şey yapmıyor ama... Anne... Bizim bu işi yapmamız lazım. Başka yolu yok... Hapislerde mi yatayım ben anne...

(Anne'nin hapis lafını duyuşu, suratında beliren korku, endişeyle)

Anne: Sus... Yok öyle bir şey... Öyle bir şey olmayacak...

(Sessizlik.)

Adam: Babam...

Anne: Abin gelsin de, bir konuşsunlar... *(Tekrar fenalaşarak, kendi kendine)* Allah'ım nereden çıkardın bu belayı başımıza, ne yaptık biz Allah'ım, bir yol göster bize... Bir yol göster Allah'ım...

Adam: Yol belli işte anne, abim düşündü her şeyi... *(Eliyle tam karşıda uzakları işaret ederek)* İleride, büyük çamın oraya...

(Sessizlik.)

Anne: Sus... Konuşma...

Adam *(ağlamaklı olur)*: Anne ne olur, konuş babamla, sen konuş...

Anne: Güç ver Allah'ım, güç ver bana, dayanma gücü ver Allah'ım...

Adam: Konuş anne, seni dinler...

(Tam bu anda içeride, evin kapısı çalar. Birkaç kez. Bir an boş boş durur Adam ve Anne, sonra hareketlenirler.)

Adam: Abim...

Anne: Geldi...

Adam: Açsana kapıyı.

Anne *(gergin)*: Baban açsın, konuşacak onlar...

(Kapı hâlâ çalmaktadır.)

Adam: Anne açsana kapıyı.

Anne: Git aç sen... *(Sessizlik, sonra yüksek)* Git hadi, git aç...

(Adam kalkarken içeriden boğuk sesler duyulur. Baba'nın sesi ve yabancı bir ses. Anlam veremezler. Anne ve Adam gergin beklerler. Sonra kapı açılır. Baba ve Haber sahneye girerler. Haber otuz yaşlarında bir adam. Sivil polis kılıklıdır.

Sıkıntılı bir hali vardır. Baba bitkin, perişan gözükmektedir. Ağır adımlarla içeri yürür. Anne ve Adam bir süre şaşkın şaşkın Haber'e bakarlar. Haber, konuşmak istese de lafa girmekte zorlanmaktadır. Adam ve Anne gergindir.Baba, Anne'ye bakar. Yanına gider, titreyerek kalkar eli ve Anne'nin yüzünü sever. Anne korkuya kapılır, hafif çeker kendini.)

Anne: Ne oluyor?

(Baba bir kenara sendeleyerek çöker. Anne, Haber'e bakar. Sessizlik. Haber'in belindeki telsiz birden bir sinyal sesi çıkarır. Haber hemen kapatır telsizin sesini.

Bu telsiz sesi Haber'in polis olabileceği ihtimalini ve korkusunu arttırmıştır.

Haber lafa girecek gibi olur. Anne endişeli ama sakin kalmaya çalışarak konuşur.)

Anne: Buyrun...

Haber: Hanımefendi, biz...

Anne *(Haber'in sözünü keserek)*: Siz kimsiniz?

Haber: Bir kaza oldu, köye dönen dar virajda. Beyefendiye izah ettim. Oğlunuzun arabası... Virajı alamamış sanıyorum. Yanında da bir bayan varmış galiba, ikisi de maalesef...

(Anne, "Konuşma" dercesine elini kaldırıp "Sus," işareti yapar Haber'e, sonra geriler, ayakta durmakta zorlanmaktadır. Adam şaşkın, gergindir, konuşmakta zorlanır. Yutkunarak konuşur.)

Adam: Nasıl, ne demek o yaa, abim...

Haber: Üzgünüm kardeşim, abiniz hayatını kaybetti, arabadaki bayan da... Yarım saat kadar önce çıkardılar sudan arabayı. Maalesef, ikisi de...

(Anne tuhaf, anlaşılmaz, yüksekçe bir ses çıkarır. Sessizlik, herkes susar. Bir süre sonra Haber konuşmaya devam eder.)

Haber: Merkezden aramışlar sizi, haber vermek için... Ama önce numara düşmemiş galiba, yanlış numara bilgisi almış arkadaşlar, sonra da aramışlar sürekli ama ulaşamamışlar. Öyle olunca... *(Kısa sessizlik.)* Emin olmak için eve gelip haber vermek istedik... *(Sessizlik.)* Başınız sağ olsun... Kasabadaki hastanenin morgunda tutuluyorlar şu anda, arzu ederseniz...

Baba *(memuru sakince susturmaya çalışarak)*: Sağ ol, sağ ol kardeşim, sağ ol...

(Sessizlik. Herkes olduğu yerde kıpırdamadan durmaktadır.)

Haber *(çekingen)*: Ben gideyim.

(Sessizlik. Bir süre sonra Haber kapıya doğru yavaşça hareket eder.)

Haber: Tekrar başınız sağ olsun...

(Anne ve Adam kıpırdamazlar. Baba başıyla teşekkür edercesine Haber'e başını sallar. Haber çekingen çıkar sahneden. Sahnede buz gibi bir boşluk, sessizlik. Adam duvar kenarına dayanır. Baba oturduğu yerde boşluğa bakmaktadır. Anne ayakta, uzunca bir süre öylece dururlar. Sonra Anne yavaş yavaş yutkunmaya, garip sesler çıkarmaya başlar, nefesi düzensizleşir, kalp krizinin bütün belirtileri yavaş yavaş hissedilir. Adam ve Baba durumu fark ederler, birbirlerine bakarlar. Harekete geçerler. Baba, Anne'nin yanına hızla gider, Adam da bir süre boş boş baktıktan sonra yanlarına gelir. Anne gittikçe daha da fenalaşmaktadır. Baba, Anne'yi kendine getirmeye çalışır. Anne ağır ağır can vermektedir.)

Baba: Dur, sakin, sakin ol, yavrum, yavrum yapma, yapma gözünü seveyim yapma.

Adam: Anne... Anne... Ne oluyor, baba ne oluyor yaaa...*(Ağlamaktadır, delirmiş gibidir.)* Anne... Anneciğim, yapma ne olur annem, yapma...

(Anne, Adam'ın kucağına yığılır, Adam yavaş yavaş yere yatırmaya çalışır Anne'yi.)

Baba: İlacı, hapı nerede, ilaç...

(Baba hızla ilacı getirmek için eve girer. Adam ve Anne kalırlar sahnede, Adam, Anne'yi ayıltmaya çalışmaktadır.)

Adam: Anne yapma, anne dayan ne olur anne... Yapma güzel annem yapma... Anne...

(Adam bir yandan Anne'yi ayıltmaya çalışmakta, bir yandan ağlamakta, bir yandan kapı yönüne bakıp Baba'nın gelmesini beklemektedir. Sonunda Adam Anne'yi kucağına alarak doğrulur ve eve girer. Sessizlik. Sahnede sessizlik. Uzun, boğucu sessizlik. Bir süre sonra Baba girer sahneye. Korkunç gözükmektedir.

Anne'yi kaybettikleri bellidir. Baba'nın çenesi titremektedir. Sendeleyerek yürür. Ağır ağır kafasını kaldırır ve gökyüzüne bakar. Kafasını iki yana bilinçsizce sallamaktadır. Ayakta durmakta zor-

lanmaktadır. Baba'nın başı yavaş yavaş önüne düşer. Bir süre durur öylece. Sessizlik. İçeriden Adam'ın bağıra bağıra isyan dolu ağlaması duyulmaya başlar. Baba, yürümekte zorlanarak yavaş yavaş kapı yanına doğru ilerler. Duvar dibinden uzun bir kürek alır, sahne önüne doğru yavaş yavaş yürür. Arkadan hâlâ ara ara Adam'ın ağlamaları duyulmaktadır. Bir süre boş boş durur Baba, elinde kürek. Yüzü titremeye başlar. Gözünden bir damla yaş akar.

Bir süre sonra uzanıp elinin tersiyle siler yaşını ve toprağa kürekle ilk darbeyi vurur. Kısa bir süre bekler. Sonra kürekle bulunduğu noktanın önünü kazmaya başlar.

Toprağa vurduğu birkaç darbeden sonra kazdığı çukura altında bir şey görmüş gibi bakar. Bir süre diker gözünü çukura. Çenesi titreyerek ağlamaya başlar ve çukuru kazmaya devam eder. Çenesi takır takır titrerken, halsiz, bitkin çukur kazan Baba'yı izleriz bir süre, sahne yavaş yavaş kararır.)

İKİNCİ TABLO

(Kentte bir daire. Adam ve Kadın'ın evi. Sıradan dekore edilmiş, özelliksiz bir ev. Seyirciye göre arka sağda kapı, kapıya yakın duvara dayalı dolaplı bir büfe. Ortada rahat, genişçe bir koltuk. Ortalık derli topludur. Kadın yarı çıplak, koltukta, huzursuz, gergindir. 30 yaşlarında güzelce bir genç kadın. El çantası koltuğun kenarında durmaktadır. Koltuktan kalkar, odanın içinde bir aşağı, bir yukarı dolanır. Sonra içeri seslenir.)

Kadın: Neredesin?

(İçeriden Adam'ın sesi duyulur.)

Adam *(imalı)*: Yatak...

Kadın: Neden?

Adam *(haylaz bir ses tonuyla)*: Neden acaba?

(Sessizlik. Kadın hâlâ odanın içinde dolanmaktadır.)

Kadın: Gelsene...

Adam: Sen gelsene.

Kadın: Gel gel...

(Sessizlik.)

Kadın: Nedir bu yatak takıntın, anlamıyorum ki ben, salona kira ödemiyor muyuz?

(Kadın, konuşurken bir yandan rahatlamak için içki içmek ister. Büfenin önüne gider. Seçtiği şişenin dibinde kalan viskiyi bir bardağa boşaltır. Diker. Şişe boşalmıştır. Büfenin kapağını açar. Bir şişe daha çıkartır, büfenin üstüne koyar.

Sonra birden donakalır. Gördüğünden emin olmadığı bir şeye tekrar bakmak isteğiyle, korkuyla, yavaş yavaş eğilip tekrar bakar büfe dolabına ve hayalet görmüş gibi aniden geriler. Tam o anda içeriden Adam'ın sesi gelir.)

Adam: Pardon, bakar mısınız?

(Kadın refleks olarak kapı yönüne döner.)

Adam *(içeriden)*: Benim karım kayıp, orada mı, bir bakar mısınız acaba? Esmer, güzel götlü, biraz şaşkın bir kız olacak...

(Kadın tekrar yaklaşır büfeye, elini uzatır ve birden ağlamaklı olur, büfe dolabından küçük bir kayıt aleti çıkartır.)

Adam: Gelsene sen bir buraya...

(Kadın dikkatlice bakmaktadır kayıt aletine. Sonra eli titreyerek büfenin üstüne koyar aleti. Geriler. Ne yapacağını, bilemez, gergin, endişeli dolanır odanın içinde, Adam'ın olduğu tarafa, içeri doğru bakar. Adam'ın yaklaşma sesleri gelmektedir. Kadın, huzursuz koltuğa oturur. Kapı açılır ve içeri Adam girer. Gözleri kapalıdır.)

Adam: Açayım mı gözleri mi?

Kadın: Kapıyı çalmaz mı insan?

Adam: Kendi evinde? Bilmem, çalar mı?

Kadın: İnsan değil misin sen?

(Adam, kendi etrafında bir kez döner.)

Adam: Bilmem, böyle bir şeyim işte.

(Sessizlik, Kadın'dan cevap gelmez. Adam'ın gözleri hâlâ kapalıdır.)

Adam: Nasıl bir şeyim?

(Adam gözleri kapalı, gülümsemektedir. Kadın, birden aklına gelen bir şeyi uygulamaya başlar halle sessizce çantasına uzanır, çan-

tasından cüzdanını, cüzdandan da gizlenmiş bir fotoğrafı çıkartır. Fotoğrafa bakar.)

Adam: Ne yapıyorsun?

Kadın: Açma sakın gözlerini...

(Ortasından yırtar fotoğrafı. Bir kısmı çantasına gizler, diğer tarafı elinde tutarak Adam'a döner. İçinde bulunduğu ruh halini belli etmemeye çalışarak sahte, seksi bir ses tonuyla konuşur.)

Kadın: Gelsene...

(Adam, Kadın'a yaklaşmaya başlar. Kadın'ın ses tonu Adam'ın hoşuna gitmiştir. Keyfi yerinde ilerler. Küçük körlük numaraları yaparak koltuğa yaklaşır.)

Adam: Neredesin?

Kadın: Açma gözlerini, yaklaş...

(Adam, Kadın'ın yanına sokulur. Yüzünü öpüşmek istercesine Kadın'a doğru uzatır. Kadın, fotoğrafı Adam'ın tam yüzünün önünde tutmaktadır.)

Kadın: Aç...

(Adam gözlerini açar ve fotoğrafı görerek geriler. Kısa bir sessizlik.)

Adam: Bu kim?

Kadın: Biri...

Adam: Nasıl biri?

Kadın: İyi biri...

Adam: Kim bu?

Kadın: Ne oldu?

Adam: Ha?

Kadın: Çapak var gözünde.

(Kadın uzanıp Adam'ın gözünün altını çapağı almak üzere parmaklar. Adam geriler.)

Adam: Bu kim bu?

Kadın: Alamadım.

Adam: Alma.

(Kadın, bir kez daha götürür parmağını Adam'ın yüzüne ve çeker.)

Kadın: Aldım.

Adam: Söylemeyecek misin?

Kadın: Dilek tut.

Adam: Şşşt... Söylesene.

Kadın: Tuttun mu?

Adam: Tuttum.

Kadın: Tutmadın.

Adam: Bu kim?

Kadın: İyi dilekler gölgeleri uzatır...

(Bir süre dururlar. Adam'ın yüzünde bir gülümseme belirir. Kadın da eşlik eder, gülümser, Adam elini Kadın'ın yüzünde gezdirir, okşar, konuşur.)

Adam: Seni seviyorum...

(Kadın son derece yersiz ve rahatsız edici bir ses tonuyla tepki verir.)

Kadın: Hoppalaa...

(Adam şaşkın, endişeli.)

Adam: Ha?

(Kadın kendini geri çekerek ve havayı hemen değiştirerek konuşur.)

Kadın: Yiyecek bir şey var mı?

Adam: Sen varsın.

Kadın: Yesene... Burada ama, yatağa gitmek yok... Yapabilir misin?

(Sessizlik.)

Adam *(hafif sinirli)*: Kim bu?

Kadın *(gömleğini, memesini gösterircesine aşağıya çekerek)*: Yesene...

Adam: Kızacağım ama.

Kadın: Yaa...

Adam: Bu kim?

Kadın: Biri dedim ya.

Adam: Baban mı?

Kadın: Çok ayıp!

Adam: Ayıp?

(Kadın tekrar konuyu tamamen değiştirerek)

Kadın: Ne yiyeceğiz?

Adam: Seni.

(Kadın kendi kolunu ağzına götürerek ısırır, sonra çeker, yüzünü buruşturur ve kafasını "Hayır," anlamında sallar.)

Adam: Saçına ne olmuş?

Kadın: Ne olmuş?

Adam: Güzel...

Kadın: Çok oldu, bir ay oldu.

Adam: Neden?

Kadın: Ne neden?

Adam: Neden kestirdin?

Kadın: Rahat.

Adam: Nasıl rahat?

Kadın: Rahat böyle, ensem açık, rahat.

Adam: Bakayım ensene.

Kadın *(hızlıca başını döndürüp ensesini gösterdikten sonra)*: Aynı...

(Kadın çantasına uzanır, sigara çıkarır, yakar ve içmeye başlar, koltukta arkasına yaslanır. Adam merakla Kadın'ın her hareketini izlemektedir. Huzursuzluğu yüzünden okunmaktadır.)

Adam: Sigara...

(Kadın sigara paketini Adam' a uzatır.)

Adam: Yok... Sen yani, sen, sigara...

Kadın: Başladım. Az ama, geceleri.

Adam: Şimdi gündüz ama...

Kadın: Eeee?

(Sessizlik.)

Adam: Kim bu, kim? Oyun oynama Allah aşkına...

Kadın: Ne oyunu yaa, biri dedim ya...

(Adam'ın siniri iyice bozulmaya başlar, tuhaf tuhaf güler.)

Adam: Sen, sen gibi değilsin gibi.

Kadın: Kim gibiyim?

Adam: Bilmem, biri gibi, başka biri.

Kadın: Saçımdan mı?

Adam: Niye gösterdin bana o fotoğrafı, kim bu adam?

Kadın: Açım ben hakikaten, uçakta da yemedim, ne var dolapta?

(Adam sakin olmaya, sabırlı olmaya çalışmaktadır. Bir süre Kadın'ın yüzüne baktıktan sonra kalkar, içeri gidip Kadın'a mutfaktan yiyecek bir şeyler getirmek üzere harekete geçer, kapıya yürürken konuşur.)

Adam: Bakalım...

Kadın *(Adam'ın arkasından konuşur)*: Hafif bir şey...

Adam: Pamuk helva.

Kadın *(kötü bir espriye küçümseyerek gülümseyen bir ifadeyle konuşur)*: Meyve belki...

(Adam çıkar. Kadın tek başına kalır. Daha önce yalnızken içinde bulunduğu huzursuz ruh haline döner hemen. Çevresine bakınır, endişelidir. Sinirleri gittikçe bozulur. Bir süre sonra kendi kafasına hızla bir kez vurur. Sonra bir kez daha. Ardı ardına birkaç sert darbe. Öfke, korku, panik Kadın'ın yüzündedir. Bir süre sonra Adam elinde meyve tabağıyla girer. Kadın, Adam'ın karşısında oynadığı oyuna devam eder.)

Adam: Kiraz...

(Kadın tabağı önüne alır, bir kiraz atar ağzına ve yemeğe başlar. Adam, Kadın'ı seyretmektedir.)

Kadın: Yine mi bozuluyor dolap, dondu dişim...

Adam: Yoo, iyi, bilmem... Erik de var biraz ama, yavşadı, yumuşak, sevmezsin sen.

Kadın: Babanlar mı gönderdi?

Adam: Yok. Annem bir epey bir uğraştı aslında ama, istemedim, ayarı da yok biliyorsun, dolu gönderiyor, yiyemiyorum, kalıyor, bozuluyor sonra, yalnızım, sen de yoksun, istemedim. Sonra bir suçluluk duygusu gibi bir şey oluyor atarken de, manavdan almak gibi değil, ne bileyim, istemedim.

Kadın *(tuhaf, sert, birden Adam'ın yüzüne bakarak)*: Yalan söyle...

Adam: Ne?

Kadın: Yalan söyle... Annene. "Yedim hepsini anne," de, "yolladığınız bütün kirazları yedim, afiyetle yedim, bir tane bile kalmadı," de... Gelip dolabını kontrol edecek değil ya, koca adamsın...

Adam: Kirazlar?

Kadın: Ne?

Adam: Kirazlar ne olacak? Yazık değil mi, çürütüp atacağım ya kirazları. Bütün sene bekliyorlar, gün sayıyorlar toplamak için, orada yenir, ziyan olmaz, köylülere verirler, kendileri yerler, ben de gittiğimde yerim, hem yanlarında, görürler de yerken, daha iyi değil mi?

Kadın: Gittin mi hiç?

(Sessizlik. Adam fotoğrafı göstererek)

Adam: Kim bu adam?

Kadın: Cevap versene.

Adam: Sen cevap versene önce.

Kadın: Hiç gittin mi ben yokken?

Adam: Hayır... Bu adam kim, oyun oynama, sıkıldım, niye çıkardın bu fotoğrafı?

Kadın: Ne yaptın ben yokken?

Adam: Ne oluyor yaa, ne oluyorsun, neyi soruyorsun azarlar gibi?

Kadın: Ne azarlaması, bir şey soruyorum, ne yaptın ben yokken?

Adam: Neden uçaktan indiğin gibi eve gelmedin sen?

Kadın: Geldim ya...

Adam: Nasıl geldim ya, hemen gelmedin...

Kadın: Kuaföre gittim.

Adam: Ne kuaförü, sırası mıydı...

Kadın: Süslendim sana, kötü mü?

Adam: Orada kestirdim demedin mi saçını?

Kadın: Kestirmedim, yaptırdım, ilk kestirdiğimdeki gibi, modelli olsun istedim, süslendim senin için...

Adam: Hiç yapılmış gibi değil bu saç...

Kadın: Teşekkür ederim... Ne yaptın ben yokken?

Adam: Ne demek, ne yaptın, dört aydır yoksun, manyak mısın, gün gün anlatayım mı ne yaptığımı, telefonda konuşmadık mı hiç, neyi soruyorsun, sen ne yaptın, sen anlat, bu adam kim?

Kadın: Saçımı kestirdim, sigaraya başladım ben, sen anlat, iki haftadır konuşmuyoruz ki doğru düzgün, telefon bozuk dedin, uyuyorum dedin, anlatsana...

Adam: Aaa yeter yaa, sıkıldım ama haa, kim bu adam, ne bok yiyorsun, ne istiyorsun, abuk subuk sorular falan, acayip acayip, ne oluyoruz yaa...

Kadın: Sevişmeyecek miyiz?

Adam: Niye sevişmeyelim...

Kadın: Sevişelim o zaman...

Adam *(sinirli, dişlerini sıkarak)*: Kim bu adam?

Kadın: Ne yaptın ben yokken?

Adam: Kim ulan bu adam?

Kadın: Ulan mı... Sensin ulan.

Adam: Söylesene kızım, kim bu adam?

Kadın: Kızım mızım, ne oluyor yaa.

Adam: Sana ne oluyor yaa.

Kadın: Seviştin mi ben yokken?

Adam: Yeter.

Kadın: Söylesene, gayet basit yaa, seviştin mi sevişmedin mi, ben yokken seviştin mi, sevişmedin mi?

Adam: Kim bu adam?

Kadın: Cevap versene.

Adam: Kim bu adam?

Kadın: Sen bana sormayacak mısın?

Adam: Söylesene?

Kadın: Sormayacak mısın, ne yaptığımı sormayacak mısın, seviştin mi başkasıyla diye sormayacak mısın?

Adam *(bağırır)*: Kim bu adam?

Kadın: Biri dedim ya.

Adam: Kim?

Kadın: Sevgilim...

(Adam, Kadın'a ani bir tokat atar, Kadın afallar. Tam bu anda içeride telefon çalar. Adam'ın cep telefonu. Adam dışarı çıkar. Kadın yalnız başınadır yine, toparlanır. Çantasından telefonunu çıkarıp bir numara çevirir. Bekler bir süre. Cevap veren olmaz. Kadın kendine mırıldanır gibi konuşur.)

Kadın: Aç... Aç, ne olur aç...

(Kadın sinirle kapatır telefonu. Bir süre durur. Adam içeri girer. Sıkıntılıdır. Çekingen, ayakta konuşur.)

Adam: İyi misin?

(Sessizlik.)

Kadın: Kim arıyor?

Adam: İyi misin?

(Sessizlik.)

Kadın: Kim arıyor?

Adam: Abim.

Kadın: Ne diyor abin?

Adam: Annemlere gidecekmiş, yemeğe, "Sen de gelsene," diyor.

Kadın: Eeee?

Adam: Ne eee? Niye gideyim, yeni geldin, seninle olmak istiyorum, baş başa olmak istiyorum, laf mı şimdi...

(Sessizlik. Kadın tuhaf tuhaf güler.)

Adam: Özür dilerim...

Kadın *(Adam'a hızla döner)*: Neden?

Adam: Özür dilerim, ben...

Kadın: Neden özür diliyorsun? Son derece normal bir şey, sinirlendin, kontrolünü kaybettin, kendine hakim olamadın, birden, hesaplamadan, düşünmeden, insan hiç düşünmeden, istemeden yapabilir böyle bir şeyi? Değil mi?

(Sessizlik.)

Kadın: Söylesene, öyle değil mi?

Adam: Yine de özür dilerim.

Kadın: Ne demek "Yine de özür dilerim," özür dilenmez işte, onu anlatıyorum, dinlemiyor musun? Annenin vazosunu mu kırdın, çocuk musun sen, niye özür diliyorsun? Kimden özür diliyorsun, fark etmeden vurmadın ki bana, isteyerek vurmadın mı, sinirlenmedin mi bana, kızmadın mı? Kızılacak bir şey yapmadım mı?

Adam: Kendime hakim olamadım.

Kadın: Niye aptal mısın sen, kafan çalışmıyor mu? Ne demek kendime hakim olamadım, kafandan hiç geçmedi mi, hayal etmedin mi vurmadan, bana vurduğun anı, canımın acıyacağını, belki dudağımın patlayacağını, yere düşeceğimi, belki kafamı *(eliyle sert* *bir şekilde yatağın kenarına vurur)* buraya çarpacağımı, hiç görmedin mi, gözünün önüne gelmedi mi? İstemedin mi? Söylesene... *(Bir sigara yakar, son derece sinirlidir, elleri titremektedir.)* İnsanın istemeden yaptığı olmaz, hiçbir şey olamaz, yapamaz. Otuz yaşında bir insanın istemeden yaptığı bir şey olabilir mi? Konuşsana, üç aylık bebeğin bile olmaz. Bokunu tutmayı bilmese de sıçınca ağlamayı bilir bebek. Otuz yaşında sıçtığın bok için özür dileyemezsin benden. İstemeden yaptığın bir şey olamaz. Anladın mı? İstemeden yaptığın...

Adam: Anladım tamam, anla...

Kadın: Girmesene sözüme, ne anladın, neyi anladın, biraz geç kaldın, sıçtın artık, bok suratımda... Kendine hakim olamamışmış... *(Bir süre durur)* Sakın özür dileme benden...

(Sessizlik. Ardından Adam neredeyse ağlamaklı, bitap konuşur.)

Adam: Seni seviyorum...

Kadın *(ağzıyla anlamsız bir ses çıkartır önce, sonra konuşur)*: Nedir bu lafın şimdi anlamı? Özür dilerimden farkı ne?

Adam: Yapma... Lütfen...

Kadın: Beni severek koruyamazsın kendini...

(Sessizlik.)

Adam: Bir daha vurmam sana, asla...

Kadın: Siktir git...

Adam: Dört aydır yoksun, köpek gibi özledim, kavga etmeyelim lütfen, hiç gerek yok ki...

Kadın: Kavga etmiyoruz, konuşuyoruz. Ama ben de sana vurayım, atayım kafana bu tabağı kavga olsun istiyorsan...

Adam: Hiç oldu mu böyle şey daha önce, hiç vurdum mu ben sana, sanki ben böyle bir adammışım gibi...

Kadın: Nasıl bir adamsın sen?.. *(Adam'ın oyunun başında yaptığı dönme hareketini taklit ederek)* Yaptın ya hani, döndün, böyle bir adamım işte dedin ya, nasıl insansın dedim, böyle bir insanım işte dedin ya... Nasıl bir insansın?

(Sessizlik. Kadın, büfenin üstündeki kayıt aletini işaret ederek)

Kadın: O ne?

Adam: Ne ne?

Kadın: O, bak orada, o, ne var orada?

Adam: Ne var?

Kadın *(birden sinirli, bağırarak)*: Delirtme beni...

Adam: Ne oluyor yaa...

(Adam büfeye ilerler. Kayıt aletinin önünde durmaktadır. Kaldırıp bakar, Kadın'a gösterir.)

Adam: Ne, bu mu?

Kadın: Heh, o... Ne o?

Adam: Bilmem, ne?

(Kadın iyice çileden çıkmaktadır. Adam'ın umarsızlığı Kadın'ı çıldırtmaktadır.)

Kadın: Nereden çıktı, niye koydun oraya, söylesene... Söylesene ne yaptın, yeter bitir artık bu oyunu, yoruldum, sıkıldım, ne yaptın, söylesene?..

Adam: Ne oyunu be, manyak mısın? Ne bu?

Kadın: Bana mı soruyorsun? Sen koymadın mı onu oraya?

Adam: Burada değildi ki bu?

Kadın: Yaaa... Neredeydi?

Adam: Dolabın içindeydi.

Kadın: Kim koydu oraya?

Adam: Ben...

Kadın: Yaaa... Sen... Hadi anlat artık...

Adam: Siktir git, hasta mısın sen, deli deli davranma yaa, neyi soruyorsun?

Kadın: Kimin o?

Adam: Bilmiyorum, buldum, burada, evde buldum, benim değil, *(Adam kendinden çok emin konuşmamaktadır)* abim uğradı arada, anahtarı var, kaldı bir iki, onundur herhalde, kaybolmasın diye kaldırdım.

Kadın *(sesini yükselterek)*: Abinin ne işi var kayıt aletiyle, çocuk mu kandırıyorsun? Salak mıyım ben?

Adam: Bağırma, Allah aşkına bağırma, bilmiyorum, açar sorarız. Onundur herhalde diyorum, değilse de bilmiyorum, başka şeyler konuşmak istiyorum, yeter, lütfen, güzel şeyler konuşmak istiyorum, bağrışmak istemiyorum.

Kadın: Kim bağırıyor?

Adam *(birden öfkeyle, delirmiş gibi bağırır)*: Kim ulan o adam?

Kadın: Biri dedim yaa...

Adam: "Sevgilim," dedin.

Kadın: Eee... Niye soruyorsun o zaman...

(Sessizlik. Adam'ın sinirleri tamamen bozulmuştur. Yay gibi gergin büfenin önünde durmaktadır. Öfkeyle Kadın'a bakmaktadır.)

Adam: Bana bak... Ağzına sıçarım senin, gebertirim kimse alamaz elimden...

(Kadın, gözlerini açmış, tuhaf tuhaf gülerek, dişleri sıkılı Adam'a bakmaktadır. Karşılıklı bir süre öylece dururlar. Uzunca bir sessizlik. Ardından Kadın'ın ağzını açıp konuşmaya başlamasıyla Adam süratle bir hamle yapar ve Kadın'ın üstüne atlar. Saçını yakalar.)

Kadın: Ne oldu, korktun mu?

(Kadın ürker ama sağlam durmaya çalışmaktadır, Adam'a karşı koymaya çalışır, bir yandan boğuşmaktadırlar, bir yandan da konuşma sürer.)

Adam *(çıldırmıştır, bağırmaktadır)*: Kim o adam?

Kadın *(bağırır)*: Sikişmeyecek miyiz?

Adam: Oynama, yeter, ne istiyorsun amına kodumun manyağı...

Kadın *(hızla gömleğini yırtarak)*: Sikişmeyecek miyiz?

Adam: Ne istiyorsun lan benden, ne istiyorsun, ne......

(Adam, Kadın'ın tepesine çullanmıştır, Kadın direnmekte, bir yandan da orasını burasını yırtmaktadır.)

Kadın: Hani özledim diyordun, hadi, hadisene...

(Adam'la Kadın boğuşmaktadırlar. Adam bağırmaktadır. Kadın ısrarla sözlerini tamamlamaya çalışmaktadır.)

Adam: Kim o adam? Kim, kim orospu, söyle kim?

Kadın: Biri.

Adam: Kim ulan?

Kadın: Sen söylesene...

Adam: Kim?

Kadın: Sevgilim dedim yaa...

(Kadın ağlamaya başlar.)

Adam: Konuşma, gebertirim seni.

Kadın: Suyun altında karıştı değil mi oltalar, haa, karıştı değil mi oltalar suyun altında... Affedecek misin beni? Affedecek misin... Affedebilecek misin?

Adam: Sus, sus, sus konuşma, sus yeter sus...

(Adam da ağlamaktadır. Bir yandan da Kadın'ın boğazını sıkmaktadır. Kadın can çekişmeye başlar. Uzunca bir boğuşma, boğma sahnesi izleriz. Sonunda Kadın hareketsiz kalır, nefes alamaz ve Adam bıraktığında yere yığılır. Adam panikle doğrulur, Kadın'ı sarsar. Kadın nefes almamaktadır. Adam evhamlı, şaşkın, korkmuştur. Eli ayağı birbirine dolanır. Kadın'a bir iki tokat atar, dürter. Kadın kıpırdamamaktadır. Adam kalkar, bir süre odanın içinde ileri geri dolanır.

Korkudan tir tir titremektedir. Kapıya yürür ve dışarı çıkar. Kapı hızla çarpar. Sahne kararır.)

İKİNCİ PERDE

BİRİNCİ TABLO

(Sahne aydınlandığında her şey bir önceki tabloda kaldığı gibidir. Kadın yerde hareketsiz yatmaktadır. Uzun bir sessizlikten sonra içeriden daire kapısının açılma sesi duyulur. Ardından odanın kapısı açılır. Abi içeri girer. 35, 40 yaşlarında iri yarı, uzunca boylu, kirli sakallı bir adam. İçkili olduğu belli ama sarhoş değildir. Hafif sallanmaktadır. Bilinci yerindedir. Etrafa bakar, Kadın'ı görür. Kıpırtısız durur bir süre. Eli kafasına gider, kaşır. Sonra derin bir nefes çeker. Gömlek cebinden bir sigara çıkarır, yakar. Sandalyeye oturup içmeye başlar. Arada bir gözüyle Kadın'a bakar. Sigarayı bir süre içtikten sonra kül tablasına bırakır, en fazla üç dört nefes çekmiştir. Doğrulur. Ayılma ihtiyacı içinde olduğu bellidir. Alkolün etkisinden kurtulmak istemektedir. Kendini sarsar, boynunu ovar. Kadın'a yaklaşır, eğilip bakar bir süre, başını iki yana sallar. Sonra Kadın'ı kollarından kavrar, kendine doğru çekip doğrultur, etrafa bakar, kapıya doğru gitmek istemektedir. Başı döner, toparlanır, sertçe çeker Kadın'ı ve sürüklemeye başlar. Kapının önüne kadar varır. Bir an durur, soluklanır. Kadın'ı tekrar kendisine çekmesiyle Kadın inleme gibi ince bir ses çıkarır, ardından suyun altından nefessiz çıkar gibi öksürerek ve acı acı inleyerek kendine gelir. Kadın sarsmanın etkisiyle ayılmıştır. Şiddetle ök-

sürüp aksırmakta, korkunç sesler çıkarmaktadır. Abi korkuyla bırakır Kadın'ı, uzaklaşır. Kadın, Abi'yi fark etmesiyle panik içinde afallar ve geriler. Tabiatta ansızın karşılaşmış iki yabani hayvan gibidirler. Kadın doğrulmak ister, kendini kaldıramaz. Boğazını tutar. Abi'nin beti benzi atmıştır. Şaşkınlık içinde, Kadın'ı sakinleştirmeye çalışarak panikle konuşur.)

Abi: Dur, sakin ol, yok bir şey, dur, korkma...

Kadın: Ne oluyor? Ne? Ne yapıyorsun sen!..

Abi: Korkma benim, hatırladın değil mi beni? Ha? Hatırladın mı?

Kadın: O nerede? Nerede o?

Abi: Kim?

Kadın: Kardeşin... Kardeşin nerede?

(Kadın yavaş yavaş kendine gelmektedir.)

Abi: Bilmiyorum, şimdi girdim ben, ne oldu sana?

Kadın *(Abi'nin sözünü keserek konuşur)*: Nerede, nerede o, ne kadar, ne zamandır, ben...

Abi: Bilmiyorum, şimdi kapıdan girdim, kafanı mı çarptın, düştün herhalde, ayıltmak istedim seni...

Kadın *(kendine geldiği, kapı önündeki noktayı göstererek)*: Orada... Orada değildim ben, bayıldığımda, yataktaydım, yatakta olmam lazım.

Abi: Bilmiyorum, ben orada buldum seni, kapıdan girdiğim gibi gördüm, hemen uyandırmaya çalıştım... İyi misin? İyi ki uğramışım, bizimki nerede hakikaten?

(Sessizlik. Kadın etrafına bakınır. Uzaktaki kül tablasında yanan sigarayı görür. Sigara epey küçülmüştür, hâlâ dumanı tütmektedir.)

Kadın: Sigara... Sigaran... Ne kadar zamandır buradasın sen... Ne oluyor burada?

(Abi gidip sigarayı söndürür. Evhamlı olduğu belli olmaktadır.)

Abi: Nerede bizimki sahiden, bugün geldin değil mi sen, evdesinizdir dedim, geldiğin gibi dışarılara çıkmak istemezsin herhalde diye... Ben, sana bir hoş geldin demek istedim, nasıl geçti yolculuk... Bugün geldin değil mi sen?

Kadın *(sinirli, Abi'nin sözünü keserek)*: Nerede o?

(Kısa sessizlik.)

Abi: Bilmiyorum, dedim ya... Düştün, kafanı çarptın herhalde, hatırlamıyor musun? İyi ki gelmişim... İyi ki...

Kadın *(Abi'nin hep sözünü kesmekte, lafını tamamlamasına izin vermemektedir)*: Düşmedim ben...

Abi: Nasıl?

(Sessizlik.)

Kadın: Kardeşin... Kardeşin öldürmek istedi, öldürmeye çalıştı beni...

Abi: Olur mu canım öyle şey, yapma Allah aşkına... Ne laf konuşuyorsun sen?

(Kadın toparlanır, hâlâ yarı çıplaktır. Gömleğiyle üstünü kapatarak)

Kadın: Ne kadar zamandır buradasın sen?

Abi *(duymazlıktan gelmektedir)*: İyi misin, iyisin değil mi sen? Su getireyim, su getireyim ben sana...

(Kalkar. Kapıya doğru ilerlerken Kadın konuşur. Birden dudakları titrer, eli ağzına gider, ağlamaklı)

Kadın: Öldürdü... Öldürdü onu...

(Abi olduğu yerde kalır. Bir süre sonra konuşur.)

Abi: Ne diyorsun, kim kimi öldürdü, kendinde değilsin sen, su getireceğim, dur, bekle burada, çok da kıpırdama, kötü vurmuşsun kafanı, kanama manama olabilir, belki de bir hastaneye gitmek...

Kadın *(sözünü keserek, öfkeli)*: Düşmedim dedim, kafamı falan çarpmadım ben, kardeşin boğmaya kalktı beni, bayılmışım, sonra da def olup gitti belli ki... Öldürmek istedi beni. Beni de öldürmek istedi...

Abi *(sinirli)*: Ne saçmalıyorsun, abuk subuk konuşma, kendinde değilsin bak, ters ters böyle, ne oluyoruz, rüya mı gördün, ne bok yedin, saçmalama.

(Kadın hınçla doğrulur.)

Kadın: Saçmalamıyorum... Ne istiyorsun benden, niye geldin buraya?

Abi: Dedim ya, uğradım... Hoş geldin demek için sana, biraz tuhaf davranıyorsun kusura bakma ama, anlayamıyorum, yardım etmeye çalıştım sana, hata mı ettik, anlamıyorum, lütfen yapma, yani, böyle, bilmiyorum...

(Kısa sessizlik. Kadın, Abi'nin doğruyu da söylüyor olabileceği düşüncesine kapılır. Biraz sakinleşir. Yine de mesafelidir. Sessizlik.)

Abi: Hoş geldin...

Kadın: Hoş bulduk...

(Sessizlik.)

Abi: Su?

Kadın: Olur.

(Abi çıkar. Kadın etrafına bakınır. Kalkıp büfenin üstünden kayıt aletini alır. Ağlamaklı olur, derin derin nefes alır. Abi, bir bardak suyla döner, Kadın'a uzatır. Kadın bir yudum alır. Abi de oturur uzaktaki sandalyeye, göz göze kalırlar. Kadın hâlâ şüpheli bakmaktadır olan bitene ama daha sakindir.)

Kadın: Sağ ol...

(Abi eliyle "Önemli değil," dercesine bir işaret yapar. Sessizlik. Kadın elindeki kayıt aletini kaldırarak)

Kadın: Bu senin mi?

(Abi bir süre bakar kayıt aletine, sonra konuşur.)

Abi: Ne ki o?

Kadın: Senin mi, değil mi?

Abi: Yok, benim değil, nereden çıktı?

Kadın: Ne zaman gördün en son onu?

Abi: Kimi?

Kadın: Kardeşini.

Abi: Bilmem, epey oluyor.

Kadın: Nasıl epey?

Abi: Bilmiyorum, hatırlayamıyorum şimdi, oldu, bayağı oldu, eve gitmiştik, yemek yedik babamlarla, o zaman oldu herhalde, neden?

Kadın: Ne zaman yediniz yemek, ne kadar oldu?

Abi: Hadi başladık yine, niye böyle tuhaf tuhaf sorular soruyorsun bana, bir söylesene sen, iyi misin, ne oldu?

Kadın *(hafif yükselerek)*: Ne kadar oldu, ben gitmeden önce mi, sonra mı, ne zaman, kabaca hatırlar insan değil mi, düşün ne zaman, bir şey soruyorum, ne var bunda?

Abi: Tamam, anladık, dur, bir sakin ol... *(Sinirleri bozulur, güler, bir süre güler, sonra cevap verir.)* Sen yokken, sen yoktun tabii, birkaç hafta olmuştur herhalde, öyle bir şey...

Kadın *(soruşturma havasında konuşur)*: Ben yokken eve hiç gitmediğini söyledi o ama...

Abi *(tekrar güler ama bu sefer biraz daha sinirli, tavırlı)*: Ne oluyor yaa, sorguya mı çekiyorsun beni, ne bileyim ben, unutmuştur herhalde...

Kadın *(sözünü keserek)*: Neden yalan söyledin bana, kapıdan girdiğim gibi seni yerden kaldırdım dedin, sigaran yanıyordu tablada, sönüyordu neredeyse... Neden...

Abi *(sözünü keser)*: Sigara vardı ağzımda eve girdiğimde, gittim koydum oraya, sonra da kaldırdım seni, ne var bunda, bu halin niye, sıkılıyorum biraz, yapma lütfen, hiç hoş değil bu böyle, ben bir uğradım, hepsi bu, aylardır yoksun, bir "Merhaba," demek istedim, hatırınızı sormak istedim, o kadar, demediğini bırakmadın, bir acayip acayip sorular, garip garip haller, ne oluyorsun Allah aşkına, kalk bir hastaneye gidelim, bir şey yapalım, kardeşim nerede?

Kadın: Söyledim ya ne olduğunu, duymadın mı?

Abi: Ne?

Kadın: Kardeşin öldürmeye çalıştı beni, öldürdü sandı herhalde, sonra da çekip gitti, belki de o yolladı seni, ne belli...

Abi *(sözünü keser)*: Niye yapsın böyle bir şey, niye öldürmek istesin seni, saçma saçma konuşma, köpek gibi özledi seni, gün saydı çocuk, aylardır yoksun, kusura bakma ama kafam pek basmıyor benim...

Kadın: Beni öldürmeye çalıştı diyorum, boğazımı sıktı, nefessiz kalana kadar, ayılamaya da bilirdim, geberip kalabilirdim burada, kardeşin öldürmek istedi beni diyorum, kardeşin beni...

Abi *(lafın üstüne, tavrı son derece yumuşak)*: İyi ki gelmişim, her ne oluyorsa...

Kadın *(lafın üstüne)*: Evet iyi ki geldin, sağ ol, ayıldım, sen de ayıl da aç kulağını dinle beni, domuz gibi içmişsin yine, kokuyorsun leş gibi, bir an önce ayılsan iyi olur, çünkü gidip bulacağız beraber kardeşini, bulup polise götüreceğiz. Birini öldürdü kardeşin...

Abi *(ters ve soğuk konuşur)*: Sen bir sakin olsana önce, sarhoş falan değilim ben, biraz dikkat edersen konuşmalarına iyi olur, sınırı aşıyorsun...

Kadın: Başlatma sınırından, nerede kardeşin?

Abi: Bana bak kızım, aklını başına topla, tepem atıyor, kardeşimin sevgilisi mevgilisi dinlemem, bir kaza çıkmasın elimden.

(Kadın şiddetle doğrulur.)

Kadın: Kızım mı, ne kızımı be, sen topla ağzını ayı... Karın değilim ben senin, dövüp dövüp hastane önüne bırakamazsın...

(Abi hızla fırlar yerinden, Kadın da ürkse de karşılık vermek üzere doğrulur. Karşı karşıya kalırlar. Gergin saniyeler geçer. Öylece dururlar bir süre.)

Kadın *(korkarak ama kendinden emin konuşur)*: Otur oraya... Git otur...

(Abi yavaş yavaş geriler. Hâla ayaktadır.)

Abi: Niye öldürsün seni kardeşim?

Kadın: Bulup ona sorsana.

Abi *(yüksek sesle)*: Niye öldürmek istesin seni?

Kadın: Sen karını niye dövüyordun?

(Abi kendini zor zapt etmektedir.)

Abi: Ben karımı falan dövmedim, bilip bilmeden başkasının işine burnunu sokma...

Kadın *(eliyle kocaman gözlük çerçevelerinin kendi yüzünde taklidini yaparak)*: Yaaa, moda değil mi şimdi bööyle gözlükler...

Abi *(bağırır)*: Kardeşim seni neden öldürmek istesin?

(Kısa sessizlik.)

Kadın *(hafif alaylı)*: Bilmem, çok seviyordu ya, ondan herhalde...

Abi: Seviyordu tabii, niye sevmesin, şüphen mi var sevgisinden?

Kadın: Sen de karını seviyordun, seviyordun değil mi?

Abi: Karımı bırak artık, konuşma karımı, yeter, sana ne benim karımdan, seviyordum tabii, sana ne?

Kadın: Karının sevdiği birine zarar verir misin peki, sevdiğinin sevdiği birine zarar verir misin?

Abi: Ne demek şimdi?

Kadın: Bir şey soruyorum, cevap versene, sevdiğin kadının sevdiği birine zarar verebilir misin? Sonra sevebilir misin onu... Sevmeye devam edebilir misin?

Abi: Kardeşimin ne ilgisi var...

Kadın *(sakin, tok, Abi'nin sözünü keserek)*: Senin kardeşinin sevgisi öğlen güneşinde kayan yıldız. Ne görene inan, ne görmeyene, senin kardeşinin kalbi yarım kilo çiğ et. Senin kardeşinin ruhu havada uçan boş torba. Senin kardeşin katil, beceriksiz, korkak bir katil.

Abi *(sakin, ağırbaşlı)*: Yavaş...

(Kısa sessizlik.)

Kadın: Kalk, gidiyoruz, bulacağız onu...

(Kadın doğrulur. Abi yerinden kıpırdamaz.)

Kadın: Kalksana, yürü...

(Abi ağır, oturaklı konuşur.)

Abi: Otur...

Kadın *(Abi'nin oturduğu iskemleye tekme atarak)*: Kalk diyorum sana...

(Abi yerinden fırlar ve Kadın'ı sertçe tutup, güçlü bedeninin bütün ağırlığıyla, süratle koltuğa oturtur. Kadın ürker, kaçmak ister, oldukça korkmuştur. Abi parmağını havaya kaldırıp korkutucu bir ifadeyle ve kendinden çok emin konuşur.)

Abi: Sakın kıpırdama...

(Kadın kıpırtısız kalır. Abi sandalyeye oturur. Uzun bir süre sessizlik. Sonra Abi ağır ağır konuşmaya başlar.)

Abi: Ben karıma parmağımın ucuyla bile vurmadım. Elimi sürmedim. Âşığı dövdü onu... Çok... Çok dövdü... Kimse bilmez. Annem, babam, kardeşim. Kimse. *(Kısa sessizlik.)* Konuştum, sabahlara kadar konuştum, sordum, çok sordum, kasap kâğıdı oldum artık, aklım eridi, içime aktı. Sabrettim, vazgeçsin diye, geçer sandım, diz çöktüm, yalvardım, ne yapsam olmadı, kaçtı gitti yine, sonra döndü, gitti, döndü, gitti, döndü... *(Kısa sessizlik.)* Gitti... "Çocuk," dedim, istemedi, "gidelim," dedim, "alayım seni gidelim buralardan," istemedi... Ben karımın karısı oldum. Âşık oldum ben karıma, kocası olmadım. İstemedi... Sevdiğim kadının sevdiği adamın başına bela oldum ben... Hepsi o...

(Sessizlik.)

Abi: Benim kardeşim korkaktır, doğru. Silah patlasa yatağın altına atar kendini. Çocuktur, çocuk kaldı, babam, annem, hele annem, sanki istediler ki hiç büyümesin. Benim de işime geldi belki, o küçüldükçe ben büyüdüm sanki... Silik kaldı, silindi... Ama sevgisi değildir öğlen güneşinde kayan yıldız. Kendisidir. Kardeşimin ta kendisi... *(Sessizlik.)* Gidelim bulalım, yardım ederim sana, doğruysa dediğin, ne geçti aranızda bilmem ama bir bok yediyse, çeksin cezasını. Öldürmeye kalktıysa seni, yaptıysa böyle bir şey, inkâr etmez, söyler zaten, korkaktır. Kaçmaya yeter gücü, yalan söylemeye yetmez. Ama seni seviyor benim kardeşim, sen bunu bil, bunu bir sok kafana, sevdiğinin sevdiğine zarar verirsen diye sordun ya, sevmek midir o dedin ya, sevmek için akıl gerekmez, kalp, mantık, vicdan, yürek börek, yalan hepsi... Sevmek için sevmek gerekir... O kadar...

(Sessizlik. Bir süre öylece dururlar. Kadın daha sakindir. Abi'yi dinlerken, sonlara doğru tek bir noktaya kitlenmiştir gözleri. Kadın'ın gözleri dolar ve içli içli ağlamaya başlar. Abi artık Kadın'ı izlemektedir. Uzun bir sessizlik. Sadece Kadın'ın iç çekmeleri duyulmaktadır.)

Abi: İyi misin?

(Kadın oralı olmaz. Bir süre sonra dönüp Abi'ye bakar, tekrar önüne döner ve sakin, yavaş yavaş konuşur.)

Kadın: İki kişiyi sevebilir insan. Karın, sen, ben, kardeşin...

Abi: Sevmek...

Kadın: Sevmek, her neyse laf, sevmek, işte... Sevmek.... Ama birinin hatırası öbüründen gerçektir mutlaka. Islak yara gibi. Kalbinde. Kapanmayan, kurumaz, kurumayan. Karının kalbinde sensindir belki, bilemem, bilemezsin...

(Bir süre durur. Bir sigara yakar. İlk nefesi çekmesiyle öksürür, boğazını tutar. Sonra konuşmaya devam eder.)

(Sessizlik.)

Kadın: Ben bir adamı sevdim. Genç bir adam. Bir yazar. Yazdığı yaşlı, kendi genç bir adam. Yılan dili gibi gözleri var. Ayıp değil, günah değil, sevdim. Her neyse laf... Bunun kardeşinle bir ilgisi yok. Kardeşinle ilgisi olan benim. Ben... *(Bir süre durur, bekler sonra kayıt aletini göstererek)* O alet ona ait. Onu buraya getirdi, biliyorum. *(Sessizlik.)* Senin kardeşin burnunu benim kalbime soktu. Benle konuşabilirdi. Konuşurdum, ben de konuşurdum onunla... Ama o... O, ona gitti. Oltalar suyun altında karıştı...

Abi: Ne zamandır?

Kadın: Ne ne zamandır, ne önemi var, sana ne hem? Ben...

Abi *(Kadın'ın sözünü keserek, sakin)*: Niye anlatıyorsun o zaman?

(Uzun sessizlik.)

Kadın: Bir seneden fazla oluyor. Staj bahanesiyle şirkete girdi. Sonradan anlıyorum, derdi bir roman, romanını yazıyor, inceliyor, işle mişle ilgisi yok. Ajan gibi izliyor her şeyi, gizli gizli odalara giriyor, pür dikkat takip ediyor insanları. Sonra beni tanıdı, dağıldı, aklı, ilgisi... Romanı momanı bıraktı bir kenara. O da, ben de... Kocamı, evli olduğumu, her şeyi, her şeyi anlattım ona... İnsanın hayatını bir hayaletle paylaşması gibi. Bir oyun gibi... Küçük bir oyun gibi başladı. Önce bir iki buluşma, sonra... Sonrası geldi... Direndim ben... Okşadıkça üstünden atan huysuz bir at gibiydim başlarda, çok direndim. Ama inmedi, ben attıkça tırmandı, terbiye etti beni aşkıyla, teslim oldum...

(Sessizlik.)

Abi: Niye anlatıyorsun bana bunları?

Kadın: Kayıp, evinde yok, hiçbir yerde yok, kimsesini tanımıyorum, korktum, karakola gittim, isminden sorunca, sorsam, bir şey belki, korka korka sordum. Ailesi ihbar etmiş bile, kayıp diye polise gitmişler.

(Sessizlik.)

Kadın: Sonra eve geldim. Kardeşin... Keyfi yerindeydi. Beni bekliyordu... Sonra işte, aleti gördüm, kayıt aletini. İçki dolabına saklamış. Kardeşin... Kanım dondu. Onun o, biliyorum, buraya getirdi onu. Nasıl anladı, nereden duydu, kim söyledi... Bilmiyorum, aklım almıyor... Ama buldu işte onu, ben yokken, nasıl girdi aklına, ne geçti aralarında... Bilmiyorum, oltalar karıştı... Buraya getirdi onu. Evime soktu...

(Sessizlik.)

Kadın: Fotoğrafını gösterdim, üstüne gittim, gıkını bile çıkarmadı. Yavaş yavaş deliye döndü sonra. Tek laf etmeden, gözümün içine baka baka yalan söyledi bana, öldürmeye kalktı... Beni de öldürmek istedi...

Kadın: Cezasını çekecek kardeşin... Her şeye hazırım, ne yaşadıysam yaşadım, başım dik benim, içime iki ateş sığdırdım ben, cayır cayır yandı içim, ben yine nefes aldım, sönmesinler diye aldım, ikisini sığdıracak yeri de, nefes alacak gücü de buldum ben içimde. Ama toprak attı üstlerine kardeşin. İki ateş yanıyordu içimde, ikisini de söndürdü. Cezasını çekecek...

(Sessizlik. Bir süre bakarlar birbirlerine, uzunca bir süre. Abi'nin eli bilinçsizce boynundaki kolyeye gider. Gümüş, örmeli, uzunca ve kalın bir kolye. Gömleğinden çıkarır. Küçük küçük oynamaya başlar kolyeyle, Kadın seyreder. Sessizlik bu esnada sürer. Sonra Kadın'ın da dikkatini çeker kolye. Bir süre izledikten sonra konuşur.)

Kadın: O ne?..

Abi: Ne?

(Kadın eliyle kolyeyi işaret eder.)

Kadın: Kolye, nasıl kolye o?

(Sessizlik.)

Abi: Kolye işte, bir kolye...

Kadın *(hafif gülümseyerek, yakıştıramadığı bellidir, kolyenin daha çok bir kadın kolyesi olduğu açıktır)*: Hiç sana... Ne bileyim... *(Sessizlik.)*

Abi: Hadi, gidelim bulalım şu çocuğu...

(Abi, kalkar Kadın'a yaklaşır, kolye boynunda, açıkta durmaktadır. Abi, Kadın'ın arkasında ayakta durmaktadır. Kadın, koltukta oturuyor. Kısa bir süre göz göze kalırlar. Sonra Kadın, kolyeye uzanarak)

Kadın: Bakabilir miyim?

(Kadın, Abi'nin boynundaki kolyeyi tutar, bakar. Sonunda Abi, kolyeyi çıkarıp Kadın'a uzatırken)

Abi: Al, bak...

(Kadın, kolyeyi alır, bakar.)

Abi: Taksana.

Kadın: Gerek yok.

Abi: Tak, bak, yakışacak...

(Kadın bir an duraksar. Hafif, boş, manasız bir gülümseme oluşur yüzünde, kolyeyi takar. Boynunda eliyle yoklar.)

Kadın: Güzel...

(Tuhaf bir sessizliğin ardından Kadın, kolyeyi çıkartmak üzere elini boynuna götürürken konuşur.)

Kadın: Gidelim mi artık?

(Kadın'ın bu lafı demesinin hemen ardından Abi, son derece soğukkanlı olarak konuşur ve aynı anda kolyeyi daha Kadın çıkaramadan iki eliyle tutar, Kadın'ın boynunda hızla çeker.)

Abi: Hadi gidelim...

(Kolye Kadın'ın boynunu hızla sıkıştırır. Kadın can çekişmeye başlar. Ses bile çıkaramamaktadır. Abi buz gibi, olduğu yerde bütün gücüyle sıkmaktadır Kadın'ın boynundaki kolyeyi, bomboş bir ifadeyle tam karşıya bakmaktadır. Kadın kıvranır, can çekişmektedir. Tepi-

nir, nefessiz, yüzü kızarmaya başlar. Bir süre debelenir Kadın, Abi'ye uzanıp vurmaya, engellemeye çalışmaktadır, ancak iri cüsseli Abi kımıldamadan durmaktadır, Kadın'ın çabaları fayda etmez ve bir süre sonra Kadın'ın kafası önüne düşer, ölmüştür. Abi bir süre daha öylece durur. Kıpırdamayan heybetli bedeni ve dimdik karşıya bakan gözleriyle heykel gibi durmaktadır. Gözünden ağır ağır bir damla yaş akar. İfadesi hiç bozulmaz. Bir süre öylece durduktan sonra yavaş yavaş gevşetir ellerini, kolye Kadın'ın boynunda kalır. Kadın bir yana doğru yığılır. Abi, Kadın'ı yavaşça kucaklar. Ağır ağır, kucağında Kadın, dışarı çıkar. Sahne kararır.)

İKİNCİ TABLO

(Sahne aydınlandığında hâlâ Adam ve Kadın'ın evi dekoru kuruludur. Kapı aralıktır. İçeride kimse yoktur. Ancak eşyaların yerlerinde değişiklikler vardır. Başka bir gün olduğu bellidir. Bir süre boş sahneyi izleriz. Sonra içeriden anahtarla kapı açma sesleri gelir. Kapının açılışı, içerilerde birinin bir süre dolanışının sesleri duyulur. Ardından 30 yaşlarında bir adam içeri girer. Bu kişi Âşık'tır. Kadın'ın sevgilisi. Özensiz giyimlidir ve saçı sakalı dağınıktır. İlk defa bu odaya girdiği bellidir. Çevresine dikkatle bakar. Eşyalarda, detaylarda gezdirir gözlerini. Eşyaların yerlerini değiştirmemeye ve iz bırakmamaya özen göstermesi dikkat çeker. Odada dolanır, büfenin üstündeki fotoğraflara, duvardaki tablolara bakar. Parmak uçlarıyla yavaşça eşyalara dokunur. Sonra koltuğun kenarına dikkatlice oturur. Bir süre boş boş durduktan sonra, şarkı gibi bir şeyler mırıldanır. Esner. Kafasını kaşır ve ardından cebinden bir küçük kayıt aleti çıkarır. Daha önceki tablolarda gördüğümüz, Kadın'ın içki dolabında bulduğu kayıt aleti. Âşık kayıt tuşuna basar ve konuşmaya başlar.)

Âşık: Gir. Yün. Koku var. Belirgin. Islak yün kokusu yap. Girişte ayakkabı yok. Antre düzenli, zengin değiller. Daire güzel, eşyalar toplama. Sıkıcı bir ev. Çık. *(Aleti kapatır.)* Kendini iyi hissetmek için... *(Durur, kayda tekrar basar.)* Gir. Kendini iyi hissetmek için bir paket taze kahve koklamak yeterdi ona. Adam. Çık. *(Kapatır, açar.)* Gir. Odada saat yok, saat koy, boş odada huzursuz seken yelkovan sesi. Boş odalardaki mekanik... *(Durur, devam eder.)* Mekanik saatlerle dolu boş bir oda gibiydi kafasının içi; muntazam, ritmik, hipnotize edici bir gürültü. Kadın. Çık. *(Kalkıp dolanmaya başlar.)* Gir. Daha çok Adam'a ait eşyalar var. Aile fotoğrafları. Adam'la Kadın'ın stüdyoda çekilmiş bir fotoğrafı. *(Duvarlara bakar.)* Pek kitap yok. Olmasın. Duvarda düğün fotoğrafı olsun. Büfede, büfede olsun, çerçevesiz, duvara yaslı, bir fincana yaslı, ara sıra ellendiği için parçalar halinde tozlu, zamanla yüzeyi yamulmuş, yay şekli almış bir fotoğraf kartı.

(Âşık, odada dolanmakta, bir yandan da kayda devam etmektedir.)

Âşık: Fincanlar, birkaç tane, antika fincan. Büfenin üstüne koy. Adam'ın ailesine ait. Kadın vermiş. Yaşlı kadın. Anne. Adam'ın annesi lafına fincanlardan gir. Köy eviyle bu ev bir şekilde benzesin. Benzerlikler olsun. Abartma. Adam'ın ailesinin ağırlığını hissettir. Kadın'a aile yazma.

(Çekmeceleri açıp içlerine bakar. Dikkatlice, iz bırakmadan.)

Âşık: Gir. Adamın babası bu eve bir kere gelmiş, düğünden sonra, soğuk ve mesafeli bir ziyaret. Usulen. Taşındıktan hemen sonra, köyde yaptırdığı ceviz, usta işi bir orta sehpası hediye etmiş, bir daha da adımını atmamış bu eve. Birkaç gün durmuş ortalıkta sehpa, sonra içeri bir yere kaldırıp yok etmişler. Sonra düzenli olarak çiftliğin mahsullerinden yollamış baba. Kadın için tuhaf bir baskı unsuru bu. Bilinçaltında kendisine hakaret olarak algıladığı bir davranış. Anne ara sıra geliyor. Daha çok kadın yokken. Eşyaların yerleriyle oynuyor. Kendince temizlikler yapıyor. Kadın'ı delirten şeylerden biri. Adamı zorda bırakan şeylerden. Çık.

(Âşık bir süre dolanır. Sonra yere yatar, boylu boyunca uzanır. Bir süre durur.)

Âşık: Gir. Bu odada sevişmiyorlar. Kadın istemiyor. Oynaşma burada başlarsa Adam'ı yatak odasına çekiyor. Kadın çoğu zaman yarıda bırakıyor sikişi. Fantezilere gülüyor. Adam'ın çabaları boşa, aletler, çükler, kelebekler alıyor adam. Kadın'ın tepkileri adamı utanç verici, gülünç durumlara sokuyor. Adam'ın yattığı başka kimse yok, her sabah duşta mutlaka otuz bir çekiyor. Bazen iki kez, hafta sonları. Sekse düşkün. Ama başkalarıyla ilişkiye girme konusunda beceriksiz. Hayır, korkak, sadece korkak. Kadınınsa...

(Âşık'ın cep telefonu çalar, doğrulur. Aleti kenara koyar. İç cebinden telefonunu çıkarıp açar.)

Âşık: Efendim... *(Olduğu yerde hafif bir tereddütle doğrulur.)* Alo... Duyuyorum duyuyorum... Ha? Yok. Ne haber? Yoo şey, eee... Ne haber? *(Güler.)* Hayır, evde değilim, bir... Bir toplantıdayım, yayınevinde. Evet, evet kitapla ilgili. *(Etrafa bakınır.)* İyi, iyi gidiyor. Hah, kesildi bir an, bir daha söylesene. Ne zaman biniyorsun sen uçağa? Yani kaçta inmiş oluyorsun? 1'de, öğlen 1'de, yok tamam, unutmam, özledik o kadar, eşek değiliz herhalde, ha? O kadar eşek değiliz herhalde diyorum... Kesiliyor yaa... Heh duyuyorum şimdi... Tamam, sen doğru bana gel, bir iki saat takılabilelim ama, öyle ayarla. Nasıl, yoo, ne isteyeyim, ne istenir oradan, bilmem. *(Güler.)* Yok, tamam, seni getir, se... *(Hat gider.)* Seni getir, seni... Alo... Gidiyor ses, bir şey oluyor yaa. Ha? Yok, evde olacağım tamam, 1'de iniyorsun, anladım be tatlım, hadi... Tamam. Hadi gel artık... Hadi... Su gibi özledim seni ben... *(Gülerek)* Hah, gülme ya, ne gülüyorsun, ha? Ne bileyim işte öyle, su gibi işte, çok yani, susar gibi. Ne bileyim, içimden öyle geldi, *(gülerek)* gülmesene... Hadi tamam, ha? Tamam hadi gel de ısır.

(Âşık telefonu kapatır. Gülümser. Çevreye bakınır. Tekrar uzanır yere. Kısa bir sessizliğin ardından evin telefonu çalmaya başlar. Âşık

sese doğrulur, boş boş bekler. İki kez çaldıktan sonra telesekreter devreye girer. Âşık oturduğu yerde başını bir tarafa eğerek dinler. Önce telesekreter kaydı duyulur. Kadın'ın sesi "Evde yokuz. Lütfen kısa mesaj bırakın, teşekkürler" Ardından mesaj duyulur. Ses yine Kadın'a aittir.)

"Selam benim, cebin yine kapalı. *(Hafif kinayeli bir sesle)* Nedeeen, neden acaba?.. Neyse, uçağım akşam 6'da iniyor, almaya falan gelme lütfen. Rötar olur, bir şey olur, dışarıda seni bekletme işini sevmiyorum biliyorsun, geriliyorum. Evde buluşuruz. 7 gibi evde olurum, alandan ararım zaten, buradan bir şey istersen mesaj at. *(Kısa bir sessizlik.)* Su gibi özledim seni..."

(Son lafı duyunca Âşık kafasını doğrultur, ifadesi değişir. Hiç hoşuna gitmemiştir. Bir süre öylece durur. Sonra doğrulup kalkar. İşine dönmek ister gibi bir halle etrafa bakınır, koltuğa oturur. Aleti ağzına kaldırır, kayda basar, bir şey söyleyecek gibi olur, vazgeçer, bir isteksizlik hali yüzünden bellidir. Tekrar tuşa basarak kaydı durdurur ve aleti indirir. Bir süre durur. Koltuğun minderinde elini gezdirir. Sonra tekrar kaldırır aleti, kayıt tuşuna basar. Tam o anda evin kapısı tıklatılır. Âşık, niyeti o olmasa da kapıya cevap verir gibi konuşur.)

Âşık: Gir...

(Lafı refleks olarak etmesinin hemen ardından durumu fark ederek afallar, kapıyı duyduğundan emin olmak isteyerek korku içinde kapı tarafına bakar, kısa bir sessizliğin ardından kapı tekrar tıklatılır ve ardından zil çalar. Âşık iyice huzursuz olmuştur, hiç ses çıkartmayarak öylece durur bir süre ve sonra kapının anahtarla açılma sesi duyulur. Sesi duymasıyla Âşık ok gibi fırlar yerinden, ne yapacağını bilemez, korkuyla bir oraya bir buraya hareket eder, kaçıp saklanabileceği hiçbir yer yoktur aslında ama çaresizce uzak köşede gizlenir ve içeri Abi girer. Abi içkilidir. Nefesi duyulmaktadır. Odaya girdikten sonra bir süre durur. Cep telefonunu çıkarıp bir numarayı arar ve konuşur.)

Abi: Alo... Neredesin? Ne zaman geleceksin eve? *(Sessizlik.)* Sana geldim ben... Yok, acele etme... Ha? Yok, gerek yok, bölme işini, beklerim. Ne zaman? İyi giderim o zaman, bilmiyorum, oyalanırım buralarda, çıkarken ara, uyumadıysam uğrarım yine. *(Sessizlik.)* Olur, zor gelmezse gel, yoksa konuşuruz. Yok, yok içmiyorum... Ne zaman geliyor karın? İyi. *(Sessizlik.)* Bana bak, konuştuklarımızı... Kurma kafanda, sakın... Pişman etme söylediğime. *(Sessizlik.)* Duydun mu? Koca adamız artık, topla kafayı, dağılmak yok, ara beni çıkarken...

(Abi telefonu kapatır. Cebine koyar. Büfeye doğru yürür. Büfe dolabını açıp aranır. Bir şişe viski çıkarır. Kapağı açıp koklar, şişeden kapağa doldurur ve diker. Bir süre bekler. Kapağı kapatır. Büfenin üstüne koyar şişeyi, bekler. Sonra tekrar hızla açar şişeyi ve kafasına diker. Şişeyi indirir. Büfenin üstüne koyarken birden odada biri olduğu hissine kapılır ve yavaş yavaş diğer tarafa doğru döndürür başını. Çaresizce orada dikilmekte olan Âşık'la göz gözedirler artık. Buz gibi bir an. Âşık korku içindedir. Islak bir sokak köpeği gibi tir tir titremektedir. Abi bakışları gittikçe sertleşerek, gergin Âşık'a bakmaktadır. Âşık ürkek, çaresizlik içinde, zayıf bir sesle konuşur.)

Âşık: Ben... Ne olur... Hiç...

(Âşık neredeyse ağlamaklıdır şimdi. Panikle kaçmak istercesine bir yana doğru bir hareker yapar. Abi o tarafa doğru yaklaşırsa engelleyeceğini belli eden, sert ve keskin bir hamle yapar. Odanın ortasında karşı karşıyadırlar. Öylece dururlar bir süre. Âşık ağlamaklı konuşur.)

Âşık: Bırak gideyim, lütfen, ben... Ben...

(Gözyaşlarına boğulur, olduğu yerde korku içinde titremektedir. Bir süre öylece dururlar. Sonra Abi keskin bıçak gibi konuşur.)

Abi: Kimsin sen?

(Âşık, Abi konuştuktan sonra iyice ürker, perişandır.)

Âşık: Lütfen, lütfen...

(Âşık toparlanmaya çalışır.)

Âşık: Bakın, ben, ne olur... Çok yanlış bir şey yaptım ben, ben çok özür dilerim, ne olur...

Abi: İçeri nasıl girdin?

(Âşık tekrar ağlamaya başlar. Bir tür sinir krizi geçirmektedir adeta, Abi sözünü tekrarlar.)

Abi: İçeri nasıl girdin?

(Âşık toparlanmaya çalışır.)

Âşık: Anahtarım vardı. Anahtarla, anahtarla girdim.

Abi: Kim verdi anahtarı?

(Âşık, korkuyla ağlayarak ve kendi kendine isyan ederek)

Âşık: Çaldım.

(Abi evin içinde etrafa bakınır.)

Âşık: Çaldım ben, çaldım anahtarı...

(Abi başını iki yana sallar.)

Âşık *(panikle)*: Hiçbir şeye dokunmadım, hiç... Hiçbir şey almadım, hiçbir şey çalmadım, lütfen, hırsız değilim ben, kötü bir niyetim...

(Lafını tamamlayamaz, ağlamaya başlar. Sessizlik. Bir süre sonra tekrar kendine gelmeye çalışarak konuşur.)

Âşık: Lütfen... Bırakın gideyim, çok, çok yanlış bir şey yaptım ben. Kimseye... Ben... Hırsız değilim...

Abi: Kimsin sen?

(Âşık bir süre durur.)

Âşık: Yazı, roman... Yazı yazıyorum ben... *(Durarak konuşur, geçirdiği sinir krizi ve korkudan başı dönmektedir adeta.)* Ne olur... Roman yazıyorum ben... Roman...

Abi: Haberi var mı?

(Âşık anlamadan bakar. Abi bir süre durur. Sonra gözüyle duvarda Kadın'a ait olan fotoğrafı gösterir.)

Abi: Burada olduğundan haberi var mı?

(Âşık, bir an Abi'nin sandığından daha çok şey biliyor olduğu düşüncesine kapılarak lafı yadırgar, şaşkındır.)

Âşık: Yok, dedim ya, çaldım anahtarı, onun çantasından aldım, çoğalttım. Haberi yok. Hiçbir şeyden haberi yok, bakın çok yanlış bir şey yaptım ben, hiç... Bir daha yüzümü görmezsiniz benim, Allah belamı versin, ne siz, ne o, bir daha, ne olur, ama inan kötü bir niyetim falan yok benim, sadece...

(Kısa sessizlik.)

Abi: Ne?.. Sadece ne?

Âşık: Sadece...

(Kısa sessizlik. Abi, Âşık'ın elindeki kayıt cihazını göstererek)

Abi: O ne?

Âşık: Bu... Hiç... Bu...

(Abi hafif sinirli elini uzatır. Âşık korkuyla Abi'ye doğru atar kayıt cihazını.)

Âşık: Hiçbir şey. Alın sizin olsun, lütfen, ne istiyorsanız yapın, hiçbir şey, önemi yok, notlar, saçmalık...

(Sessizlik. Abi kayıt aletini tuttuktan sonra, bir süre bekler, sonra bakar, sonra bir tuşa basar, ses gelmez, geri alır, tekrar basar. Âşık'ın sesi, daha önce duyduğumuz kayıt ettiği şeyler duyulmaya başlar. Abi bir süre dinler. Âşık, son derece huzursuzdur. Bir süre sonra Abi ses kesilince tuşa basarak kapatır aleti. Kısa bir an durur.)

Abi: Bu mu roman?

Âşık: Saçmalık, lütfen, dedim ya, saçmalık işte, bir anlamı yok...

Abi: Neyin anlamı yok?

(Sessizlik...)

Âşık: Gidebilir miyim?

(Abi ağır ağır başını "Hayır," anlamında sallar. Âşık perişandır.)

Âşık: Siz... Kimsiniz?

Abi: Abisiyim...

(Âşık bir an durur. Başını bilinçsiz sallayarak)

Âşık: Kardeşi, kardeşi yok onun...

Abi: Onun değil...

(Âşık durumu, Abi'nin Adam'ın abisi olduğunu anlar. Bir an durur. Şaşkınlığı yüzünden okunur.)

Âşık: Yaa... Anladım, anladım, anladım ben, ben...

(Âşık bir yandan lafları gevelemekte, bir yandan Abi'yi izlemektedir. Abi kayıt aletinin içinden kasedi çıkarır. İç cebine koyar. Aleti Âşık'a doğru koltuğun üstüne atar. Âşık koltuğa yaklaşır. Aleti almak niyetiyle. Aynı anda Abi, Âşık'a doğru yürür. Âşık, Abi'nin hamlesinden huzursuz olup geriler. Âşık hızla kapıya doğru hareket ederek kaçmak ister. Abi ters taraftan kapıya yönelir ve Âşık varamadan kapının önüne dikilir, yavaş yavaş kapıya yaslanır. Âşık ellerini başına götürerek geriler. Duvar dibine çöker. Başını önüne eğer. Sessizlik.)

Abi: Ben...

(Bir süre bekler Abi, lafını tamamlamaz, gözleri dolar. Sonra konuşur.)

Abi: Ben yok muyum romanda?

(Âşık kafasını yavaşça kaldırır, korkuyla Abi'ye bakar. Abi'nin gözleri dolu, çenesi titreyerek Âşık'a bakmaktadır. Âşık da korku dolu gözlerle Abi'ye bakmaktadır. Bir sure öylece dururlar. Sahne kararır.)

ÜÇÜNCÜ TABLO

(Sahne aydınlandığında Abi koltuğun önüne çökmüş, çocuk gibi ağlamaklı, çenesi titreyerek, gözlerini boşluğa dikmiş durmaktadır. Yakınında yan devrilmiş boş bir içki şişesi durmaktadır. Kenarda başka bir köşede Âşık, yerde cansız yatmaktadır. Abi bir süre sonra cebinden telefonunu çıkarır. Yüzü kontrolsüzce sallanmaktadır. Güçlükle bir numara çevirir. Bekler. Karşı tarafın açtığını Abi'nin yüzünden anlarız. Abi bir süre konuşamaz. Sonra kendini toplamaya çalışarak konuşur.)

Abi: Benim, benim... *(Sessizlik.)* Alo... Yok bir şey... *(Ağlamaklı)* Meşgul müsünüz? *(Sessizlik.)* Yaa... *(Sessizlik.)* İlaçlamak lazım herhalde... *(Sessizlik.)* Mevsimi var ha... Onun da mı mevsimi var... İyi... Sen daha iyi bilirsin... *(Sessizlik.)* Bir şey konuşmamız lazım. Konuşabilir miyim? *(Sessizlik.)* İyisiniz değil mi? *(Sessizlik.)* İyi... *(Kısa sessizlik.)* İyi... Nerede şimdi yanında mı? *(Sessizlik.)* Uzaklaş o zaman oradan, annemin duymayacağı bir yere git. Konuşmamız lazım... Bekliyorum...

(Abi'yi bir süre kulağında telefonla izleriz. Yüzü titreyerek, boşluğa bakmaktadır. Sahne kararır.)

DÖRDÜNCÜ TABLO

(Sahne aydınlandığında çiftlik evini görürüz. Abi ve Baba sahnededirler. Birinci Tablo'da gördüğümüz Anne ve Baba'nın yaşadığı ev. Evin arazisinde Baba'nın Anne'nin ölümünden sonra toprakta çukur açmaya başladığı noktada durmaktadırlar. Âşık'ın cansız bedeni yerdedir. Abi yere çömelmiş ellerini başının arasına almış, şişmiş gözlerle, ifadesiz ufka bakmaktadır. Baba ayakta, elinde kürek, Âşık için bir çukur kazmaktadır. Anne'nin ölümünden sonra tekrar kazıp Âşık'ın cesedini çıkaracağı çukur... Yüzünde karanlık, keder dolu, bitkin bir ifade vardır. Sahne kararır.)

SON

Eylül 2008.

GÜZEL ŞEYLER
BİZİM TARAFTA

KİŞİLER
ADAM, 30'lu yaşların başında
KADIN, 30'lu yaşların başında
ALİ, 20'li yaşların başında
KIZ, 19 yaşında

Yıl 2008

Şehirde modern bir apartman dairesi. Oturma odası. Zengin sayılamayacak ancak dekorasyonda özenle seçilmiş birkaç objenin dikkat çektiği, açıkça belli bir zevki, belli bir kültürü ifade eden bir ev. Arka duvarda, seyirciye göre solda daire kapısı, sağda iç odalara açılan koridoru oturma odasından ayıran camlı kapı. Duvarlardaki raflardan birinde eskice bir fotoğraf makinası durmaktadır.

Not:
/işareti, sözün bir sonraki söz tarafından kesilme noktasını gösterir. İşaret repliğin içinde değil sonunda duruyorsa bir sonraki repliğin boşluk bırakmadan duyulması gerektiği anlamına gelir.

(Sahne aydınlandığında Adam ve Kadın eve henüz girmişlerdir. Kadın'ın çantası hâlâ omuzundadır. Eve hırsız girdiği açıkça bellidir. Daire kapısı kırık, ortalık dağınıktır. Adam ve Kadın şaşkın gözlerle etrafa bakınmaktadırlar. Bir süre konuşmadan öylece dururlar. Sonra Kadın yavaş yavaş omzundaki çantayı indirirken konuşur.)

Kadın: Ne almışlar?

Adam: Lar?

Kadın: Ha?

Adam: Ne almış herhalde, girmiş çıkmış, ses mes mi duydu, ne oldu artık...

Kadın: Bir kişi olamaz...

Adam: Niye?

Kadın: Ne bileyim?

(Uzun sessizlik.)

Adam: Ne demek ne bileyim?

Kadın: Ha?

Adam: Yani ne bileyim, ne bileyimse... *(Kısa sessizlik.)* Ne bileyim... /

Kadın *(hafif ters)*: Ne diyorsun yaa!

Adam: Hayır, bir kişi olamaz diyorsun, niye diyorum, ne bileyim diyorsun...

Kadın: Eeee?

Adam: Ne eee yaa, ne bileyim ne demek ki, öyle bir şey mi var, bir şey diyorsun, niye diyorum, ne bileyim diyorsun, hiçbir şey yani, hiçbir şey demiyorsun yani, ne bileyim, bzzt demek gibi, hololo demek gibi bir şey, 'Bir kişi olamazlar,' 'Yaa, öyle mi' diyorsun, niye? 'E hololo!' Aynı şey...

(Kadın kısa bir süre bekledikten sonra sinirleri bozularak gülmeye başlar.)

Kadın: Ne diyorsun yaa. /

Adam: Neyse yaa...

(Uzun sessizlik.)

(Kadın Adam'ın saçında gezdirir elini, Adam kafasını çekerken Kadın'ın da elini tutar.)

Adam: Saçım pis.

Kadın: Ben de pisim.

Adam: Pis olur musun sen hiç...

(Adam Kadın'ın elini kafasından uzaklaştırır, kendine çeker, öper, bir an için eli koklar gibi olur, sonra yine öper. Kısa sessizlik.)

Kadın: Neden kokladın elimi?

Adam: Nasıl?

Kadın: Elimi neden kokladın?

Adam: Elini değil, ben kokladım, seni kokladım.

Kadın: Neden?

Adam: Nasıl neden?

(Sessizlik.)

Adam: Yıkanırız şimdi, yıkanalım mı beraber?

Kadın: Pis mi kokuyor elim?

Adam: Neden pis koksun elin, niye öyle bir şey / söylüyorsun?

Kadın: Elim pis kokuyor olabilir, ben söyledim sana zaten 'Pisim,' diye, leş gibi hava yapış yapış, / niye bana?

Adam: Niye taktın şimdi buna, iyi ya işte ben de 'Yıkanalım,' dedim, ne dedim?

Kadın: Buna takmadım ben.

Adam: Neye taktın?

Kadın: Bir şeye takmadım.

Adam: Yok taktın sen, bir şeye taktın, neye taktın?

Kadın: Saçını sevmek istedim ben, ona taktım.

(Adam Kadın'ın elini kendi kafasının üstüne koyar.)

Adam: Al sev o zaman, Allah Allah... Yapma böyle...

(Kadın elini isteksiz çeker, uzaklaşır, Adam Kadın'ı izler.)

Adam: Ne oldu şimdi?

(Adam kafasını çaresizlik içinde sallar.)

Adam: Bir şey yiyelim mi?

Kadın: Ye sen.

Adam: Sen?

Kadın: Yerim işte.

Adam: Nasıl yaa...

Kadın: Ne oluyor yaa...

Adam: Allah aşkına doğru düzgün konuş bir şeyi yaa, 'Yemek yiyecek misin?' diyorum, 'İstemem,' diyorsun, sonra 'Yerim,' diyorsun, adam gibi cevap ver yaa.

Kadın: Yiyelim diyorum işte, ne diyorum.

Adam: Demiyorsun işte öyle, bir adam gibi söylemiyorsun, hadi yemek yapalım, güzel güzel yemek yapalım, yiyelim demiyorsun.

(Uzun sessizlik.)

Kadın: Hadi güzel güzel yemek yapalım.

Adam: Pis falan kokmuyorsun ayrıca, tertemiz kokuyorsun, sevdiğim kız kokuyorsun.

Kadın: Ne yiyeceğiz? /

Adam: Duydun mu?

(Sessizlik.)

Adam: Ne yiyelim?

Kadın: Et vardı soğuk.

Adam: Isıtayım mı?

Kadın: Hiçbir şey almamışlar mı?

Adam: Isıtayım mı eti?

Kadın: Duşa gireceğim ben.

Adam: Ben?

Kadın: Ne?

Adam: Ben de gelmeyeyim mi?

Kadın: Hiçbir şey almamışlar mı sahiden, nereden biliyoruz, niye bakmıyoruz içerilere.

Adam: Bak.

Kadın: Gel.

Adam: Ne?

Kadın: Duşa işte.

Adam: Nasıl gel?

(Sessizlik.)

Kadın: Kapıyı kırmışlar o kadar, kimse duymadı mı, üst kat müst kat...

Adam: Ne yapıyoruz biz burada zaten, ne oturuyoruz, gidelim, polise molise, bir şey, şikâyet edelim, bir şey yapalım.

Kadın: Bir şey almamışlar ki, almışlar mı?

Adam: Anasını sikmiş evin daha ne, kapıyı kırmış, gidelim söyleyelim, kapıyı kırmış diyelim, bir şey diyelim, gelsinler, parmak izi marmak izi...

Kadın: Niye almamışlar hiçbir şey?

Adam: Kaçmış işte, ses duydu, korktu kaçtı herhalde.

Kadın: Bir şey aradı belki, aradığını bulamadı.

Adam: Ne arayacak?

(Sessizlik.)

Kadın: Tırstım ben.

Adam: Niye?

Kadın: Ot mot mu aradı acaba?

Adam: Yok.

Kadın: Ne yok, olabilir, takip etti, bizi bilen biri belki, ot var bu evde biliyor, belledi burayı, girdi aradı bulamadı belki... Buldu belki.

Adam: Kurma yaa...

Kadın: Var mıydı evde ot, duruyor mu, bir baksana.

(Uzun sessizlik.)

Adam: Beni de gerdin, sikeyim.

Kadın: Bir baksana.

Adam: Yaa yok, kurmasana yaa.

Kadın: Yaa bir baksana.

(Sessizlik.)

(Adam kalkar, içeri gider. Kadın etrafina bakınmaktadır. Birden raftaki fotoğraf makinası dikkatini çeker. Sessizce kalkar, rafa gider, gizlilik içinde fotoğraf makinasını raftan alır, hızlıca çantasına sokar, çantayı kapatır. Yerine oturur, Adam'ı beklemeye başlar. Kısa bir süre sonra Adam girer. Elinde küçük bir torbada ot vardır, ortadaki sehpanın üstüne atar.)

Adam: Bakmamış bile oralara, boşuna gerdin beni de, salondan başka bir yere girmemiş ki zaten, girdi bu, çocuk falan bu zaten, tinerci minerci, kırdı kapıyı, kafası güzel, bir arandı, ses duydu, bir şey oldu, kaçtı.

(Sessizlik.)

Adam: Aramak gerek ama değil mi polisi?

(Sessizlik.)

Adam: Parmak izi marmak izi, dokunmamak mı lazım acaba hiçbir şeye?

Kadın: Benim elim pis zaten.

Adam: Offf, çok iyi vurdun hakikaten, bravo, ne güzel sapladın yaa, soktun çevir iyice bir de, çevir, süper. On puan. Ne bu yaa...

(Sessizlik. Adam sehpanın üstündeki ot paketini alır, sigara sarmaya başlar.)

Adam: İçecek misin sigara?

Kadın: Buradan bir şey almamış mı hakikaten?

Adam: Yapıyorum sigara.
Kadın: İçme şimdi.
Adam: Niye?
Kadın: Ne bileyim, huzursuz oldum ben...
Adam: Niye?
Kadın: Kapı mapı açık, bilmiyorum, içme işte...
Adam: Kapı böyle kırık mı uyuyacağız biz hakikaten?
Kadın: Kapanmıyor değil mi?
Adam: Yok.
Kadın: Bir şey koyalım arkasına.
Adam: Kalmasak mı bu gece burada?
Kadın: Hiçbir şey almamış mı yani şimdi buradan?
Adam: Yoo, ne bileyim, ben bir şey anlamadım.
(Sessizlik.)
Adam: Gel girelim hadi duşa.
Kadın: Kapı?
(Sessizlik.)
(Adam kalkar, kapıya gider, kapıya dayamak için sandalye getirir, koyar, dener, etrafına bakınır, bir süre sonra huzursuz bir ruh haliyle fotoğraf makinasının duruyor olması gereken rafa bakar, sonra sağa sola evhamlı bir şekilde bakınmaya başlar.)
Kadın: Ne oluyor, ne dolanıyorsun?
(Sessizlik.)
Kadın: Ne oluyor, bir söylesene...
(Adam Kadın'la ilgilenmeden arayışını çaresizce sürdürmektedir.)
Adam: Siktir...
Kadın: Ne?
Adam: Siktir...
Kadın: Ne?
Adam: Siktir...

Kadın: Ne yaaa?

Adam: Siktir, siktir, siktir... Anasını sikeyim, anasının amını sikeyim.

Kadın: Ne oluyor be?

Adam: Makina yok.

Kadın: Ne makina ne /

Adam: Fotoğraf makinası

Kadın: Nasıl yok, neredeydi?

Adam: Oradaydı kesin gibi hatırlıyorum, rafta işte burada.

Kadın: Ben de öyle hatırlıyorum.

Adam *(Adam yıkılır)*: Yaaaa hayır yaaa, hayır yaa, amına koyayım yaaa... Gitti makinam yaa...

Kadın: Makinamız demek istiyorsun herhalde...

Adam: Makinamız gitti yaa...

Kadın: Dur, içeridedir belki yatak odasına bakalım, çantasında falan belki, nerede çanta?

(Kadın içerideki odalara gider. Adam Kadın çıktıktan sonra etrafta biraz dolanır, sonra gözü Kadın'ın çantasına takılır, koridora doğru bakıp Kadın'ın gelip gelmediğini kontrol eder, çantaya doğru ilerler, bir an durur, vazgeçer, geriler, gözü hâlâ çantadadır. Tam çantaya doğru ikinci bir atak yapacakken içeriden Kadın'ın korku dolu çığlığı yükselir. Adam sıçrar, panikle koridora doğru ilerler.)

Adam *(korkuyla bağırır)*: Ne oluyor yaa...

(İçeriden Kadın'ın çığlıkları ve yabancı bir erkek sesi duyulmaktadır. Adam kaskatı kesilir. Kısa bir süre sonra Kadın ve Kadın'ın boğazına bıçak dayamış olan Ali sahneye girerler. Ali'nin kafasından kan akmaktadır. Adam'la karşılaşmalarıyla Adam anlamsız sesler çıkararak bağırmaya başlar. Son derece gergin, üçünün de korku içinde bağırıp durduğu bir kakofoni duyulmaktadır sadece. Oturma odasının içinde, tabiatta ansızın karşılaşmış yabani hayvanlar gibidirler. Ali, Kadın'ı yanından, bıçağı Kadın'ın boğazından ayırmadan,

gözü Adam'da, fotoğraf makinasının durduğu rafa doğru ilerler, eliyle hızlıca rafı yoklar, gergindir, Ali'ye korku ve öfkenin karışımı bir ses tonuyla konuşur. Karşılıklı bağırarak konuşmaktadırlar.)

Ali: Makina nerede?

Adam: Ne diyorsun yaa!

Ali: Sikerim suratını, nerede makina?

Adam: Kimi sikiyorsun yaa, git, def ol git, def ol şuradan...

Ali: Fotoğraf makinam vardı burada, nerede? Alıyorum ben onu...

Adam: Ne alıyorsun yaa yok, aldın makinayı, siktir git, başka ne aldın...

Ali: Bak cinlik yapma bak, keserim kızın suratını, şerefsizim doğrarım ikinizi de burada, oynamayın lan benle, nerede makina....

Adam: Yaa git def ol, bırak kızı, yok makina falan, hasta mısın yaa...

(Kadın çaresizlik içinde bağırır.)

Kadın: Otu ver...

Adam: Nee?

Kadın: Otu ver.

(Adam sehpanın üstündeki ot torbasını alıp Ali'ye uzatır.)

Adam: Al ot, bak, al hepsi senin olsun, makina falan yok, al koca torba, sat, iç, ne bok yiyorsan ye.

(Ali otu alır, anlamaz, koklar, yere fırlatır torbayı.)

Ali: Makina nerede?

(Adam yere dökülen ota öfkeyle bakar.)

Adam: Yaa ne yapıyorsun sen yaa... Yok makina siktir git, ne içtin, ne boksun, def ol git yaa... Git şuradan...

(Ali her ne kadar kendine güvenli davranmaya çalışsa ve küfürler, tehditler savursa da, o da korku ve endişe içindedir.)

Ali: O makinayı vereceksiniz, keserim ikinizi de, şerefsizim keserim...

Adam: Yaa siktir git neyi kesiyorsun yaa, def ol git...

(Karşılıklı öylece bir süre kalırlar, Kadın'ın inlemeleri, Ali'nin endişe dolu, gürültülü nefesi ve Adam'ın çaresizliği. Ali, Kadın'ın boğazını kesmeye başlar, Kadın çırpınır, Adam, korku dolu anlamsız sesler çıkararak Ali'nin üzerine atlar sonunda, Kadın, Ali'nin elinden sıyrılır, Adam ve Ali yere yuvarlanıp boğuşmaya başlarlar. Kadın endişe ve korku içinde izlemektedir onları. Ali kısa süre içinde Adam'ın üstüne çıkar ve Adam'a vurmaya başlar, Adam kendini kurtarmaya çalışmaktadır ancak Ali Adam'ın üzerine tamamen kapaklanmıştır artık. Ali hâlâ kendinde tuttuğu bıçağı Adam'ın boğazına dayar. Kadın sonunda çantasına uzanır, fotoğraf makinasını çıkartır, tir tir titremektedir. Fotoğraf makinasını Ali'ye uzatır.)

Kadın: Al... Al, def ol git...

(Ali ve Adam, Kadın'ın elindeki makinayı görünce bir an için kalakalırlar. Ardından Ali Adam'ın üstünden hızla kalkar ve Kadın'ın elinden makinayı kapar. Adam hâlâ yerdedir, yavaş yavaş doğrulmaktadır, şaşkınlık içinde Kadın'a bakmaktadır. Bir süre öylece dururlar. Kadın titremektedir. Ali ve Adam nefes nefesedirler. Uzun sessizlik. Ali birden bağırır.)

Ali: Çık... Gel...

(Ali, gözlerini Adam ve Kadın'dan ayırmadan, iç odalara açılan koridor kapısına doğru ilerler ve seslenir. Adam ve Kadın hiçbir anlam veremeden şaşkınlık içinde Ali'yi izlemektedirler.)

Ali: Çık, gidiyoruz, korkma...

(Kısa bir süre sonra, kız koridora açılan cam kapıdan sahneye girer. Başında türban vardır, gencecik ve güzel bir kız. Korkudan tir tir titremektedir. Yüzünü eliyle gizlemeye çalışmaktadır. Ali'nin yanına sokulur, Ali elindeki fotoğraf makinasını Kız'ın omzunda asılı çantayı açıp içine koyar. Kız'ın korkusunu dindirmek isteğiyle tek koluyla Kız'a sarılır, diğer kolu hâlâ Adam ve Kadın'a doğrulttuğu bıçakla

havadadır. Ali, Kız'ın alnını öper ve sakinleşmesini sağlamak için fısıldayarak, sevgi dolu bir ses tonuyla konuşur.)

Ali: Şşşşşt... Korkma tamam, gidiyoruz...

(Ali ve Kız, Adam ve Kadın'ın şaşkın bakışları altında kırık daire kapısından çıkarlar. Adam ve Kadın, kıpırtısız durmaktadırlar. Kısa bir süre sonra Ali aniden tekrar girer içeri, Adam ve Kadın korkuyla gerilerler. Ali, ikisine de bakarak tehditkâr ama sakin bir ses tonuyla konuşur. Ağlamaklıdır Ali, gözlerinden yaşların dökülmemesi için kendini zor tutmaktadır.)

Ali: Sakın... Tek başıma geldim ben buraya, polise molise bak sakın, tek başımaydım ben *(Adam'a döner.)* Anladın mı beni, cehennemin dibine de girsen gelir bulurum seni... Sakın... Kızı görmediniz, kız yok... *(Sesini yükselterek)* Anladın mı beni...

(Adam kafasını "Evet," anlamında sallar. Ali, ikisine de son bir kez bakar ve çıkıp gider. Adam ve Kadın bir süre öylece dururlar. Kadın sonunda titreye titreye koltuğa çöker. Sinirleri boşalır ve ağlamaya başlar. Adam ağır ağır ayağa kalkar, daire kapısına doğru ilerler, apartman koridoruna çıkıp gittiklerinden emin olur, tekrar eve döner, Kadın inleye inleye ağlamaktadır. Adam gözlerini Kadın'a kilitler, odanın içinde bir aşağı bir yukarı yürümeye başlar, dengesiz bir ruh hali içindedir. Bir süre sonra aniden koltuklardan birine hınçla bir tekme atar, sonra bir tekme, bir tekme daha. Kadın, Adam'a göz ucuyla bakmaktadır. Adam sonunda odanın bir köşesine geçer, duvara yaslanır ve sırtıyla duvara sürtüne sürtüne yavaş yavaş yere oturur. Gözlerini Kadın'dan ayırmamaktadır.)

Adam: Niye sakladın makinayı?

(Uzun sessizlik.)

Adam: Niye sakladın makinayı?

(Sessizlik.)

Adam: Niye sakladın / makinayı?

Kadın: Ben ayrılmak istiyorum.

(Sessizlik.)

Adam: Ne?
Kadın: Ben ayrılmak / istiyorum.
Adam: Ne?
Kadın: Gitmek istiyorum ben.
Adam: Gidelim, ne?
Kadın: Gidiyorum /
Adam: Niye sakladın makinayı?

(Kadın yakalanma hissiyle, huzursuz ve oldukça tuhaf bir kahkaha atar.)

Adam: Ne oldu?
Kadın: Ha?
Adam: Niye koydun makinayı çantana?

(Kadın adeta duymazlıktan gelir, ağzıyla saçma sapan, hiçbir anlam ifade etmeyen sesler çıkartmaktadır. Sessizlik.)

Adam: Şşşt, söylesene...
Kadın: Ne?!

(Sessizlik.)

Adam *(öfkeli)*: Ne oluyor lan?
Kadın *(birden sağına soluna bakınarak ve parmağını dudaklarına götürerek)*: Şşşşt...
Adam: Ne?
Kadın: Ses mi geliyor?
Adam: Niye sakladın makinayı?
Kadın: Taktın haa...
Adam: Niye sakladın makinayı?
Kadın: Bir ses geliyor diyorum sana.
Adam: Evet, konuşuyorum ben.
Kadın: Yok, bir ses geliyor.
Adam *(bağırarak)*: Niye sakladın makinayı?
Kadın *(Adam'a ters ters bakarak)*: Bitti bu iş, buraya kadar.
Adam: Ne bitti?

Kadın: İstemiyorum, sen de zaten...

Adam: Ne, ne ben de zaten...

Kadın: Sen de mutsuzsun, kendimizi kandırmayalım.

Adam: Kimi kandıralım?

Kadın: Ne diyorsun yaa, dinlesene, sordun bak anlatıyorum, gıcıklık yapma.

Adam: Eeee?

Kadın: Ayrılalım, bitsin, daha kötü olacak, anlaşamıyoruz ki biz, oyun oynamaya başladık.

Adam: Ne oyunu yaa.

Kadın: Ne bileyim...

Adam *(öfkeyle)*: 'Ne bileyim,' deme, Allah aşkına 'Ne bileyim,' deme...

Kadın: Ne bileyim işte böyle sevgililik oyunu. Sonu iyi değil bu işin, sen de biliyorsun, ne yapacağız, evlenecek miyiz sanki? Çocuk değiliz ki artık, düşünmek lazım.

Adam: Niye evlenmeyelim!

(Kadın bir kahkaha daha atar.)

Adam: Yuuuh...

Kadın: Özür dilerim yaa...

Adam: Offf... Özür dilerim falan.

Kadın *(gülmeye devam ederek)*: Çok sinirlerim bozuldu yaa... Yaa hırsız girdi eve yaa, bu daha ne, daha ne artık, nasıl bir şeymiş yaa...

Adam: Niye sakladın makinayı?

Kadın: Yaa bırak şimdi makinayı, gitti makina, geçmiş olsun, kimdi o kız yaa, ne yaşandı burada, ne bok yediler, ne yaptılar içeride, seviştiler mi, nasıl bir kafaymış, ne alaka, hiç merak etmiyor musun yaa...

Adam: Ayrılalım ne demek yaa, nereye ayrılıyorsun, pat diye böyle bir laf ediyorsun, şimdi böyle bir tuhaf tuhaf bir haller...

Kadın: Kimdi o kız? Nereden çıktı?

Adam: Bilmiyorum da makina senin çantadan çıktı, geberiyorduk neredeyse, boğazına bıçak dayadı herif, gıkını çıkarmadın, niye koydun makinayı çantana, konuş hadi artık, böyle sikim sikim, asit atmış gibi havalara pozlara girme bana.

Kadın: Seviştiler mi, ne yaptılar içeride, / nasıl...

Adam: Ne zaman aklına geldi senin bu ayrılık lafı?

Kadın: 'Korkma,' dedi, nasıl okşadı başını kızın.

Adam: Ne zaman konuşacaktın benimle bunu, eve gelince konuşacaktın değil mi?

Kadın: Yüzünü niye kapattı, yüzünü / göstermedi bize.

Adam: Pislik.

Kadın: Kafası kanıyordu çocuğun.

Adam: Pislik, pislik...

Kadın: Ne oluyor yaa...

Adam: Ama olmadı değil mi, hırsız mırsız, iş değişti, ama sonra dedin yooo, bir taşla iki kuş, şu makinaya bir konayım ben dedin değil mi? Siktirip gidecektin zaten, *(Kadın'ın taklidini yaparak)* 'Çok mutsuzum ben, sen de mutsuzsun,' ananın amı mutsuzum ben, bok gibi mutluyum ben, ne yapacaksın şimdi. Pislik...

(Sessizlik.)

Adam: Gider ayak makinaya konacaktın değil mi? Ben fark etmedim nasıl olsa, hırsız çalmış ayağına yatacaktın, pıt pıt pıt siktirip gidecektin değil mi bu evden, beraber almadık mı o makinayı, isteyemeyecektin değil mi benden, öküzüm çünkü ben, danayım... *(Abartılı, kaba bir adam taklidi yaparak)* 'Benim makinam, bok alırsın,' ne yapacağım, öyle mi yapacaktım ben. Al lan, al götüne sok makinayı...

Kadın: Gitti zaten artık makina, geçmiş olsun.

Adam: Yaaaaa ne kadar ayıp bir şey yaa, Allah kahretsin ben kafamı sikeyim, al ne istiyorsan al, senin olsun hepsi, parkeleri sök amına koyayım, Allah Allah yaa...

Kadın: Hayvanlaşma.

Adam: Ben miyim hayvan!

Kadın: Tamam uzatmayalım, gidiyorum ben.

Adam: Siktir git, ayı!

(Kız kalkar, çantasını alır, kapıya doğru hızla yürür. Adam birden doğrulur.)

Adam: Nereye yaa, dursana bir saniye.

Kadın: Niye?

Adam: Yaaa, ne bileyim.

Kadın *(Adam'ın daha önce kendisine söylediği şekilde, taklidini yaparak)*: Ne bileyim deme bana...

(Adam öfkeyle Kadın'ın kafasına eline gelen ilk şeyi atar, bir çakmak. Kadın'a çarpar ve Kadın'ın canı acır. Kadın, kendinden emin, sinirle kapıya ilerler, çıkar dışarı.

Adam hemen peşinden fırlar, kapının dışında yakalar Kadın'ı, ikisini de görmeyiz, sadece seslerini duyarız, kapının dışında konuşurlar, Adam, Kadın'ı çekiştirmektedir. Arada bir Adam'ın bedeni yarım gözükür.)

Adam: A aaaa... Ne oldu...

Kadın: Git.

Adam: Nereye?

Kadın: Git bırak beni, ne olur bırak.

Adam: Bir saniye durur musun?

Kadın: Niye?

Adam: Gelir misin içeri, şu an gelir misin içeri?

Kadın: Kolumu bırak.

Adam: Aaaa lütfen.

Kadın: Ne lütfen yaa, git.

Adam: Yaa bak şimdi yaa, yaa şu an o kadar ayıp oluyor ki bana...

Kadın: Ya def ol git, insan gibi söyledim sana, kafama çakmak atıyorsun, / ne kadar.

Adam: Yaa ben elimi sikeyim, sen deli misin, o kadar seviyoruz ki biz birbirimizi.

Kadın: Ne diyorsun be!

Adam: Bir gel ne olur bir gel, içeri gel.

Kadın: İstemiyorum.

(Sokaktan iki el silah sesi duyulur.)

Adam: Gel gel valla, bak ateş ediyorlar sokakta, bir bok olur, çıkma gel girelim evimize.

Kadın: İstemiyorum, bırak beni.

Adam: Niye aşkım?

Kadın: Ne olur yapma aşkım maşkım, yapma, ne olur yapma.

Adam: Gel gel, gel bir içeri, evimize girelim, valla bak, evimiz soyuldu bizim yaa, yaa şu an o kadar beraber yaşıyoruz ki biz bunu.

Kadın: Zorla mı sokacaksın beni eve?

Adam *(sempatik olmaya çalışarak)*: Nasıl aldın makinayı, nasıl kaptın makinayı, valla anlatsana, sen var ya sen...

Kadın: Bırak, gideceğim ben, ne olur, bırak.

Adam: Ah be aşkım be, ah bee...

Kadın: O neymiş yaa...

Adam: Ha?

Kadın: Bırak ne olur gideyim.

Adam: Valla yaa, ne acayibiz değil mi biz yaa, çok acayibiz lan...

Kadın: Bu ne yaa, lanlı manlı, kırolaşma öyle komik komik, sen değilsin bu...

Adam: Yok be aşkım, bizi diyorum yaa, ne manyağız yaa...

Kadın: Biz yok, bitti biz, biz diye bir şey yok, yapma, yapmayalım böyle, ne olur.

Adam: Gel gel valla, gel girelim evimize.

Kadın: Senin evin orası, bizim değil.

Adam *(birden öfkeyle)*: Makina da bizimdi, attın ama çantaya ne haber, orospu...

Kadın: Çek elini, bırak, gidiyorum ben.

Adam: Şşşt, bir dakika yaa, ne oluyor.

Kadın: Sensin orospu, pis herif, bırak beni.

Adam: Aşkım ne olur, ne alakası var, öyle mi orospu diyorum ben sana, yapma ne olur, öyle orospu der miyim ben sana, orospu dediğim, hani öyle orospu yani, iyi anlamda orospu yaa, hani öyle orospu, derim ya ben sana, ne olur, şirinlik yapıyorum ben sana...

Kadın: Siktir git, iyi anlamda orospu ne demekmiş yaa.

Adam: Yaa hiç bu değil ki bizim konumuz şu anda, kızma bana ne olur, sen makinayı attın bak o kadar çantana da ben kızıyor muyum sana?

Kadın: Kızarsan kız bana ne, bitti artık, gitti makina, ben de gidiyorum, ne halin varsa gör, git iç şimdi otunu geberene kadar.

Adam: Siktir git orospu, siktir git hırsız köpek...

(Kadın hızla uzaklaşır, Adam kısa bir süre sonra bağırarak peşinden koşar.)

Adam: Aşkım...

(Bu noktadan sonra, Adam tek başına eve dönene kadar, sadece konuşmalar ve dış sesler duyulmaktadır. Seslerini takip ederek olup biteni sadece kulaklarımızla izleriz. Merdivenlerden iner, binadan çıkarlar, Sokak seslerinin altında konuşmaları sürer.)

Adam: Yaa bir durur musun, bir Allah'ını seversen durur musun?

Kadın: Def ol git.

Adam: Lütfen bir dur.

Kadın: Def ol git yaa.

Adam: Yaa lütfen çok saçma oldu bu böyle, haklıyken haksız duruma düşürdüm ben kendimi, hep böyle oluyor bak, konuşmak istiyorum ne olur, normal normal konuşalım, ayrılalım, buysa yani ayrılalım amına koyayım ama lütfen bir normal normal konuşalım.

Kadın: Ne konuşacağız normal normal?

Adam: Niye aldın makinayı?

Kadın: Bak yaaa...

Adam: Yani bu kadar bunu hesaplamış olman nasıl bir şey ne olur bana söyle bunu yaa, onca şey yaşamışız, ne yaşadık biz o zaman, bu kadar böyle buz gibi nasıl oluyorsun, birden böyle yabancı gibi, nasıl yapıyorsun, nasıl hesaplıyorsun bunu, bunu bana anlatman lazım.

Kadın: Neyi anlatacağım yaa, anlatacak bir şey yok.

Adam: Var.

Kadın: Yok.

Adam: Var.

Kadın: Yok.

Adam: Koşmasana, ne koşuyorsun yaa, ne amına koyayım, benden mi kaçıyorsun?

Kadın: Def ol git valla bağırırım.

Adam: Ben de bağırırım.

(Kız çığlık atar, arkasından Adam bağırır.)

Adam: Hırsız vaaar...

Kadın: Sensin hırsız.

Adam: Sen nesin? Başkası mı var, söylesene bana adam gibi.

Kadın: Ne diyorsun yaa.

Adam: Video art mı neciyse ne sikimse o herif değil mi, yara var hani am gibi suratının ortasında...

Kadın *(öfke ve tiksinme duygusuyla konuşur)*: İğrençsin yaa, iğrençsin işte, iğrençsin.

Adam: Yalan mı? O değil mi, kim iğrenç yaa, haa kim iğrenç...

Kadın: İğrençsin, iğrenç.

Adam: Niye iğrenç oluyormuşum?

Kadın: Def ol git.

Adam: Niye iğrenç oluyormuşum?

Kadın: Def ol git.

Adam: Yaaa niye iğrenç oluyorum, yalan mı? Yalan de, de hadi, desene, hadi, yalan de.

Kadın: Rezil ettin beni sokak ortalarında, ne pis herifsin yaa, çocuğun doğum lekesini am yaptın, beni hırsız yaptın, nasıl Allah'ım, ben nasıl...

(Kız'ın parmakları daire kapısında belirir, bir süre sonra Kız titreye titreye korku içinde daireye girer.)

Adam: Ne, nasıl ne, sen ne, yalan mı? Hırsız değil misin? Atmadın mı makinamı çantaya?

Kadın: Makinanı mı?

Adam: Ya ne?

Kadın: Benim de makinam o.

Kız: Abi...

Adam: Eee niye istemedin o zaman insan gibi.

Kız: Abla...

Kadın: Def ol git.

Kız: Abi...

Kadın: Taksi!

Adam: Ne yapıyorsun, gitme bak, bak gitme böyle / şu an

Kadın: Def ol git başımdan, git...

(Önlerinde bir taksi durur, Kadın taksiye biner, Adam da peşinden binmek ister, Kadın izin vermez, Adam Kadın'ı çekiştirip durmaktadır. Kadın sonunda kendini kurtarır, taksinin kapısını hızla kapatır. Olan biteni hep seslerle takip ederiz. Taksinin kapısı kapanırken Adam'ın koluna hızla çarpar. Adam canı acıyarak geriler, taksi

uzaklaşır, Adam küfürler yağdırarak arkasından bakar. Sonra eve geri yürümeye başlar. Tekrar binaya girişi, söylene söylene apartman merdivenlerini çıkışı, kata varışı ve eve girişini hep seslerle takip ederiz. Kırık daire kapısını iterek eve girer. Taksi kapısının çarptığı kolunu tutmaktadır. Adam ve Kız odanın ortasında karşılaşırlar. Adam şaşkın, gerilir, ne yapacağını bilemez, korkar, bağırır.)

Adam: Ne oluyor yaa...

(Kız korku içinde kapıya doğru koşar, Adam yana çekilir, Kız dışarı çıkar. Kız da en az Adam kadar korku ve endişe içindedir. Adam kapıya doğru çekinerek ilerler.)

Kız: Abi ben, ben size abi...

(Adam Kız'ın sesini duyunca irkilir, geriler.)

Adam: Ne istiyorsun yaa... Nerede o, içerideyse bak...

(Kız kafasını yavaşça içeri uzatır.)

Kız: Abi ben özür dilerim abi, ben affedersiniz abi, ben bir başımayım abi, yok / o yok, onu...

Adam *(korkuyla bağırmaktadır)*: Ne istiyorsun, def ol git, manyak mısınız yaa...

(Kapıya hızla ilerler ve kapıyı hızla Kız'ın suratına çarparak kapatır. Kapı kırık olduğu için tam kapanmaz, hızla bir sandalye kapıp kapıya dayar. Sonra hırsızın yani Ali'nin hâlâ içeride olabileceği gibi bir korkuya kapılır. Ürkerek koridora yaklaşır, göz atar, sonra içeri seslenir.)

Adam: Heeey.... Def ol git bak...

(Bir yandan yavaş yavaş koridorda ilerleyip odaları korku içinde kolaçan eder, içeride kimse olmadığından emin olur, salona döner, sinirli, gergin, korku doludur. Ne yapacağını bilemez. Telefonunu arar, bulur, bir numara arar, odanın içinde volta atmaktadır. Telefon kulağında daire kapısının gözünden bakar. Gözü kapıda bağırır.)

Adam: Yaa siktir git yaa, ne duruyorsun orada, geliyor bak polis, polis yolda, siktirin gidin, çok kötü...

(Telefonla aradığı kişinin cevap verdiğini hissederiz.)

Adam: He... Aloo... Sana bağırmıyorum abi, dur abi dur şimdi dur, polis nasıl çağırılıyor abi, nasıl abi işte ne o 110 150 ne sikimse bir numara var hani ne o numara, abi bil ama ne olur bil yaa, abi sorma yaa, bayağı kapıda...

(Bir an susar, tekrar kapıya gider, gözden bakar.)

Adam: Gitmiş, yaa dur şimdi, abi sen bırak şimdi ben anlatacağım sonra sana da, bana, ha? Polisin. Yok abi, yok internet yok, bir sikim yok, makinamı da amına koyayım, amına koyayım, amına kodumun orospusu, anasını... Alo, bağırmıyorum abi, bağırmıyorum da... Sen şunu bana bir, nesin, nereye giriyorsun, abisi şunu bul bana mesaj at bir şey yap gözünü seveyim, hadi güzel kardeşim, anlatacağım sonra, hadi gözünü seveyim, anlatacağım abicim şu an önce, hadi abi, alo, alooo...

(Telefonu kapatır. Tekrar kapının gözünden bakar. Kimse olmadığını hissederiz. Odanın içinde tırnaklarını kemirerek bir süre dolanır Adam, sonra tekrar gözden bakar. Tekrar odanın içinde dolanır. Uzunca bir süre sonra kapının dışından tekrar Kız'ın sesi gelir, Adam irkilir.)

Kız: Abi özür dilerim, ben vallahi be abi, inan ki...

(Adam kapıya gider, çekinerek gözden bakar.)

Adam: Yaaa ne yapıyorsun, ne duruyosun orada yaa.

Kız: Ben bilemedim abi.

Adam: Neyi bilemedin, def ol git manyak mısın yaa, daha ne istiyorsunuz benden evimi düzenimi siktiniz, makinamı aldınız, daha ne istiyorsunuz.

Kız: Abi alın lütfen, makinanızı getirdim ben lütfen abi, affet abi hırsız değiliz biz, inan hırsız değiliz abi, biz kötü insan değiliz abi.

(Kız ağlamaya başlar. Adam gözden Kız'ı seyretmektedir.)

Adam: Hani, nerede makina?

(Kız çantasından çıkartıp makinayı gösterir.)

Adam: Niye getirdin makinayı?

Kız: Abi alın lütfen, hırsız değiliz biz abi.

(Kız salya sümük ağlamaktadır. Adam kapı gözünden bir süre Kız'ı izler, sonra konuşur. Şaşkındır.)

Adam: Ver... Makinayı ver.

(Adam sandalyeyi çekip kapıyı dikkatle aralar, Kız makinayı uzatır, Adam makinayı aldığı gibi kapıyı kapatır. Kapıda öylece durur bir süre, sonra makinayı odada bir yere bırakır, tekrar kapıya döner, Kız'ı izlemeye devam eder, Kız'ın hüngür hüngür ağlama sesleri gelmektedir. Bir süre sonra kapıyı aralar.)

Adam: Niye ağlıyorsun?

Kız: Özür dilerim abi, ben...

Adam: Hayır niye ağlıyorsun, nerede o, nerede o tip, neyin o senin, ne boksunuz?

Kız: Biz kötü insan değiliz abi, inan kötü insan değiliz.

Adam: Nasıl, ne demek o yaa, evimi soyuyorsun, malımı çalıyorsun, bıçak çekiyorsun, boğazıma dayıyorsun, / daha nasıl?

Kız: Abi inan isteyerek yapmadı abi, inan kendi şeyinden değil, vallahi hırsız değiliz, biz ne yapalım, nasıl yapalım artık bilemedik biz abi, bir cahillik ettik, inan yiyecek bir lokma ekmeğimiz yoktu, bir su alacak / paramız bizim...

Adam: Nerede şimdi o?

(Kız ağlamaya başlar tekrar.)

Adam: Niçin ağlıyorsun?

Kız: Özür dilerim abi...

Adam: Yeter tamam, özür dileyip durma artık...

(Uzun sessizlik.)

Adam: Hadi git... Hadi git bak polis çağırdım, şimdi gelecekler, gidersen söylemeyeceğim bak bir şey... Hadi...

(Adam kapıyı kapatır. Odanın içinde bir süre dolanır. Sonra koltuğa oturur. Düşünceli, bir sigara sarmak ister, vazgeçer, sehpaya fır-

latır sigarayı. Elini başına götürür, öylece durur bir dakika kadar, bir süre sonra kalkar, raftan makinayı alır. Makinayla tekrar oturur koltuğa, açar makinayı, küçük ekranından fotoğraflara bakmaya başlar, duygulanır, gözleri dolar, sinirleri altüst vaziyette, çaresiz, kalkar dolanır, makinayı koltuğun üstüne atar. Kapıya ilerler tekrar gözden bakar, kimse yoktur. Gözlerini siler, kapıyı açar, bir süre apartman koridorunda yürüdüğünü hissederiz. Sonra birden gördüğü karşısında şaşkınlıkla ve korkarak bağırır ve hızla harekete geçer.)

Adam: Dur, dur, ne yapıyorsun dur, sakın...

(Kız, apartmanın bir alt katından apartman boşluğuna kendini bırakmak üzeredir. Adam'ın sesiyle irkilir, korkuyla haykırır, Adam hemen Kız'ın bulunduğu noktaya koşar, Kız'ı son anda yakalar. Kız Adam'ın kucağına yığılarak bayılır. Adam kızı bir süre oracıkta kendine getirmeye çalışır. Sonra Kız'ı kucaklar ve yukarıya çıkar, kucağında Kız'la eve girer, Kız baygındır. Kız'la ne yapacağını bir süre bilemez, sonra koltuğa yatırır. Kız'ı koltuğa yavaşça bıraktıktan sonra evhamlı şekilde odanın içinde dolanır, tekrar Kız'a yaklaşır, ayıltmaya çalışır Kız'ı, sarsar, seslenir.)

Adam: Yapma ne olur yapma Allah aşkına yapma... Ne istiyorsunuz benden yaa, ne istiyorsunuz, Allah beni kahretsin ne istiyorsunuz benden...

(Kız yavaş yavaş ayılır gibi olur. Perişan, yorgun, bitkindir, titremektedir. Kız anlamsız mırıltılar çıkarır ağzından.)

Adam: Ne? Söyle ne? Su, ne?

(Kız başını zar zor "Evet," anlamında sallar. Adam kalkar içeri odalara, mutfağa gider.)

Adam: Dur, geliyorum dur, su getireceğim, dur Allah kahretsin dur...

(Adam'ın içeriden sesleri gelir, bir süre sonra bir bardak suyla odaya döner, Kız'a içirmeye çalışır, Kız zar zor suyu içer. Hâlâ tam olarak kendinde değildir. Kız suyu içince öksürmeye ve sonrasında acı acı bö-

ğürmeye başlar. Kızın karnı bomboş olduğundan kusacak hiçbir şey de yoktur içinde, bir süre daha morarırcasına böğürmeyi sürdürür. Adam ne yapacağını bilemez halde Kız'ın başındadır.)

Adam: Kusacak mısın, ha? Kusacaksan bak... Kusma yaa, valla kusma, aç mısın, ne söyle, bir şey söyle, Allah'ını seversen bir şey söyle, ne? Ha, söyle...

(Kız zar zor başını sallar.)

Adam: Ne, açsın, ha? Aç mısın, ona mı sallıyorsun kafanı, bir konuş be hadi gözünü seveyim bir konuş... *(Kız kafasını sallar tekrar.)* Açsın, dur, bulacağım bir şey, dur, kusma ama, kusacaksan bak. *(Etrafına bakar, iç odalara bir bakış atar, sonra kapıya doğru, sonra kıza döner.)* Kusacaksan gel çıkarayım seni dışarı kapının oraya kus, koridora kus, kusma buraya, Allah aşkına kusma olur mu?

(Kız "Tamam," anlamında başını sallar. Adam mutfağa doğru hızla harekete geçer.)

Adam: Dur getireceğim, dur yiyecek bir şey getireceğim sana...

(Adam tekrar kaybolur, bir süre Kız'ı tek başına koltuğun üzerinde izleriz, kendine gelmeye çalışmaktadır, bir yandan ufak ufak ağlamaya başlar. Bir süre sonra Adam elinde bir tabak, diğer elinde bir parça ekmekle döner, Kız'a uzatır, tabakta peynir ve çiğ sosisler vardır. Kız ekmeği çekinerek alır ancak ilk parçayı ısırdıktan sonra titreye titreye iştahla yemeğe başlar. Adam tabağı da uzatır Kız'a.)

Adam: Al, al bak peynir falan, sosis, yok başka da bir şey, ye bunları da al...

(Kız peynirlerden alır, kontrolünü kaybetmiş olarak iştahla yer. Sosise dokunmaz. Peynirle ekmeği hızla bitirir, Adam Kız'ı izler, Kız, Adam'ın gözünde acınacak durumdadır, bir yandan iştahla yemekte bir yandan ağlamaktadır. Adam tuhaf, sıcak, insani bir duyguya kapılır. Bir süre sonra kalkar, mutfağa gider tekrar. Kısa bir süre

sonra küçük bir tabağın içinde reçel ve bir parça daha ekmekle döner, Kız'a uzatır.)

Adam: Reçel, al bak reçel...

(Kız reçel tabağını ve yeni gelen ekmeği de alır, ekmeği reçele bana bana bitirir, Adam Kız'ı izler.)

Adam: Sosisi yemeyecek misin?

(Kız çekinerek bakar Adam'a.)

Adam: Ne? Al ye, sosisi de ye hadi, yiyecek misin?

(Adam sosisi Kız'a uzatır, Kız başını "Hayır," anlamında sallar. Adam sosisi geri çeker, Kız'ı izlemeye devam eder. Bir süre sonra sosislerden birini kendi ısırıp yemeye başlar. Tabakta iki tane daha sosis kalır. Kız da bu arada yemeyi bitirir, yiyecek sosis dışında bir şey kalmaz. Uzun sessizlik, gergin, tuhaf bir boşluk.)

Kız: Abla nerede abi?

(Uzun sessizlik.)

Adam: Abla gitti...

Kız: İyi ama değil mi abla, ben çok korktum abi inan.

Adam: Niye korktun?

Kız: Yok...

Adam: Ne yok?

Kız: Yani onu... İnan ama bir şey yapacağından değildi o da ne bilsin, bilemedi, korktuk biz abi çok, yoksa bıçağı şey yaptı ama...

Adam: Nerede o?

(Uzun sessizlik.)

Kız *(ağlamaklı)*: İyi ama değil mi abla abi, bir şeyi / yok değil mi?

Adam: Abla gitti, çok iyi abla...

Kız: Abi inan ki / ben.

Adam: Nerede o?

(Sessizlik.)

Adam: Senin yanındaki çocuk nerede?

(Kız yavaş yavaş ağlamaya başlar.)

Adam: Yeter ağlama yaa, sıkıldım, içim sıkıldı, yeter, ne ağlıyorsun, nerede o, bak şimdi çıkıp gelip falan, abuk subuk bir işler peşindeyseniz / yemin ederim...

Kız: Öldü abi, öldü Ali... Ali öldü.

Adam: Ne?

(Kız ağlamaktadır.)

Kız: Vurdular onu, ben kaçtım, kaç dedi bana.

Adam: Ne demek vurdular, kim vurdu? Bir konuş, söyle, yeter ağlama.

(Kız anlatmaya başlar. Aralarda hep ağlayarak ve ağlamaktan konuşamayacak hâle gelip zaman zaman durarak konuşur.)

Kız: Benim oğlan kardeşim var, benim küçüğüm, biz buradan çıkınca dedi 'arkadaşımın kahveye gidelim yine,' dedi Ali, 'soralım,' dedi, 'makinayı satacak bir yerler bilir onlar, soralım,' dedi, 'orayı bulmuş olamazlar,' dedi. Ama işte sokağı döndük ki ben zaten gördüm, amcamın oğulları falan hep orada birikmişler, beş altı kişi, Ali'nin arkadaşı da yanlarında. Kaçtık, oğlan kardeşim kovaladı bizi, sıkıştırdı, Ali dedi 'Kaç,' dedi bana, ben baktım nasıl tir tir titriyor kardeşim, küçücük abi çocuk daha. *(Uzun sessizlik.)* Dedim 'Yapma,' dedim, 'yapma ablam,' dedim, 'yapma,' dedim, bakmadı bile, dönüp yüzüme bile bakmadı abi, nasıl korkmuş ki bir görsen abi, vermişler eline bir silah, babamgiller demiş, 'Gidin bulun bunları,' diye. *(Uzun sessizlik.)* Biz biliyorduk peşimize adam salacaklar, kaçtık, kaçtık hep, hiçbir yerlerde durmadık. *(Sessizlik.)* Ayarlayacaktı, bir görüştüğü biri vardı Ali'nin, o demiş 'Sizi,' demiş 'ben bindireceğim bir arabaya,' ki gidelim diye bizi götüreceklerdi başka ülkeye gidecektik abi biz, her şeylerini ayarladı, parasını falan verdiydi Ali hep o adama, 'ay sonunda,' diye dedi, bir numara verdi, biz arayacaktık onu, o da bize diyecekti ki

'Şu gün şu saatte şurada olun,' diye, öyle konuşmuşlar. Biz verdik bütün paramızı, Ali dedi ki 'Saklanacağız,' dedi gidesiye kadar, askerden arkadaşının kahvesi var işte, bizi orada yatırdı o, yemek falan da hep sağ olsun şey yaptı, çok seviyor Ali'yi, hep nöbet tutmuş Ali onun için askerde, diyordu hep 'Ali başka, benim kardeşim Ali,' diye. *(Uzun sessizlik.)* Dün biz gittik camiye, gezdik, çay içtik falan Ali'yle, bahçeler vardı, Ali dedi 'Ben namaz kılacağım bekle burada,' dedi bana, benim içime düştü bir sıkıntı düştü darlandım ben bir başıma, korktum ben çok abi. Dedim ben gideyim caminin kapısının oraya da orada bekleyeyim Ali'yi diye, gittim ezan başladı okunmaya, benim içim darlandı, sanki hissettim ben, bir sıkıntı çöktü göğsüme, 'Allah'ım,' dedim, 'senden başka sığınacağımız kimselerimiz yok, bir günah işledik, bizi affet Ya Rabbim,' dedim, Fatiha okudum, dua ettim hep, işte, sonra işte...

(Uzun sessizlik.)

Adam: Dur ağlama, ne olur, bir anlat şunu adam gibi. İşte ne? Sonra işte ne?

Kız: Sonra işte bir baktım ki büyük amcamın oğlu, bir baktım dolanıyor oralarda, nasıl, aranıyor nasıl bakıyor ki bizi bulsun diye, nerden duydu, nasıl buldu bilmem, Ali camide, bir şeyden haberi yok, çıkacak, gelecekler burun buruna, ben hep örttüm yüzümü falan kaçtım, baktım izledim onu bir köşeden, bakındı bakındı, dolandı öte tarafına caminin, o arada gördüm Ali'yi daha namaz bitmeden, Ali fırladı camiden, ben dedim 'Eyvah herhalde bu yalnız değil, amcamın oğlu, içeride camide buldular Ali'yi', Ali kaçıyor, gördü beni, geliyor koşa koşa bana doğru, ben bakıyorum kim geliyor arkasından diye, kimse de yok. Dedim 'Ali vallahi amcamın oğlu burada, bakınıyor, bizi arıyor,' o dedi bana 'Yürü,' tuttu kolumdan biz başladık koşmaya arabaların tersine doğru, denize kadar koştuk arkamıza bakmadan, oradan da bir arabaya bindik.

Paramız yok, pulumuz yok, Ali dedi bana 'Sus ağlama sakın,' diye, ben dedim 'Ne yapacağız Ali?'

(Adam bu zaman zarfında sürekli olarak ara ara cep telefonuyla Kadın'a ulaşmaya çalışmaktadır. Kadın yanıt vermemektedir.)

(Uzun sessizlik.)

Adam: Eeee?

Kız: Biz buraları falan hiç bilmeden indik arabadan abi. Adam diyor ki 'Para,' Ali dedi 'Para yok,' Adam çıkıştı Ali'ye bağırdı çağırdı, biz kaçtık. Dolandık durduk buralarda, Ali diyorum 'Ne yapacağız?' sordum sordum, bir yandan da ağlıyorum artık şişti gözlerim, 'Ali diyorum ne yapacağız biz, nerelere gideceğiz?' Ali başladı ağlamaya, o ağlayınca ben bir kötü oldum. 'Ali'm,' dedim 'yapma,' dedim, 'ağlama Ali'm' dedim, oturttum bunu bir binanın içine girdik, yoktu kimseler, Ali dayadı kafasını göğsüme ağladı, ağladı, ben sevdim onu, başını okşadım hep. Dedim 'Sen baba olacaksın bak Ali, ağlamak olur mu hiç...'

(Sessizlik.)

Adam: Tamam, hadi bak ağlama ama artık...

(Kız ağlamaya devam eder. Adam bir süre izler, sonra içeri gider, kısa bir süre sonra elinde peçeteyle gelir, Kız'a uzatır. Kız çekinerek alır, peçeteyle gözünü siler. Bir an durur, sonra tekrar sesli bir şekilde ağlamaya başlayınca Adam kafasını iki elinin arasına alır, derin bir nefes çeker ve sonunda kendini tutamayarak anlam ifade etmeyen sesler çıkararak bağırır, Kız irkilir. Adam kafasını kaldırıp Kız'a bakar, Kız korku içinde Adam'a bakmaktadır.)

Adam: Ağlama... Yeter... Ağlamadan anlat ne anlatacaksan.

Kız *(Kız ürkmüş halde çekinerek konuşur)*: Abi ben anlatmayacağım bir şey, ben size, / sordunuz diye...

Adam: Anlatacaksın, ağlamadan, zırlamadan anlat, iki kelimeyi bir araya getiremiyorsun zaten, bir de ağlıyorsun... *(Lafı havada bırakır.)*

(Kız ağlamaya devam eder. Adam fenalık geçirmek üzeredir.)

Adam: Ağlama lan, ağlama, ağlayacaksan siktir git at kendini apartman boşluğuna, hadi tutmayacağım bak, hadi git at kendini, hadi git atla...

(Uzun sessizlik. Kız katatonik bir şekilde öylece durur.)

Adam: Ali mi adı?

(Kız başını sallar, ağlamamak için korkunç çaba sarf etmektedir.)

Adam: Ne yaptılar şimdi, vurdular mı Ali'yi?

(Kız başını sallar.)

Adam: Ne demek vurmak yaa, vurmak ne demek şehrin göbeğinde, ne biçim bu insanlar, nasıl...

(Uzun sessizlik. Adam konuşmaya devam eder, Adam konuştukça Kız başıyla onaylar.)

Adam: Kardeşin vurdu, senin kardeşin, takip etti sizi, baban, öyle mi, kaçtınız, onlar da geldiler buldular, öyle mi?

(Kız başını sallar.)

Adam: Ali öldü...

(Kız başını sallar. Uzun sessizlik.)

Adam: Buraya gelmeye falan kalkarlarsa, kimse biliyor mu senin buraya geldiğini, takip ettiler seni belki ne belli, herifin biri dalarsa şimdi içeri ne yapacağız?

(Kız "Hayır," anlamında başını sallar. Adam Kız'ın hareketlerini taklit ederek)

Adam: Ne hıı? Ne biliyorsun seni takip etmediklerini?

(Kız hareketsiz kalır öylece.)

Adam: Hay ben kafama sıçayım, hay kafama sıçayım ben.

(Adam kalkar, odanın içinde bir iki tur atar. Kapıya doğru gider, dikkatle aralar, apartman koridoruna bakar. Bir iki tur daha atar odanın içinde, ayakta Kız'a bir süre bakar sonra kırık kapıya döner.)

Adam: Neyle nasıl kırdınız ki siz bu kapıyı?

(Sessizlik.)

Adam: Konuş hadi konuş bir Allah'ını seversen konuş.

Kız: Biz çok açtık abi, sabahtan beri lokma koymadık ağzımıza, ben artık kötü oldum, dayanacak halim kalmadı, Ali dedi, 'Başka çaremiz yok, basalım zillere, boş bir eve girelim,' dedi, 'ben yapmayalım,' dedim, 'polise gidelim,' dedim, Ali 'olmaz,' dedi, korktu, 'ayırırlar bizi,' dedi, 'buraya kadar geldik,' dedi, 'sabredeceğiz, saklanacağız,' dedi 'kaldı şunun şurasında kaç gün, dayanacağız,' dedi, 'ay sonuna kadar'...

Adam: Ne olacak ay sonunda, o dediğin adamı bulacak, o da sizi götürecek, öyle mi?

(Kız başını sallar.)

Adam: Nereye, nereye götürecek, Almanya'ya mı, nereye?

Kız: Bilmiyorum ki abi, Ali dedi ki bütün parasını vermiş, adam demiş 'Parasına göre, Almanya'ya götürürüm sizi ama orada bulurlar sizi, buradan bile kolay bulurlar,' demiş, 'daha çok verirsen,' demiş, 'ben çözeceğim sizin işinizi,' Ali de ne parası varsa verdi.

Adam: Adamı bulabilir misin?

Kız: Yok, Ali biliyordu hep numarası falan, bilmem ben abi.

Adam: Adamdan parayı geri alırsan, yani bulursan adamı, ne bileyim, offf, ne bu yaaa, ben... Ne yapacaksın peki şimdi sen?

(Kız cevap vermez.)

Adam: Haa?

Kız: Bilmiyorum abi.

Adam: Nereye gideceksin?

Kız: Bilmiyorum abi.

Adam: Abi deyip durma yaa ne olur, ne abisi, bilmiyorum ne demek, nereye gideceksin, dön evine dön işte, özür dile babandan ne bileyim, bir şey de.

Kız: Yok.

Adam: Ne yok, manyak mısın yaa, ne demek yok, dön işte, baban değil mi yani sonuçta?

Kız: Yaşatmazlar abi beni.

Adam: Yaa ne bu ne yaşatmazlar beni falan, bütün gün dizi mi seyrediyorsunuz ne yapıyorsunuz köyde, hangi yıldayız, nasıl kafalar bunlar yaa, ben yani bak bilmiyorum, hani sağ ol tamam makinayı getirdin falan iyi hoş ama hani ben de şimdi ne bileyim, bilemedim yani, polise molise git ama bence sen, git yani böyle olmaz, de işte ben kaçtım, kan davası man davası, namus falan, bütün o olayları anlat işte, namus cinayeti falan şimdi çok şey yani ne bileyim, herkes yani, bu kafalar bayağı tamam yani şimdi artık, yardım ederler, korurlar, millet bas bas bağırıyor sokaklarda, sivil örgüt toplum falan bir şey ne bileyim, sen de git de yani, böyle böyle işte ben vurdular falan de, değil mi? Bilmiyorum yani...

(Sessizlik.)

Adam: Ne bileyim böyle...

(Kız hafif gerilir, Adam'a ters ters bakar.)

(Sessizlik.)

Adam: Kaç yaşındasın sen?

(Sessizlik.)

Adam: Söylemeyecek misin?

(Sessizlik.)

Adam: Ne oldu kızdın mı? Zırıl zırıl ağlıyordun demin ne oldu? Bir cevap ver, aldım o kadar içeri kadar soktum seni, yemek verdim, dinledim, söylemeyecek misin / yaşını?

Kız: On dokuz.

Adam: Kaç?

Kız: On dokuz.

Adam: Reşitsin yani... *(Sessizlik.)* Reşit çocuk....

(Sessizlik.)

Kız: Ben sizden bir şey istemiyorum abi.

Adam: Abi deme yaa yeter, tamam abi yok, tamam mı, abi abla falan yok bu evde.

Kız: Adın ne abi?

Adam: Abi yok diyorum bak hâlâ...

Kız: Adınız ne?

Adam: Nız falan da yok, adın ne, o kadar. Evime odama giriyorsun, dolabımda saklanıyorsun, kibarlık mı yapacaksın bir de, adınız ne falan...

(Sessizlik.)

Adam: Boş ver adımı, ne yapacaksın adımı, adımı söyle demiyorum ki ben sana, Allah Allah...

(Sessizlik.)

Adam: Ali miydi ismi neydi, o kaç yaşında?

(Sessizlik. Adam ve Kız göz göze bir süre kalırlar.)

Kız: Abla gelecek mi abi? Ben...

Adam: Sen ablaya mı geldin ne sorup duruyorsun, ne yapacaksın ablayı?

Kız: Yok ben...

Adam: Ne?

(Uzun sessizlik.)

Adam: Yok abla, gitti, kavga ettik, vurdum ben ablayı, kaçtı köyden kaçtı, ben de vurdum, ne yapacaksın?

(Uzun sessizlik.)

Kız *(ağlamaklı)*: Ben sizden bir şey istemiyorum ki...

Adam: Ne demek şimdi o? Bir şey istiyorsun mu dedim?

Kız: Fotoğraf makinasını getirdim ben size, şey olmasın diye...

Adam: Ne olmasın diye?

Kız: Yani hırsızlık yapmak için almadık biz.

Adam: Anladım tamam, açtınız, toktunuz, paranız yoktu, âşıktınız, her neyse, ne oldu şimdi yine açsın, Ali de gitti, baban düşman, kardeşin katil, oturdun kaldın işte o koltukta, hadi bakalım. Kötü örnek oluyor size bu filmler, diziler, bir şeyler, aptal aptal o şarkıları falan dinliyorsunuz, marifet sanıyorsunuz aşk maşk sahte sahte görüyorsunuz özeniyorsunuz o dizilerden... *(Sessizlik.)* Ne oldu şimdi kahraman mı oldu Ali, sen nesin, ne olacak sanıyorsun, ya tıpış tıpış döneceksin köyüne, ya da artık... *(Sessizlik.)* Hangi yılda yaşıyoruz, kalkıp buralara kadar gelmek ne demekmiş, yazık yani, hakikaten yazık. Yok adam varmış da Almanya'ya kaçıracakmış da, bu kadar saf olmayın yaa, cehalet başka şey, saflık başka şey. Azıcık kafanı kullanmanın okulu dersi yok, lisede öğretmiyorlar onu, çocuk musun on dokuz yaşında koca kızsın, ben demiyorum baban haklı, o değil mesele, o zaten geçmiş artık ondan geçmiş ama siz gençsiniz yaa, şımarıklığın lüzumu yok yani, bilmiyorum, Senin Ali'nin paralarıyla geziyor şimdi adam Almanya'da, sexshop'ta jeton atıyor, arar artık Ali'yi, parası bitince arar. Cehaletin bile bir adabı var, bu ne böyle, ilkokul da mı okumadın yaa, bu ne saçmalık, yapmayın Allah aşkına, değdi mi yani, öldü Ali'yi vurdular, kardeşin vurdu, sürünecek hapislerde, değdi mi yani, iki insanın birbirini sevmesi böyle bir şey değil, kendinizi kandırmayın...

(Kısa sessizlik. Dairenin kapı zili çalar. Kız irkilir, Adam da huzursuz olmuştur.)

Kız: Abi...

Adam: Ya takip ettilerse seni...

Kız: Belki de abladır abi.

Adam: Aşağıdan basıyorlar.

(Sessizlik.)

Kız: Abi ben gideyim, şimdi seni görürlerse sana da bir şey yapmasınlar.

Adam: Abladır dedin ama...

(Sessizlik. Adam sonunda kapı otomatına basar konuşur.)

Adam: Kim o?

(Aşağıdaki daha önce telefonda konuşup polisin numarasını istediği arkadaşıdır.)

SES: Benim birader yaa, bizim çocuklar da geldi bak, merak ettik oğlum, bassana zile.

(Adam bir an duraksar, Kız'la göz göze gelirler.)

Adam: Dur bekle, geliyorum.

SES: Zile bas, zile.

Adam: Geliyorum, geliyorum.

(Uzun sessizlik. Ne yapacağını bilemez bir an, Kız'la göz gözedirler.)

Adam: Ben bir aşağı apartman kapısına kadar ineceğim, sen...

Kız: Ben gideyim istersen abi...

Adam: Nereye gideceksin?

(Uzun sessizlik.)

Adam: Dur burada, geliyorum ben şimdi de sen, şey yapma, bekle iki dakikaya geliyorum ben, tamam mı?

(Aşağıdan daire ziline basılır, Adam gergin, Kız'a döner.)

Adam: Geliyorum ben şimdi, sen...

(Adam daireden çıkar. Kız odada tek başına bir süre öylece durur, yavaş yavaş etrafına bakmaya başlar, sonra başı önüne düşer, ağlamaklı olur ve sonunda iniltilerle ağlamaya başlar. Evin telefonu çalar, kız ürker. Ne yapacağını bilemez. Telefon tarafına doğru bakar. Kısa bir süre sonra telesekreter devreye girer.

Adam'ın ve Kadın'ın sesi beraber kaydettikleri ses duyulur: "Evde yokuz, lütfen mesaj bırakın."

Sinyal sesinden sonra kısa bir sessizliğin ardından gürültülü bir yerde olduğu belli olan Kadın'ın sesi duyulur. Kadın bitap ancak kararlı ve dik kalmaya çalışan bir sesle konuşmaktadır.

"Arama beni... Arayıp durma manyak gibi, bitti, şımarıklık yapma, ben sana, sevgine, samimiyetine, hiçbir şeyine inanmıyorum. Bu sadece kaybetmemek için kazanmak hastalığından bir vazgeç, kandırma kendini... Becerilmesi gereken bir şey gibi bakma artık bu ilişkiye, madalya mı takacaklar boynuna, ne olacak, ben o eve geri gelsem

ne olacak, bütün bunları unutsak ne olacak, bir şey mi değişecek, gerçek değiliz biz. Arkada, odada saklanan o türbanlı kız gerçek, boğazıma bıçak dayayan herif gerçek, ne bok yaşıyorlarsa artık onların yaşadığı gerçek. Seviştiler mi ne bok yedilerse o yatakta, o gerçek korkuları, neleriyse artık, onlar gerçek. Bak işaret hep bunlar, gör bunları, oku. Senle ben tanıştığımız o sinema kapısında bile yalandık. Üç gün birbirimize hava atmak için bok atıp durduğumuz o film var ya, o filmden boktan bir filmiz biz. Fark et artık bunu. Ben o filmi sevmiştim... Yalan söyledim sana, aptal, sıkıcı bir aşk filmi değildi bence o, aptal olan bizdik. Sıkıcı bir aşk yaratıp iki buçuk sene yan yana film seyrettik, o kadar... Denk geldik, yakıştık, hoşumuza gitti, o kadar. Arama beni, sakın arama, bana da kendine bir iyilik yap, arama... Al kıçına sok şimdi o makinayı..." Kız bir süre öylece kalır. Bir dakika kadar sonra Adam eve girer. Biraz dolanır, oturur. Sessizlik.)

Adam: Ali niye çıkmış camiden?

Kız: Nasıl abi?

Adam: Dedin ya, Ali birden fırladı camiden namaz falan bitmeden diye... Görmüş mü o da birini, sizin akrabalar falan camide?

(Sessizlik.)

Kız: Hissetmiş abi o da, öyle dedi bana, dedi 'Seni orada bir başına bıraktım,' diye, korkmuş, kalkmış seccadeden gelmiş koşa koşa işte, beni kaptığı gibi koşa koşa kaçtık biz oradan, dedi 'hissetim ben,' dedi, 'sanki senin sesini duydum,' dedi, 'içimde çığlık attın sanki sen,' dedi, 'elim ayağım boşaldı birden,' dedi, 'bir daha hiç ayırmayacağım yanımdan seni,' dedi, buraya, sizin buraya bile girerken, ben dedim, 'ben bekleyeyim aşağıda,' dedim, 'olmaz,' dedi, 'bundan böyle ben nereye sen oraya, hiç ayrılmayacağız birbirimizden,' dedi, 'peki,' dedim ben de, Ali gözlerimi sildi böyle uzandı koluyla, burnumu sıkıyor benim hep, diyordu koparırım bak burnu diye hep şaka gibi yapıyordu bana, ben güldüm, bir ferahlandık, sarıldım Ali'ye, sonra işte Ali zillere bastı, bir iki başka evlere de bastı ama hep birileri geliyordu kapıya kaçtık, saklandık, sonra işte, bu kata çıktık biz, sokağın başında çöpün oradan bir demir bulduydu Ali, bastı epey bir zile bekledik biz, sonra işte kimse ses etmeyince Ali kanırttı kapıyı, zorladı zorladı, tam vazgeçecekti artık, gidiyorduk biz, o asansörün oraya yürüdük, sonra bir döndü bu, küfretti, koştu bir yüklendi kapıya, açıldı kapı, Ali düştü buraya işte, kafasını vurdu, kanadı hep kafası. Girdik korka korka, odaları falan dolandık, Ali dedi 'mutfağa git, ekmek bul,' dedi, 'ne bulursan koy çantana,' dedi, ben mutfağa girdim, sonra seslendi Ali, sesler duymuş, kaptı beni, dışarı çıkacaktık ki sizi gördük, merdivenlerde, korktuk ne yapalım bilemedik, içeri kaçtık, Ali bıçağı kaptı mutfaktan, ben korktum bıçağı Ali'nin elinde görünce, Ali ağzımı kapattı, içeri odaya götürdü beni, dolabı gördük, Ali dedi...

Adam: Kime satacaksınız ki makinayı zaten, akılsız akılsız işler... Bu ne cesaret yaa...

Kız: Abi biz ne yapacağımızı bilemedik, inan...

Adam: Ben sana söyleyeyim ne yapacağınızı, bir kere bu kadar çok dizi seyretmeyeceksiniz.

Kız: Biz dizi falan seyretmedik abi, biz...

Adam: Yaa her neyse işte, savunacak bir tarafın mı var, neyin cevabını veriyorsun bana, şimdi evinde köyünde olmak, ananın babanın yanında olmak daha iyi değil miydi yani, gençlik aşkı bunlar, çocukluk, gelir geçer, on dokuz yaşındayım diyorsun, hayat böyle bir şey değil, biraz daha büyüyüp kafan çalışmaya başlayınca Ali mi kalacaktı sanıyorsun geriye, unutacaktın gidecekti, çoluğa çocuğa karışacaktın, yaşayıp gidecektin, Ali de sen olmasa başkasını bulur, çizer yolunu ne olacaksa olurdu, ne oldu şimdi, sen şu haline bak, Ali öldü gitti, hani Ali şimdi? Sonra atarsın kendini apartman boşluğuna işte...

Kız: Abla niye gitti abi?

Adam: Sana ne?

Kız: Yok ondan değil, siz sordunuz ya bana hep, ben de...

Adam: Eeee? Sen de?

(Kısa sessizlik.)

Adam: Neyi soruyorsun bana, ne üstüne vazife senin, abla, abla, abla, ne tutturdun ablayı, ne yapacaksın ablayı, ne, korktun mu, bir şey mi yapacağım sanıyorsun sana, abla mı koruyacak seni, köyde değilsin artık, ahırda sıkıştırıp ırzına mı geçeceğim, ne sanıyorsun, yardım ettim ben sana, evime soktum, yemek verdim, *(sosis kalan tabağı iter Kız'ın önüne.)* Ne oldu, sosisi niye yemedin, domuz eti değil merak etme, yeme sen domuz eti yeme, aman yeme domuz eti, çarpılırsın. Her bir haltı ye, anandan babandan gizli gizli kırıştır Ali'yle, her boku ye, domuz eti yeme. Ne oldu domuzu yemeden çarpıldın kaldın / işte...

(Kız Adam'a kitlenmiş gözlerle bakmaktadır. Birden Adam'ın sözünü keserek konuşur.)

Kız: Telefon çaldı abi...

Adam: Ne?

Kız: Telefon çaldı... Sen aşağıya indin ya... Telefon çaldı...

(Adam bir an için kıpırtısız kalır, sonra telefona doğru hızla ilerler, düğmesine basar, telesekreter mesajını, Kız'ın varlığından huzursuz olarak dinler sonuna kadar. Kız mesajı ikinci kez dinlerken kıpırtısız boşluğa bakmaktadır. Adam gergin, huzursuzdur. Adam yavaş yavaş telefonun yanına çöker, ağır ağır ağlamaya başlar, bir süre ağlayan Adam'ı izleriz. Perişandır, burnunu çeke çeke ağlamaktadır. Kız bir süre Adam'ı seyreder. Sonra konuşur.)

Kız: İyi misiniz abi?

(Uzun sessizlik.)

Kız: Abi... İyi misin /

Adam *(Kız'a bakmadan)*: Çık dışarı.

(Sessizlik.)

Adam *(kaldırıp kafasını kıza bakar)*: Çık dışarı, çık git...

(Kız yerinden kalkar, yavaş yavaş kapıya kadar yürür. Kapının önünde bir süre çaresizlik içinde durur. Arkası seyirciye dönüktür. Kıpırdamadan durur öylece bir süre, sonra yavaş yavaş döner. Çekine çekine ağlamaklı konuşur.)

Kız: Bana biraz para verebilir misiniz abi?

(Uzun sessizlik.)

Kız: Ben makinanızı getirdim, biraz para / verirseniz...

Adam: Eeee?

(Uzun sessizlik.)

Adam: Benim makinamı mı satıyorsun bana, ne parası?

Kız: Yok abi, ben /

Adam: Kaç para istiyorsun makinaya, evimi düzenimi siktiniz, kaça patladı bana bu iş, bir söyle bakalım, kaç para istiyorsun?

(Kısa sessizlik.)

Adam: Filme takmış, ne filmi yaa, film mi olay? Sikeyim filmi... Aptal bir film, ne yapıyor yani dört senedir içinde mi tuttu ne yaptı, bir tane salak bir filme birlikte bok attık diye mi oldu bunca şey sanıyorsun. Sikerim işaret okumasını, dağ taş işaret, hangisini okuyacağız, filmi sevmemen de işaretti. Onu ne yapacağız o zaman, yüz tane insanla gidebilirdim ben o filme... Seninle gittim, beraber gittik, beraber sevmedik, kahkahalar attın adam kanserim deyince, 'Poz kanseri bu herif,' dedin / şimdi

Kız: Sevmiş ama abi abla filmi...

(Adam Kız'a ters ters bakar.)

Adam: Ne diyorsun?

Kız: Abla diyorum, demiş ya telefonda 'Ben sevmiştim filmi,' diyor ya...

Adam *(öfkeli)*: Niye söylemedi o zaman?

Kız: Korkmuştur belki, sen kızarsın diye.

Adam: Yaa bilip bilmeden konuşma, Ali miyim ben, deli miyim ben, niye korksun, köy mü burası, dağ başı mı, öyle şey yok burada, korkmuyoruz biz birbirimizden burada, kimse kimseyi sokak ortasında vurmuyor, kadınlar erkeklerden korkmuyor, erkekler kadınlara vurmuyor, erkekler kadınlara vurursa, kadınlar saçını boyatıyor, başkasını buluyor, bir kişi bulmak için on kişiyle yatıyor, çarpılmaktan korkmuyor, yaşlanmaktan korkuyor. Bilip bilmeden konuşma.

Kız: Bir şey bilmiyorum ben abi ama insan niye sevmez filmi, sen tabii daha iyi bilirsin de, nesini sevmez, ben bir kere izledim, çok sevdim. Belki hep izlese bunalır insan ama, niye sevmesin.

Adam: Mesele filmi sevip sevmemesi değil, mesele beni sevmemesi, sikeyim filmi, ödü patladı beni seviverecek diye, sevip azalmaktan korktu, öyle diyordu hep, ne diyor bu diyordum amına koyayım, 'Hiç azalmayalım olur mu, hiç azalmayalım biz,' diyordu, iyi oldu hiç azalmadık, durmadan çoğaldık, tatiller, oteller, plaklar, haplar, kitaplar, şarkılar, filmler, vibratörler, fotoğraf makinaları, çoğaldıkça çoğaldık. Bir odun bulsaydım keşke, o gün o sinemadan çıktığımız gibi bir odun bulup bir çentik atsaydım, her anıya bir çentik, her şarkıya, her sikişe bir çentik. Dört sene çizip dursaydım o odunu, bugün bana 'Sen de mutsuzsun, kendini kandırma,' dediğinde de kafasında kırsaydım o odunu, sonra da atsaydım kendimi senin gibi apartman boşluğuna...

(Uzun sessizlik.)

Kız: Sen seviyorsun ama ablayı çok değil mi abi?

(Sessizlik.)

Adam: Sevsem kaç yazar, film bitti, yazılar çıktı, adım yok. Öyle şeyler sorma bana, kimse çığlık atmadı benim içimde, Ali senin sesini duymuş içinde, korkmuş, camiden fırlamış, ben kimsenin sesini duymadım, kimse çığlık atmadı benim içimde.

Kız: Öyle deme abi, abla da seni sevmiş mutlaka, yoksa niye şey yapsın...

Adam: Ne yapsın? *(Sessizlik.)* Ne, ne yapmış?

Kız: Yok yani...

(Uzun sessizlik.)

Kız: Biz şey yapmadık abi.

Adam: Ne?

Kız: Abla demiş ya.

Adam: Ne demiş abla?

(Sessizlik.)

Kız: Dedi ya telefonda... İçeride, odada, biz... Öyle bir şey olmadı...

Adam: Ne?

(Sessizlik.)

Adam: Sevişmediniz...

(Kız "Evet," anlamında başını sallar. Uzun sessizlik.)

Adam: Eeee?

(Sessizlik.)

Kız: Öyle bir şeyler olmadı yani, öyle sanmayın diye / diyorum...

Adam: Oldu, baban ararsa söylerim, iyi bari, iyi oldu söylediğin, korkma amca, sevişmediler, kamerayı da geri getirdiler, sosis de yemedi kızın, uslu uslu oturdu derim, ne, niye söylüyorsun bana şimdi bunu? İyi bok yediniz, bari sevişseydiniz, bu nasıl kafa, ananı babanı evini bırakıp kaçıyorsun, sokaklarda sürünüyorsun, kapıları kırıyorsun, her boku yiyorsun, niye sevişmiyorsun, hiçbir şeyden utanmıyorsun, benden mi korkuyorsun, utanıyorsun, sevişmeyeceksen niye kaçtın? Niye kalkıp buralara / kadar

Kız *(Kız Adam'ın sözünü sert bir şekilde keser)*: Sevişmek için kaçmadık ki abi biz. *(Sessizlik.)* Seviştik zaten. *(Kısa sessizlik.)* Sonra da kaçtık.

Adam: Şimdi ben sana bir şey soracağım, ağlamadan zırlamadan adam gibi cevap vereceksin tamam mı?

(Sessizlik.)

Adam: Şimdi senin Ali nerede? Cennette mi, cehennemde mi?

Kız: Onu kimse bilemez abi...

Adam: Ama günah işlediniz siz, öyle demedin mi demin, günah işledik demedin mi?

Kız: Öyle ama biz... Biz cahiliz abi, bilemedik, aklımız /

Adam: Nasıl yani bir dakika, cahil olunca ne oluyor, iskonto mu yapıyorlar, matematiği ne bunun, okuyunca zaten ne günahı, okuyunca akıl var, mantık var, suç var, ceza var, okumuş etmiş, kafası çalışan adamı cehennemdeki kızgın maşayla tehdit edemezsin ki, günah zaten senin için var, Ali için var, biz cahiliz deyip kaçma şimdi, hiç cahil falan da değilsin ayrıca, maşallah gayet güzel çalışıyor kafan, sen cevap ver, cennette mi cehennemde mi Ali?

(Uzun sessizlik.)

Kız: Ben dedim ona, dedim de dinlemedi. 'Ali,' dedim, 'bulurlar bizi, gel bu işi bir daha düşünelim,' dedim, 'babam başkasından duydu diye bu kadar şey yaptı, o dokundu ona, biraz sakinlesin otur konuş,' dedim, 'anamı da kaçırmış babam, halden anlar,' dedim. Şimdi gidersek bırakmazlar peşimizi diye söyledim hep ona... Dinlemedi beni, kaçtığımızın evvelsi günü, amcamın küçük oğlu anneme söylemiş, biz bacağına sıkacağız onun diye, korktum, söyledim Ali'ye... 'Allah'tan başka kimseden korkum yok, abdest alayım, kafama sıksınlar,' dedi... *(Uzun sessizlik.)* Ben darıldım buna, 'Öyle deme Ali,' dedim, 'ben ne olacağım o zaman?'

(Sessizlik.)

Adam: Eee? Ali ne dedi?

Kız: Bir şey demedi, kaçtık.

(Uzun sessizlik.)

(Adam dikkatle bir süre bakar Kız'a, Kız başını önüne eğer.)

Adam: Hamile değilsin, değil mi sen?

(Kız başını tarifsiz sallar.)

Adam: Ne? Hamile misin, değil misin?

(Kız başını tekrar sallar.)

Adam: Bilmiyorsun.

(Kız "Evet," anlamında başını sallar. Uzun sessizlik.)

Adam: Ya hamileysen?

(Uzun sessizlik.)

Kız: Dinlemedi beni, dedim ona, 'Günah Ali, kitap yazıyor,' dedim, 'annem hocaya da sormuş, Allah muhafaza çarpılır insan, türlü iş gelir başımıza, babamın rızası olmadan, hoca da, demiş, günah diye, gel az bekle konuş babamla,' dedim, şimdi ne olacağım ben, ne yapacağım... Sen beni hiç tutmayacaktın abi, ben atacaktım kendimi aşağı, layığımı bulacaktım, olmadı böyle...

Adam: Kafayı bozmuşsun sen günahla, demin ağlıyordun hüngür hüngür Ali Ali diye, ettiğin lafa bak, kim bu hoca, hangi hoca bu, Ali'den kıymetli mi bu hoca yaa, herif öldü geberdi senin için, daha mı önemli bu hoca, kitabını sikeyim ben o hocanın, kim satıyor size bu hocaları, hacıları, pezevengi kim bu hocaların, hükümet mi, Allah mı? Git at o zaman kendini aşağı, ne oldu, ağladın, kustun, karnın doydu, zor mu geliyor, git at hadi kendini, madem günah işledin, madem boşuna öldü o şebek Ali de git at o zaman kendini, aç camdan atla, ne duruyorsun...

Kız: Bu makina çok pahalı mı abi?

Adam: Ne diyorsun?

Kız: 'Makinayı da işte artık şey yap bir tarafına,' demiş ya abla sana telefonda, çok pahalı bir alet midir diye soruyorum.

Adam: Çık dışarı hadi, çık, al para, para mı istiyorsun, al sana para, al.

(Kız kalkar, Adam da ayakta, Adam cebinden para çıkartıp kıza sert uzatır, kız parayı yere fırlatır.)

Kız: Siz çok terbiyesiz insansınız abi, kusura bakma, her şeyi çok iyi biliyorsunuz, söylüyorsunuz maşallah ama abla belli niye şey yaptı, siz diyorsunuz bana benim içimde hiç ses yok, işte kimse yok, ben duymadım, çığlık atmıyor falan, nasıl duyacaksın acaba, siz bağırıp çemkirip duruyorsunuz orada, kimsenin sesi duyulması mümkün değil, hiç yer kalmış mı acaba, sizin içiniz maşallah bilmiyorum ki artık, sizle dolmuş, senin bu aklınızla fikrinizle dolmuş, taşmış artık...

(Kısa sessizlik.)

Kız: Sen nasıl diyorsan öyle de, sevdim ben Ali'yi, rüyamda gördüm ben onu, ninem rahmetli kolundan tuttu getirdi onu bana rüyamda, dedi 'Kızım bu Ali bundan böyle senin gönlünün nazar boncuğu,' dedi, yüzünü sevdi Ali'nin, dua okudu bize rüyamda.

(Kız dışarı çıkmak üzere harekete geçer, tam çıkacakken Adam konuşur.)

Adam: Dur... Gitme. Lütfen.

(Kız tereddüt eder, sırtı seyirciye dönük bir süre durur, sonra konuşmaya başlar. Sessizlik)

Kız: Ben hep korktum abi, babadan korktum, hocadan korktum, Ali'den korktum, onla kaçmazsam beni bırakır diye korktum, kalktık buralara kadar geldik, Ali'ye bir hal olacak, bir başıma kalacağım diye korktum, ne oldu, ben neden korktuysam hepsi tek tek geldi benim başıma.

(Kız Adam'a döner.)

Kız: Ben senden korkmuyorum, istediğinizi söyleyin abi, ben bitmişim artık. Hep korktum ben, yetti artık buraya kadar olsun.

(Uzun sessizlik.)

Kız: Kaçtım geldim buralara, ne babamı dinledim, ne hocayı dinledim, ne Ali'yi dinledim ben abi. Ben ninemi dinledim. İnsan birini dinlerse ferahlar içi, yoksa çıt çıkmaz insanın içinde, hep kendini duyar. Sen kimi dinledin abi, bana öyle geliyor, beni hiç dinlemedin, adımı bile sormadın benim, ablayı dinledin mi, abla seni dinledi mi bilmem, ama birini dinlerse insan, belki doğru belki yanlış ama dinlerse insan birini... Sanki ne bileyim, her şey daha kolay.

(Uzun sessizlik.)

Adam: Ben otuz iki yaşındayım. 7 Eylül'de otuz üç olacağım. Beş gün sonra. Uyanacağım ve otuz üç yaşında olacağım. Annemle babam geceden arayacaklar muhtemelen, doğum günümü kutlayacaklar. Babam yüz elli liralık bir havale yapacak bana istediğin bir şeyler al kendine diyecek telefonda. Bir iki güne kargoya bir paket verecek annem, haftalar önce arayıp 'Lacivert mi kahverengi mi?' diye sordu kavga kıyamet bir toplantının tam ortasında, hiç düşünmeden 'Siyah,' dedim. Muhtemelen hiçbir zaman giymeyeceğim bir kazak çıkacak o paketin içinden ve kapağını açtığım gibi yarısını ekmeksiz bitireceğim bir kavanoz reçel... Bir iki arkadaş arayacak, bir sürü mail gelecek, ofiste aptal bir kekin üstüne mum dikip üfletecekler bana. Beni aramayacak, belki bir mesaj atacak, o mesajda ne yazarsa yazsın, ben akşama doğru onu arayacağım, açmazsa doğum günümün geri kalanı ot içip onu aramakla geçecek. Otuz iki yaşındayım ben, beş gün sonra otuz üç. Ben doğduğumda babam yirmi dokuz yaşındaydı, annem yirmi üç.

(Uzun sessizlik.)

Adam: Gitme, uyu burada bu gece, koltuk rahattır. Hiç huzursuz olma, korkma, rahat rahat uyu, uyumaya çalış.

(Sessizlik. Adam kalkar, yavaş yavaş koridor kapısına ilerler. Durur, döner.)

Adam: Adın ne?

Kız: Ayşe.

Adam: Benim adım da Orhan.

Kız: Aslında Ayşe Nur, nüfusta öyle yazıyor ama ben Ayşe'yi seviyorum.

Adam: İyi geceler Ayşe.

Kız: İyi geceler abi.

(Adam çıkar, camlı kapının arkasında silueti görünmektedir. Bir süre öylece durur, sonra kapıyı kilitler ve koridorda yürüyerek kaybolur. Kız bir süre öylece durur, sonra yavaş yavaş kalkar, koltuğa oturur. Bir süre sonra ağır ağır kafasındaki türbanı çıkartır. Koltuğa eğreti uzanır. Adam camlı kapıda tekrar belirir. Kapıyı açar, Kız çekinerek doğrulur, başını kapatmaya çalışır. Adam'ın elinde bir battaniye ve yastık vardır.)

Adam: Sabaha karşı soğuk olur.

(Adam koltuğun kenarına koyar battaniye ve yastığı, Kız'la bir süre karşılıklı dururlar. Kız yavaş yavaş elini başından indirir. Bir süre sonra konuşur.)

Kız: Buraya geldiğimizin ertesi günü, Ali dedi 'Gel bakalım gezdireyim seni biraz,' dedi, onlar babasıyla köyden bir araba geldilerdi buraya bir bayram arifesi, kurban getirdilerdi, benim gibi değil, biliyor o, bilir, her şeyleri bilir, otobüse bindik, pilav yedik, bir toplanmış adamlar vardı dolu kıyamet, bayraklar yakıyorlar, bağırıyorlar, tekbir getiriyorlar hep bir ağızdan, korktum ben, Ali'ye de verdiler bir bayrak, böyle mavi beyaz, yıldızlı bir bayrak abi, dediler 'İmanın varsa yak bunu, Müslümansan yak,' dediler. Ben dedim 'Ali yakma, yazık günah, ne güzel bayrak...' El ele yürüdük, köprünün orada balık tutanlara baktık, Ali bira içti, eşarp aldı bana... *(Sessizlik.)* Denizin boyunda saray gibi büyük yerler var, oralardan yürüyorduk, hava karardı, sesler duyduk, bağrışma gibi ama boğuk boğuk, sanki gök gürüldüyor, konuşmalar, müzikler, 'Ali,' dedim 'bu ne?' dedi ki, 'Film oynatıyorlar, gel gidelim bakalım,' dedim 'Nerede hani?' Biz işte neyse sese doğru gittik bunla, bir oradan geliyor gibi oluyor sesler bir buradan, sonunda bulduk, Ali tırmandı bir duvarın üstüne, çekti beni de aldı oturttu yanına, altımıza da o bayrağı serdik, bir de cigara yaktı Ali, kolunu doladı boynuma, püfür püfür esiyordu abi, önümüzde kavak ağaçları vardı, yarısını görüyorduk biz perdenin anca ama bize yetti, zaten bütün güzel şeyler bizim tarafta oldu.

(Bir süre sonra Adam çıkar, kapının diğer tarafında, camın arkasında gölgesini görürüz Adam'ın, kısa bir süre durur, bu sefer kapıyı kilitlemez, hafif aralık bırakır ve içeri gider. Kız bir süre sonra Adam'ın getirdiği yastığı başının altına koyar, battaniyeyi üstüne çeker ve yavaş yavaş gözlerini kapatır. Sahne kararır.)

SON

Ağustos 2010.

BABAMIN CESETLERİ

II Perde / VI Tablo

•

Oyunun tamamı 2012 yılında, tek yataklı bir hastane odasında geçer.

•

Baba
60 - 65 yaşlarında
Gelin
20'li yaşların sonunda
Oğlan
20'li yaşların sonunda
Abi
30'lu yaşların başında
Hemşire
Yaşsız
Doktor
20'li yaşların sonunda
Ada
6 yaşında
Anne
50'li yaşların sonunda bir ses

Not:

/ işareti, sözün bir sonraki söz tarafından kesilme noktasını gösterir. İşaret repliğin içinde değil sonunda duruyorsa bir sonraki repliğin boşluk bırakmadan duyulması gerektiği anlamına gelir.

* işareti, sessizlik ifade eder. İşaretin sayısı sessizliğin süresini belirler.

Örnek: * (kısa sessizlik) ** (sessizlik) *** (belirgin, uzun sessizlik)

I. Perde

I. Tablo

(Tek yataklı bir hastane odası. Baba, hasta yatağında yatıyor. Yatağın çevresinde Baba'nın vücuduna bağlı serumun askısı, kalp ritmini tespit eden makina ve benzeri tıbbi gereçler. Hemşire, Baba'nın başında, rutin kontroller yapıyor, hastayla ilgileniyor. Kısa bir süre sonra odanın kapısı açılır ve Abi içeri girer. Elinde bir paket bisküvi. Odanın içinde dolanır önce, sonra Baba'nın başına gider. Hemşire ile bir an için göz göze gelirler.)

Abi: Sağ olun.

(Hemşire cevap vermez. İşiyle ilgilenmeyi sürdürmektedir. Abi, Baba'nın yüzüne doğru eğilir.)

Abi: Baba...

(Baba hiçbir tepki vermez.)

Abi: Duyamaz herhalde değil mi, şuuru kapalı dedi doktor / beyle

Hemşire: Doktoru mu görmek istiyorsunuz?

(Abi bir an duraksar.)

Abi: Yoo...

Hemşire: Sabah görecek doktor hastanızı.

Abi: Tabii tabii, görüştük zaten doktor beyle / ben

Hemşire: Bu saatte mümkün değil.

Abi: Yok, yani, sıkıntı yok /

Hemşire: Üzgünüm.

(Hemşire işini bitirir. Hızla kapıya doğru yürür. Odadan çıkarken son bir kez dönüp Abi'ye bakar.)

Hemşire: Nöbetçi doktorla konuşabilirsiniz, koridorun sonunda odaya söyleyin, yardımcı olsunlar.

(Hemşire çıkar. Abi arkasından bir süre bakar. Sonra odanın içinde dolanır, yatağa uzak noktada duran koltuğa oturur. Bir süre öylece durur ve sonra kısık denebilecek bir sesle konuşmaya başlar.)

Abi: Berlin önemli bir festival, ilk filmle burada Altın Ayı'ya layık görülmenin benim için de tüm ekip için de anlamı büyük. 4 ay çok zor şartlarda, çok zor bir coğrafyada çalıştı ekip, bu ödül de bu filme vaktini ve aklını veren herkese ait. ** Olacak, birkaç hafta önce senaryoyu tamamladım, buradan döndüğümüz gibi de hazırlıkları başlatacağız. ** Sanmıyorum, aksine ödül bir sürü yeni kapılar açacak, açıyor da şimdiden, özellikle de filmi finanse etme noktasında ilk filme başlarken yaşadığımız sıkıntıların ve zaman kaybının önüne geçecek diye düşünüyorum. Ama buradaki başarının ikinci filmi yaparken üstümde herhangi bir baskı yaratacağını düşünmüyorum, sonuçta hiçbir film ödül için yapılmaz, yapılmamalı. ** Önümüzdeki bahar çekmeyi düşünüyorum, ilk film bir kış filmiydi biliyorsunuz, bu sefer kafamdaki hikâye bahara, tabiatın doğumuna eşlik eden bir hikâye.** Hayır, tematik olarak bir paralellik taşıyor aslında ama karakterlerin ya da hikâyenin herhangi bir devamlılığı yok. * *(Abi başıyla boşluğa selam verip gülümser.)* Ben teşekkür ederim.

(Yataktan mırıltı gibi sesler gelir, Abi hemen yatağa bakar, sonra kalkıp Baba'nın baş ucuna gider.)

Abi: Baba...

(Abi, yatağın baş ucunda bir süre kıpırdamadan durur, sonra Baba'nın yüzünün önünde ellerini birbirine hızla çarparak ses çıkartır. Baba tepkisizdir. Abi yavaş yavaş odanın içinde dolanır, sonunda dönüp koltuğa oturur. Bir süre sonra kapı açılır. Oğlan ve Gelin odaya girerler. Gelin daha sakin, Oğlan huzursuzdur, Abi'ye bakar, başını sallar. Oğlan, Baba'nın baş ucunda kalır, gözlerini ayırmadan, yatakta yatan Baba'ya bakmaktadır. Gelin, Abi'nin yanına gider, konuşmadan öpüşürler. Gelin, Abi'nin yakınındaki sandalyeye oturur.)

Gelin: Geçmiş olsun.

(Abi başını sallar.)

Gelin: Uyuyor mu?

(Abi 'evet' anlamında başını sallar.)

Abi: Kendinde değil zaten, bayağı da bir ilaç verdiler.

(Oğlan, Baba'nın baş ucunda durmaktadır. Gelin bir süre Oğlan'ı izler.)

Gelin: Gel otur.

(Oğlan cevap vermez. Nefes alışı her an biraz daha düzensizleşerek gözlerini ayırmadan Baba'yı izlemektedir. Oğlan bir süre sonra Baba'nın üzerindeki örtüyü hızla çeker. Baba yarı çıplak kalır yatakta. Gelin ve Abi fırlayıp Oğlan'ı sakinleştirirler. Oğlan bir tür sinir krizi geçirmektedir. Gelin, Oğlan'ı zar zor sandalyeye oturtur. Abi, Baba'nın üstünü örter. Oğlan sakinleşmekte zorlanmaktadır. Gelin, Oğlan'a bir bardak su verir, Oğlan içer. Bir süre sonra Gelin odanın içinde dolanmaya başlar, küçük buzdolabının üstüne ve etrafa bakar. Abi'yle konuşur.)

Gelin: Bir kahve çay bir şey var mı diye baktım ama...

Abi: Makina var dışarıda.

Gelin: İster misin sen de?

Abi: Yok.

(Gelin kapıya doğru ilerler, yanından geçerken Oğlan'ın başına koyar elini.)

Gelin: İçecek misin kahve?

(Oğlan cevap vermez, Gelin, Abi'ye döner.)

Gelin: Başka bir şey?

(Abi başını sallar.)

Gelin: Bir şey lazım mı başka?

(Gelin lafı havada bırakır, Abi 'bilmem' anlamına gelecek bir hareket yapar, Gelin çıkar.)

Oğlan: Kim söyledi?

Abi *(Oğlan'ın yakınındaki su şişesini göstererek)*: Şu suyu bana /

Oğlan: Nasıl duydun?

Abi: Kimse.

Oğlan: Annem?

Abi: Oteli aradım.

Abi: Haberiniz yok mu dedi kadın.

Oğlan: Hangi kadın?

Abi: Resepsiyonda işte, bir kadın.

Oğlan: Kadın mı var?

Abi: Ne?

Oğlan: Kadın mı varmış yanında?

Abi: Bilmem.

Oğlan: Eee?

(Abi dönüp Oğlan'a bakar)

Oğlan: Sen ne dedin?

(Abi kalkıp Oğlan'a doğru yürür, su şişesini alır, su koyar bir kâğıt bardağa, yerine geçip oturur, suyu içer.)

Oğlan: Abi?

Abi: Bir şey demedim, burayı söyledi işte hastaneyi, geçmiş olsun dedi, eşyaları var dedi, alacak mısınız gelin alın lütfen falan dedi.

Oğlan: Ne eşyası?

Abi: Hesabını da kapatmak lazım herhalde.

Oğlan: Ne kadar?

Abi: Bilmiyorum.

Oğlan: Sormadın mı? ** Para yok bizde.

Abi: Makinaları falan da orada, gidip almak lazım.

Oğlan: Nasıl olmuş?

Abi: Banyoda bulmuşlar, yıkanırken düşmüş bayılmış herhalde, hastalığıyla ilgili dedi burada da doktor. Damar tıkanmış, emboli atmış dedi. Kafasını vurmuş düşünce bayılmış, odayı temizleyenler bulmuş küvette.

Oğlan: Bizi niye aramadılar?

Abi: Nasıl arayacaklar?

Oğlan: Vermemiş mi bir numara falan?

Abi: Vermemiş herhalde ** bilmiyorum ** git ama hallet sen o işi hadi.

Oğlan: Ne işi?

Abi: Git al eşyalarını falan al, hesabını kapat.

Oğlan: Yok benim param.

Abi: Niye?

Oğlan: Yok.

Abi: Tatile gitmiyor muydun ben aradığımda, yola çıkıyorduk dedi karın.

Oğlan: Hangi kadın?

Abi: Karın, karın.

Oğlan: Eee? Maldivler'e mi gidiyoruz dedi, babasının yazlığına gidiyorduk çocuğu görsünler diye, hesap mı vereceğim sana. * Para almıyor mu hâlâ dergiden, bedava mı kalıyordu otelde, ara ödesinler, yok benim param.

Abi: Makinalarını falan almak lazım otelden...

Oğlan: Sikeyim makinasını da sikeyim, eşyasını da sikeyim.

Abi: Çocuk nerede?

Oğlan: Gözümüze soka soka ölecek mi şimdi burada?

Abi: Çocuk nerede?
Oğlan: Onca yıl ölmedi oralarda, döndü domuz gibi, / şimdi
Abi: Çocuk nerede, çocuk? /
Oğlan: Anneme bıraktık abi, ne yapacaksın?
Abi: Söylediniz mi?
Oğlan: Ne söyledik mi?
Abi: Haberi var mı çocuğun?
Oğlan: Abi hadi bir ne olur bir...
Abi: Annem ne dedi sana?
Oğlan: Konuşmuşsun ya.
Abi: Gelmeyecek mi?
Oğlan: Ne diyeceğim çocuğa, ne deseydim.
Abi: Getirmen lazım buraya.
Oğlan: Yok artık anasının amı.
Abi: Doğru düzgün konuş.
Oğlan: Ney?
Abi: Ölüyor babam, getir çocuğu, uyanır dedi doktor, ölmeden görsün çocuk.
Oğlan: Yaa bir siktir git bilip bilmeden...
(Abi, elindeki kâğıt bardağı birden Oğlan'a fırlatır, kendisine çarpıp yere düşen bardağa kısa bir süre bakar Oğlan, sonra Abi'ye bakar)
Oğlan: Ne yapıyorsun...
Oğlan: Oteli mi aradın?
Abi: Ne?
Abi: Oradan işte hastanede dediler.
Oğlan: Niye aradın abi oteli?
Abi: Haberiniz yok mu dediler.
Oğlan: Sen ne dedin abi?
Abi: Bir şey demedim, kapattım, dışarı baktım, arabamı çekiyorlardı.
Oğlan: Arabanı mı? * Niye arıyorsun abi oteli bir söylesene

Abi: Kapıcı zile bastı. Arabayı kaldırıp çekiciye koydular.

Oğlan: Abi?

Abi: Alarm öttü. İçeri gidip anahtarı aldım, bastım, sustu, adamlar aralarında konuştular, kapıcı eliyle pencereyi gösterdi, yukarı baktılar, geri kaçtım ben, görmediler beni.

Oğlan: Niye aradın abi babamı?

Abi: Kapıcıya bir kâğıt verdiler, çekip gittiler. İki sigara içtim camda, annemi aradım işte.

(Oğlan etrafina bakınır, parmağıyla kendini göstererek konuşur.)

Oğlan: Benle mi konuşuyorsun şu anda sen?

Abi: Git dedi, alayım seni dedim, istemedi, kardeşini de ara gidin hastaneye gidin dedi. Olur dedim. Yüzümü yıkadım, aşağı indim, kapıcı kâğıdı uzattı, terini sildi. Senin arabayı çektiler abi dedi. * Ne zaman dedim, ne zaman çektiler arabayı. * Boş boş baktı suratıma kapıcı. Karısını sordum, yarın temizliğe gelir mi dedim. * Olur dedi.

Oğlan: Hı hı eyvallah...

Abi: Çocuğun haberi var mı, söylediniz mi?

Oğlan: Seni de sikeyim, arabanı da sikeyim abi.

Abi: Anneme mi bıraktık dedin?

Oğlan: İkinizin de amına koyayım, babalığınızı da, abiliğinizi de sikeyim, amınıza koyayım ikinizin de...

Abi: Söylediniz mi çocuğa?

Oğlan: Niye beni aramadın abi sen?

Abi: Karını aradım işte, uzatma.

Oğlan: Bak yaa... Karını aradım ne lan, adı var karımın, karın ne, karımı aramış, amına kodumun artisti...

Abi: Küfredip durma yeter

(Oğlan birden ayağa kalkar, odanın içinde dolanmaya başlar.)

Oğlan: Ne diyeceğim, çekemedin değil mi abi daha o filmi sen, yarağımın başı çekersin, 6 senedir bir film çekeceğin, ne oldu, kışı mı bekliyorsun yine, ilk filmim, acele edemem, kış filmi, kar lazım, anlatıyordun, ne oldu? Bekliyor muyuz yine? ** Nah çekersin sen o filmi, sen otur camdan dışarıyı seyret, senin arabayı da çektiler, filmi de çektiler, anasını bile siktiler, seyret sen camdan abi. * Dedemin evini sattırdın, iyi dedik, abimiz dedik, zorda dedik, hakkını bana ver ödeyeceğim dedin, film çekeceğim çekemezsem öleceğim dedin, hayat sanat sikim sokum kafamı siktin sabaha kadar biraları vurup vurup anlattın bana balkonda o gece, eee, gittin sonra yedin paraları o manyak karıyla ne oldu, bizi de taşıdın tatillere gittik bir de çoluk çocuk Allah'ın orospusuyla, magazinlere çıktık elimizde dondurmalar, meze olduk millete şirkette. ** Abi dedim, yapma etme dedim, bu karı yollu, götü başı oynuyor, sikiyor seni, Demet Akalın dinliyor karı sabahlara kadar, gel etme ama göte kanma dedim, bozuk attın bana, surat yaptın, hani ne oldu karı da oynamadı filmde siktirdi gitti, fotoğrafı çıkıyor her gün gazetede maltoş maltoş heriflerle, nasıl yapacağız. ** Kolay mı kazanılıyor sanıyorsun, ben çok mu bayılıyorum karımı çocuğumu bırakıp Antep Tokyo fuar fuar gezmeye. * Biz senin gibi erken yatıp geç kalkmıyoruz abi, üç tane makina satacağım diye götümden kan geliyor, anam ağlıyor benim o paraları toplayayım diye, çekemedin siktiğimin filmini. Çekemedin. Siz bence beraber çekin o filmi, baba oğul çekin o filmi, bir ev daha satalım gerekirse, sikeyim anasını sokakta yatalım ama çekin yetsin yeter bitsin olsun bitsin amına kodumun filmi bitsin artık.

(Abi birden saldırır Oğlan'ın üstüne. Oğlan da karşılık verir, boğuşmaya başlarlar odanın içinde. Bir süre arbede devam eder. Abi, Oğlan'ın üstüne çıkıp etkisiz hale getirir, Oğlan kendini kurtarmaya çalışmaktadır. Baba'nın sesi duyulur, ikisi de duyarlar. Baba inleme gibi bir ses çıkartmıştır. Birden toparlanırlar, yatağa doğru bakarlarken odanın kapısı açılır ve Gelin içeri girer.)

Gelin: Annen mesaj attı, uyumuyormuş kız, senin telefonundan bir ara anneni de konuşalım.

(Gelin ikisinin tuhaf halinin farkına varır, Abi ve Oğlan'a bakar.)

Gelin: Ne oldu?

(Abi, Baba'ya yaklaşıp bakar, Baba'dan ses çıkmaz, kıpırdamadan yatıyor. Oğlan cep telefonunu çıkartır. Anne'yi arar.)

Oğlan: Anne... Buradayız işte, odadayız, uyuyor, uyutuyorlar herhalde bilmiyorum anne. Yok, o da burada. Bilmiyorum. Söyledi anne evet ver bir konuşayım... Alo... Babacım... Ne oldu babacım... Gideceğiz babacım, söz verdim ben sana değil mi, anneyle bir işimiz var şimdi, onu halledeceğiz, sonra geleceğiz alacağız seni gideceğiz. Niye ağlıyorsun ama babacım, ne konuştuk seninle...

(Oğlan telefonla kapıya doğru ilerler, Gelin elini uzatıp telefonu ister, Oğlan vermez, odadan çıkar. Gelin arkasından bakar, Abi'ye döner, huzursuz gülümser, Abi koltuğa oturur, Gelin de yakınındaki sandalyeye.)

Gelin: Nasıl gidiyor film işleri?

(Abi, Gelin'e doğru yaklaştırır yüzünü birden.)

Abi: Ver bir öpücük!

(Kapı açılır ve Oğlan içeri girer. Abi kapının açılma sesiyle kafasını Gelin'den uzaklaştırmıştır. Oğlan telefonu Gelin'e uzatır.)

Oğlan: Al konuş, kız, seni istiyor.

(Gelin kalkar, telefonu alır.)

Gelin: Annecim, efendim annecim, söyle bakalım...

(Gelin kapıya doğru ilerler.)

Oğlan: Çıkma nereye gidiyorsun, konuş burada konuş...

(Gelin odadan çıkar.)

Abi: Söyleyin çocuğa, gelsin görsün, çocuğun babamı görmesi lazım.

Oğlan: Hiç yok öyle bir şey, unutsun gitsin, sen dedemi mi hatırlıyor musun, dede mi gördük biz, gerek yok, olmayacak öyle bir şey.

Abi: Aynı şey değil. Hiçbir şey yokmuş gibi cahil cahil davranmayın çocuğa.

Oğlan: Yaa hadi bir siktir git yaa...

Abi: Senin bir boka yaradığın yok, karın konuşsun bari, konuşması lazım çocukla.

Oğlan: Karın ne yaa, karın diyor hâlâ, adını söylesene kızın, karın deyip durmasana.

Oğlan: Niye aradın abi sen oteli, onu söyle.

Abi: Hayvan geldin hayvan gideceksin bu dünyadan haberin olsun.

Oğlan: Sağ ol, oteli niye aradın abi, niye aradın babamı? Ne sik yiyorsunuz, buluşup rakı mı içiyorsunuz, maça mı gidiyorsunuz, şaka mısın, ne siksin, ne boksunuz, niye arıyorsun babamı?

Abi: Çocuğu kendin gibi yapma bari..

Oğlan: Yaa gerçekten o kadar güzel kıracağım ki kafanda şu sandalyeyi...

(Yataktan ses gelir. Baba anlaşılmaz şeyler söyleyerek mırıldanmaktadır. Abi ve Oğlan kalkıp yatağın başına giderler.)

Abi: Baba...

(Oğlan tedirgindir.)

Oğlan: Sakın... Sakın uyanmasın... Ne yapacağız?

(Abi kapıya doğru hareketlenir, Oğlan, Baba'yla yalnız kalmak istemez, kolundan tutar Abi'yi.)

Oğlan: Nereye?

Abi: Hemşireyi çağıracağım.

Oğlan: Dur sen.

(Oğlan çıkar odadan, Abi, Baba'yla yalnız kalır)

Abi: Baba... Baba duyuyor musun beni? Baba

Baba: Baba...
Abi: Baba.
(Kapı açılır. Gelin odaya girer.)
Gelin: Uyandı mı?
Abi: Baba...
(Hemşire girer odaya, Baba'yla ilgilenmeye başlar.)
Abi: Konuştu hemşire hanım.
(Hemşire, baş ucundaki aletleri kontrol ederek Baba'yla ilgilenmeyi sürdürmektedir.)
Abi: Uyanıyor herhalde değil mi, ne demek acaba, uyanıyor mu demek?
(Hemşire cevap vermeden işini bitirir, Abi'ye bakıp manasızca gülümser ve odadan çıkar. Abi peşinden bakar bir süre, sonra döner ve Gelin'le göz göze gelirler.)
Gelin: Boşanıyoruz.
(Kısa bir an göz göze öylece dururlar ve kapı açılır, Oğlan başını uzatır, Baba'nın uyanık olup olmadığını anlamak istemektedir. Sonra yavaş yavaş, çekingen odaya girer. Baba'ya yarım göz bakar, yataktan uzaklaşır.)
Oğlan: Ne oldu şimdi uyudu mu tekrar yani... Bir şey söyledi mi? * Abi? * Konuştu mu bir şey söyledi mi?
Abi: Torunumu görmek istiyorum dedi.
Oğlan: Siktir git.
Abi: Öyle dedi.
Oğlan: Siktir git.
Abi: Öleceğim, görmek istiyorum, dedi.
Oğlan: Yaa siktir git bu ne yaa... *(Ağlamaklı, paralize, huzursuz dolanır durur odanın içinde)* Bu ne ben, Allah'ım bu ne yaa, uyduruyor musun bak ağzını burnunu kıracağım burada... *(Gelin'e döner.)* Duydun mu sen öyle bir şey?
Abi: O yoktu, o girmeden söyledi, gözünü açtı, çocuğu sordu.

Oğlan: Yaa bu bitsin yaa, bu böyle bu böyle yok yani, ben, biz bunun fişini çekelim yaa, biz bunun fişini çekelim yaa, böyle, bunun... Buradan ben gideyim ben çocuğumu falan alayım gideyim buralardan ben yaa...

(Abi'nin asabı bozulup gülmeye başlar.)

Oğlan: Bu kadar da artık... Bu ne yaa...

Abi: Yaa sen ne korkak ne pısırık bir herifsin yaa, sen ne acayip boktan bir adam oldun böyle yaa... Korkma tamam yok öyle bir şey yok, sakin ol...

(Abi bir süre daha gülüp susar. Gelin huzursuz. Oğlan gözlerini ayırmadan Abi'ye bakmaktadır. Yakınında ve tam karşısında durmaktadır. Bir süre sonra birden suratına tükürür Abi'nin, Abi, Oğlan'ın boğazına yapışır. Gelin ayırmaya çalışmaktadır artık ikisini.)

Gelin: Yapmayın ne olur, lütfen, *(Oğlan'a)* adamın başında, yapmayın Allah aşkına yapmayın, uyanacak. Otur şuraya, oturur musun lütfen şuraya.

(Abi ve Oğlan ayrılırlar, Oğlan sinirli sinirli dolanır odanın içinde, bir süre sonra konuşmaya başlar.)

Oğlan: Film çekecek abim biliyorsun.

Gelin: Otur lütfen

Oğlan: Abim diyorum film çekecek, değil mi abi?

Gelin: Yapma...

Oğlan: Babamı aramış abim, otelini aramış, özledi herhalde, babamı aramış, değil mi abi? Ne yapıyorsunuz buluşup muhabbet mi ediyorsunuz, odasında mı oturuyorsunuz, nasıl oluyor abi?

Gelin: Baban duyacak, uyanacak şimdi, lütfen.

Oğlan: Duymaz onun kulağı merak etme sen, tekini patlattı zaten, öbürüne de anca bağıracaksın.

Gelin: Bağırıyorsun.

Oğlan: Bir cevap vermeyecek misin, konuşmayacak mısın abi, öyle bakacak mısın domuz gibi suratıma?

Gelin: Yapma.

Oğlan: Nasıl?

Gelin: Yapma.

Oğlan: Yok anlamadım, nasıl, ne yapmayayım? ** Zor değil mi abi bu film işleri, zor sizin işler de zor hakikaten. ** Bir domuzlaşma oluyor ama değil mi abi, sana has değil yani, bu sizin işlerde oluyor herhalde böyle, sanatla falan uğraşınca tabii. * Hayır bir de abim bayağı bir emek sarf etti biliyor musun bu işlere, bayağı uğraştı yani, tipini kılığını değiştirdi, konuşmasını falan bayağı bir değiştirdi, okuldan arkadaşları görüyorum bazen, buluşuyoruz, sorarlardı seni, artık sormuyorlar da, selam falan vermiyormuş çünkü abim artık insanlara, diyorlar abin havalı, hiç bizi gördüğü falan yok diyorlar, e tabii şimdi abim de haklı, görüşse etse ne konuşacak değil mi abi, sıkıcı sıkıcı insanlar, değil mi abi?

Gelin *(sessiz)*: Yeter artık.

Oğlan: Yeter mi yaa, aşk olsun, abim benim yaa, yönetmen. Havası civası hep ona göre, sevgililer, gezmeler, içti bütün parayı içti benim abim, değil mi abi, ne oldu senin o sevgili ne oldu abi yaa, o dediğim değil de bir kadın daha vardı hani, bin yaşında bir karıyla geliyordun ya bize de getirdin hani eve, ne oldu o abla, kaç yaş büyüktü senden abi.

Gelin: Yapma yeter otur şuraya.

Oğlan: Yaa bir şey soruyorum, merak ediyorum ne var Allah Allah, kaç yaş büyüktü, soruyorum ne var, utanılacak sıkılacak bir şey mi var bunda, utansa koluna takıp gezmezdi herhalde kadını, evimize kadar sokmazdı.

Gelin: O kadar yaşlı değildi zaten, deme öyle, gel hadi otur lütfen, baban uyanacak bak.

Oğlan: Yaa bırak Allah aşkına, çiçek aşısı vardı kadının kolunda ne anlatıyorsun bana, o kadar yaşlı değilmiş. ** Ha abi? * Söylemeyecek misin? ** Anlatsana bize nasıl /

(Abi lafını tamamlamasına izin vermeden saldırır Oğlan'a. Abi ve Oğlan kavga etmeye başlarlar yeniden, Gelin ayırmaya çalışırken Baba ayılır, sesler çıkartır. Oğlan dışarı çıkmak ister, Abi izin vermez, zorla içeride tutar Oğlan'ı. Abi ve Oğlan kapının önünde birbiriyle uğraşırken Gelin, Baba'nın başındadır. Baba yavaş yavaş elini kaldırır ve Gelin'e uzatır, Gelin, Baba'nın elini tutar. Abi ve Oğlan yavaş yavaş dönüp izlemeye başlarlar. Baba, eli Gelin'in elinde yavaş yavaş uykuya dalar. Gelin yatağın kenarına oturmak durumunda kalır. Bir süre sonra Abi ve Oğlan birbirlerinden tamamen ayrılırlar, Oğlan huzursuz, Gelin ve Baba'nın ellerini izlemektedir.)

Oğlan: Tamam hadi bırak, bırak hadi.

(Gelin, Oğlan'ı sakinleştirmek istemektedir.)

Gelin: Tamam yok bir şey.

Oğlan: Bıraksana elini, öyle mi duracaksın bütün gece?

(Oğlan huzursuz dolanmaya başlar yine odanın içinde.)

Oğlan: Novalgin var mı çantanda?

(Gelin başını 'hayır' anlamında sallar. Oğlan bir süre sonra Gelin'in çantasına yönelir, karıştırmaya başlar, Gelin kısa bir süre izledikten sonra konuşur.)

Gelin: Novalgin yok çantamda.

(Oğlan çantayı bırakır. Dışarı çıkar. Gelin, Baba ve Abi kalırlar odada.)

Gelin: Yaptı mı sence?

Abi: Çocukla konuştun mu hiç?

Gelin: Biraz.

Abi: Konuşmanız lazım çocukla. ** Annem ne anlattıysa onu biliyorsunuz, başka da bir şey bilmiyorsunuz değil mi?

Gelin: Gördüm dedi, çalışma odasının kapısı aralıktı, geç saatti, uyutmuştum kızı yatmıştık dedi. Sonra uyanmış, bakmış baban yatakta yok. Kalkıp dolanmış evin içinde, merak etmiş. Ses duymuş, babanın sesini duymuş. Ağlıyormuş baban, çalışma odasından sesini duymuş babanın, yanına gitmiş, kapı aralıkmış

Abi: Eee?

Gelin: Sonra, görmüş işte.

Abi: Ne görmüş?

Gelin: Niye konuşmadın annenle?

Abi: Babam çıplakmış dedi kocan, babamın kucağında oturuyormuş çocuk dedi.

Gelin: Niye soruyorsun o zaman bana?

Abi: Ne bekliyorsun boşanmak için?

Gelin: Babanı gördüm rüyamda ben, birkaç gece sonra, o geceden, annenin bizi aradığı geceden iki üç gece sonra, eski evdeyiz, uykumdan uyanıyorum rüyamda, annen gibi, kardeşin uyuyor yanımda, sesler duyuyorum içeriden, babanın sesi, annenin anlattığı gibi.

Abi: Çekemiyorum ben filmi.

Gelin: Kalkıp evin içinde yürümeye başlıyorum.

Abi: Çekemeyeceğim.

Gelin: Arada bir oda vardı hatırlıyor musun, sen uyumuştun bir gece orada, yeni gelmiştin askerden, ev arıyordun, düğünden sonra ilk defa görmüştüm seni, kardeşinin pijamalarından vermiştim sana, istememiştin, pantolonunu çıkartmadan üstün çıplak yatmıştın koltukta, sabah gözünü açmıştın ben yanından geçerken, göz göze gelmiştik, yeni aydınlanıyordu hava, çocuğa bakmak için kalkmıştım ben, göz göze geldik, kusura bakma demiştim, uyandırdım demiştim sana hatırlıyor musun?

Gelin: Hiçbir şey söylemeden bakmıştın bana, nefesini duyuyordum, gömleğini yıkayabilirim istersen demiştim.

Abi: Bugün çamaşır günü.

Gelin *(Gelin, başıyla onaylar)*: Bugün çamaşır günü. Hiçbir şey söylemeden bakmıştın yüzüme. Uyuyor mu acaba diye düşünmüştüm, gözleri açık uyuyor mu? Çocuk ağlamaya başladı içeride. Gözlerin doldu senin birden, uyumuyor dedim içimden, kızımın sesi bu, kızım ağlıyor beşikte, kızımın sesiydi duyduğum ama senin gözyaşların.

Gelin: Kalkıyorum rüyamda, yürüyorum evin içinde, babanın sesini duyuyorum, ara odadan geliyor. Rüyamda sen geliyorsun aklıma, üstü çıplak yatıyor diyorum koltukta, şimdi gireceğim, şimdi gireceğim odaya, koltukta çıplak yatıyor olacak. Bir bakıyorum elime, elimde gömleğin var. Odaya giriyorum, sen yoksun, baban, dimdik ayakta, odanın ortasında, *(Gelin, Baba'ya döner)* üstü başı pis, toz toprak içinde, hep fotoğraflarında gördüğümüz gibi, basın kartı var asılı boynunda, fotoğraf makinaları. Ben hep adını söyledim babanın, hiç baba demedim, rüyamda, ilk defa, baba diyorum babana, yavaş yavaş cebine götürüyor elini, korkuyorum, ışığı yakmak istiyorum, elim duvara gitmiyor, damlası çıkıyor babanın cebinden, göz damlasını çıkarıp uzatıyor bana, kafasını arkaya atıyor, bekliyor, *(elini kasılı gösterir)* kaskatı elim, ışığı yakmak istiyorum, ışığı yakarsam uyanacağım, yapamıyorum. Dizlerinin üstüne çöküyor baban, bir adım atıyorum, bir adım daha, damlayı alıyorum elinden, yavaş yavaş çözülüyor elim, gözüne uzanıyorum, tam damlatacağım damlayı, bileğimi tutuyor baban, *korkma* diyor. *Sakın korkma. Bir damla sağa, kalanı sola*, tekrar ediyorum içimden, *bir damla sağa, kalanı sola*. Önce sağı damlatıyorum, gözünü kırpıştırıyor baban, damla iyice yayılıyor gözünde, kapatıyor gözünü, sonra sol gözüne uzanıyorum, kurşun yarasını ilk kez o kadar yakından görüyorum, hikâyesini hatırlamaya çalışıyorum, haberi aldığımız geceyi, babanın gazetelerdeki boy boy fotoğraflarını, bir kahramanın oğluyla evliyim artık. Babana ödülü verdikleri törende giydiğim kıyafet üstümde birden rüyamda, odanın ortasında sırtı açık siyah elbisemle duruyorum, baban önümde, dizlerinin üstünde, üstü başı toz toprak içinde, boşaltıyorum damlayı babanın sol gözüne, ilaç taşıyor, yüzünde yayılıyor. İlaç tozun üstünde ilerledikçe yıkanıyor babanın yüzü * ve ışık yanıyor birden, oda aydınlanıyor, dönüp bakıyorum, kızım, duvarın dibinde, bizi izliyor, elinde bebeği. Gülüyor, gözleri ışıl ışıl, sallanıyor olduğu yerde, izliyorum bebeğimi, güzel kızımı izliyorum, *dedemi affet anne* diyor, *hepimizi affetti o, sen de dedemi affet.* * *O hepimizi affetti.*

(Baba aniden yüksek bir ses çıkartarak Gelin'den elini çeker. Baba'nın nefes alışı bozulur, atak geçirmektedir. Baba çıldırmış gibidir, bir kâbusun içinde kıvranır gibidir yatağın içinde, Abi evhamlanır, Gelin dışarı fırlar.)

Gelin: Hemşireyi çağıracağım.

(Abi, Baba'nın başında çaresizdir.)

Abi: Baba... Baba... baba uyan, baba bir şey söyle, baba ben buradayım bak, oğlun, baba...

(Bir süre sonra, önce Hemşire, sonra Gelin girer odaya. Arkalarından da Oğlan. Baba zangır zangır titremekte, korkunç huzursuz sesler çıkartmaktadır. Hemşire oda telefonundan bir numara çevirir.)

Oğlan: Ne oluyor? Nesi var ne oluyor? Abi?

Abi: Baba... Hemşire Hanım...

Hemşire *(telefona konuşur)*: 207'ye sedye, acil, nöbet geçiriyor hasta, status'a girdi, yoğun bakıma alacağız.

Abi: Baba...

(Baba kıvranmaktadır yatakta. Abi, Oğlan ve Gelin çaresizlik için de bakmaktadırlar Baba'ya. Sahne kararır.)

II. Tablo

(Ertesi gün. Sahne aydınlandığında baba yatakta, sakin, uyuyor. Oğlan koltukta, gazete okuyor, üzerindeki kıyafetler farklı. Uzun sessizlik sonunda Baba'nın sesiyle Oğlan sıçrar.)

Baba: Wolfgang.
(Oğlan toparlanır.)
Oğlan: Anlamadım baba.
Baba: Annen nerede? ** Haberi var mı?
Oğlan: Herkesin her şeyden haberi var baba.
Baba: Benim yok.
Baba: Makinalarım otelde.
Oğlan: Söyledi abim.
Baba: Abin nerede?
Oğlan: Arabasını çekmişler...
Baba: Ne?
Oğlan: Hadi uyu baba, yorma kendini...
Baba: Bana bak. * Yüzüme bak. ** Ölüyorum değil mi ben?
Oğlan: Bilmem... Ölüyor musun baba?

Baba: Bir Alman adam var, adı Wolfgang. Bosna'da birlikte çalıştık biz bu adamla, haber yaptık, Spiegel'in eski muhabiri bu adam. Şimdi film işleriyle uğraşıyor bu adam. O yönetmenin adı neydi? Abinin konuştuğu /

Oğlan: Bilmiyorum baba, ne yönetmeni, bilmiyorum ben, uyu hadi....

Baba: Meşhur, babası oynuyor hani filmde, abinin senaryosunu okumuş...

Oğlan: Bilmiyorum baba.

Baba: Ceylan, Nuri Ceylan.

Oğlan: Bilmiyorum ben baba

Baba: Bu Alman adam onu tanıyor, şimdi bir fonun başında bu adam orada. Ben söyledim, oğlumun senaryosunu okumuş, çok beğeniyor dedim. Bir referans mektubu yazsın oğlun için dedi, bir de belgeler varmış, onları internetten bulabilir dedi, otelde odamda deftere yazdım hep, makinalarım, filmlerim de orada, almanız lazım onları. Adamın mail adresi de var, abine söyle mektup yazacak Wolfgang'a, Nuri Bey'den de bir referans mektubu isteyecek.

Oğlan: Baba...

Baba: Mektubu yollayacak, adamı iyi tanıyorum, ilgilenecek, para bulacak abine, filmi için, konuştum, araması lazım abinin, oteli aramış abin, dışarıdaydım ben, söyle otelde odamda /

Oğlan: Hadi öl baba.

Baba: Korkma... Korkuyorsun yine... Bak bana... Yüzüme bak... Korkma... Annen yorgun, kızgın bana... Haklı da belki... Çok bekledi, şimdi korkuyor... Geçecek... Olsun... Hepsi geçecek... Evi yapacağım, çatıyı yapacağım, paramı verecekler. Çatıyı yapacağım. Kendim yapacağım. Salıncak kuracağız bahçede, Ada için...

Oğlan *(Oğlan titremektedir)*: Ne istedin baba küçücük çocuktan, * kimsin sen, niye ölmedin bunca zaman, Bosna'da ölmeliydin, Wolfgang'la beraber, kol kola ölmeliydin baba, Vukovar'da ölmeliydin, Kabil'de ölmeliydin. Kahramanlar eve dönmez baba, sen de dönmemeliydin. Ne istedin kızımdan?

Baba: Korkma... Korkuyorsun... Korkma... Annen yorgun, taklit ediyor annen, nefreti taklit ediyor, anlayacak elbet, yapacak bir şey yok. Bekleyeceğiz. Korkacak bir şey yok.... Bırak onlar korksun...

Oğlan: Kim onlar baba?

(Baba fenalaşır. Kalp atışı bozulur. Oğlan başına gelir.)

Oğlan: Baba... Sakın... Baba...

(Hızla çıkar odadan Oğlan, kısa bir süre sonra Hemşire ile geri döner)

Oğlan: Babam... Babam nefes almıyor. *(Baba'ya bakar.)* Baba...

(Hemşire Baba'nın serumuna ilaç enjekte eder. Hemşire Baba'yı sakinleştirmeye çalışırken önce Gelin, ardından Abi odaya girerler.)

Gelin: Ne oldu?

Abi: Baba...

(Baba sakinleşir.)

Hemşire: Diyazem verdim, rahatlatacak hastanızı, uyutacaktır, merak etmeyin.

(Oğlan bir süre bakar Baba'ya ve sonra odadan çıkar. Gelin bir süre dolanır odanın içinde, sonra Baba'ya yürür. Başında durur ve bakar.)

Abi: Bir ressam var, benim hayran olduğum bir ressam.

Gelin: Yaşıyor mu?

(Abi ayaklanır birden, Gelin'in Baba'yı kastettiğini düşünmüştür.)

Abi: Neden, niye öyle dedin? Ne /

Gelin: Yok, ressam, hayran olduğun ressam.

(Abi oturur.)

Abi: Öldü.

Gelin: Hasta mıydı?

Abi: Bilmem. ** Bir gün bir boya buluyor bu ressam...

Gelin: Nasıl boya?

Abi: Yağlı boya.

Gelin: Resim yapmak için mi?

Gelin: Nereye götürürdün beni, bir saatimiz olsa, baş başa?

Abi: Bir beyaz. Herhangi bir beyaz değil ama...

Gelin: Gelir miydim sence seninle, hemen gelir miydim?

Abi: Her şey değişiyor. Basit bir boya belki, ama vazgeçilmez bir beyaz.

Gelin: Ne yapıyor o boyayla?

Abi: Dedim ya * resim yapıyor. Her zaman ne yapıyorsa onu yapıyor. Ama her şey oluyor bu boya, imzası oluyor, tamamlıyor, her şeyi. Bu beyaz olmadan tamamlanmıyor artık hiçbir resim.

Gelin: Belki de sadece yürürdük, bir saat, el ele, boş sokaklar bulup, hiç konuşmadan. Bir boşluk, bir delik bulurduk belki, ikimize kadar, sadece ikimizin sığacağı kadar bir delik.

Abi: Kaybolana kadar.

Gelin: Kaybolana kadar.

Abi: Cremnitz beyazını kaybediyor bir gün çünkü ressam

Gelin: Kapatıyorlar çünkü deliği, bizi fark etmiyorlar ve örüyorlar duvarı, biz boşluğun içinde kalıyoruz, kayboluyoruz, sonsuza kadar.

Abi: Dinlemiyorsun beni.

Gelin: Sen de beni.

Gelin: Ne oluyor sonra? Buluyorlar mı beyazı?

Abi: Yasaklıyorlar. Cremnitz beyazını yasaklıyorlar. Kurşun var içinde, zararlı diyorlar, sağlığa zararlı, yasaklıyorlar.

Gelin: Ressam?

Abi: Ressam çıldırıyor, mektuplar yazıyor, hükümete, her yere, alabildiği bütün boyayı alıyor, bulabildiği bütün cremnitz beyazlarını, ama bozulur boya, kurur.

Gelin: Başka bir imza bulur.

Abi: İstemiyorum.

Gelin: Çekeceksin filmi, bir gün, ben inanıyorum.

Abi: Boşan, durma boşan, bekleme, çocuğun büyümesini bekleme.

Gelin: Hamileyim ben.

(Abi'nin ağzından ne olduğu belirsiz bir nida çıkar.)

Abi: Biliyor mu?

Gelin: Hayır.

Abi: Söylemeyecek misin?

Gelin: Niye anlattın bana o ressamı?

Abi: Aldır çocuğu.

Gelin: Niye anlattın bana o ressamı, ben miyim o beyaz boya?

Abi: Ne boyası, aldır çocuğu, aldırman lazım.

Gelin: Çok geç.

Abi: Çocuk benden deriz, bir an önce boşan, sırrımız olur, hiç söylemeyiz. Ben bakarım, babası olurum çocuğun, söylemeyiz.

(Kapı açılır ve Oğlan içeri girer. Abi hızla kalkar ve odadan çıkar. Oğlan arkasından bakar, Gelin'e döner, 'Ne oluyor buna' der gibisinden bir işaret yapar. Gelin tepki vermez. Oğlan koltuğa oturur.)

Gelin: Bir şans ver babana...

Oğlan: Sakın.

Gelin: Annenin anlattıkları...

(Gelin lafını tamamlayamaz.)

Oğlan: Ne? Ne annemin anlattıkları ne?

Gelin: Korkuyorum ben.

Oğlan: Sebep?

Gelin: Annenin babana duyduğu öfkenin esiri olmaktan korkuyorum. Annenin sevgisizliğiyle lanetlenmekten, çocuğumu annenin intikamının kurbanı yapmaktan korkuyorum.

Oğlan: Ne bu laflar ya, ne konuşuyorsun abuk subuk, ne intikamı, ne sevgisizlik mevgisizlik, nerden öğreniyorsun bu lafları, bırak Allah aşkına, senelerce bekledi o kadın bu adamı, bize karşı, ailesine, eşine dostuna herkese karşı savundu, laf ettirmedi. Bir an için kendini koy onun yerine, bir saniye için, sen kızla evde oturup çizgi film izlerken, benim dünyanın bir ucunda dövülüp dayak yediğimi, kurşuna dizilip geberdiğimi düşün. İki tane oğlan çocuğuyla 30 sene o kadının yaşadığı hayatı anlarsın belki o zaman.

Gelin: Ya babanı anlamak istersem?

(Oğlan hırsla dönüp bakar Gelin'e.)

Oğlan: Hadi ne olur konuşmayalım mı hakikaten, içim şişmiş benim zaten, bir de senle uğraşmayayım.

Gelin: Aldattı mı anneni, vurdu mu, dövdü mü sizi, birini mi öldürdü, işini yaptı, inandığı işi yaptı baban, o kadar. Ait olduğu yerdeydi hep, ne zaman nereye aitse oradaydı. Annen bilmiyor muydu evlendiğinde, âşık olduğu adam bu adam değil miydi, anlatmıyor muydu tanışmalarını, babanı görmüş hani, kamyonun arkasında, el sallamış annene, öğrenciymiş ikisi de * ve baban polisin öldürüp kuyuya attığı arkadaşlarının fotoğrafını çekmeye gitmiş, bir yılbaşı gecesi, hatırlamıyor musun? Plajda tanışmamış ki babanla, o kamyonun arkasındaymış, daha ilk gördüğünde.

Oğlan: Ait olduğu yer ailesinin yanıydı, çocuklarının yanıydı.

Gelin: Sen mi karar vereceksin buna?

Oğlan: Ben karar vereceğim tabii.

Gelin: Neden?

(Oğlan gittikçe agresifleşmektedir.)

Oğlan: Bir aileyiz biz çünkü. * O kurdu bu aileyi, hiç kurmasaydı, hiç girişmeseydi bu işlere, evlilik çoluk çocuk, iki çocuk, abimde dursaydı bari beni bulaştırmasaydı. O kurdu bu aileyi, o parçaladı. Yüz kere emekli ol dedik, hastasın, yeter dedik, al işte, şu geldiği hale bak, çişini tutamıyor, vücudu iflas etmiş demiş abime doktor, bir günlük, bir aylık olay değil, yılların birikimi demiş, sağlam organ yok babanızın içinde demiş, üç kere vuruldu, kalçasını kestiler, dipçik yedi ensesine, felç yattı iki ay, gitme dedik, yeter baba gitme kal yanımızda diye yalvardı annem, yine bırakıp gitti, bir telefonla, anasının amında bir yerde hükümet devrildi, iç savaş çıktı dediler, kafasında sargılarla bindi uçağa. Bir kere beş kere değil. Elinde fotoğraf makinası yamyamları kovaladı. Otuz beş sene.

Gelin: Gurur da duydun ama onunla, duymadın mı?

Oğlan: Bırak, muhtaç değilim gurur murur, burada yanımızda köşedeki bakkalı işletseydi de gurur duyardım ben onunla. Çocuklar babalarıyla gurur duyarlar, kızımın benimle gurur duyması için aya bayrak dikmeme gerek yok.

Gelin: Bir gün ** bir gün ben de gideceğim ve sen düşman olacaksın bana, yazık. ** Ama daha kötüsü bekliyor seni, hazır ol, bir gün kızın büyüyecek ve kim bilir nerelere gitmek isteyecek, kaçacak yer arayacak senden. Ve gurur duyacak seninle kızın, emin ol. Dedesini bir öcü gibi hatırlattığın için ona, alfabeyi sökmeden korkuyu soktuğun için kafasına minnettar olacak sana, bana..

(Oğlan kalkar, odadan çıkmak üzere hareketlenir.)

Gelin: Nereye?

(Oğlan durur, geri döner, Gelin'e bakar.)

Oğlan: Hiçbir yere gidemezsin sen.

Gelin: Kızına da böyle mi diyeceksin o gün?

(Oğlan, Gelin'in yanına gelir, eğilir, elini Gelin'in dizine koyar. Gözlerinin içine bakar. Gelin gergindir.)

Oğlan: Tek başına, hiçbir yere gidemezsin sen. Yapamazsın. Kandırma kendini. ** Abime de güvenme sakın, babasının oğludur o, kamyonun arkasından el sallar sana ancak.

(Oğlan kalkar ve odadan çıkar. Gelin öylece kalır. Sahne kararır.)

III. Tablo

(Ertesi gün. Abi, Oğlan ve Gelin odadalar. Baba yatakta. Abi koltukta uzanıyor. Oğlan elindeki gazeteyi okuyor. Gelin bir süre Oğlan'ı ve Abi'yi izler. Baba kendi kendine bir ninni mırıldanmaya başlar. Oğlan ve Gelin kafalarını kaldırıp Baba'ya bakarlar. Baba kısa bir süre sonra susar. Gelin kalkıp Baba'nın başına gider, bakar. Sonra yerine döner. Abi usul usul horlamaktadır. Gelin bir süre sonra Abi'nin üstüne yanında duran Abi'ye ait ceketi örter. Oğlan, Gelin'i izler. Gazeteyi katlar, kısa bir süre bekler ve sonunda Abi'nin üzerine atar gazeteyi, Abi irkilerek doğrulur, etrafına bakar.)

Oğlan: Horluyorsun.

(Abi toparlanır, bir süre sonra kalkar, odanın içinde dolanır ve kapıya doğru ilerler, çıkmadan önce konuşur.)

Abi: Bahçedeyim ben, sigara içeceğim.

(Abi odadan çıkar.)

Oğlan: Zıkkım iç.

Gelin: Fuar yok muydu hafta başı senin gitmen gerekmeyecek mi?

Oğlan: Konuştum.

Gelin: Gitmeyecek misin?

(Gelin gazeteyi alır, bakar bir süre, sayfaları çevirir.)

Gelin: Gördün mü? ** Babanın fotoğrafı var gazetede. Hastanede diyor.

(Gelin gazeteyi kaldırıp fotoğrafı Oğlan'a gösterir.)

Oğlan: Okudum ben gazeteyi.

Gelin: O ödül alan fotoğrafını da koymuşlar yine. Hep bu fotoğrafı koyuyorlar, her yere, haberlere, panolara, Facebook'a, bin yıllık fotoğraf, okulun karşısındaki reklam panosundaydı bir ara, kocaman susma mı, sessiz kalma mı, bir şey yazıyordu altında hatırlıyor musun, okuldan aldım bir gün bunu, yürüyoruz, gösterdim *Bak Ada bu dedenin fotoğrafı* dedim, *Hayır* dedi, astı yüzünü, *dedem değil* o dedi. *(Gelin gülümser)* ** Kim haber verdi acaba?

Oğlan: Dergiden aramışlar abimi. Onlardır herhalde.

Gelin: Parasını versinler önce adamın...

Oğlan: Abim bayılmıştır, kahraman fotoğrafçının yönetmen oğlu, ortada daha bir tane film yok tabii, onu da bir hallederse...

(Gelin gazete haberine bakar bir süre.)

Gelin: Ailesi ve yakınları yanında diyor. * Ailesi miyim, yakını mıyım acaba ben?

Oğlan: Ailesini sikeyim.

(Gelin rahatsız olur, dönüp Baba'ya bakar. Önüne döner tekrar.)

Baba: Gerçek her fotoğrafı yırtar.

(Birden dönüp Baba'ya bakarlar. Gelin utanır, Oğlan da huzursuz bakar Baba'ya.)

Gelin: Çok ses yapıyoruz değil mi, uyandırdık sizi, kusura bakmayın.

Baba: Ölüm gerçek, ölen sadece insan.

Gelin: Duymuyordu hani?

Oğlan: Duymuyor zaten.

Baba: 94'te, Ruanda'da, Hutular bir köyü bastılar. İki muhabir ateş hattında mahsur kaldık. İngiliz bir oğlan, bir de ben. Genç bir çocuk, gazeteci, at kuyruğu vardı, uzun yüzlü, sapsarı bir oğlan. Kolunda dövmesi vardı. Stay alive diye kolunun üstüne yazdırmış, bileğine. Bir eve sığındık. Bir aile vardı içeride saklanıyorlar. Taş bir ocak vardı duvarda. Adam, karısı, iki de kızları, kızlar ikiz, taş ocağın içine sokmuşlar çocukları. İngiliz oğlan içeri girdiğimiz gibi fotoğraflarını çekti, taş ocağın içinde, çerçevelenmiş gibi, bir örnek giydirilmiş, dehşet içinde bize bakan iki küçük kız çocuğu. Kapkara derileri, pembe elbiseleri, bembeyaz gözleriyle birbirine sarılmış ikizler. Ödüllük bir poz verdiler İngiliz oğlana. Oğlan çekti, bir daha, bir daha, belki on, on beş kere bastı deklanşöre, aile kıpırdamadan konuşmadan oğlana bakıyor. Bana döndü sonra, *çekecek misin* dedi, *sen de çekecek misin?* ** Adamın yanına eğildim ben, çat pat İngilizce konuşuyor, biraz da anlıyorum dillerini artık, uzak köylerden gelmişler, adamın bahsettiği köy en az otuz kilometre uzakta, saklana saklana buraya kadar varmışlar, kadın hamile. Sınıra gidiyorlar, kamp var sınırda, hepsi, herkes oraya ulaşmanın peşinde, bütün köyler, kadın erkek genç yaşlı herkes, sınırdan Kongo'ya geçip kaçacaklar. Fransa'ya gitmek istiyor adam, kadının akrabaları var orada, kadına bakıyor adam, kadın da bana, sonra başını önüne eğiyor hemen. Kızlar beş yaşında, silah seslerini duyunca ailesiyle buraya gizlenmiş adam, ortalık sakinleşene kadar çıkmayacaklar. Bana nereli olduğumu sordu, söyledim, sevindi, *Müslümansın* dedi, gözlerinin içi güldü adamın, dişleri çıktı meydana, *korkma* dedi, *hepsi bitecek, Allah büyük, az kaldı, çekiliyorlar, benim ülkem* dedi, *benim toprağım, böyle hatırlama.* ** Omzunu tuttum adamın, öbür elimi de göğsüme götürüp boynumu eğdim, adam da aynısını yaptı, eli omzumda, sanki bir dans pozisyonu almış, müziğin girmesini bekler gibi bir halimiz var adamla odanın ortasında. Sonra göğsüne gitti eli, bir muska çıkardı, öptü, alnına dayadı, bana uzattı * ve ben, su yandı, at uçtu deseler Allah'tan peygamberden daha çok inanacak ben, adamın uzattığı muskayı öptüm ve alnıma koydum. İngiliz oğlan fotoğrafımızı çekti. Adamın karısıyla göz göze geldim ve birden kadının gözünü kaçırdığı an... Başını önüne eğmek gibi değil, arkama doğru, anlamadım başta, bir an için. Sonra nefesi duydum, nefes sesini duydum arkamdan gelen sakin ve derin nefes sesi. Kadının gözünü kaçırmadığını anladım, korku içinde kapıya doğru bakıyordu kadın. Yavaş yavaş döndüm. Kalbim yerinden çıkacak gibi oldu. Belki bir metrelik kasaturayı bacağına dayamış, altın kabzalı toplu bir tabanca, kemerine sıkıştırmış, kemerin tokasında kocaman parlayan D ve G harfleri, üstü çıplak, göğsü, tüm vücudu upuzun dikiş izleriyle dolu. Gördüğüm en karanlık yüz. Çenesinden aşağı terler damlıyor, alnında kan, kapkara bir suratın üstünde kıpkırmızı kan, birden İngiliz oğlanı düşündüm, filmi siyah beyaz, biliyorum, ışık kötü, kanı algılamayacak dedim içimden, fotoğraf hep eksik. Sanki İngiliz oğlanı düşündüğümü ona hissettirmişim gibi yavaş yavaş başını oğlana çevirdi, oğlanın çenesi titriyor. Dişlerinin çıkarttığı sesi duyuyorum. Oda sessiz, çıt yok, nefes sesleri ve İngiliz oğlanın çenesinin takırtısı, o kadar. Duvardaki delikten güneş ışığı vuruyor tam odanın ortasına ve biz o ışığın çevresinde sırayla sahneye çıkmayı bekleyen konuşmacılar, oyuncular gibi, kıpırdamadan duruyorum ben, bu durumlarda kaldım daha önce, biliyorum, kıpırdamak, uçurumdan atlamak demek. Bosna'da cesetlerin yanına yatıp ölü taklidi yaptığım yemekhane geldi aklıma, taze ekmek kokusu. İngiliz oğlan... İngiliz oğlan ilk çıkan oldu sahneye, yavaş yavaş ilerledi, ışığa girdi, makinasını gösterdi önce, sonra da boynundaki basın kartını. Birden, sanki bir şarkıyı hatırlamış, bir aşk mektubunun son cümlesini okumuş gibi bir gülümseme yerleşti oğlanın suratına * ve şeytana baktı, şeytanın gözlerinin içine baktı İngiliz oğlan, yavaş yavaş aralandı dudakları, dişlerinin takırtısı sustu ve konuştu. *Press...* Şeytan silahını çekti kemerinden ve İngiliz oğlanın alnının tam ortasına sıktı ilk mermiyi. Oğlan yere yığıldı, kolu önüme düştü. Bileğindeki stay alive dövmesi tam gözümün önünde. Şimdi dövme diyor ki sanki bana, o yaptı, sakın sen yapma. Bir an için hepimiz yalvaran gözlerle şeytana baktık. Adam, kadın, ben ve ikizler. Ve gözlerimizi kaçırdık. Kızlar mum gibi, kıpırdamıyorlar, çıtları çıkmıyor. Savaşa en çabuk çocuklar alışıyor diye düşündüm o an, adamın karısıyla göz göze geldim bir kez daha. Bu sefer kaçırmıyor, ayırmıyor gözlerini benden. Ben de öyle, gözünü önce kim kırpacak oyunu oynar gibi kilitlendi bakışlarımız kadınla. Benim arkam dönük, kadın kapıya doğru duruyor. Şeytanın bana doğru yaklaştığını kadının yavaş yavaş büyüyen gözlerinden hissettim ve şeytanın nefesini duydum ensemde, eğildi şeytan, tam arkamda, saçımdan yakaladı beni, ben hâlâ kadınla göz gözeyim, ayırmıyorum hiç, sanki ayırırsam, bir an kaçırırsam gözlerimi... * Kadın çevirdi başını sonunda, kızlarına baktı ve acıyla gülümsedi ikizlere. Çocuklar kadının onlara bakıp gülümsemesiyle, birden, düğmelerine basılmış gibi ağlamaya, bağırmaya başladılar. Saniyeler içinde oluyor bütün bunlar. Kadın parmağını dudaklarına götürdü, yalvarıyor kızlara susmaları için. Saçımı tutan elini çekti şeytan, ceketime yapıştı bu sefer ve beni hayvani bir güçle birden duvara fırlatıverdi. Duvarın dibine çöktüm * ve bir bir olanları izledim. * İki kız çocuğuna beş el ateş etti şeytan. Kadın üstüne atladı, arkasından adam, adamı bacağından vurdu, adam devrildi, kadının üstündeki elbiseyi sanki bir gösteri için özel hazırlanmış bir kostüm gibi tek hamlede tamamını söküp attı kadının üstünden, ben atıldım, önce şeytana ve sonra saliseler içinde karar değiştirerek kapıya doğru. Fark etti ve birden bana döndü şeytan, dondum olduğum yerde, üstüme yürüdü, eğildi, göğsümden yakalayıp duvar dibine itti beni tekrar, sanki oraya yerleştirdi beni, yerime geri koydu. Yaklaştı, yüzlerimiz arasında yirmi santim yok. Nefesi burnumda ve şeytan konuştu. *Just watch my friend... Just* *watch*. Kıpırdamadan baktım şeytana, my friend dediği için alçak bir umut doğdu içime. Şeytanın arkadaşıyım ve hayatta kalacağım. Adam bir kez daha atıldı üstüne var gücüyle ve şeytan bir kez daha ateş etti, adam yığıldı yere, yarı baygın artık, hareket edemiyor, izliyor sadece, gözünden yaşlar akarak izliyor, eline takıldı gözüm, adam bir eliyle boynundaki muskayı tutuyor sımsıkı, sonra kapandı ağır ağır gözleri, bayıldı adam, parmakları açıldı ve muska meydana çıktı. Şeytanın da dikkatini çekti muska, uzanıp kopardı muskayı adamın boynundan, bana doğru fırlattı, tam önüme. Uzanıp almalı mıyım, şeytan ne istiyor benden, vazifem ne, ne yapmalıyım. * Kadın artık konuşmuyor, hiç sesi çıkmıyor, mücadele etmiyor, teslim oldu şeytana. Homurdana homurdana boşaldı şeytan. Kadının üstünden kalktı. Muska önümde, adam baygın, kadın tavana dikti gözlerini, açık gözleri ama hiç kıpırdamıyor kadın. Şeytan yere eğildi tekrar, İngiliz oğlanın kafasından akan kana sürdü parmağını, bana doğru geliyor. Kapadım gözlerimi, yüzümde tekrar nefesini ve alnımda etini hissettim şeytanın, oğlanın kanını alnıma sürdü, gözlerim hâlâ kapalı, açamıyorum. Bir süre bekledim, öylece durdum, sesler uzaklaştı, gözlerim kapalı ama odanın içinde gölgelerin yer değiştirdiğini hissediyorum, yavaş yavaş açtım gözlerimi. Şeytan gitmişti. Adam hâlâ baygın. Kadının gözleri açık, alnımda İngiliz'in kanı. Doğruldum, adamın yanına gittim sürünerek, sarstım adamı, epey, adam ayıldı sonunda, kadına baktı, karısının gözleri tavanda. Adıyla seslendi kadına adam, kıpırdamadı, konuşmadı kadın, sürüne sürüne karısının yanına gitti adam, çocuklarına bakamıyor. Ben sadece izliyorum, şeytanın istediği gibi. Etrafa baktı ve duvarda asılı örtüyü gördü adam, bana döndü, işaret etti, kalkıp örtüyü duvardan söktüm, adama uzattım, adam örtüyü karısının çıplak bedeninin üstüne örttü. Kıpırdamıyor kadın, hiç. Gözleri açık ölmüş biri gibi yatıyor yerde. İkizler taş ocağın içinde ödüllük bir kare, yatıyorlar üst üste. Sesler geldi uzaktan, ilgim dağıldı, duvardaki delikten dışarı baktım, kimse yok. Odaya dolan ışık yavaş yavaş yok oldu, karardı oda ve yağmurun sesini duydum. ** Ben çocukken, kurban bayramlarında yağan yağmuru hatırladım, babamın evinde, sattığınız evde, bahçede koşuşturan yeğenleri, yıkanmış merdivenlerin kokusunu hatırladım, gözlerim doldu. Seni düşündüm, abini ve anneni, kendi annemi düşündüm sonra, elleri geldi gözümün önüne, o duvarın dibinde, dünyanın sonunda, yağmuru dinledim ve annemin ellerini kokladım hayalimde. Küçük bir çocuk gibi ağladım. *(Oğlan'a bakmaktadır Baba.)* İnsan ağladığında korkmaz, korkmadığı için ağlar, ağla, ağla ve vedalaş benimle oğlum, küçük oğlum, aslan oğlum, korkma, korkma ağla, ölüyorum ben belki yarın, belki bu gece, sen şimdi ağla, şimdi vedalaş benimle oğlum.

(Gelin, Baba'ya bakmaktadır. Oğlan tüm bu zaman boyunca boşluğa dikmiş gözlerini ve hiç kıpırdamamıştır. Bir süre sonra kapı açılır ve Doktor, Hemşire ile birlikte içeri girer.)

Doktor: Geçmiş olsun.

Gelin: Teşekkürler.

(Oğlan konuşmaz. Doktor, Oğlan'a bakar.)

Doktor: Abinizle görüşmüştüm galiba değil mi?

(Oğlan cevap vermez, Gelin, Oğlan adına utanır, Doktor'a bakar.)

Gelin: Evet, kusura bakmayın.

Doktor: Geçmiş olsun.

(Doktor, Baba'ya döner.)

Doktor: Nasılız?

Baba: Çok gençsin.

(Doktor gülümser.)

Doktor: Nasıl hissediyorsunuz?

(Baba cevap vermez.)

Doktor: İyisiniz, iyi gördüm sizi.

(Doktor önce Baba'ya, sonra Gelin'e de bakarak konuşur.)

Doktor: Şimdi götüreceğiz sizi biraz, nöbetlerin tekrar etmesi enerji kaybetmenize yol açıyor, beslenme bozukluğu oluşuyor beyinde. Bu epileptik nöbetler geçirdiğiniz eski travmalara bağlı olabilir, yeni oluşan bir olayla bağlantılı da olabilir, bir emar görmek istiyorum, tetkik edeceğiz. Tamam?

(Baba başıyla onaylar.)

Doktor: Hemşire hanım, radyolojiye alalım hastamızı.

(Hemşire ve hastabakıcı bir adamın yardımıyla Baba'yı çıkartırlar. Çıkarken Gelin Baba'yla konuşur.)

Gelin: Ben de geleyim, eşlik edeyim size, ister misiniz?

(Baba başıyla onaylar, hep beraber çıkarlar. Oğlan tek başına kalır. Hiç kıpırdamamış, çok az hareket etmiştir bu ana kadar, bir süre sonra Oğlan birden hızla duvara vurur elini. El yana düşer. Oğlan öylece kalır, sessiz sessiz ağlamaya başlar. Bir süre sonra Abi girer. Oğlan toparlanır.)

Abi: Nerede?

(Oğlan cevap vermez.)

Abi: Babam nerede?

Oğlan: Aşağı götürdüler, doktor geldi.

Abi: Neden?

Oğlan: Git hadi sen.

Abi: Ne? ** Nereye götürdüler babamı?

Oğlan *(konuşurken cüzdanını açar, kredi kartını çıkartır):* Babam iyi, test mest bir şeyler dedi adam, getirecekler, aşağı götürdüler.

(Oğlan kartı Abi'ye uzatır.)

Abi: Bu ne?

Oğlan: Otele git abi, borcu kapat, eşyaları al, şifre 1980. Birinden bahsetti, para bulacakmış sana, bir şeyler anlattı, filmin için, otelde defterimde yazıyor dedi, defteri al, makinaları al, hesabı kapat, hadi, ben dururum burada, biz dururuz.

(Bir süre sonra Abi kalkar, tam odadan çıkacakken Oğlan konuşur.)

Oğlan: Sevişmiyoruz.

(Abi durur, olduğu yerde bekler ve Oğlan'ı dinlemeye başlar.)

Oğlan: Üç sene oluyor, o geceden beri, sevişmedi benimle, başlarda isteksizdi sadece, sonra bitti, tamamen. ** Bir kadınla görüşüyorum ben, iki senedir, haberi yok, yanımda götürüyorum bütün fuarlara. ** Evlenmek istiyor kadın, boşan diyor, söyledim ona da, boşanalım dedim...

Abi: O ne dedi?

Oğlan: Hiçbir şey.

Abi: Âşık mısın? ** Öbür kadına âşık mısın?

Oğlan: Ben karıma âşığım abi. Sekiz senedir, ilk günden beri. Ben karıma âşığım. Sen?

(Abi bir süre bekler, cevap veremez ve sonra odadan yavaşça çıkar. Oğlan kıpırdamadan durur bir süre. Sessiz sessiz ağlamaya başlar yeniden. Sahne kararır.)

IV. Tablo

(Sahne aydınlandığında Baba yataktadır. Gelin refakatçi koltuğunda uzanmıştır. Ayaklarını toplamış, ayakkabıları yerde, üstünde ince bir battaniye. Bir süre sonra Baba yerinde hareket eder. Rahatsız, huzursuzdur. Sonra durur ve sessizce bir ninni söylemeye başlar. Daha önce de mırıldandığı ninni. Gelin bir süre sonra sese uyanır, doğrulur, dinler, sonra kalkıp Baba'nın yanına gelir, yatağın baş ucuna oturur. Baba ninniyi bitirir.)

Gelin: Ada'nın ninnisi. Ada'ya söylerdiniz bebekken...

Baba: Bebek hâlâ.

(Gelin gülümser.)

Gelin: Eski evde, hiçbirimiz uyutamazdık, sizi dinlerdi bir tek, sizin ninninizle uyurdu. Anne demeden baba demeden dede demişti. Ne kadar az gördü sizi üstelik.

Baba: Ölüyorum ben.*

Gelin: Biliyorum.

Baba: Çocuklar nerede? Kocan?

Gelin: Bahçede, sigara içiyor.

Baba: Bırakmıştı?

Gelin: Başladı.

Baba: Büyük?

Gelin: Otele gitti akşam, kaldığınız otele, eşyalarınızı toplamak için, dönmedi daha, gelir.

Baba: Karım?

(Gelin başını önüne eğer. Baba bir süre sonra elini uzatır Gelin'e, Gelin de çekingen elini uzatır, Baba, Gelin'in ellerine bakar.)

Baba: Küçücük ellerin. ** *(Gelin'in yüzüne bakar.)* Sana benziyor Ada.

Gelin *(Gülümser)*: Öyle diyorlar.

Baba: Bir gün, tüm bunlar bitince, uyanacak, uzun bir uykudan uyanacak, otuz beş senelik bir uykudan. Beni arayacak, hatırlamak isteyecek beni, tanımak isteyecek. Ben olmayacağım o gün, sen yanında ol, konuş karımla, dinle onu, yüzünü okşa, ellerini sev. Konuş onunla. Olur mu?

(Gelin'in gözünden yaşlar akmaya başlar. Başını 'olur' anlamında sallar. Bir süre sonra kapı açılır ve Oğlan girer. Gelin toparlanır, kalkar, Oğlan bir köşeye oturur. Sessizlik.)

Baba: Şeytan geri geldi.

(Oğlan kafasını kaldırıp Baba'ya bakar, bu sözü neredeyse üstüne alınmıştır. Kısa bir süre sonra Baba konuşmaya devam eder.)

Baba: Sesler duyduk, hızla yaklaşan ayak sesleri, nefesim sıkıştı, düşen bir uçakta sımsıkı koltuğa tutunmuş gibiydim. Adam kapıya baktı, bana baktı ve aynı anda kapıya döndük. Sesler yaklaştı, köşeyi döndü ve şeytanı gördük, nefes nefese, şeytan geri geldi. Kapının eşiğinde dikiliyor, sanki bize bir haber vermeye gelmiş gibi bir hali var şimdi, olağanüstü bir durumun haberini verecek gibi, soluk soluğa şeytan, telaş içinde * ve bu haliyle birden, şeytanın yaşı, suratında, 20 yaşında şeytan, belki 25, en fazla, adama baktı, sonra bana, sonra adama ve hızlı daldı odaya, aranıyor, delirmiş gibi, yerlerde, köşelerde, arada bana bakıyor, arada adama, adamdan en az 5 yaş küçük şeytan, benden 25, telaşla arandıkça odanın içinde, git gide küçülüyor yaşı, 19, 17, 10 ve ben sonunda uyanıyorum olup bitene, tabancası, belinde yok, burada, odada, burada düşürdü. ** Birden eğilip, kadının üstündeki örtüyü çekiveriyor şeytan, kadının çıplak vücudu, karnındaki şişliği ilk defa o an fark ediyorum ve kadının apış arasında, bacağının altına sıkışmış tabancanın altın kabzasını görüyorum, orada tabanca, hep oradaymış, şeytan da görüyor tabancayı ve suratına sanki bir kez daha boşalmış gibi bir rahatlama yerleşiyor. Adam diğer tarafında odanın, tabancayı da görmüyor, onun tek gördüğü, karısının üstündeki örtüyü alçakça çeken şeytan. Şuuru kapalı öylece yatan zavallı bir insanın üzerinden alçakça çekmek o örtüyü. O gün o odada olan her şeyden daha çok dokunuyor birden bana, dişlerimi sıkıyorum, gözüm dönüyor, atlamak üzereyim, atlayıp üstüne parçalamak istiyorum o anda, suratındaki ifadeyi dişlerimle yırtmak, kulağını koparıp duvara fırlatmak istiyorum, o örtüyle boğmak istiyorum onu oracıkta, birden büyüyor yine gözümde, 17, 19, 20, 30, yaşsız ve ölümsüz yine şeytan ve ben atlamak üzereyim üstüne. Benden erken davranıyor adam, fırlıyor olduğu yerden son gücüyle ama kapıyor tabancayı yerden ve boğazına sıkıyor mermiyi şeytan. Bağırmaya başlıyorum ben, var gücümle, avazım çıktığı kadar, gözlerim karardı, midem bulanıyor ve ben avazım çıktığı kadar bağırıyorum, sonrasını hatırlamıyorum, dakikalarca bağırmış olmam lazım, kendime geldiğimde boğazım yanıyordu, kusmuştum, odanın öbür tarafındaydım. Kan vardı üstümde, kapının altında, dışarıya merdivenlere doğru ilerleyen kan izleri vardı yerde, ne oldu, saldırdım mı, beni niye öldürmedi, öldürdü mü, öldü mü, nerede, ne oldu, o gün o odada avazım çıktığı kadar bağırmaya başladığımı hatırladığım o andan sonra ne oldu hiçbir zaman bilemeyeceğim.

(Baba, bir süre sonra aniden ama zorlukla doğrulur, üstündeki serum ve makinaya bağlı olduğu kabloları söker, Oğlan ve Gelin engel olmak isterler.)

Oğlan: Baba... Baba dur ne yapıyorsun?

Gelin: Durun lütfen, bir şey mi oldu, hemşireyi çağıralım.

Baba: İstemiyorum.

Oğlan: Baba yapma.

Baba: Kalkmak istiyorum.

Oğlan: Ne yapacaksın kalkıp?

Baba: Yürüyeceğim.

Oğlan: Nereye? Baba...

(Baba Oğlan'a tutunur.)

Baba: Yardım et.

Gelin: Durun, lütfen.

(Baba bir kez daha söyler Oğlan'a.)

Baba: Yardım et, yardım et kalkayım, dışarı çıkar beni.

Oğlan: Neden?

Baba: Yürü benimle.

Oğlan: Nereye?

Baba: On metre yürü benimle, beş metre yürü

Oğlan: Baba.

Baba: Yürümek istiyorum, ölüyorum ben, koridorun sonuna kadar yürü benimle.

Gelin: Ben hemşireyi çağıracağım.

(Baba eliyle Gelin'i durdurur.)

Baba *(Oğlan'a döner)*: Hadi.

Oğlan: Baba çok tehlikeli.

Baba: Dinledin mi sen beni?

Oğlan: Dinledim baba, sen de bizi dinle, lütfen, inat etme.

Baba: Oğlum. * Kaldır beni bu yataktan.

Oğlan: Ya düşersen?

Baba: Bırak son kez düşeyim, hadi...

(Oğlan, Baba'ya yardım eder. Baba yataktan kalkar.)

Oğlan: Odanın içinde yürüsen, baba... Çıkmayalım koridora, baba...

(Baba dışarı doğru çıkarken, Gelin de peşlerinde, Oğlan, Gelin'le göz göze gelir.)

Oğlan: Dur sen, kal burada, annemi ara bir de, kız ne âlemde nasıl bir sor.

Gelin: Peki.

(Baba ve Oğlan çıkarlar. Gelin tek başına kalır. Odanın içinde dolanır bir süre, sonra çantasını açar, telefonunu çıkartır, arama yapar, bekler. Bir süre sonra telefonun çalma sesi duyulur, kapı açılır, Abi girer, elinde telefonu, diğer elinde bir çanta, babasının eşyaları. Gelin'le göz göze gelirler, arayan Gelin'dir. Abi telefonu kapatır, Gelin de kaldırıp çantasına koyar telefonu.)

Gelin: Hoş geldin.

Abi: Babam?

Gelin: Yürümek istedi.

Abi: Ne?

Gelin: Kalkmak istedi, kalkıp yürümek istedi, çıktılar, az önce, koridorda olmaları lazım, görmedin mi?

(Abi çantayı bırakır, bir kenara oturur. Sessizlik.)

Gelin: Bir baksak mı acaba?

Abi: Çocuk kimden?

Gelin: Ne?

Abi: Çocuk, kimden?

Gelin: Anlamadım.

Abi: Kardeşimin çocuğu değil, karnındaki, kimin, * kimin çocuğu?

Gelin: Neden öyle diyorsun?

Abi: Kardeşimi aldatıyorsun, benle fingirdediğin gibi kim bilir daha kaç kişiyle fingirdiyorsun. Elâlemin çocuğuna baba mı arıyorsun şimdi de, salak mıyım ben, salak mı sanıyorsun beni. *** Sevişmediğinizi söyledi, üç senedir sevişmiyoruz diyor. Kimi kandırıyorsun, ne istiyorsun benden?

Gelin: Benim sevişmeyen, o değil.

Abi: Bırak şimdi, kimin çocuğu / o

Gelin: Sevgilisi var, bir öğretmen, Ada'nın okulunda, Ada'nın öğretmeni oldu bu sene, çok seviyor Ada, dilinden düşürmüyor, resimlerini çiziyor, hediyeler yapıyor öğretmenine, taçlar, tokalar. Pikniklere gidiyorlar birlikte, öbür çocuklarla beraber tabii, * şimdilik...

Abi: Ne istiyorsun benden?

Gelin: *Anne* dedi bir sabah, tam kapıdan çıkarken, servise binecek, eğildim, montunu giydiriyordum, gözlerimin içine baktı ve *anne* dedi, *ben öğretmenimi çok seviyorum.* Yumruk saplandı sanki karnıma, ne diyeceğimi ne yapacağımı, nasıl tepki vereceğimi bilemedim, birden bütün düğmelerini kapattım, kapüşonunu sıktım kafasında, paket yapar gibi çekiştire çekiştire çocuğu, soğuk bile değildi hava. *Boğuluyorum anne* dedi güzelim, güldü, *ben de dedim, ben de annecim.* Öyle baktı suratıma, koşa koşa servise bindi. O an kaybettiğimi düşündüm onu, göz göre göre, o servise binmesine izin veriyorum şu an dedim içimden ve o servis okuluna değil, yeni bir hayata götürüyor onu, yeni bir eve, yeni oyuncaklar, başka kıyafetler, başka tokalar, yeni bir yatak ve yeni bir anneye, nefes alamadım. Kalakaldım orada, kalkamadım.

Abi: Niye anlatıyorsun bunları bana?

Gelin: Babası ve kızım, öğretmeni çok seviyorlar.

Abi: Çocuk kimin, seviştmediğinizi biliyorum, kimin çocuğuysa /

Gelin: Arkadaşlarım görmüş, sarmaş dolaş arabanın içinde görmüşler, fuarlara götürüyor onu, biliyorum, üstünde o kadının kokusu oluyor eve her döndüğünde, o aptal kolonyasını boca ediyor üstüne eve girmeden her seferinde arabada, bütün ev kolonya kokuyor, ama öğretmenin kokusu gitmiyor, acaba Ada da alıyor mu kokuyu diye düşünüyorum hep, acaba Ada da öğretmeninin kokusunu alıyor mu?

Abi: Biraz flört ettik diye iş açma sakın benim başıma, kardeşime sakın bir şey söyleme, ya aldır o çocuğu, ya da kimse babası ona git, ondan yardım iste, / benim

Gelin: Hamile değilim, merak etme.

Abi: Ne?

Gelin: Hamile değilim.

Abi: Oyun mu oynuyorsun benimle?

Gelin: Başkası falan yok, hamile de değilim, yalan söyledim sana.

Abi: Niye?

Gelin *(ağlamaklı)*: Bilmiyorum...

Abi: Ne yapıyorsun, beni mi tartıyorsun, ne tepki vereceğim diye mi merak ettin, niye yaptın böyle bir şey, salak yerine koydun beni.

Gelin: Öyle bir niyetim yoktu.

Abi: Ya?

Gelin: Öyle bir niyetim yoktu, ben, sadece...

(Abi hızla oturduğu yerden kalkar, sinirli bir halde dolanmaya başlar odanın içinde.)

Gelin *(ağlamaklı)*: Özür dilerim, çocukluk ettim ben, / özür

Abi: Bak benim gerçekten.

Gelin: Özür dilerim.

(Abi, Baba'nın yatağına oturur.)

Gelin: Söyledi mi peki?

Abi: Ne?

Gelin: Ne zamandan beri sevişmediğimizi de söyledi mi?

Abi *(tersleyerek)*: Ne diyorsun?

(Kapı açılır, Oğlan girer. Abi ayağa kalkar.)

Abi: Babam nerede?

Oğlan: Bahçede.

Gelin: İyi mi?

Oğlan: Sigara içtiğimi sen mi söyledin babama?

Gelin: Ne?

Abi: Hava buz gibi dışarıda, niye çıkarttın adamı bahçeye, yatması lazım, ne işi var bahçede?

Oğlan: Ben çıkartmadım abi, git sen becerebiliyorsan getir yatır. Hemşire var yanında, sigara içiyor.

Abi: Ne?

Oğlan: Getirdin mi eşyalarını?

(Abi odadan çıkmak üzere hareketlenir.)

Oğlan: Kartım. Kartımı ver.

(Abi çıkartıp kartı yatağın üstüne atar, odadan çıkar. Gelin ve Oğlan bir süre konuşmadan dururlar, Sonra Gelin çekingen konuşmaya başlar.)

Oğlan: Babamın laf cambazlığına kanma, seni tavlamaya çalışıyor, sana anlattı bütün o hikâyeyi, bana değil, ben dinledim, kaç kere, şeytan, muska, ikizler, belki yüzüncü kez dinliyorum, sanaydı bütün şov, gider ayak bir bilet daha sattı ön sıradan, hepsi o. *** Otuz sene bu adamı bekledim ben. Her gece rüyamda gördüm, okul müdürü, ölen kapıcı, amcamı, dayımı, hepsini rüyamda onun suratıyla gördüm. Meğer babammış, meğer buradaymış, meğer dayım babammış, meğer müdür babammış, rüyalar rüyalar, ömrüm geçti böyle, yıllar geçti. Tam vazgeçtik, sildik kafamızda baba denen adamı sildim, yok ettim, Ada doğdu. Dedim bir şans ver, senin baban olamadı, kızının dedesi olsun, yaşlandı da artık, gelecek oturacak evinde, senle kuramadığı ilişkiyi kızınla kursun. Ve yaptığına bak, şu yaptığına bak, şu halimize bak, gerçekten... *(Sinirle dişlerini sıkar.)* Hayatımın otuz senesini bu adamı bekleyerek geçirdim, eski evde elimi tutardı merdivenleri çıkarken, gözümü kapatırdım zaman dursun diye. Ben, abim, o anlattığı ikiz kızlardan bir farkımız yok, taş ocağın içinde üst üste yatıyoruz hepimiz. Babamın cesetleri.

Gelin: Ya yapmadıysa.

Oğlan: Yapma.

Gelin: Neden? Ya yapmadıysa, ya sandığımız gibi değilse, belki de tam da dediğini yapıyordu, senle kuramadığı ilişkiyi kuruyordu Ada'yla /

Oğlan: Sen gerçekten salak mısın acaba, gerçekten bu kadar salak olabilir misin acaba, duymadın mı annemi, 5 yaşında çocuğu çırılçıplak kucağına oturtmak mı sevmek mi şimdi bu ilişki kurmak mı?

Gelin: Çırılçıplak demedi.

Oğlan: Siktir git, aptal aptal konuşma artık yeter.

Gelin: Aptal deyip durma bana, sen siktir git.

Oğlan: Aptal aptal konuşma o zaman, ne istiyorsun benden, ölüyor diye Kuran mı okuyayım başında, gebersin gitsin yeter uzatma artık, bilmeden etmeden burnunu sokup durma yeter, benim babam ölen.

Gelin: Evde hiçbir şeyden habersiz oturan da benim kızım, o gece annenin babanın kucağından manyak gibi kaldırıp kaçırdığı /

Oğlan: Manyak gibi mi, ne diyorsun sen / be

Gelin: Çocuk benim çocuğum. Annenin öfkesinin, intikamının kurbanı olan da benim çocuğum /

Oğlan: Benim de çocuğum o, benim de kızım, kimin annesi manyak acaba, benim mi, onun mu?

Gelin: Kıskanıyorsun, babanı, Ada'yı, kendi kızını, senin oturamadığın kucağa o oturduğu için, sen de, annen de, öfkeniz, korkunuz, korkaklığınız yüzünden çocuğu cezalandırıyorsunuz, otuz senelik kahraman kocasını otuz saniyede sapık yaptığı yetmiyor annen, kızımı da kurban yapıyor, baban ve Ada, korkusuzca birbirine sarıldılar, biri her şeyi bildiği, gördüğü, acıyı, insanı tanıdığı için, korkmadığı için, özgür olduğu için, cevap bile vermemiş annene o gece, gıkını bile çıkartmamış, ceketini bile almadan çıkıp gitmiş o evden, niye hiç düşündün mü, cesaretin var mı babana sormaya, suçlular savunur kendini, panikler, eli ayağı birbirine dolanır, ama bütün bu olayda bağıran çağıran hakkını savunan, feryat figan öfke kusan, ağlayan, çocuk gibi inat eden sadece sen ve annensiniz, baban annene cevap bile vermeyecek kadar her şeyin farkındaydı, annenin yıllarca taklit ettiği sevgiyi şimdi babanın kıçına soktuğunun, intikam için kana susadığının farkındaydı. Acıyı ve insanı görmüş özgür bir adam ve daha şu hayatta hiçbir şeyi görmemiş, hiçbir şey *(Gelin ağlamaya başlar)* bilmeyen benim güzel kızım sarıldılar ve ağladılar. İki özgür insan. Ve siz birini katil, öbürünü kurban yaptınız. Siz yaptınız.

(Oğlan kendi kafasına hızla bir kez vurur. Sonra bir kez daha, bir kez daha ve artık Oğlan kendini dövmektedir adeta, cinnet kontrolden çıkmaya başlar. Çevrede ne bulursa kendine vuracak hale gelir, üstündeki gömleği yırtmaya kalkışır. Gelin Oğlan'ı sakinleştirmeye, durdurmaya çalışmaktadır. Oğlan tamamen kontrolden çıkmıştır. Gelin sarılır Oğlan'a, kendine vurmasını engellemeye çalışır, ellerini kollarını tutmak için çaba sarf eder. Oğlan sonunda gözyaşlarına boğularak Gelin'e teslim olur. Gelin bir anne gibi kavrar, sarılır Oğlan'a, bırakmamaktadır. Bir süre izleriz. Ardından kapı açılır ve Hemşire belirir kapıda.)

Hemşire: Pardon, hastanın oğlusunuz değil mi?

(Oğlan zorlukla toparlanır.)

Oğlan: Evet, ne oldu?

Gelin *(evhamlı)*: Bir şey mi oldu yoksa?

Hemşire: Anneniz geldi sanıyorum, bir hanım var, koridorda, odayı sordu da bana... * Ama içeri giremiyor sanıyorum, isterseniz...

(Oğlan ve Gelin önce birbirlerine, sonra boş gözlerle Hemşire'ye bakarlar. Kısa bir süre sonra sahne kararır. Perde sonu.)

II. Perde

V. Tablo

(İkinci perde, birinci perde sonunun tekrarıyla başlar. Gelin ve Oğlan birbirlerine sarılmış vaziyette bir süre izleriz. Oğlan gözyaşlarına boğulmuştur. Gelin Oğlan'ı sakinleştirmeye çalışmaktadır. Bir süre izleriz. Ardından kapı açılır ve Hemşire belirir kapıda.)

Hemşire: Pardon, hastanın oğlusunuz değil mi?
(Oğlan zorlukla toparlanır.)
Oğlan: Evet, ne oldu?
Gelin *(evhamlı)*: Bir şey mi oldu yoksa?
Hemşire: Anneniz geldi sanıyorum, bir hanım var, koridorda, odayı sordu da bana... * Ama içeri giremiyor sanıyorum, isterseniz...
(Oğlan ve Gelin önce birbirlerine, sonra boş gözlerle Hemşire'ye bakarlar. Sonra toparlanıp hızla kalkarlar, önde Oğlan, ardından Gelin, Hemşire'nin peşinden odadan çıkarlar.)
(Bu noktadan sonra Oğlan tekrar odaya girene kadar koridorda olup biten her şey, Anne'nin, Oğlan'ın ve Gelin'in sesleri, koridordaki atmosferik sesler ve her tür hareket, gerçek mekânda kaydedilmiş olarak dış ses şeklinde duyulur. Sahne üzerinde gördüklerimiz ve konuşulanlar, dış sesle senkronize olarak ilerler.)

(Oğlan ve Gelin koridorda Anne'yi bulurlar. Anne tek başına bir bankta oturmaktadır.)

Oğlan: Anne ne yapıyorsun burada, gelsene içeri, oda ileride bak, niye duruyorsun burada?

Gelin: Hoş geldiniz.

Oğlan: Anne...

Gelin: İyi misiniz?

Oğlan: Anne bir şey söylesene korkutma beni, anne...

Gelin: Su getireyim ben size.

(Gelin uzaklaşır.)

Oğlan: Anne...

Anne: Nasıl?

Oğlan: İyi, abimle bahçede.

Anne: Ne işi var bahçede?

Oğlan: Yürümek istedi.

Anne: Yataktan çıkarmıyorlar dedi abin telefonda.

Oğlan: Engel olamadık, ısrar etti, yürümek istiyorum dedi kalktı, Ada'yı nereye bıraktın anne?

Anne: Karşıya bıraktım, uyuyor, çocuklar var orada, oynadı onlarla bütün akşam, yorgun düştü.

Oğlan: Bizi soruyor mu?

Anne: Onu soruyor.

Oğlan: Ne?

Anne: Dedem nerede diyor...

Oğlan: Sen ne dedin? ** Anne** sen ne dedin?

Anne: Otelde mi kalıyormuş?

(Oğlan, koridorda onlara doğru yaklaşmakta olan Baba ve Abi'yi görür.)

Oğlan: Bak orada babam, geliyorlar, abim var bak yanında, koridorun sonunda, odaya yürüyorlar, görüyor musun?

Anne: Sakın.

Oğlan: Ne? *(Oğlan seslenmek ister)* Abi... /

Anne: Sus, seslenme.

Oğlan: Ne diyorsun anne, kalk hadi, anne.

Anne: Görmek istemiyorum.

Oğlan: Anne yapma hadi kalk lütfen, çocuk gibi, ne yapıyorsun Allah aşkına?

Anne: Gördü mü bizi?

Oğlan: Hayır anne, odaya giriyorlar, kalk hadi.

(Baba ve Abi odaya girerler. Sahnede görürüz.)

Anne: İstemiyorum.

Oğlan: Neyi istemiyorsun?

Anne: Görmek istemiyorum.

Oğlan: Niye geldin anne o zaman buraya?

Anne: Uyuyamadım.

Oğlan: Anne... Kalk hadi... Anne...

Anne: Eve götür beni.

Oğlan: Anne...

Anne: Eve gitmek istiyorum, çocuk uyanırsa /

Oğlan: Annecim lütfen, buraya kadar gelmişsin, gel gör babamı, sonra götürürüm ben seni, numaran var değil mi komşuda, açık mı telefonun? Ararlarsa /

Anne: Uyumak istiyorum.

Baba: Uyumak istiyorum.

Abi: Uyu hadi baba, uyumaya çalış, yoruldun çok.

Oğlan: Gel, odada koltuk var, anne, hadi uzan biraz.

Anne: Eve götür beni.

Baba: Eve götür beni.

Abi: Nereden çıktı baba şimdi o?

(Abi kendine su koyar, Baba'ya uzatır.)

(Anne ve Oğlan'a yaklaşan Gelin'i duyarız.)

Abi: Su ister misin baba?

Gelin: İyi misiniz, su için biraz, su getirdim size.
Baba: İstemiyorum.
Anne: İstemiyorum.
Baba: Annen nerede?
Anne: Beni sordu mu?
Gelin: Evet.
Abi: Evde baba, telefonda konuştum en son, evdeydi.
Anne: Ne dedi?
Baba: Ne dedi?
Gelin: Karım nerede dedi.
Abi: Fotoğraflar nerede dedi, senin fotoğraflarının olduğu bir kutu vardı, gazetelerden falan, bir sürü fotoğraf, kutu yapmıştık, kutunun yerini sordu.
Anne: Sen ne dedin?
Baba: Sen ne dedin?
Abi: Bilmiyorum dedim.
Gelin: Bir şey demedim, diyemedim. İçeri girmeyecek misiniz?
Oğlan: Eve dönmek istiyor.
Gelin: Ada komşuda herhalde değil mi?
Oğlan: Çocuklarla oynamış, yorulmuş, uyumuş orada.
Gelin: Uyanırsa /
Anne: Şimdi gidiyorum ben, yatağına yatıracağım onu.
Oğlan: Anne.
Anne: Götür beni.
Oğlan: Anne lütfen.
Anne: Götürmeyeceksen kendim giderim.
Oğlan: Götüreceğim anne, götüreceğim, gel hadi...
Gelin: Ben bırakayım anneni, kıza da bakarım, kal sen.
Oğlan: İyi. Hadi anne, hadi kalk...
(Anne ve Gelin yürümeye başlarlar, Oğlan arkalarından bakar.)

Oğlan: Anne... Sorarsa, seni sorarsa yine, ne diyeceğim?

Abi: Arayayım istiyor musun annemi baba, bir şey söylememi istiyor musun? Ne diyeyim?

Anne: Çatıyı yapacak, söz verdi, hatırlat ona, yatak odası akıyor hâlâ, uyuyamıyorum ben o yatakta.

Abi: Baba?

(Baba'dan cevap gelmez, uyumuştur çoktan.)

Abi: Baba?..

(Abi, Baba'nın başındadır, uyuduğunu anlar, koltuğa geçer, oturur.)

(Gelin, koridorda Oğlan'ın yanına gelir.)

Gelin: Dur bir dakika.

Oğlan: Ne oldu?

Gelin: Bir şey söyleyeceğim sana.

Oğlan: Ne, söylersin dönünce, annem bekliyor orada bak, yorgun kadın.

Gelin: Dinle beni, iyi dinle, annen için çok geç, sen dinle. ** O odadaki adam senin baban, kızgınsın, korkuyorsun, anlıyorum, sana da kıyamam, annene de, hiçbirimize kıyamam. ** Gel sen de kıyma, odada bana söylediğini hatırlıyor musun, babamın cesetleri dedin, öldüğünde bir sürü cesedi olacak babanın. Oğullarının babası ölecek, annenin kocası ölecek, kızımın dedesi ölecek, bize anlattığı o Ruanda'daki adam, ikiz kızları, taş ocağın içinde. Anneleri sağ belki de, belki de hâlâ gözlerini tavana dikmiş kıpırdamadan yatıyor bir odada. Hatırlıyor mutlaka babanı, hep hatırlayacak. O gün o odada olan her şeyin şahidiydi baban. Baban öldüğünde, biri daha ölecek o odadan. Bir tek kişi değildi baban, senin baban değildi sadece, yüzlerce insandı senin baban, hepimiz gibi, öldüğünde yüzlerce ceset yatacak o yatakta. Babanın cesetleri. Son şansın bu, hiç değilse biriyle vedalaş bu gece.

(Gelin Oğlan'dan uzaklaşmaya başlar, Oğlan seslenip Gelin'i durdurur.)

Oğlan: Yalan söyledim ben.

Gelin: Ne?

Oğlan: Yalan söyledim sana. ** İlk kez duydum ben de.

(Gelin yürüyerek Oğlan'ın yanına geri gelir.)

Gelin: Anlamadım.

Oğlan: Hep sorardık, anlatsın isterdik başından geçenleri, hikâyeler anlatsın, anlatmazdı. * Odada ikimize anlattıkları, o gün yaşadıkları, Ruanda, o ikizler, ilk kez duydum ben de, ilk kez anlattı.

Gelin: Hadi gir odaya, anneni bekletmeyeyim, hadi.

(Kapı açılır bir süre sonra, Oğlan girer.)

Oğlan: Uyudu mu?

Abi: Uyuyor. Yoruldu çok.

(Abi ve Oğlan uzak köşeye otururlar.)

Oğlan: Abi.

(Abi Oğlan'a bakar.)

Oğlan: Annem geldi.

Abi: Ne? Ne zaman?

Oğlan: Gördü babamı, demin siz odaya girerken.

Abi: Nerede şimdi?

Oğlan: Yüzü kireç gibiydi. İyi değil annem abi, eve döndü, gel dedim, ısrar ettim, istemedi. ** Çatıyı hatırlat dedi babana, çatıyı yapacak, söz verdi dedi, hayalet görmüş gibi oldu babamı görünce koridorda, uyuyamıyorum diyor, omuzları çökmüş, sesi gitmiş, gözleri... İyi değil annem abi.

Abi: Öldü mü, kaldı mı, sınırı geçti mi, pasaportuna mı el koydular, makinalarını kafasında mı kırdılar, boğazını kesip bir kuyuya mı attılar, otuz beş sene hayal gücünü terbiye etti kadın, kötüyü düşünmemek için, aklına getirmemek için. Odasındaki televizyon hep açık olurdu hatırlıyor musun? Ne zaman haber alamasak, kanal kanal gezerdi, sabahlara kadar. Sonunda en kötüsünü hayal etti, babam uzaktayken, dünyanın öbür ucundayken bile hayal edemeyeceği kadar çirkin olanı, karanlık olanı, babam gözünün önündeyken, dizinin dibindeyken. Bir kahraman yarattı hayalinde annem, otuz beş sene, otuz beş sene cüzdanında bir kahramanın fotoğrafıyla yaşadı. Sonunda kahraman eve döndü ve bir gecede öldürdü kahramanı. Bombaların, yamyamların öldüremediği kahramanı hayal gücüyle öldürdü annem. *** *(Abi esner.)* Karın mı götürdü eve?

Oğlan *(başını sallar)*: Kıza da bakacak, sen de git uyu istersen, ben beklerim burada.

(Oğlan esner.)

Abi: Uyuyorsun sen de.

(Oğlan başını arkaya yaslar, koltuğa yerleşir. Abi bir süre onu izler, sonra konuşur.)

Abi: Hangi gece?

(Oğlan kafasını kaldırır.)

Oğlan: Ne?

Abi: Karın, * o geceden sonra bir daha sevişmedi benimle dedin, hangi gece?

Oğlan: Bizde kaldığın gece, askerden döndüğünde, eski evde, aradaki odada uyumuştun, dedemlerin evinden gelen koltukta. Hatırlıyor musun? O gece.

Oğlan: Âşık sana o kız abi. Karım senin sevgilin, o geceden beri. Belki daha da eski, bilmiyorum, belki de hep öyleydi. Ama bir karar aldı o gece benim karım ve senin sevgilin oldu. Sen hiçbir şeyden habersiz abuk subuk karıların peşinden koşarken, sen film sanat sepet bunalımlara girerken, sevgilin, benim evimde, seni bekledi. Hiç aldatmadı seni, elini bile sürmedi bana. ** Sonra sen, birkaç hafta önce, Ada'nın doğum günü için geldiğinde, mutfakta sıkıştırdın onu, canın çekti, askısını indirdin karımın, güzel sözler söyledin, omzunu öptün, hepsini gördüm, bahçedeydim,

Ada'nın bisikletini ararken karanlıkta, mutfak camından senin çekemediğin filmi izledim ben abi. Heyecanlandı benim karım, eli ayağı birbirine dolandı, utandı, bayıldın sen bu duruma, yeni bir macera buldun kendine, yeni bir senaryo, iyi hissettin kendini, güçlü hissettin, babamı aramaya başladın, oteli aradın, o işleri de çözdün, bak babam para da bulmuş sana, paran da var şimdi, filmini çek abi, bitir artık o filmi. ** Ama o kızı kandırma sakın, karımı aldatma, yalan söyleme ona, o kızı üzersen, başına yıkarım bu dünyayı, bitirdiğin gün gelir, gözünün önünde yakarım o filmi abi.

Oğlan: Çatı için bir adam bulalım, bir an önce, kışı böyle geçiremez annem, uyuyamıyorum diyor, kovalar duruyor yatak odasında, yazık kadına.

Baba: Satın o evi.

(Oğlan ve Abi birden Baba'ya bakarlar.)

Baba: O evde oturmasın artık. O yatakta uyumasın annen, yeni bir çatı verin annenize. Yeni bir yatak.

Abi: Baba...

Baba: Yanıma gelin...

(Oğlan ve Abi bir an dururlar, Baba zorlanarak eliyle gelmeleri için işaret eder. Abi ve Oğlan kalkıp Baba'nın başına gelirler, yatağın kenarına ilişir Abi. Oğlan ayakta ve daha uzaktadır. Baba, Oğlan'a bakar.)

Baba: Otur.

(Oğlan da oturur.)

Baba: İyi bir baba olamadım ben, * olduğum gibi hatırlayın beni, olduğum kadar. * Slaytlar var çantamda, makina çantasında, dergiye verin onları, paramı alın ama önce, parayı almadan vermeyin sakın. * *(Oğlan'a bakar.)* Ada'ya küçük bir makina al o parayla, güzel bir de askı al, boynuna assın, kırmızı olsun, sevsin, eski makinaları da büyüdükçe ver ona, tek tek, en eskiyi en son ver. Anneni ilk gördüğümde boynumdaydı o makina, ilk fotoğrafını çektim annenizin o makinayla, el sallıyordu bana, kızaran yanakları o makinanın içindedir hâlâ. ** Taşıyın o evden onu, yazı beklemeyin, yeni bir evde girsin yaza, balkonu olsun, ihmal etmeyin annenizi, ben çok ettim, siz etmeyin. ** Birbirinizle de kavga edip durmayın, büyüyün artık, ölüyorum ben, bir işe yarasın. * *(Oğlan'a döner.)* Keyif için iç o sigarayı, esiri olma, öfkenin, korkunun, hiçbir şeyin esiri olma, kocaman bir hayat var önünde, bir babasın sen, iyi bir baba. Tadını çıkar. Ben yapamadım, vakit yetmedi, sen benim için de çıkar. *** Ağaçların sadece toprağın üstünde olduğunu sanan adamlardan olmayın oğlum. *(Abi'ye döner.)* Çekeceksen bir gün o filmi, kökleri de göster...

Oğlan: Baba...

Baba: Hadi gidin şimdi.

Abi: Buradayız baba, gitmiyoruz hiçbir yere.

Baba: Ben gidiyorum. Siz de gidin, durmayın burada, arayıp haber verirler.

Oğlan: Baba...

Baba: Gel buraya.

(Oğlan, küçük bir oğlan çocuğudur şimdi. Baba'ya yaklaşır, Baba, Oğlan'ı ensesinden tutar, yüzüne yaklaştırır ve alnını öper, Oğlan ağlamaktadır, sarılır babasına. Abi ve Oğlan ikisi de Baba'ya sarılmış ağlamaktadırlar. Bir süre izleriz. Baba'nın sesi çok zor çıkmaktadır artık.)

Baba: Hadi... Hadi gidin...

(Abi ve Oğlan, bir süre sonra, çok zor ve yavaş yavaş ayrılırlar Baba'dan, odadan çıkarlar. Sahne kararır.)

VI. Tablo

(Sahne aydınlandığında oldukça az ışık vardır odada, Baba yatakta yatmaktadır. Bir süre sonra kapı yavaşça açılır. Gelin'in kapıdan uzanan başı görünür. Çekine çekine, yavaş yavaş girer Gelin odaya, arkasına döner sonra ve eliyle Ada'ya gelmesini işaret eder. Ada sessizce girer odaya. Gelin onu yatağın başına götürür. Bir süre öylece dururlar. Ada iyice yaklaşır dedesine ve sonunda Gelin kaldırıp yatağa oturtur Ada'yı. Gelin yavaş yavaş yataktan uzaklaşır ve koltuğa oturur. Ada bir süre daha izler dedesini ve sonra yavaşça seslenir.)

Ada: Dede...

(Baba'nın gözü hafif aralanır, zor nefes almaktadır. Ada'yı görünce belli belirsiz bir ses çıkartır. Ada, bir süre sonra, dedesinin bebekken kendisine söylediği ninniyi yavaş yavaş mırıldanmaya başlar. Gelin iç çekerek ağlamaktadır artık. Ada, bir eli dedesinin üstünde, ninniyi sonuna kadar söyler ve tamamlar. Kısa bir süre sonra kalp atışının duyulduğu makinadan gelen ses kesintisiz bir sinyale dönüşür. Baba'nın başı yavaşça yana düşer. Gelin ayağa kalkar, Ada'nın yanına gelir. Ada, annesine bakar, annesi sarılır Ada'ya, başını öper ve bir süre öylece dururlar. Sahne son kez kararır.)

Haziran 2012. Mihran Tomasyan'ın ev sahipliğinde yazılmıştır.

KISA OYUNLAR

PAZARTESİ

Sahne ortasında sırtı seyirciye dönük bir televizyon.

***Kadın:** Yüzü seyirciye dönük televizyonu izliyor, elinde televizyonun uzaktan kumandası.*

***Adam:** Kadının yakınında. Gözleri kapalı.*

Sahne, televizyondan gelen ışık (oyuncuların yüzüne vurur) ve seslerle açılır. Akşam haberleri. Jenerik müziği. Ardından spikerin sunumu başlar.

Televizyon:

İyi akşamlar. Mutsuzlukla Mücadele Haftası etkinliklerinin beklenen ilgiyi görmemesi üzerine meydanda asılmak üzere gönüllüler arasından seçilmiş annelerin karınlarında bekletilen göstericiler salıverildiler. Göstericiler arasında çok sayıda siyasetçinin yanı sıra kürtaja karşı görüşleriyle tanınan yerli ve yabancı gruplar, emekliye ayrılmış emniyet teşkilatı mensupları, seracılar ve birkaç bilim adamı bulunuyor. Mutsuzlukla Mücadele Haftası etkinlikleri az sayıda sinsi protesto kahkahası dışında olaysız tamamlandı. Etkinlikler için alınan tedbirler ve cezaî uygulamalar bir süre daha ülke genelinde geçerli olacak. Aksi açıklama yapılana kadar ***keşke, sen beni sevmiyorsun, seni hak etmiyorum, yapsaydın o za-***

man gibi sözlerin kullanılması, camlardan içeri bakılması ve sert tokalaşmak yasak. Yasaklı sözlerin tam listesi gazete bayilerinde piyango çekiliş sonuçları ekinin yerine verilmeye uygulama sonuna kadar devam edilecek. Piyango biletine ikramiye çıkıp çıkmadığını uygulama dolayısıyla öğrenemeyenlerin Allah...

Kadın kanalı değiştirir. Bir spor müsabakasının seslerini duyarız bir süre.

Kadın tekrar kanalı değiştirir.

Televizyondan elli yaşlarında bir kadın sesi:

Yuva yaşındaki çocuğumuzu...gösterdiğim şekilde katlayarak...asetonla...ya da evde aseton yoksa sabunlu ıslak bir el bezi yardımı ile...sertçe bastırarak...evet...gösterdiğim şekilde...geleceğini...evet şöyle elimizle daireler çizerek...evet...yuva yaşında katladığımız çocuğumuzun geleceğini saat yönünde siliyoruz... evet...gösterdiğim şekilde...evet...çocuğun ebeveyni iseniz daha kolay çıkacaktır...kimsesiz çocuklara çok bastırmadan...daha yumuşak...evet...saat yönünde...

Kadın kanalı değiştirir.

Tekrar haber spikerini duyarız. Spiker, piyango bileti alanlara küfürler yağdırmaktadır.

Kadın televizyonu kapatır.

Televizyonun kapanmasıyla Adamın gözü açılır. Adam kıpırdamadan televizyona bakarken

Adam

Niye kapattın?

Kadın

Yoo... Kapattım.

Adam
Oğlan aradı mı?
Kadın
Aradı, büyümüş, az konuştuk.
Adam
Ne diyor?
Kadın
(dizini tutarak) Dizimi sordu.
Adam
Ne dedin?
Kadın
Dizimi sordu.
Adam
Ne dedin?
Kadın
İyi dedim.
Adam
Düşmesen daha sık arardı çocuklar. Şimdi korkuyorlar, onlar meşgulken öleceğiz diye.
Kadın
Onlar bir geldiğinde kapıyı açmaya giderken düşmüştüm. Ben ne bileyim, bilsem açar mıydım kapıyı.
Adam
Bir pazartesi olsun, usta çağırıp kapıyı da söktüreceğim zaten. Bu yaşta ne kapısı...

Kadın televizyonu açar, baygın sesli bir solist Türk Sanat Müziği eserleri söylüyor. Bir süre sonra daha kıpırdamadan televizyona bakarlar. Karanlık.

GAFLİK

Yedi yaşlarında iki çocuğun oynaması için kısa oyun. Biri kız, biri oğlan.

Oğlan

Kimdi o çocuk?

Kız

Hangi çocuk?

Oğlan

Beslenmede buluştuğun, utanmadan bir de herkesin içinde... Aklım almıyor.

Sessizlik.

Kız gülmeye başlar.

Oğlan

Söyle ben de güleyim... Neye gülüyorsun söyle ben de güleyim. Gülme...

Kız

Yapma ne olur...

Oğlan

Neyi?

Kız

Yapma ne olur.

Oğlan

Neyi?

Kız

Biz niye böyleyiz yaa... Niye yaa, niye yani biz de herkes gibi... Offf...

Oğlan

Herkes gibi ne?

Kız

Dışarı çıkalım mı? Hava güzel bak, insanlar dışarıda. Kızlar ipe çağırdılar, gitmedim bak, bir şey konuşacağım, bir şey konuşacağım dedin, bir suratlar, bir pozlar, sevmiyorum böyle, ne olur...

Oğlan

Eskiden severdin benle vakit geçirmeyi, ikimiz olalım, başka bir şey istemiyorum diyordun. Ben geçmişini, benden önce yaşadıklarını silmek, yok saymak için bir şey bu, öyle, yani o yüzden yapıyorsun sanıyordum, sonra inandım sevgine, yani sevginin bir gücü olduğuna inandım, ama şimdi, niye... Niye...

Kız

Paranoyaksın sen, hastasın bayağı...

Oğlan

Sen çok sağlıklısın değil mi?

Kız

Yapma bunu...

Oğlan

Neyi?

Kız

Her ne yapıyorsan yapma, nereye gidiyor bu böyle, ne... Hadi ne soracaksan, ne diyeceksen sor söyle hadi, bunu yapma...

Oğlan

Daha yeni tanışmıştık, denize gidildi hani, senin annenle baban yeni boşanmıştı.

Kız

Annemle babamı niye karıştırdın şimdi, neyin peşindesin yaa...

Oğlan

Bir şey karıştırmadım, anlatıyorum, dinle. Yuvanın son senesiydi, yaz başı hatırlıyor musun? Oranı buranı öptürüp öptürüp kaçıyordun, kanatlı lastik top gibi, bir buraya bir oraya. Ben de aç sokak köpekleri gibi peşinde. Matchbox arabalar yeni çıkmıştı. Ne acayip zamanlar. Herkeste bir şaşkınlık. Hiçbir şey aynı olmayacak. İnsanların bir araba daha alabilmek için yapmayacağı şey yok. Alt kattaki çocuk iki katlı otobüs için Kuran kursuna gitmiş derler, dört ay, bilmem doğru mudur? Ama zor değil inanmak. Arkadaşlıklar bozuldu o dönem, neler neler oldu. Çeteler dağıldı ve daha acımasızları kuruldu bir üstü açık matchbox araba için. Bense çevremdeki herkesi kaybettim. Bir tane bile arabam yok, gözüm yok ki hiçbirinde, kafam orada değil, kafam nerede, kafam sende... *(Acı gülümser.)* Sende olmayan Barbie'leri öğreniyorum kızlardan, ne o, dayım Hollanda'ya gidiyor o zaman zırt pırt, yengem bizde salya sümük, aile dağılıyor, kuzenler sigaraya başlamış, benim umrumda değil, dayım Barbie'leri getirecek mi getirmeyecek mi, başka şey düşündüğüm yok, bir kere babamla karşılamaya gitmiştik dayımı havaalanında, hiç unutmuyorum, babam konuşacak dayımla, aklı başına gelsin evine dönsün diye, dayım bir indi uçaktan, kafasında horoz ibiği gibi bir şapka, kolunda da yeni yenge, iş bitmiş, fiş gitmiş, kadının karnı burnunda, dayım bizi gördü uzaktan, pişmiş kelle gibi sırıtıyor. Ben babamın elinde. Babama baktım, gözleri büyüdü, gaflik gibi oldu, ilk defa küfrettiğini duydum babamın, ağız dolusu bir hassiktir çekti. Dayım duymuyor, uzakta, yanımızda bir yaşlı kadın vardı ama, oğlunu mu ne bekliyor, o ters ters baktı babama. Babam elini götürdü kafasına, bembeyaz oldu adam, derdi dayım mayım değil, anneme ne diyecek onu düşünüyor. Benimse umrumda değil dünya, bir kurtuldum babamın elinden ok gibi fırladım, polisin biri tutmak istedi geçişte ondan da sıyrıldım, sapandan boşalmış taş gibiyim, yüze gelsem kaş yararım, zor durdum dayımın yanında, adama sarılmadan senin Barbie'leri sordum, dayım kafamı sevdi, duymuyor bile beni. Yanındaki kadına döndü, incecik dudakları vardı kadının hiç unutmuyorum, 'Eva, bu yeğenim,' dedi, kadın öyle bakıyor. Ben koşarken de heyecanlanıp korktum gerildim ondan mıdır nedir, 'Eyvah bu yeğenim' dedi gibi geldi dayım bir an, ben de dedim eyvah, unuttu Barbie'leri, beni görünce de tutuştu 'Eyvah bu yeğenim' diyor. Eva diyormuş meğer, kadının adı... Ben öyle makas alma görmedim, bir yakaladı kadın yanağımı, onlarda öyle herhalde âdet, elini çekince şak diye ses çıktı yanağımdan. Benim nasıl canım yanıyor, normalde olsa salya sümük ağlarım, yere falan atarım kendimi, ne bileyim bir sahne yaratırım yani, ama umrumda değil işte Allah kahretsin, aklım senin Barbie'lerde, bir daha sordum dayıma, bir daha bir daha, dayı barbiler, dayı barbiler, aldın mı aldın mı... Nasıl bunalttımsa adamı, 'Sus ulan', dedi sonunda 'Ne barbisi, ibne mi olacaksın başımıza!' E ama hani, alacaktın malacaktın diyemeden öylece kalakaldım. Şimdiki aklım olsa, çok şey derdim aslında dayıma, bana ibne diyene kadar bilmeden etmeden, kendin adam ol derdim, çoluğun çocuğun perişan, karının yüzü yara oldu ağlamaktan derdim, ne bileyim derdim bir şeyler, ama o an başka hiçbir şey gelmedi aklıma dizine bir tekme attım dayımın, ama nasıl tekme, bavulu mavulu düşürdü adam, nasıl bağırıyor, bir yandan küfrediyor, bir yandan bağırıyor, bir tokat salladı bana, ıskaladı Allah'tan, sağlam geliyordu o sinirle, vuramayınca daha da sinirlendi, nasıl bağırıyor, şapkayı mapkayı attı yere, ben kaçıyorum, o kovalıyor, babam koştu oradan şaşkın zaten Allah'ı şaşmış onun da, en komiği kadın ama, Eva, Eva Yenge, incecikti dudakları, alles fülles bir şeyler diyordu önce sonra sustu, öyle izledi bizi, karnı burnunda, elinde bir export rakı şişesi, öyle bakıyor kadıncağız neyin içine düştüm ben diye... Dayımı o günden sonra hiç görmedim, görmedik yani, o geldiklerinde babam ne dese fayda etmedi, gelmediler bizimle eve, şifalı bir su mu ne varmış Anamur'da mı nerede bir yerde, oraya gittiler, Eva'yla, sonra da herhalde şöyle güzel bir yıkanıp döndüler Almanya'ya, bir daha da geldi mi bilmem, yengemi de evlendirdiler zaten, sonra boşanmış yine diye duyduk, belki bir daha evlenmiştir, belki de evlenmeyi seviyordu yengem, yengem olmayı değil, yenge olmayı seviyordu, kim bilir...

Kız gitmiştir çoktan, Oğlan kendi kendine konuşmaktadır.

EVLİLİKTEN ÖLÜME GİDEN UZUN YOLDA

1

Kadın

Sazlık bir yer böyle ne o... aaa... bir film, gitmiştik ya hani. Film gibi dedin sen. Aynı kadın oynuyordu hani şeydeki kadın şey... aaa... ne o *(parmağını şıklatır)* aaaa... ne o ya... gitmiştik ya hani... gidememiştik de hani sen gittik demiştin ben gittik sanıyorum hani. Mutluyuz demiştin de ben mutluyuz dedin mi sanmıştım ne hani. Aynı kadın. Aaaa... sazlık bir yer hani hatırlamıyor musun?

Adam

Boşanalım hadi.

Kadın

Yok değil. Tek kelime bir şey. 'Kader' ya da böyle 'Yalan' falan gibi, 'Falan', yok... Sazlık! Hah... Sazlık filmin adı... Hatırladın mı?

Adam

Boşanalım diyorum.

Kadın

Tokum, başım döner. Isınamadık da. Soğuk mu burası?

Adam

Soğuk zaten.

Kadın

Soğuk zaten de soğuk mu onu soruyorum. Üşüdük mü?

Adam

Bir kişiyim ben.

Kadın

Ne canım?

Adam

Yok bir şey.

Kadın

Niye? Deme öyle. Ben anlatıyorum bak sen de anlat. Ben susmadım bak bıcır bıcır. Ne o şey gibi? Ne dememiştin sen bana da, dedin otuz kere de ben demedin sanıyorum hani?

Adam

Geveze.

Kadın

Hah geveze... Bunu hatırladın bak.

Adam

Hatırlamadım. Dedim.

Kadın

Ne dedim canım?

Adam

Geveze.

Kadın

Ah canım onu hatırladık. Başka bir şey demedin, ne dedin?

Adam

Boşanalım mı?

Kadın
Aç mısın?
Adam
Açım.
Kadın
Yapma! Çocuklar uyanacak!

2

Kadın

Sesler duyuyorum sanıyorum. Duyuyor muyum? Duymuyor muyum?

Adam

Duyuyorsun.

Kadın

Sen, sen duymuyor musun?

Adam

Sen duy, ben duymuş kadar oluyorum.

Kadın

Deme öyle. Sen de duy.

Adam

Duyuyorum.

Kadın

Ben mutlu olayım diye söylüyorsun.

Adam

Sen mutlu ol diye sen duyuyorsun dedim, uzatma diye ben de duyuyorum diyorum.

Kadın
İyi. Ben mutlu olayım diye duymanı istemem çünkü.
Adam
Kim ister?
Kadın
Mutlu musun?
Adam
Yoo niye? Sen mi mutlusun?
Kadın
Ay hiçbir şey duymuyorum.

3

Kadın

Günlüğümü mü okudun sen?

Adam

Bir gün mü ne okudum öyle şey değil yani.

Kadın

Ben senin günlüğünü okuyor muyum?

Adam

Tutmuyorum ki ben günlük.

Kadın

Tutamazsın ki, ne yaptın bugün?

Adam

Sen tuttun ne oldu, okudum işte.

Kadın

Sevdin?

Adam

Hoş.

Kadın

Değil mi? Neresini okudun? Dünü okudun sen. Dün hoştu hakkaten. Dünü ben de sevdim. İçime sindi yani. Eğlenceli matrak bir şey oldu. O geçmişe dönüş, eski ev falan. Biraz düşürdü gibi geldi ama sonradan o da bir başka bir şey katıyor gibi sanki. Böyle bir çok mu duygusallaşıyor hani sanki bayacak sarkacak gibi oluyor ama sonra o senden sıkıldığım bölüm o işte sakalını da kesti iyice babasına benzedi hiç sevmezdim babasını falan hemen bir yükseliyor yine bir tansiyon bir merak bir şey geliyor nereye bağlanacak falan. Bir geriliyor bir şey oluyor yani. Hoş, güzel hakikaten, seviyorum ben de o çıkışı.

Adam

Ben dünü okumamışım demek ki.

Kadın

Yapma ya... Ben... Kusura bakma yani okudun zaten diye...

Adam

Okumuş kadar oldum.

Kadın

Tüh...

Adam

Benim okuduğumda tanıştığımız günü falan hatırlıyordun. Beni uyuyan bir leopara benzetiyordun. Ne şanslı kadınım ben falan diyordun.

Kadın

Eee ama sen de ne zamanları okumuşsun insan ilk sayfadan başlamaz ki okumaya. Bir geliversem yakalasam bassam seni? Atik ol oyalanma başıyla maşıyla. Aç son bir haftayı bir şeyi yani. Ne gidip açıyorsun ne zamanki şey o leopar meopar. Söylemesen hatırlamayacağım bile.

Adam

Yakalamana imkân yoktu.

Kadın

Niye?

Adam

İşe götürdüm. İşte okudum.

Kadın

Yuh.

Adam

Sekreter kız, o sevmediğin satın almacı, hani karısıyla yemeğe gelmişti, hele öğle yemeğinde kimi bulduysam okudum. Ama ben dünmüş gibi okudum.

Kadın

İnandılar mı?

Adam

İnansınlar diye okumadım ki. Sekreter kıza etkilenirse evine çağırır belki diye okudum. Satın almacıya sırf seni rezil etmek için okudum. Öğle yemeğinde de ille sohbet etmek, iş dışında bir şey konuşmak ya da dedikodu yapmak ister insanlar. Ben sıkılır beceremem bilirsin. O yüzden hep tek oturup kalabalık masalarda ortak söylenen tatlıları kaçırıyorum. Ama bu sefer öyle olmadı. Hatta defter elden ele gezereken neredeyse bütün tatlıları ben yedim. Aç mısın bu arada acıktım ben?

Kadın

Dışarıda yiyelim mi bu akşam?

Adam

Dışarıdayız zaten.

Kadın

Eve girelim o zaman, üşüdüm ben.

TEK TEK TEK TEKLİF

K > Kadın
A > Adam

K- Evet
A- Dur
K- Evet
A- Dur
K- Evet
A- Dur hemen
K- Evet
A- Dur hemen
K- Evet
A- Dur hemen / dur hemen / dur hemen şey
K- Evet
A- Dur hemen şey / dur hemen şey yapma / dur hemen şey yapma, düşün
K- Evet
A- Dur hemen şey yapma, düşün / dur hemen şey yapma, düşün çünkü / dur hemen şey yapma, düşün çünkü önemli / dur hemen şey yapma, düşün çünkü önemli

K- Evet, evet, evet

A- Ama dur hemen şey yapma, düşün çünkü önemli benim için / dur hemen şey yapma, düşün çünkü önemli benim için / dur hemen şey yapma, düşün çünkü benim için senin

K- Evet

A- Dur hemen şey yapma, düşün çünkü önemli benim için senin için / bu an / bu an / bu an

K- Evet

A- Ama ama dur hemen şey yapma, düşün çünkü önemli benim için, senin için, bu an / soruyorum bak / soruyorum bak / soruyorum bak hazırsan soruyorum bak hazırsan soruyorum / dur hemen şey yapma, düşün çünkü önemli benim için, senin için, bu an, soruyorum bak hazırsan, iyi iyi iyi iyi

K- Evet, evet, evet, evet

A- Aaaa ama dur hemen şey yapma, düşün çünkü önemli benim için, senin için, bu an, soruyorum bak hazırsan, iyi günde, kötü günde, hastalıkta ve sağlıkta benimle evlenir misin?

K- Evet

HOOP GİTTİ KAFA

/ işareti, repliğin bir sonraki replik tarafından kesilme noktasını gösterir. İşaret repliğin içinde değil sonunda duruyorsa bir sonraki repliğin boşluk bırakmadan duyulması gerektiği anlamına gelir.

* işareti, sessizlik ifade eder. İşaretin sayısı sessizliğin süresini belirler.
Örnek: * (kısa sessizlik) ** (sessizlik) *** (belirgin, uzun sessizlik)

A ve B. 25-26 yaşlarındadırlar. İkisi de erkek.

(Oda. Az sayıda ve kirli eşya. Yerde izmaritler, plaklar, kuru yemek artıkları. Oyun alanının ortasında üst üste toplama parçalardan oluşan yüksek bir müzik seti. Sağında ve solunda insan boyutunda iki dev hoparlör.

Sahne aydınlandığında yüksek, hareketli müzik eşliğinde kendinden geçmiş halde danseden A'yı ve huzursuz, sıkıntılı bir ruh haliyle onu izleyen B'yi görürüz.

Oyunun açılışından, işaretli yere kadar, diyalog müzik altıdır. Seyirci tarafından konuşulunların net olarak algılanmasına gerek yoktur. Müzik oldukça yüksektir.)

A- Nooluyolan nooluyolan... *(Dans eşliğinde, söylenişin müziğin ritmine oturtulması gerekir. Minimum 10 tekrar.)*

B- Gel gel, gel azıcık gel, gel otur gel, gel /

A- Geloturgel geloturgel... *(Dans eşliğinde minimum 5 tekrar.)*

B- Gel ama yok gel valla gel / bak bir otur

A- Dur dur dur bir dur, dur bize dur, bize şey lazım, dur

(A, müziği değiştirir, bir süre yeni müzikle yeni dans figürleri, sonra birden müziği durdurur, kontrolsüz hareketlerle bir plak aramaya başlar. Bir yandan konuşmaktadır. B, A'yı bitkin izlemektedir.)

A- Aaaaaaaaaaaaaaaaaaaa... Oğlum bende ne var, bende ne var, ah amına koyayım, sen tabii, dur dur, ah aha ah, oğlum oğlumoğlumoğlumoğlum, ne var lan bende, dur sen dur, amına koyacağım şimdi senin dursendursendurdur / durdursen

B- Ah be abim /

A- Tabii oğlum, deli misin /

(Bu arada A müziği başlatır. B müziği tanımış, gerçekten de şaşırmış ve bir an için ilgisi dağılmıştır.)

B- Bir otur be abi, ben valla *(müziği algıladığı nokta)* ohaa, nereden buldun lan bunu ayı

A- Yaa sen kardeşini...

(B birden müziğe eşlik ederek dans etmeye başlar, A da katılır, bir süre beraber yeni müziğe kaptırarak dansederler. B bir süre sonra durmaya çalışır. A tamamen kontrolden çıkmıştır, B bir yandan müziğin etkisinden kurtulmaya çalışmakta ve A'yı kendine getirmeye çalışmaktadır. Müzik çok yüksektir, birbirlerini zor duymaktadırlar.)

B- Ne içtin lan sen, ne içtin oğlum... Ne içtin lan /

A- Bitti bitti... Geçmiş olsun

B- Nee?

A- Bitti babacım bitti

(B müziği durdurmaya çalışır, A izin vermez.)

A- Dokunma, bırak amına koyayım / dokunma şuna yaa

B- Abisi bir dur, bir dur oğlum yaaa, bir dur

A- Dokunma lan dokunmalan dokunmadokunmadokunmalan

B- Dur kapatmayacağım dur, dur valla kapatmayacağım, kısacağım lan valla kısacağım, kapatmayacağım oğlum dur

(B müziği kısmayı başarır, A'nın dokunmaması için müzik setinin üstüne kapanmıştır. Bu noktadan sonra konuşmalar tamamen anlaşılır şekilde duyulmaktadır.)

B- Ne içtin abi sen, ne içtin böyle yaa...

A- Bitti oğlum bitti diyorum, geç kaldın babacım, yok bitti

B- Ne bitti abicim, nasıl kafaymış bu yapma gözünü seveyim

A- Gömdüm oğlum, vurdum hepsini diyorum sana

B- Ah be abi, ben kafamı sikeyim, ne bulaştım ki ben bu işe yaa

(A tekrar müziğin sesini yükseltmeye çalışmaktadır.)

A- Aç aç, aç lan şunu, çekilsene oğlum şuradan, bir çekil yaa, ne dikildin oğlum oraya

B- Otur suraya abi

A- Şarkı bitiyor lan, gazım kaçıyor bak

B- Ah keşke be abi

A- Aç şunu aç, aç hadi lan

B- Sen duydun değil mi benim dediğimi abicim?

(A cevap vermez, kendi halinde sallana sallana dans ediyor.)

B- Hoca bir otur şuraya ne olur, valla bak, sen duydun değil mi abi dediğimi?

A- Ne zaman?

B- Bir yüzünü falan / yıkasana...

A- Ne zaman?

B- Dün işte, sabaha karşı, uykusunda

A- Ne zaman ne dedin oğlum, hiç şey yapmıyorsun ki geldiğinden beri, çöktün duvarın dibine *(Eliyle de sağ duvarın dibini gösterir, B, o noktaya şaşkın şaşkın bakar.)*

B- Ne duvarı lan manyak mısın, şşt bana bak görüyorsun değil mi sen beni /

A- Duyuyor musun lan beni

B- Hah duyuyor musun?

A- Saçın yanacak abi

B- Ne diyorsun yaa?

(B bir an için elini saçına götürür.)

A- Oturma orada valla oturma, yakacaksın kafayı

B- Yaa bir siktir git deli deli davranma lan, şşş bana bak dinliyorsun değil mi abim sen beni

A- Güzel miyiz?

B- Baban öldü oğlum

* *

A- Aaayyy /

B- Yaaa /

A- *(Daha büyük)* Aaaaaaayyyyy...

* *

B- Ne?

A- Yaaa yok, sen, yok, olur ya öyle...

B- Ne o?

A- Duymak istediğim gibi duyduğum için. Aaaayyy... Şimdi böyle, acayip oldu... Acayip oldu, yok, acayip oldu, çok acayip oldu. Hani yoksa sahici öyle diyorsan /

B- Nasıl diyorsam?

A- Öldü falan...

* *

B- Öldü.

*

A- Deme deme yok deme öyle deme, öyle deyince öyle demişsin gibi oluyor. Ben şimdi korkuyorum ya onu duymaktan, öyle duyuyorum gibi mi oluyor, ne oluyor, öyle diyorsan, öyle mi diyorsun, ne oluyor, ne diyorsun, *(şaşkın ve öfkeli)* ne diyorsun lan?

B- Ne oluyor / yaa?

A- Ölmek yok.

B- Var, öldü /

A- Siktir git lan.

B- Yaa git hasta mısın?

A- Hasta dendi, hasta tamam, o tamam, hasta tamam, benim babam hasta, öldü möldü, ne oluyor yaa?

B- Hastaydı tamam, iyileşmedi işte, öyle mi diyelim, nasıl diyelim?

A- *(Sanki o an yeni karşılaşmışlar gibi)* Ne haber oğlum?

* *

B- Ne oluyorsun yaa?

*

A- Hasta tamam, hastalık tamam, kafana göre öldü möldü...

B- Abi... Bak, hastaydı ya

A- Hah bu iyi, hasta iyi bak, evet, iyi hasta iyi, benim babam hasta

B- Heh, iyileşmedi işte, baban iyileşmedi / abi

A- İyileşmek... İyileşşş. Leşşş... İiiiillleeeeeeşşşşş... Laf şimdi, çok dedik ya ondan mı artık...

B- Çok da demedik ama /

A- İiiiiiii / iiii...

B- Öldü abi, baban öldü /

A- Heh işte bunu diyorum, duymaktan korkuyorum ya ben bunu, bilinçaltı mı ne sik diyorlar, off, hasta bir şey yaa, onu duyuyorum abi, öyledir yaa, anladın değil mi? Nasıl ki / mesela?

B- Hay Allah yaaa /

A- Değil mi? Ne acayip be abi, amına koyayım, kim bilir sen ne diyorsun, ama hiç ben taktım ya kafayı oraya, hoop, hemen, değil mi, ne desen onu duyuyorum, yani onu duyuyorum yani, duymak istediğimi duyuyorum, yani onu duymak istemiyorum da, onu taktım ya kafaya, onu diye, korkuyorum yani, onu diyecek, gelecek şimdi onu diyecek diye, sen ne desen, ben onu duyuyorum, sen kim bilir ne diyorsun, *(kahkahalarla güler)* çok iyi yaa, valla hoca kusura bakma, ben, ne diyorsun hakkaten, söyle şimdi, ben, evet abi, anlıyorum, yani, şeyim, dinliyorum abi, kafayı veriyorum, sendeyim, evet abi, sen söyle, ben, evet, ver, vur abi, sendeyim...

* *

B- Gidecek misin cenazeye? /

A- *(Oldukça öfkeli)* Sikerim suratını adam gibi konuş lan, böyle şeyin şakası olmaz oğlum /

B- Yıkamak falan lazımmış abi, dediler oğlu gelsin diye, sizin ne o bir adam var ya, babanın nesiymiş, bir şeyi dediler, o haber bekliyor, ben dedim şimdi gidiyorum yanına, söyleyeceğim dedim, ben getiririm dedim, hani ne bileyim beni de şimdi...

* *

B- Ne? Ne yaa, ne bakıyorsun yaa, duyuyorsun değil mi beni, oğlum korkuyorum bakma lan öyle deli gibi, duyuyorsun değil mi lan sen beni? /

A- Devam et abi, devam et sen, dinliyorum ben seni, anca... Yavaş yavaş, bi hâlâ böyle arada abuk subuk duyuyorum ama, tamamdır, geliyor yani, ağır ağır... evet, ver abi, devam et sen, yıkandım dedin, bir şey getirdin bana, evet abi, sendeyim, ne getirdin?

* * *

(B, korkuyla, boş boş bakar. A, eliyle 'devam et' gibisinden işaret yapar.)

B- Oğlum baban öldü lan...

* *

A- Anlamadım abi, dağıtma, konuya dön abi, fokus... Sendeyim...

*

B- Abi /
A- Abi /
B- Abi /
A- Yeeeaaaaah... /
B- Abi yapma /
A- Ne getirdin lan?

* *

B- Ne içtin lan sen?

A- Harmanım lan, ne içeceğim, kuruş yok salıya kadar, siktir, ot mu getirdin lan yoksa, siktir, amına koyayım senin yaa, oğlum, oğlum oğlum oğlum, siktir, siktir, siktir, ben var ya, siktiiir, abi çook acayipmiş, ben daha anca anlıyorum lan, abiii, hastayım, aslan kardeşim teko getirmiş, tekenzo penzo getirmiş yaa, ulan on numara adamsın haa, para yok diyordun lan, ne bok yedin, ayı, karıya mı gittin lan yine, oğlum tamam o iş, gitmeyeceğim bir daha diyordun yaa, kopamayacaksın oğlum o karıdan, bak demedi deme sonra, donunda sallıyor karı seni hoca, kaybetmeyelim sonra kardeşimizi, dağılırsan toplayamazsın oğlum, hasta o karı... Dikkat et lan, akıllı ol...

B- Abi, ne olur yaa, gel bir sokağa çıkalım, *(hareketlenir)* gel, valla, kalk, yürü, hadi, bir hava alalım, bir kendine gel, ne olur, yalvarıyorum / ben sana yaa...

A- Hoca içelim cıgaramızı çıkarız, hasta etme adamı, çıkar hadi /

B- Yok ot yaa /

A- Hadi lan, ayak yapma götveren, çık / çık çık

B- Usta, yok ot, ben görmüyorum karıyı, bir ay oldu, baban öldü abi, cenazesini kaldıracaklar, insanlar seni bekliyor, halanlar falan, ne bileyim, ne olur / bir

A- Hoop gitti kafa... Gitti bende kafa gitti güzel gitti baba, valla çıkar sen otu, ben bayağı, bir şey de yemedim, dönüyorum amına koyayım / başım dönüyor

B- Gel bir şey yiyelim, gel hadi, kalk, temiz hava /

A- Abi söyleriz bir şey karta marta, bir şey yaparız, sen, çık baba, çık malı çık /

B- Getirmedim abi ben ot falan, yok, para da yok, seni bulamıyorlarmış dünden beri, niye kapalı abi senin telefonun, beni aradılar, belki beraberizdir falan diye, duyunca işte ben gittim mittim, sen de dedim, ne bileyim, duydun herhalde, oradasındır diye, işte sonra da buraya geldim yani, o. Ot mot yok usta, getirmedim...

* *

A- Eee bir şey getirdim dedin /

B- Demedim abi öyle bir şey, uyduruyorsun götünden, ben seni dedim, onlara diye yani, onlara dedim, seni getiririm diye, seni götürmeye geldim...

* *

A- Dur, içelim cıgaramızı da, çıkarız /

B- *(Bağırır)* Yok abi ot, yok, hasta etme adamı yaa, korkuyorum bir kendine gel yaa, getirmedim ot mot, yok, ot yok /

A- Getirdim dedin /

B- Yaa siktir git demedim yaa... Anamı siksinler demedim yaa. Haber getirdim abi ben sana, baban öldü abi, seni arıyor insanlar, annen hapla duruyor ayakta, abin uçak bulmuş, yolda, geliyor /

A- Abim Ankara'da lan benim /

B- Abin uçakta abi, buraya geliyor... Baban öldü abi /

A- Ölme yok... Öldü diyorsun lan, yuh, babam yaa... Benim babam... Unut abi, boş geç, ölme yok. Benim babam ölür mü yaa...

*

B- Ölüyor abi /

A- Hasta benim babam.

*

B- Sen hastasın abi, baban öldü, buz gibi yatıyor sikim bir taşın üstünde, abin uçakta, annen perişan, ot diyorsun hâlâ...

* *

A- Gittin mi lan kıza, doğru söyle /

B- Yaa siktir git ne kızı yaa /

A- O karı, o hocası mı ne var ya, o herife vermiyorsa ben de şuradan kalkamayayım abi /

B- Abi ne olur kalk /

A- Sen yedin boynuzu oğlum /

B- Sen kafayı yedin abi / bir lütfen yaa

A- Sen dinleyecektin kardeşini, söylendi sana, o karıdan bir bok olmaz dedik, al işte, bir çektin elini, hani ne oldu, Londra'ya gidelim beraber lafı ne oldu, projeler mrojeler çiziyordun, biz karıyla iş yapacağız falan, hasta oğlum karı, çaktı sana boynuzu, hocam o benim ayağına, saygı maygı, aldı herifin çükünü ağzına, ders dinliyor uslu uslu, sen var yaa, bitmişsin oğlum sen...

(A, eliyle boynuz işareti yaparak, dalga geçer, bir süre devam eder, B seyreder, dayanamaz, A'nın eline vurur, gerginlik artar.)

B- Terbiyesizlik yapma /

A- Ne oldu haa, yaa, hani ne oldu /

B- Aloo, bana bak, kendine gel, insanlar bekliyor, ne utanmaz herifsin sen yaa, baban öldü diyorum yaa, babanı kaybettin oğlum... Vefat etti baban, baban vefat / etti

A- *(Hırsla B'nin üstüne saldırır)* Öldürürüm lan seni, öldürürüm... Orospu çocuğu, kimsin lan sen, kimsin oğlum sen, boynuzlu, sikiyorlar oğlum senin karıyı, orta malı yaptılar, sen kimsin lan /

B- Abi ne olur...

* *

A- *(Sanki o an yeni karşılaşmışlar gibi)* Ne haber lan?

B- İyidir abi, baban öldü.

A- Ne yedin lan sen?

B- Abi baban öldü /

A- Bu koku ne lan? /

B- Abi baban öldü /

A- Leş gibi, ne bu / yaa...

B- Abi baban öldü /

A- Niye gittin lan kıza? /

B- Abi baban öldü /

A- *(Ağlamaklı korku içinde bağırır)* Niye gittin lan kıza...

* *

B- Abi baban öldü /

A- *(Yüksek)* Niye gittin / laaann...

B- Abi baban öldü /

A- Nerede ot? /

B- Abi baban öldü /

A- Kendine gel lan /

B- Abi baban öldü /

A- Şşşşt... Alooo /

B- Abi baban / öldü

A- Babam öldü lan...

*

B- Abi maalesef...

* * * *

A- Hastaydı...

*

B- Evet abi /

A- Gittin mi lan kıza? Doğru söyle

B- Abi baban? /

A- Ot nerede oğlum

B- Abi lütfen

A- Nerede lan?

B- Abi lütfen /

A- Nerede laaaaan...

B- Hadi kalk / gidelim

A- Sikerim suratını /

B- Sikme abi, ne olur sikme, ne olur bir kendine gel yaa...

A- Kimsin lan sen, kimsin oğlum /

B- *(Ağlamaklı)* Yapma lütfen yapma

A- Ne haber lan köpek

B- Ne olur bir terbiyesizlik yapma, bak valla çok ayıp oluyor bana /

A- Ne haber diyorum oğlum sana /

B- Baban öldü abi /

A- Ne haber diyorum lan /

B- Baban öldü abi /

A- Ne haber laaaan /

B- Baban abi /

A- Cevap ver amına kodumun çocuğu, ne haber diyorum sana /

B- İyidir abi, baban öldü /

A- Ne haber lan /

B- Baban öldü abi /

A- Ne haber laaaan /

B- Abi baban /

A- Babam öldü.

B- Abi maalesef...

* *

B- Annen bekliyor abi /

A- Annem...

(Bu noktada, 'Annem' deyişiyle A'nın aniden gözü dolar, sesi titrer, kitlenir, gözleri boşluğa takılır, kalır.)

* * * * * *

B- Abin yolda, böyle görmesinler usta seni, gel bir temiz hava alalım, bir şey yedireyim ben sana, hah? Yiyecek misin? Abii? Tamam lan, beraberiz oğlum, ben, yanındayım yani... Sonuna kadar yaa... Ne istersen abi, her türlü... Şimdi bu merasim telaşları falan bir bitsin, bir yerlere gideriz oğlum, valla lan, para da buluruz, ot da buluruz /

A- Şşştttt...

* * * *

B- Hadi abi, insanlar bekliyor...

* * * *

(B, A'nın yanına gider, kolundan tutarak ağır ağır kaldırır. A zor hareket etmektedir. Ayağa zorlukla kalkar. Boşluğa bir süre baktıktan sonra B'ye döner. Bir süre bakar. Yavaş yavaş sahneden çıkarlar.)

* * *

(Sahne kararır.)

Ocak 2008.

BOMBA

KİŞİLER

Sahne üstünde 5 sandalye, yan yana, aralarında yarım metre mesafe. Seyirci tarafından bakıldığında soldan sağa:
Garson, Kız, Adam, Kadın, Genç, Meşgul.

SAHNE

Garson: Çaya limon, bir kahve, çaya limon, bir kahve, çaya limon, bir kahve, çaya limon, bir kahve, çaya limon, bir kahve, çaya limon, bir kahve, çaya limon, bir kahve, çaya limon, bir kahve, çaya limon, *(Meşgul, Garson Kız'ın üstüne konuşmaya başlar)* bir kahve, çaya limon, bir kahve, çaya limon, bir kahve, çaya limon, bir kahve, çaya limon, bir kahve, çaya limon, bir kahve, çaya limon, bir kahve...

(Meşgul'un kulağında cep telefonu.)

Meşgul: Dönme, dönme... Hah? Ne, ne dur anlamadım, kesiliyor, döndün mü, iyi, döndün, aaaa, o zaman, dur, dönmesen iyiydi yaa, duyuyor musun? Aloo? U yapacaksın o zaman, bilmiyorum ki şimdi nereden, ne var karşında bir bak, haa? Bir bak diyorum, etrafına bak, ne görüyorsun, okul mu? Yok orada okul yaa, neredesin sen... Offf... Dur şimdi sen, bir, haa? Bir sağa çeksene, çekemiyor musun... Ne gördüğünü bir söylesene bana, okulu bilmiyorum, bak bir, haa? Bir şekilde geri dönmen lazım, dediğim meydanı bul sen, inşaat var, büyük inşaat, göreceksin, sağına al inşaatı, sağına, sağına... Sağında kalacak, bir, ne o, radyo mu o, kapatsana şunu yaa, ne dediğini, haa? *(Garson Kız konuşmaya başlar.)* Eee camı kapat o zaman, dur şimdi sorma kimseye, karıştırma, sen benim dediğimi...

Garson: Çaya limon, bir kahve, çaya limon, bir kahve. Çaya limon, bir kahve, çaya limon... Kahve... Normal kahve, normal ne demek?

Filtre. Neskafe mi demek istedi? 'Yoo,' dedi, 'filter,' dedi. 'Bir de su,' dedi, 'dışarıdan,' 'suya da limon,' dedi, 'bir dilim limon, sadece kabuğunu,' dedi. Suyun içine limon kabuğu. Kadın ağlıyor. Ağlıyor muydu kadın, kadın ağlıyor gibi ama bazen insanlar ağlamadan hiç de öyle mi oluyorlar, belki adam da mutsuz görünüyor gibi. Öyleydi. Ama adam ağlıyor değil, ağlamıyor. Çay adamın, çaya limon, sadece kabuğu. O mu ağlatıyor kadını... Biri de beni ağlatsa... 'Sırtımı göstereceğim,' desem, tam gün de şart değil, 'biraz gecikebilirim yarın,' desem, 'boş gününe bırak,' derse? 'Boş gününe bırak o işi' der mi? Sırtımın ağrısını belli etmem lazım, yürüyüşüm. Yürüyüşümle değil de, elimi götürsem sürekli sırtıma, insanlar bakarken ağrımı hissettirmeliyim ben. Sırtım ağrıyor zaten, özel bir şey yapmama gerek yok. Ne tatlı çocuk, kim bu yaa? Niye görmedim ben bunu, nerede oturdu? Bana mı bakıyor, önüne mi bakıyor, gülümsesene, gülümse işte bir şey yap, ay ne tatlı çocuk yaa, niye gülümsedim, niye gülümsedim, gülümsedim gibi mi oldu, yürüdü gitti, ne anladı. Şef nerede, kimse gördü mü? Altı aydır sevişmedin, önüne gelene gülümsüyor musun, yoo... Ne tatlı çocuk yaa, niye hiç görmedim, nerede oturdu? Sırtımın ağrısı hiç görünür bir şey değil. Benim bir şey yapmam lazım. Belki ağrı kesici istesem yukarıdan, biraz oturmak istesem, 'Geçmedi bu ağrı bir türlü,' mü desem? Çok, öyle doğalında, şikâyet ediyor gibi değil de, sanki umurumda değilmiş gibi. İnsanlar sen şikâyet ettiğinde değil, senin umursamadığın ağrıyı, sıkıntıyı onlar fark ettiğinde daha anlayışlılar, anca o zaman sanki ne oluyor, sahip çıkıyorlar, onları da oyuna katmak gibi mi oluyor? 'Gerek yok istemez ben iyiyim,' ne bileyim o tip şeyler söylemeliyim ama sırtımın ağrısı da görünür bir şey olmalı ama ben, en önde koşan yaralı bir asker gibi olmam lazım. Kafasından yüzüne falan kan akan, gözlerini dolduran kanı hiç böyle umursamadan ilerleyen bir asker gibi. Hiç şikâyet etmeden. Komutan görmeli halimi gibi, onlar geri çekmeli beni sipere değil mi? Milyonlarca insanın televizyonda sakatlandığını gördüğü bir sporcu falan. Bir atlet. Seke seke kaleye koşan bir futbolcu. Antrenörün zorla oyundan aldığı bileği dönmüş bir futbolcuyum gibi. Açıkça görmeliler, hissetmeliler. Olup bitenin farkında olduklarını, merhametli olduklarını göstermeleri için küçük bir oyun. Sonra da teşekkür ederim, bu hoşlarına gider, ruhlarını okşayacak, merhametli, ne vicdanlı olduğunu kalabalık her an söylerim. İnsanların içinde. 'Bana kalsa gitmezdim doktora, ama şef sağ olsun, ısrar etti, dert edindi sağ olsun...' Hep 'Sağ olsun,' derim, dert edindi iyi. Evet iyi, böyle şeyleri sağda solda söyleyeceğimi bilse, hemen şimdi alırdı tepsiyi elimden, 'Çıkar,' derdi önlüğü, taksi parası bile verir miydi, ısrar eder almazdım ben. Oyun. Hemen yollardı beni bir hastaneye, belki de tanıdığı bir doktor mu var? Ama şimdi ben istersem, izin istesem, sırtım da ağrıyor mu, uyduruyor muyum, hiç belli değil Allah kahretsin... Koptu sırtım, aynı ben... Gök gürüldüyor, yaz günü, tuhaf, güzel, beş numara, hesap. On elim yok ki, elini kolunu sallayıp durma işte, gördük. Bekle, pis herif, pis ayı, pislik... Sırtım, yarın daha kötü olacak, gördük, patlama, pis herif, göt... Çaya limon, suya limon, kabuğu, sadece limon kabuğu, kahve adamın, eeee, neredeler, eee? Kadın niye dışarıda, adam yok, ne bekliyor orada öyle kadın, kapının önünde, ne yapıyor, ağlıyor mu? Eli niye yüzünde, adam yok, eee? Bekle, gördüm, vereceğim hesabını, şef niye bakıyor bana öyle, ne çağırıyorsun şefi pis herif, şikâyet etme işte, kadın ağlıyor. Hesabı ödemeden kaçtı mı o çocuk, ne tatlı çocuktu o öyle, bana kalmasın sonra o hesap, tuvalete mi girdi sadece, ne tatlı çocuktu, niye gülümsedim, çok mu gülümsedim? Adam kayıp, kadın ağlıyor, kadın dışarıda ağlıyor, gitmiyor da, evet ağlıyor. Nerede bu adam, çantalarını her şeylerini almışlar, kalkmışlar, iptal mi sipariş, ne oluyor, şikâyet etti beni pislik, geber e mi, çatladı sırtım, Allah'ın ayısı, Allah'ın andavalı, kıçına battı değil mi oturduğun koltuk, geber e mi, pis, göt, geber inşallah... Aaaa... Yağmur... *(Gülümser.)*

(Yüksek bir ses. Bir patlama, sesle aynı anda sahne kararır. Kısa bir süre sonra sahne aydınlanmaya başlar. Aydınlandığında 5 oyuncu aynı yerlerinde, Garson Kız tepsiyi göğsünde kavuşturduğu kollarının arasına almış, karşıya bakıyor. Sahne aydınlandığı anda Kadın konuşmaya başlar.)

Kadın: Yapma...

Adam: Neyi?

Kadın: Bakma öyle...

Adam: Bir şey yapmıyorum.

Kadın: Bakıyorsun.

Adam: Bakmıyorum.

Kadın: Kalkalım mı?

Adam: İçmeyecek misin çayını? Çayın geliyor.

Kadın: İstemiyorum.

Adam: Yapma...

Kadın: Ben... Gidiyorum ben... Bu böyle... Bilmiyorum gidiyorum ben, sen istersen...

Adam: İstemiyorum, bir şey istemiyorum ben, karışma, bırak...

Kadın: Ne, ne demek ki... Karışmak, ne demek karışmak, ne demek ki o? Bir şeye karışmıyorum ben, bir şey istemiyorum, ne istiyorsan yap, istemiyorsan yapma.

Adam: Sensiz hiçbir şey yapmak istemiyorum ben, biliyorum neyi istemediğini, ben...

Kadın: Sensiz... Ne demek sensiz, sensiz lafı, çok, bilmiyorum, yok öyle bir şey, bu kadar büyük yaşamıyorsun, yaşıyormuşsun gibi yapma...

Adam: Hakaret ediyorsun...

Kadın: Ben gidiyorum.

Adam: Böyle değil, ne olur, böyle hiç gerek yok, ben, lütfen, lüt... Bekler misin, bekler misin beni lütfen, dur çayımızı içelim, bir... Konuşmak için geldik, bu kadar, yabancı gibi... Nasıl beceriyorsun bunu, bu kadar çabuk...

Kadın *(ağlayarak)*: Kusura bakma...

Genç: Kimse görmedi beni, kimse görmedi, görmedi kimse, hep önüme baktım, kimseyle göz göze gelmedim, koşmadım da, rahattım, kollarımı da sallamadım, önüme baktım ben, yürüdüm, ne çok insan, ne çok ses, kimse bakmadı bana. (*Birden sıçrar.*) Gök gürüldedi. Sakin ol, sadece gök gürüldedi, sadece gök gürültüsü. Daha mı çok ses çıkar, daha çok mu ses çıkacak?.. Kız niye gülümsedi bana, niye bana gülümsedi, o kız gülümsedi bana, niye gülümsedi sanki, ne istiyor, ne demek ki, geri dönüp...

Meşgul: Yaa bir dinlesen anlayacaksın, delirtme adamı. Haa? Bak, meydana dönmezsen bulamayacaksın, burnumdan getirdin yaa, dön meydana, inşaatı bul, sağına al, düz, sapma, bir şey yapma, ilerle. Tiyatro var büyük göreceksin, yol ayrılacak, sap ama yavaş git, hemen tabela verecek zaten, tutmazlar arabayı ama, arayıp söylemen lazım, hemen çıkartsınlar, sen ara yaklaşırken, bana bak yağmur başladı burada, yağıyor mu orada da, bak, iyi örtsünler malın üstünü, ıslanmasın, kutuları mutuları aman haa...

Genç: Yumurta. Yumurta yedim ben, bitirdim. Poğaçayı da bitirdim. Kırıntı bırakmadım. Anacığımın poğaçası. Ne severim, ne sevindi. Hangisini attım en son ağzıma, yumurtayı mı, hayır, hayır hayır, iyi hatırla. Bir daha bir şey yemedim, su bile içmedim, tuvalette yüzümü yıkadım, ağzımı çalkaladım, o, o, o sayılmaz, en son anamın poğaçası. Veda poğaçası. Kandırıldım sanacak anlayamayacak, anlamaz, anlayamaz, anlamasın. Kandırıldım ben, kandırdım. Annemi kandırdım, babamı kandırdım, ablamları, komşuları, bütün çocukluk arkadaşlarımı, annemi kandırdım ben, garson kızı kandırdım, niye gülümsedi bana, insanlar gülümsemez bana. Ne bakıyor bu adam bana, niye gülümsüyor, gülümsüyor mu, ne istiyor benden bu adam, gülüyor mu?

Genç *(devam)*: Bana bakıyor, bayağı bayağı bana bakıyor, niye gülüyor? Gülümsemek mi bu, gülmek mi? Ne bu, insanlar gülümsemez bana. Anacığımın poğaçası...

(Yüksek bir ses. Bir patlama. Sesle senkronize sahne hızla kararır. Aydınlandığında 5 oyuncu aynı yerlerinde, Meşgul'ün elinde değildir artık telefon, tam karşısına kilitlenmiş bakıyor, kollarını göğsünde birleştirmiş. Sahnenin aydınlanması ile Adam konuşmaya başlar.)

Adam: Kalktı yerinden, ben de peşinden. Ne çayı içti, ne para ödedik. Çıkışa doğru hızla ilerlerken, ben de peşinden, askıdan düşen bir gömlek gibi boşaldı yağmur. Dışarıdayız. Uzaklardan gelen bir polis sirenine isabet etti şarkı sonu gibi bir gök gürültüsü, sanki geğirdi bulutlar. Birden düştü aklıma gök gürültüsünün notası, bir de gider ayak ettiği laf...

Kadın: Bu kadar büyük yaşamıyorsun. Yaşıyormuşsun gibi yapma...

Adam: Gözüm onda. Hızla yürüyor, önden önden, kaçar gibi. Topuklarına takıldı gözlerim, adım attıkça arkası açık ayakkabının tabanından bir yükselip bir alçalıyor topukları, pembe pembe tabanları bir görüyorum, bir kayboluyor. Birden döndü bana. Süratle ve soğuk sarılmak, hemen uzaklaşmak istiyor. Gözü boş geçen taksilerde. Soğuk soğuk sarıldık, hemen hemen, kapı aralığında sevişmek gibi, 'Bırakayım,' seni dedim, istemedi, ısrar etti, diretti.

Kadın: Yürüsem...

Adam: Dedi...

Kadın: Yürümek istiyorum.

Adam: 'Sen bilirsin,' demedim. Hiçbir laf konuşmadım. Gülümsedim. Gülümsemedi. Göz göze gelmek istedim. Gözü taksilerde. Elimi saçıma götürdüm. Hep yaptığım şey. Gider ayak, ayrılmadan, bir hava yaratmak istiyorum. Saçımda gezdirdim elimi. Sanki poz veriyorum besbelli. Son fotoğrafı çeksin diye. İstiyorum ki, aklında hep böyle kalayım. Kendimi en beğendiğim halimle. Ayaktayım, göğsüm gergin, karnım içeride, bir elim cebimde, diğeri saçlarımda gezerken. Oysa o bana bakınca, tozlu bir fotoğraf albümünü aranıyor artık, tek bir boş sayfa yok ki bu albümde, boşa giden son pozlar, eski makinalarda çıkacağından emin olmadan çektiğin son kareler gibi. Film bitti. Onunla aynı yöne yürümek istesem bir ısrar, huzursuz olmasından korktum. Korkmak ne kelime, her hareketim batıyor şimdi bana hele ona kim bilir nasıl... Sınavını teslim etmeden dikkatle kontrol eden bir öğrenci gibiyim. Sanıyorum ki ne bir eksik, ne bir fazla laf etmeliyim. Sanıyorum ki hiç uzatmadan, hemen oradan gitmeliyim. Arkamı döndüm yürümeye başladım. Birkaç kez dönüp bakmak istedim. Dönüp onu yaşlı gözlerle bana bakarken görmek istedim. Koşarak yanına varmak, sarılmak istedim. Attığım her adımda içimde bir kemik kırıldı. Tam köşeyi dönerken sivri bir kemik ucu battı sanki kalbime... Bir otobüs durağına yaklaşıyorum. Yağmurda durağa sığınmış bir adam birini azarlıyor telefonda. Lafı belli ki eksik dinleyen birine, sanki konuştuğu adam onu görüyormuş gibi havada yollar, sapaklar çizerek bir adres tarif ediyor, sabrı her an biraz daha taşarak.

(Meşgul, elini kaldırarak 'Benim' gibisinden bir işaret yapabilir.)

Adam: Esmer tenli, sık saçlı bir oğlanla göz göze geliyorum.

(Genç, aynı Meşgul gibi kendini işaret edebilir.)

Adam: Yürüyerek yavaş yavaş geçerken yanından tuhaf, korku dolu bir ifade var yüzünde. Titriyor çenesi, elleri. Olduğu yerde duramıyor. Huzursuz, gergin, benim geldiğim yöne bakıyor, hızla yaklaşan bir hortumu izler gibi, hepimizin uçuracak, binaları, otobüs duraklarını, kaldırımları yerinden sökecek bu hortum sanki. Gözlerini ayırmadan bakıyor geldiğim yöne doğru, sanki birden, konuşuverecek. 'Beyefendi,' deyiverecek. 'Bir kadın koşarak size doğru yaklaşıyor, gözlerinde yaşlar. Hanımefendi ağlıyor. Hanımefendi pişman, hanımefendi perişan, dönün ve açın kollarınız, beyefendi, belli ki seviyor sizi, yaşlı gözlerle koşuyor, hemen dönün beyefendi açın kollarınızı.' Hanımefendi düşüverecek, açın kollarınızı, hanımefendi düşüverecek, aman açın kollarınızı. Kalbim iki bin metreden uçaktan atılmış bir adamın ceketi gibi titriyor. Dönüp bakıvereceğim arkama, sanki boynum uyuştu. Göz göze geldik genç adama, döneyim mi şimdi mi, bir işaret ver arkadaş, dönsem sarılacak mı sevdiğim, atlayacak mı kollarıma. Niye bilmem dayanamadım, gülümsedim genç adama...

(Yüksek bir ses. Bir patlama. Sesle senkronize sahne hızla kararır. Aydınlandığında Adam, Genç ve Meşgul aynı yerlerindedir. Kadın ve Garson yok. Kadın'ın ve Garson'un sandalyelerinin üstünde çerçeve içinde resimleri ve birer karanfil.

Sessizlik. Sahne kararır.)

SON

SIRADAN BİR GÜNDE TANIDIK BİR EVİN KAPISINI ÇALAR GİBİ

"Mikado'nun Çöpleri" oyununun yazarı
Melih Cevdet Anday'ın anısına

KİŞİLER
ADAM, 40 yaşlarında
KIZ, 20'lerinin başında

(Cihangir'de bir apartmanın giriş katında bir daire. Geç saatler. Kız, oldukça tedirgin, koltukta oturmaktadır. Adam elinde su bardağıyla odaya girer, bardağı kıza uzatır, karşısındaki koltuğa oturur. Adam oldukça rahat gözükmektedir. Kız suyu içer. Bir süre konuşmadan dururlar.)

Kız: Teşekkürler tekrar.

Adam: Bir şey değil.

Kız: Bu kadar zor durumda kalmasam çalmazdım kapınızı. Birazdan sokak rahatlar zaten, ortalık sessizleşince polis çekilir, ben de çıkarım, daha fazla rahatsızlık vermem size.

Adam: Sizli bizli konuşmana gerek yok, donla oturuyorum karşında. Rahatsız da değilim. Uyuyacak olsam yatar uyurum, çeker kapıyı çıkarsın, bana göre hava hoş. Sen sürekli teşekkür ettikçe bana da durmadan aynı şeyleri söyletip duruyorsun, benim o açıyor bir tek kafamı. Ben rahatım, sen de rahat ol, anlaşalım.

Kız: Anlaştık.

(Sessizlik.)

Adam: Kaç yaşındasın sen?

Kız: Yirmi iki. Siz?

Adam: Bizi de çarp işte ikiyle.

Kız: Yalnız mı yaşıyorsunuz?

Adam: Belli olmuyor mu?

Kız: Bilmem.

(Sessizlik.)

Adam: Niye çıktın sokağa?

Kız: Nasıl?

Adam: Ne çıkardı yani seni sokağa, niye evinde değilsin? Çok da bu işlerin puştu gibi bir halin yok, aka boka eyleme katılan bir tipe benzemiyorsun.

Kız: Niye öyle söylüyorsun?

Adam: Bilmem, üstün başın, halin, kibar kızsın, sokak iti değilsin, sonra tek başına çaldın kapıyı, arkadaşlarından koptun belli ki korktun ilk sen topukladın, sen girdin buraya, arkandaki grup daha anca girdi sokağa.

Kız: Onlarla beraber değildim ben.

Adam: Niye cama koştun o zaman eve girdiğin gibi?

Kız: Polislere baktım ben, peşimden geliyorlar mı, diye.

Adam: Gelmediler ama, görmediler bile seni, arkadaşların senin arkandaydı çünkü, epey arkanda, polis de arkadaşlarının arkasında, ne polis gördü seni ne de arkadaşların. Sıradan bir günde tanıdık bir evin kapısını çalar gibi çaldın bu kapıyı, ben de açtım.

(Sessizlik.)

Adam: Dün gece de karşı komşuya girdiler, herif de eski asker, 'Yatacak yeri yok o Erdoğan'ın,' diye bağrınıp duruyor zaten, almış çocukları içeri, çocuklar dediğim en az on kişi, senin gibi böyle sen yaşlarda, polis girdi binaya, bastı bunun ziline, gözden bakıyorum bende, pezevenk üniformayla çıktı kapıya, kafada şapka falan, takım taklavat, emekli albay mı yarbay mı ne bu, sünnet çocuğu gibi çıktı kapıya, bir fırça bunlara, memur oğlanlardan biri diyor ki 'Yürü gidelim,' öbürü de lafçı çıktı, 'Yok görevimiz,' yok şu yok bu, taktı girecek içeri, 'suç işliyorsunuz,' diyor, 'bu eve girdiklerini gördük,' diyor. Neyse bizim yarbay güzel bir kafalarını sikti bunların, oğlan da bıktı sonunda çekip gittiler.

Kız: Sizin kapınızı da çaldılar mı?

Adam: Size geçerim hemen diyorsun.

Kız: Binaya girince önce sizin kapı var, kalabalık girdilerse size de basmışlardır mutlaka, basmadılar mı?

Adam: Polis mi?

Kız: Hayır, direnişçiler.

Adam: Çocuklar mı?

Kız: Evet, direnişçi çocuklar.

Adam: Hafiften bir uyuz olmaya başladın sanki değil mi sen bana?

Kız: Tanımıyorum ki sizi, öyle bir niyetim yok. Ben kalkıyorum zaten, üstüme vazife değil ayrıca, tekrar teşekkürler.

(Kız kalkar.)

Adam: Sen bilirsin. Ama kapının önünde geziniyor bak yine ekip arabası. Böyle çıkarsan şimdi ebelenirsin, şu maskeyi falan kafandan çıkar çantaya koy bari.

(Kız maskeyi çantaya koyarken dışarıdan sesler gelir, bir grup binaya dalar, polisin sesleri gelir, kapılara vurulur. Gaz tabancasının birkaç kez ateşlenmesi duyulur. Beraber dinlerler. Adam ışığı kapatır, perdeyi hafif aralayarak dışarıyı izler, kız olduğu yere çöker, kıpırdamaz, korku içindedir.)

Adam: Fena karıştı ortalık.

(Eski asker komşunun bağırışları duyulur.)

Adam: Heh çıktı bizimki, bu işte, duyuyorsun değil mi? Karşı komşu, bak bak nasıl bağırıyor bak, korkuyorum açıp camı ateş mateş edecek, bir tabancası bir şeyi vardır bunun kesin evde değil mi? İyice sıyırıp sıkmasın camdan... Hah? Ne dersin?

(Sessizlik.)

Adam: Karısı öldü garibin, felçti zaten kadın yatalaktı, yılbaşı gecesi gitti kadın, bu geçtiğimiz. Sabaha karşı zil, bir açtım bu. Ben bunun yüzüne baktım, çaktım zaten durumu, konuşmadık bile, doğru bunun eve geçtik, bu bir de sarsmış kadını panik yaptı herhalde kurtaracağım edeceğim derken düşürmüş mü kadını, odaya bir girdim, kadın yerde, döndüm yarbaya baktım, ilk orada konuştu işte, 'Size de rahatsızlık verdim,' dedi. Ne acayip değil mi? Bak senin gibi o da, insanlar garip yaa, en zor ânın yani değil mi, hani bir başkasına, yabancı mabancı, ne önemi var, o anda o durumda, insan yani ve sen muhtaçsın ona, çaresizsin, ve hâlâ bok gibi gururunun derdindesin, düşmeyeceksin yani o an bile, hani 'Zorda kalmasam işim olmaz senle,' der gibi mi nedir artık bilmiyorum götü sıkışan kibarlaşıyor. Öyle değil mi ama sırası mı şimdi orada aman rahatsız ettik bilmem ne, haksız mıyım?

(Dışarıdan bir daha sesler patlar, kız korku içindedir.)

Adam: Konu komşu esnaf da sorar buna işte hanımınız iyi mi şu mu bu mu bir şeye ihtiyaç var mı, falan. Öyle boş soruyorlar, kibarlık, laf olsun, *(yarbayın taklidini yaparak)* 'Daha iyi efendim, daha iyiyiz, bugün daha iyi.' Hep böyle bu, ulan kadın yatalak, ağzını oynatamıyor, felç kadın yaa, nesi daha iyi, nedir yani değil mi daha iyi olan ne? Yok ama yarbay herkese reverans, tebrik kabul eder gibi geziyor sokakta pezevenk, konuşuyordu bir de kadınla bu, uuu neler, sabahlara kadar, bazı gece ağlar, apartman boşluğu bunun mutfağı görüyor, kesiyorum bunu aradan, böyle büyük kola bardağı gibi bardakta rakıyı koyuyor bu, elması masada şaşmaz, bıcır bıcır bıcır, hem ağlıyor, hem konuşuyor. Görsen, için acır, sonra sabah oluyor, manav soruyor yarbayım hanımınız falan, 'Daha iyi efendim, çok daha iyiyiz.' Ulan amcık bir gün de bir siktir çek manava, 'Neyi soruyorsun amına koduğum, put gibi yatıyor işte kadın on senedir yavşak,' de, sen de bir rahatla, manav da bir daha sormasın kurulmuş gibi değil mi her seferinde? Konuşacaksanız da iki tane gerçek laf konuşun. Sabaha kadar mutfakta kendi kendine konuşacağına git manavla konuş.

(Sessizlik.)

Adam: Ama yok işte, hani insanın yüzde yetmişi mi ne su diyorlar falan ya, yüzde iki yüzü gurur anasını satayım. Konsolos köpeği gibi kasım kasım geziyor herkes sokakta evde yatakta, manavına kasabına, karısına kocasına.

(Sessizlik.)

Adam: Al işte ağa babası da bu başımızdaki, çoluğu çocuğu sokağa çıkarttı puşt, evinde oturanı da doldurdu, o bok suratlı karısı da bunu dolduruyor belli ki, bir de hapis mapis de yattı ya bu, tutabilenin öp elini, estir baba estir, eğilmem yenilmem, boynumuz dik, başımız ak, dik dururmuş eğilmezmiş pezevenk, ulan boş başak dik durur, insan olan eğilir be, eğilmeyeni de eğerler, bugün değilse yarın eğerler. Eğilmezmiş. Tabutunu da dikine gömsünler pezevengin oldu olacak. Memleketi böldü şerefsiz, hoş memlekette zaten dünden hazır bölünmeye, bir manyak lazımdı işte fitili yakacak, o da bu çıktı. Hepsinin amına koyayım, onun da, ona çemkiren yarbayın da, topunun.

(Sessizlik.)

Adam: Ne okuyorsun sen?

Kız: Konservatuar, tiyatro.

Adam: İyi, o da lazım.

(Sessizlik.)

Adam: Ben de eski tiyatrocu sayılırım. Koğuşta bir aktör abi vardı bizim, güzel sohbet ederdik onunla, Samsun sigarası içerdi, büyük pafküfçü, kocaman elleri vardı, küçücük de kafa, surat bembeyaz, suya düşmüş ekmek içi gibi anasını satayım, bir ses vardı ama, konuşsun sabaha kadar dinle, oyun okuttuydu bize de, çıktık oynadık da bir şeyler yaptık, yabancı bir yazar da adını çıkaramam şimdi, eczacı Refik var, üstümde yatıyor benim, Konyalı bir oğlan, o çok kaptırdıydı, 'Hocam hocam,' sürekli peşinde abinin, o da sahiplendi bunu sağ olsun ilgilendi hakikaten, geçen gün vapurdayım, oluyor epey, tepede de televizyon açık, aha bir baktım bizim Refik, dizinin birinde, üstünde polis kıyafeti, koşuyor bir odalara giriyor birine bir şeyler anlatıyor falan, 'Vay be,' dedim, Refik'e bak sen.

(Sessizlik.)

Adam: Ses kısıktı ama duyamadık. O yüzden Refik'in oyunculuğuyla ilgili sağlıklı bir yorum yapamayacağım.

(Kız güler.)

Adam: Seni de görürüm belki yarın öbür gün bir yerlerde, güzel kızsın bir diziye çıkarırlar seni de elbet, okullusun da hem.

(Sessizlik.)

Kız: Siz niye yattınız hapiste?

(Sessizlik.)

Adam: Uykum vardı.

(Sessizlik.)

Adam: Bence sen çok da takılma bu sokak işlerine, bu iş daha sürecek belli ki, yarın çaldığın kapıyı açmazlar, ensene yapışır genç bir memur oğlan, güzel de kızsın, hiç affetmez, götürür atar seni nezarethaneye, çirkinler kesmez polisi, oracıkta döver ağzını burnunu kırar en fazla ama inine taşımaz. Güzelleri götürür, yavaş yavaş yer güzelleri, keyfini çıkara çıkara, avını inine taşıyan bir çakal gibi, oynaya oynaya yer, oynata oynata, çirkinleri döver polis, güzelleri karakola götürür. Başta korkarsın, uğraşırlar orada seninle, sonra bir an gelir, korkmaz olursun artık, bir iki sefer girdin mi o kapıdan, özlemeye bile başlarsın çişli duvarları. İnsan dediğin hep bir mana arar, yoktur çünkü. Eroin gibidir bu sokak işleri, aradığını buldun sanırsın, müptelası olursun. Olma.

(Sessizlik.)

Adam: Şimdi sen içinden düşünüyorsun belki, 'Sana ne,' diyorsun, 'senin ne üstüne vazife,' diyorsun değil mi? Ama bana sorarsan, *(bir an durur)* adın neydi?

Kız *(bir an durur, sonra cevap verir)*: Leyla.

Adam: Bana sorarsan Leyla, her şey herkesin üstüne vazifedir. Yoksa ne işimiz var koğuşlarda...

Adam: Neyse, kafanı ütüledim senin de. Bak, nasıl girdim bende hemen yarbayın kafaya. *(Hafif alaylı konuşarak)* Rahatsız etmedim sizi umarım, ne dersiniz...

(Sessizlik, Adam camdan bakar.)

Adam: Polis gitti, sokak boş, taksi çağırayım sana diyeceğim ama çalışmaz pezevenkler şimdi korkarlar buralardan müşteri almaya, uzak değildir inşallah gideceğin yer. Uzaksa da, geldiğin gibi dönersin artık.

(Kız kalkar, kapıya doğru gider. Tam çıkarken adam tekrar konuşur.)

Adam: Çaldılar. Çocuklar, benim de kapımı çaldılar, sorduydun ya, dün gece. Ama çok kalabalıklardı, yarbaya bıraktım bende. Benden daha çok ihtiyacı var garibin.

Kız: İyi geceler.

Adam: Size de.

(Kız çıkar. Adam koltuğa oturur.)

SON

Haziran 2013.

SAYIN ABONEMİZ

Adam ve Kadın...

(Adamın kucağında telefon. Kadının uzağında telefon. Adam ve Kadın yan yana. Sessizlik. Adam telefonda bir numara çevirir, Kadının telefonu çalar. Kadın telefonu açar, kulağına götürür.)

Kadın: Efendim?

Adam: Sen mi aradın?

Kadın: Yoo..

Adam: Haa.. Ben de sen mi aradın diye, yanımda değildi çünkü telefon, aradıysan, bulamadıysan...

Kadın: Yok, ben aramadım, benim yanımda telefon, arasam bilirim.

Adam: Haa.. Sen aramadın yani?

Kadın: Yok. Ben arasam bilirim, yanımda telefon.

Adam: Haaa... Yok işte benim yanımda değildi de ondan, şeyi, hani aradıysan duymadıysam...

Kadın: Yok arasam duyarım, ben yanındayım.

Adam: Haa... Tamam o zaman. Sen aramadıysan, tamam.

Kadın: Oldu.

Adam: Tamam.

(Telefonlar kapanır. Sessizlik. Adam tekrar arar Kadın'ı.)

Kadın: Alo?

Adam: Ha... Benim...

Kadın: Evet.

Adam: Uzun konuşursak sonra arayayım, rahat rahat konuşalım.

Kadın: Rahat olunca ben seni arayayım. Şimdi yanındayım, rahat konuşamıyorum.

Adam: Tamam.

Kadın: Oldu.

Adam: İyi seneler.

Kadın: Sana da, iyi seneler.

(*Telefonlar kapanır. Sessizlik. Adam tekrar Kadın'ı arar.*)

Kadın: Efendim?

Adam: Alo? Beni arayacaktın, aradıysan bulamamışsındır diye arıyorum. Telefon yanımda değildi.

Kadın: Neredesin sen? Çekmiyor.

Adam: Yanındayım.

Kadın: Zor duyuyorum. Kesiliyor.

Adam: Dur kapatıp bir daha arayayım.

Kadın: Yok. Ben arayayım seni, ben kötü bir yerdeyim.

Adam: Neredesin?

Kadın: Yanındayım.

MİSAFİRLİK

MONOLOG

Eskiden, eskiden daha sık yaptığım uzun seyahatlerde, hele geceleri araba sürüyorsam birden karşıma çıkıveren yol ayrımları beklenmedik tuhaf bir hüzün verirdi bana. Sapmam gereken yola karar vermeden... Önce duraksıyorum. Arabanın vitesini boşa aldığımı ve kimi zaman radyonun sesini de kapattığımı hatırlarım. Benim kararımı falan etkilemesin bu radyo. Motorun sesi, araba hafif hafif hareket ediyor. Yolun, kimi zaman yoldaki mıcırın sesini duyduğumu ve önümde beliren çatallanmış yeni yola bir süre baktığımı, başımı bir o yana bir diğer yana yavaşça çevirdiğimi hatırlıyorum. Aynada beliren arabayı görüyorum. Arkamdan yaklaşıyor, arabanın uzun farlarının aynadan yansıyan ışığı arabamın içinde. Ben arabayı fark edince harekete geçtiğimi, bir yöne doğru, ama tek bir yöne doğru araba ve ben hareket ettiğimi, yola girdikten bir süre sonra tekrar radyoyu açtığımı hatırlarım. Saptığım bu yeni yola saptığımı hatırlıyorum. Arkamdan gelen araba yanımdan geçip gidiyor. Beyaz ışıklar, kırmızı ışıklara dönüşüyor. Artık arkasındayım. Seçtiğim yeni yolun üstünde, beni geçen arabaların arkasındayım. Yolun bana verdiği yeni zamanın kaderi bu. Belki kadersizliği...

Eskiden, eskiden daha sık yaptığım uzun seyahatlerde, hele geceleri araba sürüyorsam birden karşıma çıkıveren yol ayrımları beklenmedik tuhaf bir hüzün verirdi bana. Sevdiğinden güzel sözler duymak gibi, sevmediğini unutmak gibi, unuttuğun anlar gibi, unutamayacağın güzel anları sıcak bir yaz gününün akşamında uzun bir sahilde çıplak ayak serin kumlar üstünde yürürken hatırlamak gibi, hiç unutamayacağın o güzel anları... Hayatında hiç unutamayacağın o güzel anların olması gibi, seni sen yapan bütün güzel anlardı onlar.

Eskiden, eskiden daha sık yaptığım uzun seyahatlerde, hele geceleri araba sürüyorsam birden karşıma çıkıveren yol ayrımları beklenmedik tuhaf bir hüzün verirdi bana. Bu huzurdan eser yok şimdi. Yerini terk ettiği şey her ne ise artık beni ben yapan şey de o... İsteksiz, çekinerek misafir olduğum bir evde, ve o evin en sık kullanılan odasının, en çok oturulan koltuğunda birden, bir öğlen uykusuna dalıvermek gibi, ayaklarını koltuğun öbür ucuna kadar uzatmış olduğunu fark edip huzursuz uyanıvermek gibi, seni uyurken seyretmiş yüzlerle karşılaşmak kadar huzursuz.

Eskiden, eskiden daha sık yaptığım uzun seyahatlerde, hele geceleri araba sürüyorsam birden karşıma çıkıveren yol ayrımları beklenmedik tuhaf bir hüzün verirdi bana. O huzurdan eser yok şimdi. Eskiyle yeni arasındaki fark da işte bu şimdi. İşte yaşlanmak bunu fark etmek galiba. Azgın bir köpeğin salyalarını akıtarak sana doğru koştuğunu fark ettiğinde kaçman gerektiğini bilmek, doğrusunun bu olduğunu fark edebilmek. Salyalarını akıtarak sana doğru koşan azgın köpekten kaçmak... O köpekten koşa koşa arkana bile bakmadan kaçmak... Neredeyse yaşamak kadar eski şimdi benim için... İşte bu da... Ölmek galiba. Galiba... Bu...

TODAY IS TOMORROW

KİŞİLER

Alvin Baines – 60'larının sonlarında
Nick – 40'larının sonlarında
Esma – 30'larının sonlarında

Geniş ve boş bir oda, duvar dibinde iki büyükçe koli. Odanın bir köşesinde yakındaki koruya bakan bir camekân, cam kenarında ayaklı bir küvet.

SAHNE

(Dışarıdan evin kapısının açılma sesi duyulur önce, sonra Alvin ve Nick'in sesleri.)

Bu metin, Traverse Tiyatrosu tarafından 2015 yılında Fringe Festivali'nde (İskoçya) sahnelenmek üzere Berkun Oya'dan oyun sipariş edilmesi üzerine yazılmıştır. Yazar, oyunu İngilizce yazmış, daha sonra kendisi Türkçeye çevirmiştir.

Nick: Yatak odası koridorun sonunda, soldaki kapı, hoş size evi anlatmama gerek yok.

Alvin: Sağda da banyo vardı, öyle mi hâlâ?

Nick: Su tesisatı duruyor hâlâ ama giyinme odası olarak düzenlemişler o odayı.

Alvin: Banyo?

Nick: Yatak odasındaki balkonu genişletip kapatarak banyo yapmış son mal sahipleri, koruya bakan büyük bir küvet koymuşlar, bana sorarsanız güzel de olmuş, önü tamamen cam kaplı, son kiracı yalnız yaşayan bir kadın, anahtarları alırken biraz sohbet ettik, bazen saatlerce küvetten çıkmadığım oluyor diyor, manzara şahane hakikaten.

Alvin: Öyledir.

(Önce Alvin, arkasından Nick odaya girerler. Uzun sessizlik.)

Nick: Koliler son kiracıya ait, bugün yarın alacaktır. Kirayı ödemekte zorlanıyordu, geçen hafta boşalttı evi. Ev gördüğünüz gibi tamamen temizlendi, mal sahibi son derece titiz.

(Uzun sessizlik.)

Nick: Kim bilir ne kadar çok anınız canlanıyordur şimdi.

Alvin: Ben bu odada uyumazdım pek... Yani, son yıllarda en azından...

Nick: Anlıyorum, eşiniz mi bu odada kalıyordu, siz evi boşaltılırken yatak çıktığını hatırlıyorum bu odadan?

Alvin: Beraber kalıyorduk, eşim ve ben. Mathilde öldükten sonra ben salondaki koltukta yattım daha çok, ısıtması daha kolay oluyordu evi.

Nick: Ben... Affedersiniz, düşünemedim.

Alvin: Yine de öyle tabii...

Nick: Nasıl, anlamadım?

Alvin: Anılar, türlü türlü şey geliyor insanın aklına.

Nick: Hep güzel anılardır umarım.

Alvin: Hastalıktan başka pek bir şey hatırlayamıyorum aslını isterseniz, deniyorum, zorluyorum kendimi, elbet var ufak tefek, parçalar halinde, anlar, güzel günlerin izleri... Ama daha çok kokular geliyor aklıma, Mathilde'in düzenli aldığı ilaçların kokusu, hasta bakıcının adeta üstüne sinmiş kebap kokusuyla karışan ağır parfümü... Bir örtüsü vardı, hatırlıyorum, namaz kılmak için, ara sıra koridordan geçerken onu yerde, o örtünün üstüne kapanmış dua ederken hatırlıyorum, delice bir görüntüydü, yatakta beyazlar içinde yatan karım ve yerde sanki Mathilde'e tapar gibi tuhaf hareketler yapan bir kızcağız. İlk zamanlarda yanında getirip götürürdü, çantasında taşıyordu herhalde, sonra bir gün bıraktı burada, ben unuttuğunu sandım başta, ertesi gün geldiğinde söyledim, 'Örtünü unutmuşşsun,' dedim, 'Yoo,' dedi, 'bıraktım, nasıl olsa her gün geliyorum artık, burda durabilir, sizin için de mahzuru yoksa.' 'Tabii ki,' dedim, 'nasıl rahat edersen, bizim için sorun olmaz.' Öyle de düşünüyordum hakikaten, ne zararı olabilir ki, yatak odamızda kapının kenarındaki sandalyenin üstünde katlanmış olarak duracak işte, ne var bunda, öyle değil mi?

Nick: *(Ne diyeceğini bilememekte)* Evet... Herhalde...

Alvin: Öyle olmadı ama... Sonlara doğru, Mathilde'in uyanık olduğu zamanlar epey azalmıştı, uyanık olsa da konuşma isteği neredeyse tamamen ortadan kalkmıştı, benim anlattıklarımla da pek ilgili değildi artık, hatta bazen uyuyor mu yoksa ben konuşmayayım diye uyuyor taklidi mi yapıyor emin olamazdım, bazen hiç kıpırdamadan uzun süreler otururdum bu odada, şurada bir koltuğumuz vardı, hiç konuşmadan, bu sessiz odanın içinde, Mathilde'in yüzüne bakardım, hiç gözümü ayırmadan, ciddiyetle bir iş yapar gibi, bir filmde görmüştüm, bir Amerikan filminde, adamın karısı ölüyor, yıllar geçiyor üstünden ve bir gün adam karısının yüzünü hatırlayamadığını fark ediyor, korkunç bir şeydi, delirmiş gibi evin içinde karısına ait fotoğrafların olduğu kutuyu arıyordu adam. Uzun uzun bakardım Mathilde'in yüzüne, ölüyordu karım, 35 yıllık hayat arkadaşım, çocuğumun annesi, başımın belası, lise aşkım ölüyordu, yapabileceğim hiçbir şey yoktu ve ben bir gün yüzünü unutmaktan korkarak, kıtlıkta son konserve kutusunu toprağa gömer gibi, Mathilde'in yüzünü gözlerimin içine gömmeye çalışıyordum adeta. Sonra duvarlara bakardım uzun uzun, duvarlarımıza, koruya bakan balkonumuza, perdelerimize, halılarımıza, eşyalarımıza, dolabımıza, kapımıza, sandalyemize ve... Evimize giren bir hırsızın başka bir evden çalıp bizim evde unuttuğu bir eşya gibiydi hasta bakıcının namaz örtüsü. Islak bir sıçan cesedine benzetirdim bazen bu örtüyü oturduğum yerden, bazen de süslü bir yılbaşı hediyesine. Kendi evimde, karımın bile beni daha ölmeden terk ettiği bu odada, dünyanın öbür ucundan, hiç bilmediğim bir kültürden, hiç bilmediğim alışkanlıklardan, inançlardan ve kokulardan gelen bir genç kızın eşyasıyla başbaşa kalıverirdim.

(Sessizlik.)

Alvin: Neyse, başınızı şişirdim sizin de, daha fazla vaktinizi almayayım, fiyat uygun, yani, biraz yüksek belki ama, yapacak bir şey yok, siz bir kontrat hazırlayın isterseniz, bir an önce bitirelim bu işi.

Nick: Tabii, kontrat taslağı hazır zaten, bir tek mesele var.

Alvin: Nedir?

Nick: Evin bir talibi daha var, mal sahibiyle görüşmüş bile, sanırım tanışıyorlar da, bu bizim için sorun teşkil edebilir, sonuçta o da kabul etmiş rakamı, pazarlık da talep etmiyor, karar ev sahibinin olacak bu durumda.

Alvin: Biz teklif edelim.

Nick: Nasıl?

Alvin: Artış diyorum, yani çok bir şey yapamam ama diğer kişiden biraz daha fazlasını vermeyi teklif edelim, uygun bir artış belirleyin siz, ben de bankamla görüşeyim. Benim için herhangi bir ev değil bu, benim evim burası, benim geçmişim, oğluma düğün hediyesi olarak alacağım burayı, çocukluğunun geçtiği ev burası, ön bahçede gördüğünüz o büyük çamı elleriyle dikti daha 8 yaşındayken.

Nick: Anlıyorum, haklısınız, ev sahibinin de haberi var, anlayışlı ve kibar insanlar, eminim sizin durumunuzu gözeteceklerdir ama dediğim gibi diğer müşteri de tanıdıkları bildikleri bir insan, karar vermeleri oldukça güç olacak sanırım, ev sahibinin durumunda olmayı istemezdim açıkçası.

Alvin: İşini kolaylaştırın o zaman ev sahibinin, dediğim gibi, bir teklif yapın kendisine benim adıma, fiyatı artıralım.

Nick: Ya diğer müşteri de artırırsa, hatta bu durumda agresifleşip sizin yaptığınız artışın üstüne daha fazla da koyabilir, oldukça varlıklı insanlar.

Alvin: Kim Allah aşkına bu müşteri, buralardan biri mi?

Nick: Bildiğim kadarıyla evet. Müslüman bir aile. Yıllardır istiyorlarmış bu evi, en çok da karısı, ilanı astık, yarım saat sonra ofise geldi bizzat beyefendi, sonra da mal sahibiyle ahbap çıktıklar dediğim gibi. Kendisi inşaat işinde, şirketinin bu bölgede de epey yatırımları var.

Alvin: Karısı?

Nick: Sanırım ev hanımı.

Alvin: Kaç yaşlarında bu kadın?

Nick: 40 civarıdır herhalde, çocukları yok ama birkaç köpekleri olduğunu söylediler, bahçe çok hoşlarına gitti o yüzden.

Alvin: Şahane.

Nick: Nasıl?

Alvin: Birilerinin geçmişi, başkalarının geleceği oluyor işte böyle.

Nick: Anlayamadım?

Alvin: Oldukça iri yarı bir adam değil mi bu diğer müşteri, kafasında bir tel saç yok ama kocaman kaşları var.

Nick: Yani, evet topluca bir adam olduğunu söyleyebilirim, kaşlarına dikkat etmedim ama saçı yok, evet.

Alvin: Kibarlık yapmanıza gerek yok biz bize konuşuyoruz, kutup ayısı gibi bir tip işte, adını söyleseniz de hatırlayamam maalesef ama kimden bahsettiğinizi biliyorum ben, emin olabilirsiniz.

Nick: Beyefendinin ismi Hamid, soy isimleri de Hourani...

Alvin: Hamid, damn it, whatever it is, I know the guy, hasta bakıcıyı almaya gelirdi gece geç saatlere kaldığında, her tarafına süsler taktığı japon kerhanesi gibi bir arabası vardı, evleneceklerdi, tanıştırdı üstelik beni de, üstünde telefon numarası bile olmayan saçmasapan bir kart vermişti bana, iş adamı pozlarında geziyordu sürekli, tanıyor beni, gayet iyi tanıyor, eminim hatırlıyor kim olduğumu, o da, karısı da...

(Sessizlik.)

Alvin: Evi almak istediğimi biliyorlar mı?

Nick: Bir başka müşteri daha olduğunu biliyorlar, size verdiğim gibi onlara da bilgi verdim.

Alvin: Adımı da söylediniz mi?

Nick: Evet... Adınızı biliyorlar.

Alvin: Ne dediler peki?

Nick: Nasıl yani?

Alvin: Adımı duyunca hiçbir şey söylemediler mi?

Nick: 'Elimizi çabuk tutmamız lazım,' dediler, bir müşteri daha olduğunu öğrenince, doğal olarak...

Alvin: Hiç utanmadan değil mi? Bu evi kendilerinin hak ettiğini düşünüyorlar, o kız ya da kadın neyse yıllarca geldi bu eve, yaşadığımız her şeye şahit oldu, bu evle nasıl bir bağımız olduğunu bal gibi biliyor, benim ve karımın bu ev için ne kadar uğraştığımızı, çocuğumuzun bu evde büyüdüğünü, bu evin her köşesinde bizim emeğimiz, hatıralarımız olduğunu biliyor, beni tanıyor, karımı tanıyor, oğlumu tanıyor ve şimdi...

Nick: Bay Baines, sakin olun, lütfen, bakın belki de sadece bir tesadüf, tamamen başka insanlar da çıkabilir, aradan yıllar geçmiş, belki de düşündüğünüz insanlar değiller.

Alvin: Böyle bir tesadüf olabilir mi, adam tarife uyuyor, kadın ev hanımı diyorsun, başka bir bok beceremez zaten, ilaç şişelerini devirip durmaktan başka bir işe yaramaz. Köpek delisi, o işte, kafasına tokalar taktığı bir köpeğin fotoğraflarını gösterip dururdu Mathilde'e. İnanamıyorum, gerçekten inanamıyorum, başıma gelene bak...

(Alvin duvar dibindeki kolilerden birinin üstüne çöker.)

Nick: Bay Baines evet oturun biraz lütfen, size bir bardak su getireyim, bu kadar yüklenmeyin kendinize, öyleyse bile, söylediğiniz gibiyse bile daha her şey bitmedi, ev sahibi henüz kararını vermedi.

(Alvin heyecanla kalkar ayağa.)

Alvin: İki katını teklif ediyorum. Tamam mı? Hemen arayın ev sahibini, lütfen, rica ediyorum sizden, hemen arayın lütfen kendisini.

Nick: Bay Baines, lütfen biraz sakin olun, emin misiniz, ben...

Alvin: Değilim tabii ki, ne bekliyordunuz, ne yapmamı bekliyorsunuz böyle bir durumda? Bir akıl verin o zaman.

Nick: Daha mantıklı bir artış belki, konuştuğumuz rakamlar...

Alvin: Elli bin. Ne diyorsunuz, Elli bin pound daha artıralım, bankamla görüşürüm, birikmiş paramın hepsini çekerim, gerekirse borca da girerim, umrumda değil, bu ev bizim evimiz, karımın hatırasını kirletmeyeceğim, benim oğlumun hakkı bu ev, köşeyi dönmüş, duygusuz, düşüncesiz birtakım Arapların değil.

Nick: Bay Baines...

Alvin *(adam geriler)*: Korkunç duyuluyor söylediklerim, farkındayım, kusuruma bakmayın lütfen, ne dediğimi bilmiyorum, yaşlılığıma verin, heyecanıma verin bilmiyorum, ne diyeceğimi bilmiyorum, ama dediğimi yapın lütfen, arayın mal sahibini, Mr. Baines kontratı bugün imzalamaya hazır deyin, artışı söyleyin, ağzını yoklayın, bu işi bugün kapatmak için ne gerekiyorsa öğrenin, ne kadarsa kabulüm.

Nick: İsterseniz ofise geçelim, bir sokak ileride biliyorsunuz ofisimiz, hem biraz yürümüş hava almış olursunuz, çok gerildiniz, üzülüyorum, ben de ne diyeceğimi bilemedim, ha? Ne dersiniz?

Nick: Hadi gelin, ben de ofisten arayayım mal sahibini konuşayım, olur mu? Diğer aile de eve son kez bakmak için uğrayabilirler bugün, karşılaşmak istemezsiniz diye düşünüyorum burda, gelin ofise geçelim beraber, ha? Ne dersiniz?

(Alvin kolilerden birinin üstüne oturur.)

Alvin: Burda duracağım biraz, mahzuru yoksa, siz gidin lütfen, arayın görüşün kendisiyle, biraz yalnız kalmak istiyorum burada, kaybedeceksem de bu evi, son kez oturup izlemek isterim ellerimle diktiğim ağaçları, Mathilde'in manolyasını, hiç değilse biraz daha, olur mu?

Nick: Tabii, nasıl arzu ederseniz, anahtarları bırakıyorum o zaman, ben ofise gideyim, mal sahibini arayayım, siz de kapıyı kitlersiniz, olur mu? Ofiste sizi bekliyor olacağım. Bay Baines... Tamam mı?

(Alvin başını evet anlamında sallar.)

Nick: Bir şeye ihtiyacınız olmadığına emin misiniz? Bir bardak su?

(Alvin hayır anlamında başını sallar, emlakçı çıkar, bir süre sonra Alvin kendi kendine konuşmaya başlar.)

Alvin: Umarım bir yerlerden görmüyorsundur tüm bunları, hep gördüğünü hayal ettim, hep benimle olduğunu, bir yerlerden o değişmez tebessümünle beni izlediğine inandım. Şimdi umarım bunları hiç görmüyorsundur küçük surat... Look what happened to us... Aptal gibi geç kaldığımı düşünüyorsun biliyorum, yine kabahat benim tabii, çoktan bitirmeliydim bu işi, daha o zaman babamdan gelen parayı o aptal lostra salonuna değil, eve yatırmalıydım, 'Almalıydık çoktan bu evi,' diyorsun değil mi? O iğneleyici sesini duyar gibiyim, 'Her zaman geç kalırsın Alvin, yemeği soğuttun yine Alvin, herkes Yunan adalarına gidiyor Alvin, biz yine biletimizi geç aldık, dünyanın parasını ödedik Alvin, üç kuruşun hesabını yapma Alvin, oğlanla konuş artık Alvin, benimle bir daha sakın konuşma Alvin, yarın gideceğim bu evden Alvin, yarın eşyalarımı toplayıp gidiyorum Alvin. Bu sefer kesin Alvin, yarın beni göremeyeceksin bu evde...' Al işte, yarın oldu, today is tomorrow ve ben tek başımayım bu odada, bu şehirde, bu dünyada, kendi oğlumu yüzbinlerce pound harcayarak kalbime yakın tutmaya çalışıyorum. Kebap kokan hasta bakıcı alıyor evimizi, buna ne dersin, evet o kız, koca bir kadın şimdi, evlenmiş o izbandutla, tabii ki, bigudili köpekleri senin manolyanın dibine işeyecekler şimdi, gözün aydın...

Ne düşünüyorum biliyor musun, belki de hiç almamalıyım bu evi, şimdi gidip koluna yapışıp durdurmak lazım o ekmek suratlı emlakçıyı belki de, her şey için çok geç demek lazım, hayat bitti, bırakalım Araplar altın kaplasın duvarları, bizim zamanımız bitti, biz bittik, daha doğrusu sen gittin, bense bittim.

Stanley Laurie öldü biliyor musun? Son çocukluk arkadaşım, iki hafta kadar önce, sen uyuz olurdun hani karısına, kahkahasının taklidini yapardın. Kadın sağ ama Stanley Laurie nalları dikti, uykusunda, ya, hiçbir şey hissetmeden, hasta falan da değildi, uykusunda ölüverdi. Duyduğumda ilk hissettiğim ne oldu biliyor musun? Kıskançlık. 'Adi Stanley,' dedim kendi kendime, yine yaptı işte, hayranlık duyulacak bir hamle daha Stanley Laurie'den, çocukken zırt pırt para bulurdu yerde, sonra ağzını kapatmadan gülen bir kadınla evlendi, kim bilir nasıl sevişiyordur, en iyi golf sopalarını hep o aldı, sonunda da uykusunda ölüverdi işte, adi herif. Ne yiyordu acaba diye düşündüm, karısına sorsam söyler mi, yatmadan bacon mı yiyordu, nasıl besleniyordu acaba, aynı şeyleri yersem bende uykumda ölür müyüm...

Seni özlüyorum Mathilde, yarın gerçekten eşyalarını toplayıp git gideceksen ama bu gece odamızda beraber uyuyalım, olmaz mı, penceremizi aralayalım, rüzgâr korudan çamların kokusunu taşısın yastıklarımıza, ayın ışığında yüzünün kıvrımlarına bakayım, kapalı göz kapaklarının arkasında rüya görürken sağa sola oynayan gözlerinin hareketini izleyeyim, olmaz mı? Son bir gece...

(Sokak kapısının açılma sesi duyulur, biri eve girer, bir süre sonra ayak sesleri yaklaşır, Alvin gözünü ayırmadan kapıya bakmaktadır, Esma odaya girer, Alvin'i görünce şaşırır, anlam veremez, Alvin ayağa kalkar, karşılıklı bir süre öylece dururlar.)

Esma: Mr. Baines...

Alvin: Sensin.

Esma: Ben, evet, Esma, hatırladınız değil mi beni?

Alvin: Gerçekten sensin.

Esma: Yıllar oldu.

Alvin: Hiç değişmemişsin.

Esma: Sağ olun, siz de öyle.

Alvin: Kibarlık yapmana gerek yok.

Esma: Sizi burada görmeyi beklemiyordum asla.

Alvin: Ama burdayım işte.

Esma: Evet...

(Awkward silence.)

Esma: Dylan nasıl, iyi mi?

Alvin: Dylan, Dylan iyi, çok iyi, evleniyor.

Esma: Öyle mi, ne güzel, çok memnun oldum.

Alvin: Evet, sonunda... Yıllardır beraber yaşıyorlardı, hatırlıyor musun bilmiyorum, Paris'teydi o.

Esma: Tabii ki, hatırlıyorum, okul için gitmişti değil mi?

Alvin: Okuldan sonra kaldı orada, karısıyla orada tanıştılar, dediğim gibi, yıllardır beraber yaşıyorlardı zaten, şimdi evleniyorlar ve buraya geliyorlar.

Esma: Düğün için mi?

Alvin: Yoo, yaşamak için, taşınıyorlar, buraya, bu eve...

Esma: Yaa, ne güzel, ev sahibi karar verdi demek.

Alvin: Evet, az önce emlakçı buradaydı, yanımda konuştu ev sahibiyle, anlaştık, evin benim olmasının en doğrusu olduğu konusunda ikna oldu ev sahibi, sağduyu sahibi her insanın olacağı gibi.

Esma: Çok fazla para vermek zorunda kalmamışsınızdır umarım, bu bölgenin değerinin gittikçe düşeceği söyleniyor, satmanız gerekirse zarar etmek istemezsiniz herhalde?

Alvin: Satmayı düşüneceğimi hiç sanmıyorum, bildiğin gibi karımın hatıralarıyla dolu bu ev, paradan daha önemli şeyler vardır bu hayatta küçük hanım, ticaretten, alıp satmaktan çok daha önemli şeyler, değerler, ahlaki değerler, duygusal kararlar vardır.

Esma: Elbette...

Alvin: Pek biliyor gibi değilsiniz siz bu değerleri ama önemi yok, konu kapandı, ev bizim, benim, oğlumun ve Mathilde'in... Yıllar önce şahsıma yaşattığınız yalnızlık duygusunu bu sefer yaşatamayacaksınız maalesef, oğlumla diktiğim ağaçların altında torunlarımla oynayacağım çok yakın zamanda, siz de...

Esma: Anlayamadım, size ne yaşattım yıllar önce?

Alvin: Çantanda taşımaya üşendiğin için sandalyenin üstünde bırakıp gittiğin şu örtüyü hatırlıyor musun?

Esma: Örtü mü?

Alvin: Evet, dua etmek için yere serdiğin o örtü, 'Burada bırakabilir miyim bu örtüyü Mr. Baines, nasıl olsa her gün geliyorum artık,' hatırlıyor musun? Ne diyebilirdim ki, 'Hayır,' mı? 'Bırakabilirsin,' dedim elbette. Bir insanın özel alanına saygı göstermek gerekir küçük hanım, hele ki o günlerde benim içinde bulunduğum durumdaki bir insana. Yalnızlığımı, Mathilde'in her geçen gün benden biraz daha uzaklaştığını ve hayatımın sonsuza kadar değişmek üzere olduğunu bana en çok hissettiren şey neydi biliyor musunuz o korkunç günlerde, örtünüz, bir yabancının eşyası, yatak odamızda, o sandalyenin üstünde umarsızca durdu aylarca, incelikli düşüncelerin kıymetini hiçe sayarak, bu adam kibarlığından 'Evet,' dedi ama her gün bu aptal örtüyü evinin en mahrem yerinde gözünün önünde görmek acaba içten içe zavallı adamı çürütüyor mudur diye hiç düşünmeden... Ama bugün aynısı olmayacak, izin vermeyeceğim, üzgünüm, hayatta suç sayılamayacak kadar masum, ayıplanamayacak kadar sıradan istekler vardır, bugün bu evde yaşamak istemeniz gibi, o gün o örtüyü evimizde bırakmayı teklif etmeniz gibi, yatak odamızın baş köşesinde, hayır denebilir mi, denemez elbette böyle bir teklife, ama sorulmadan bilinmesi, söylenmeden anlaşılması gereken şeyler vardır bu hayatta, hiç üstüne konuşmadan yaşanacak hassasiyetler vardır, işte biz buna kısaca medeniyet diyoruz küçük hanım, bu gibi hassasiyetlerin önemini anlayabilmek, kıymetini bilebilmek, medeni olmak. Aynı bugün ilanı gördüğünüz gibi ofise koşmanız gibi, tabii, köpeklere içine edecek bir bahçe lazım, bundan daha doğal ve masum bir istek olabilir mi, evet, Mr. Baines de talipmiş eve ama ne yapalım, bu bir ticaret, yatırım, statü, mevki, saygınlık, güç, bunlardan önemli ne olabilir değil mi?

Esma *(ağlamak üzeredir)*: Mr. Baines, ben... Ben gerçekten çok üzgünüm, söylediklerinizi duydukça... Ben, kendimden utanıyorum inanın, ne diyeceğimi bilemiyorum, bu evde yaşamak istememin tuhaf ve yersiz olduğunun farkındayım, cahilceydi, çocukça bir özentiydi, asla Mathilde'in anısına saygısızlık etmek istemezdim, son derece utanç verici bir durumun içindeyim şu an ve tek yapabileceğim içtenlikle sizden özür dilemek. Odaya girip sizi gördüğüm anda kıpkırmızı oldum inanın, ne diyeceğimi, neden burada olduğumu nasıl açıklayacağımı bilemedim, üstelik sizin olması gerektiği gibi benden değil, bir başkasından duyarak öğrenmiş olmanız daha da utanç verici. *(Ağlamaya başlar.)* Ama inanın ben namaz örtümü burada bırakırken sebep olduğum durumun farkında değildim, gençtim, cahildim ve anlıyorum ki hâlâ öyleyim ama inanın kötü bir niyetim yoktu, düşüncesizlik ettim, Mathilde'i kendi kanımdan bir akrabam gibi sevdim ben, her zaman öyle gördüm, kimsem yoktu benim bu ülkede, bu evde yaşadıklarım, Mathilde'in bana verdikleri, benle paylaştıkları inanın benim için çok kıymetli, sohbetlerimiz, bana verdiği öğütler, öğrettiği onca şey, hepsi için minnettarım ve sizden tüm kalbimle bir kez daha özür diliyorum...

(Bu sırada evin kapısı açılmıştır ve Esma'nın lafının sonunda Nick odaya girer, Esma ağlamakta, Alvin kıpırdamadan Esma'ya bakmaktadır. Nick karşılaştığı bu manzara karşısında şaşkın, lafa girer.)

Nick: Aa, demek tanıştınız, Esma, iyi misin? Bir şey mi oldu?

Alvin: Biz tanışıyoruz zaten, size söylediğim gibi, tanıyoruz birbirimizi, yıllar öncesinden, siz ev sahibiyle konuştunuz mu?

Nick: Konuştum Mr. Baines, uzun uzun, üzgünüm, diğer müşteri ile anlaşmışlar bile, ikna etmek için çok uğraştım inanın, fiyat artışı teklif ettiğinizden de bahsettim ama kendisi meselenin para olmadığını, Mr. Hourani'nin eski dostları olduğunu, bu evde çok güzel anıları olduğunu ve tanıdıkları bir dostlarının bu evde yaşamasının kendileri için her şeyden daha önemli olduğunu söyledi. Üzgünüm, maalesef bazen para her şeyi çözmüyor. *(Esma'ya döner.)* Esma, iyi olduğundan emin misin?

(Esma gözünü silerken başını evet anlamında sallar.)

Nick: Kolileri almak için gelmiştin herhalde değil mi? Dışarıda arabanı gördüm, ağıra benziyor koliler, istersen taşımana yardım edebilirim.

Esma: Teşekkürler.

Nick: Mr. Baines, dediğim gibi maalesef bu ev için yapabileceğimiz daha fazla bir şey yok. Ama oğlunuza başka bir ev bulmak için elimden geleni yapacağımı garanti edebilirim size, bir iki anahtar getirdim yanımda, vaktiniz varsa yine bu bölgede birkaç ev gösterebilirim, şansınıza yine koruya bakıyor evlerden biri...

(Sahne kararır.)

TERK EDİLMİŞ BİR ROMAN

İSTASYON

Memur: Hepinize yer yok, aranızdan üç kişi seçin, son vagona yürüsünler. Orada avukat karşılayacak onları.

Bu lafı etti ve yazıhaneye girdi, kapıyı kapattı topal memur. Kısa bir süre sonra içeride radyoyu açtığını anladık, yanık bir Kayseri türküsü duyulmaya başladı. Biz tüm bunlar olurken kıpırdamadan durduk. Yorgunduk, hepimiz bir an önce evimize gitmek istiyorduk ve beş kişiydik. Kerim ilk hareket eden oldu, sırtındaki çantayı çıkarıp duvara dayadı, bir sigara yaktı ve yazıhane vitrininin önünde ters duran sandalyeyi çevirip oturdu, derin bir iç çekti. Kerim'in ardından herkes hareketlendi, ben hariç. Yasin, Muzaffer ve Süleyman, Kerim'in cebinde duran ortak sigaramızdan birer tane aldılar, yakıp duvar dibine çöktüler. İlk konuşan ben oldum.

Ben: Yağmur geliyor.

Boş boş suratıma baktılar önce, sonra gökyüzüne baktılar, gözlerini kıstılar, eski şairlerin toplu resimleri gibi karşımdaydılar. Otuz senelik arkadaşlarım. Yasin, Muzaffer ve Süleyman'la aynı bahçelerde büyüdük, Kerim sonradan katıldı aramıza, Yasin'le dövüşmüşler bir gece sahildeki gazinoda, bir kız dalgasına, karakolluk olmuşlar, biz Yasin'i toplamaya gittik, enayiler arkadaş olmuşlar, ikisini de alıp çıktık, bir daha da ayrılmadık. Muzaffer'in Moskova'da üç sene kadar süren başarısız tekstilcilik macerası dışında beş arkadaş yaklaşık yirmi sene içki masalarında hep beraberdik. Şimdi hepimiz kırklı yaşlarımızın başındayız. En büyüğümüz Süleyman, en küçüğümüz Yasin, Muzaffer'le ben aynı yaştayız, Kerim...

Ben: Kerim kaç yaşındasın sen?

Kerim: Ne?

Ben: Kaç oldun diyorum?

Kerim: Niye?

Ben: Nasıl niye? Soruyorum oğlum işte, kaç yaşındasın?

Kerim bir süre konuşmadan baktı bana, sonra öbürlerine döndü.

Kerim: Ne diyor lan bu?

Ben hâlâ dikiliyorum, çocuklar toplu olarak bana bakıyorlar şimdi, sonunda Muzaffer konuştu.

Muzaffer: Otursana abi, ne dikiliyorsun orada?

Uzanıp Kerim'in gömlek cebinden sigara paketini çektim, son sigarayı koydum dudağıma, paketi buruşturup tren raylarına doğru fırlattım, Yasin çakmak uzattı, sigarayı yaktım ve Kerim'e yaklaşıp eğildim, yüzüne baktım. Çocuklar kafayı yediğimi düşünerek beni izliyor. Kerim sanki alnına bir sinek kondu da kovdu kovacak gibi bir ifadeyle bana bakıyor, yüzlerimiz arasında yirmi santim yok. Konuştu sonunda.

Kerim: Kırk yaşındayım, niye soruyorsun? Yaşa göre mi seçeceğiz trene binecekleri?

O gün o istasyonda, hayatımızın o günden sonrasını tümüyle değiştirecek olaylar zinciri başladı. Yıllar sonra en küçüğümüzün Yasin değil, Kerim olduğunu öğrendiğim, kısa bir süre sonra da bir gece önce işlediğimiz cinayeti sandığımız kadar iyi gizleyemediğimizi hep beraber anladığımız o gün.

KERİM

Severim Kerim'i, sevdim yani, yıllar içinde. Başlarda bize uyum sağlaması zor oldu. Bir sürü ortak çocukluk hikâyesi, beraber yaşanmış onca şey, biz çocuklarla anlatıp duruyoruz, bir dinliyor iki dinliyor ama sonra sıkılıyordu haklı olarak, yabancı hissediyordu kendini. Sonra sonra iyice karıştı aramıza, Kerimli hikâyelerin sayısı arttıkça Kerim de bizden olmaya başladı. Önceleri tek tek her birimizi seçip en yakın arkadaşı olmaya çalıştı, hani kaleyi içten fethetmek ister gibi sanki, bizde de pek öyle bir durum yoktur, vardır özel bağlar ama yakınlıklar eşittir yine de, sonradan rahatladıkça Kerim de anladı bu durumu, hepimizle ayrı ayrı buluşmaları bıraktı, kaynaştı doğal akışa. Evli Kerim, bir de oğlu var. Aramızda çocuğu olan bir benim, bir o. Oğlu kusurlu doğdu, epey zor zamanlar geçirdiler, kusurlu derken, büyütülecek bir şey de yok, biraz oransız vücudu, yürüyüşü biraz değişik, nasıl diyeyim, sağa çekiyor gibi biraz hep çocuk. Ama okudu, sağlıklı, arkadaşları var, sosyal bir oğlan, keyfi yerinde yani, Kerim'in karısı fazla dert etti başlarda, kendinde aradı suçu, bu doktorların ağzından çıkan her lafı ciddiye alma hastalığı var ya, durum biraz öyle, adam bunlara şöyle şöyle yapmasaydınız hamilelik sürecinde sonuç böyle olmayabilirdi gibisinden laflar etmiş, kız da aklını kaçırdı tabii. Önce Kerim'e sardı, sonra kendine yüklendi, çocuk büyürken aşırı özen gösterip çocuğun dengesini bozdu biraz ama sonra rayına girdi olaylar. Bence doktorların her dediği lafı ciddiye almamak lazım, al işte, bizim Yasin de doktor, kim bilir Yasin'in Yasin olduğunu, biz biliriz ama hastası olup gitsen odasına, akşamdan kalma Yasin pezevengi öyle abuk sabuk laflar edebilir ki düşünmeden etmeden, hayata küsüp çıkabilirsin o odadan, gerek yok, bence bu doktorların her söylediğini çok da...

Yasin: Selim!

... ciddiye almamak lazım.

Ben: Efendim?

Yasin: Ne yazıyorsun sen?

Ben: Nasıl?

Yasin: Ne yazıyorsun diyorum, bak bir laf konuşuyoruz, bir şey desene sende, kapat şu defteri.

Ben: Ne konuşuyorsunuz?

Muzaffer: Üç kişi diyor memur, beş kişiyiz, nasıl olacak, ne bok yiyeceğiz, onu konuşuyoruz, senin keyfin yerinde gibi, seni bırakalım istersen burada, ha kardeşim?

Ben: Ha yok benim dönmem lazım İstanbul'a.

Kerim: Benim de.

Yasin: Beyler burada kalma meraklısı yok zaten, böyle bir yere varamayız.

Muzaffer: Ne yapacağız?

Yasin: Ben şu adamla bir daha konuşayım.

Yasin yazıhaneye girdi, biz baktık arkasından, Kerim esnedi. Kısa bir süre sonra içerideki radyo kapandı, yanık Kayseri türküsünün yerini, Yasin ve istasyon memurunun seslerinin boğuk lekesi aldı.

YASİN

Doktordur Yasin, düşmanım eline düşmesin. Sarhoş kafa ameliyata girdiği için mesleğini kaybetti, yakın zamanda. Neyse ki kimseye bir zarar vermeden almışlar neşteri elinden. En çok içen odur aramızda, masaya hep ilk oturur, son kalkar, zırt pırt "Bu gece bendensiniz," deyip hesabı ödemek için tutturur, "İyi hadi öde o zaman," deyince de cebindeki bütün parayı çıkartıp masanın üstüne koyar, o para yirmi senedir hesabın yarısı etmez. Zamanında yumruk yumruğa kavga ettiydik Yasin'le, Asuman için, evlerinin önünde hem de, benim kayınpeder çıktıydı kapıya, ikimizi de tekme tokat kovduydu. Yasin'le bir zaman sonra anlaşmıştık Asuman meselesi üstünde: "Yasin, gel başka kız bul kendine, sen bulursun, ben bulamam, senin niyetin gönül eğlendirmek, benim öyle değil."

Yıllar sonra bir gece yarısı, ben yine Asumanların bahçede, camına taş atıyorum. Asuman uyanmadıkça da büyütüyorum taşları, kızın uykusu ağır, benim inadım inat, oğlan kardeşinin lastik topunu gördüm mermerin üstünde, aldım tam fırlatacağım cama, kayınpeder fırladı birden kapıdan, elinde koca soba maşası, ben kaçacak oldum...

Kayınpeder, "Kaçma, gel buraya." Korka korka yürüdüm yanına, yaşımda o kadar küçük değil, eşek kadar adamım artık, göz ucuyla baktım, Asuman da çıkmış cama, perdenin arasından izliyor. "Otur," dedi kayınpeder, söğüdün altına oturduk, gecenin yarısı, yağmur geliyor, köpekler uluyor, kayınpeder burnundan soluyor.

Kayınpeder, "Evladım ya kırılsa o cam, kesse kızın bir tarafını, iş mi senin yaptığın?" Ben, *"Allah korusun"*.

Kayınpeder kafasında seksen dörtle yetmiş sekizi çarpıyormuş gibi baktı suratıma bir süre, saniyeler ömürler gibi geçti, konuştu sonunda...

"Beni iyi dinle şimdi evlat. Allah'a peygambere bırakmadan sen koruyacaksan bu kızı, ciddiyse niyetin, bir yuva kurmaksa, git konuş ananla babanla gelsinler istesinler kızı. Tanımadığımız bilmediğimiz insanlar değilsiniz, babanı da severim, particilik yaptık babanla, az koşturmadık, kaç vekil yolladık buradan Ankara'ya, senin de çocukluğunu bilirim, ateşe basmış gibi koşardın bu sokaklarda, ama bak şimdi eşek kadar adamsın, çocuk değilsin artık, madem seviyorsun kızımı, çocukluğunu gördük, adam ol, adamlığını da görelim."

Kayınpeder konuşurken hiç gözümü kaçırmadan yüzüne baktım. Çene, dudaklar, aynı Asuman. Rüyanda görüp yataktan ıslak kalktığın dudakların aslında kızın babasının dudakları olduğunu anlayınca midesi ekşiyor tabii birden insanın. Uslu efendi bir iki laf ettim, özür diledim, uzadım Asumanların evinden, ertesi sabah kahvaltı sofrasında çat diye girdim konuya.

"Benim evlenmem lazım artık."

Annem, "O nereden çıktı şimdi oğlum?". Selim, "Bir yerden çıkmadı anne, vakti geldi artık, kaç yaşına girdim, benim de bir yuva kurmam icap eder artık diye düşünüyorum." Baba, "Neyle?" Selim, "Nasıl? Anlamadım baba." Baba, "Neyle kuracaksın yuvanı var mı paran?" Selim "Yani..." Baba, "İşin var mı?" Selim, "Yazıyorum ya işte baba, ha bugün ha yarın haber gelecek dergiden, yayınlayacaklar hikâyelerimi, sen ciddiye almıyorsun belki ama..." Baba, "Sen?"

Selim, "Nasıl baba anlamadım?" Baba, "Sen alıyor musun ciddiye?" Selim, "Nasıl laf o baba, alıyorum tabii ki, hayatımı koydum ben bu işe."

Babam öyle bir kahkaha attı ki, odanın içinde ciyak ciyak bir martı uçmuş gibi oldu. Anne, "Aşk olsun Adem, ne gülüyorsun çocuğa?"

Sofradan bir hışım kalktım, ayağımda annemin tokalı terlikleri, attım kendimi sokağa, burnumdan soluyarak Muzafferlerin eski eve kadar yürüdüm, yerde bir pazar torbası uçuşuyor, söylene söylene bir tekme savurdum torbaya öfkeyle ve birden Asuman'ın annesiyle göz göze geldim, kadıncağız iki elinde bidonlar, hayrattan dönüyor, yanından geçen araba çamur sıçratmış gibi hoplayıp uzaklaştı benden koca kadın, bidonlardan sular taştı, utancımdan yerin dibine girdim ve en yanlış işe kalkışıp vaziyeti toparlamaya çalıştım.

"Yazımı kesmişler Nurhan Teyze, kuşa dönmüş koca hikâye, kusura bakma, ona sinirlendim de biraz."

Cevap bile vermedi kadın, ne cevap versin zaten, ne anlar Nurhan Teyze yazıdan hikâyeden ve ayrıca nasıl bir manyağım ki ben torbaları tekmeliyorum söylene söylene sokak ortasında, ayağımda kadın terlikleri. Çekine çekine "Hayırlısı olsun evladım," dedi, yanımdan yürüdü geçti kadıncağız. Sonradan bu hikâyeyi Asuman'a anlattığımda pek gülmüştü, annesi eve dönünce "Seninkini gördüm yolda kızım," demiş, "Kavga etmiş herhalde dövmüşler, sağı solu tekmeliyordu."

MUZAFFER

Değişik adamdır Muzaffer, türlü türlü işe girdi yıllarca, çatır çatır yedi paraları. Ailesi en zengin oydu aramızda, babası müteahhitti, biz çocukken Arabistan'da çalışırdı adam, ay başlarında hediyelerle dönerdi eve. Mutfak robotları, ezan okuyan saatler, Muzaffer'e ışıklı kılıçlar, anasına ablasına kumaşlar, takılar. Her zaman eğlenceliydi onların evine gitmek, ablası da güzel kızdı, epeyce büyüktü bizden, kaymakamın oğluna âşıktı, tayini çıkıp ailesiyle gittiği gün kaymakam, Muzaffer'in ablası kendini asmaya kalkmış diye duyardık, son anda kurtarmışlar, ayılmış bayılmış, uyandığında da gülmeye başlamış, hafif sıyrık kaldı sonra hep, düğünlerde birden ortaya atıverirdi kendini, babası varsa dans eder, yoksa hem dans eder, hem şarkı söylerdi...

Bir gün bir yalan attı bize Muzaffer, "Babam," dedi, "Arabistan'dan uçan halı getirdi." Mutfak robotunu ömründe ilk defa gören ve ezan vakitlerinde plastik bir saatin karşısına oturup heyecanla bekleyen biz, hiç tereddüt etmeden inandık evlerinde bir uçan halı olduğuna, hatta öyle inandık ki, uçan halıyı ilk görme şerefine nail olmak için en kıymetli misketlerimizi taş köprünün altında şeftali yerken veriverdik bir gün Muzaffer'e. Günler geçiyor, heyecan artıyor, okulu dersi bıraktık, işimiz gücümüz uçan halı, herkesin derdi de başka. Muzaffer herkesi bir tur bindirecek ya, Yasin, Çin'e gitmek istiyor, daha halıya binmeden uçtu pezevenk, "Yapma Yasin," diyoruz, "Çin uzak, haftalar sürer, donarsın," dinletemiyoruz. Süleyman başka kafada, anası yatıyor Ankara'da, binecek halıya, uçacak kabristana, çiçek bırakacak mezarına. Garibim, Süleyman'ım, belki de en düşkün olduğum odur aralarında, hepsini severim ama Süleyman'ın yeri başkadır. Cinayeti işlediğimiz gece bir kez daha emin oldum bundan.

Neyse, bu yalanı salladı Muzaffer, zaman geçiyor, türlü bahanelerle oyalıyor bizi, babam saklıyor diyor, dolaba kapattı diyor, anahtarı yok diyor, yazdıkça yazıyor. Biz de kafalar gitti artık, hayalet gibi geziyoruz, anamız babamız da şüphelenmeye başladı, "bir derdi var bu oğlanın hayırdır" diye annemle konuşmuş babam, annem de beni sorguya çekti, gıkımı çıkartmadım, Muzaffer'e sözümüz var, kimseye söylemeyeceğiz, "midem ağrıyor" deyip geçiştirdim annemi, ertesi sabah "Kalk doktora gidiyoruz," demez mi? Kaşla göz arasında sıvıştım evden, Muzafferlerin eve kadar hiç durmadan koştum, çaldım kapıyı, çağırttım Muzaffer'i, "yürü" dedim "gidiyoruz." Evden uzaklaştık, köşeyi döndük, yapıştım yakasına, "ya" dedim "git kır o dolabı getir uçan halıyı, ya da şimdi gidip..."

Muzaffer: Ne! Ne yaparsın?

Ben: Bana bak Muzaffer, sabrımı taşırma, getir şu halıyı, bak çocuklara söylemeyeceğim, ben anladım seni, bizimkilerden biri binip gidecek, halıyı da geri vermeyecek diye korkuyorsun, bak getir halıyı, söz dokunmayacağım, sen bin, ben bakayım razıyım ama bir kere göreyim şu halıyı, ha ne dersin? Hadi Muzaffer...

Muzaffer'in gözünden yaşlar dökülmeye başladı, sıyrıldı benden koşa koşa gitti. Peşinden köşeyi döndüm baktım eve gidiyor. Bir umut doğdu içime o an birden. Şimdiki aklımla düşününce o yaşta bir çocuk olarak umudu damarlarımda bir yetişkin bilinciyle ilk hissettiğim andır o an. Kalbimin birden bire bedenime yayıldığını hissetmiştim adeta, bir neşe bulutu yutmuştum sanki, beklemeye başladım. Dakikalar geçti, zaman aktı, öğlen oldu, eve dönemiyorum, merak da ediyorlardır, Muzaffer'de yok ortalıkta, yavaş yavaş karnıma ağrılar girmeye başladı, arkasından korkunç bir baş dönmesi, sendeleye sendeleye yürüyerek Muzafferlerin kapısına kadar vardığımı hatırlıyorum, ağzımdan bilinçsizce sesler çıktığını ve vücudumun soğuduğunu, gerisini hatırlamıyorum. Uyandığımda evdeydim, annem başımda, babam kapının eşiğinde dikiliyor. Kafama soğuk mendiller bağlanmış, baş ucumda misketler, Muzaffer'e verdiklerim, ben baygınken getirmiş. Başladım ağlamaya, uçan halı yoktu Muzafferlerin evinde, artık farkındaydım. Annemle babama anlattım olan biteni, rahatladılar, kim bilir neler getirdiler akıllarına, nasıl korktular. Bir iki güne sakinleştim, hayat normale döndü, bir akşam sokaktan eve döndüm, bahçe kapısından bir girdim, çeşmenin yanında yepyeni bir bisiklet, babam çıktı bahçeye, hiçbir şey söylemedi, yanımdan geçerken başımı sevdi, çıkıp meyhaneye gitti. Anneme koştum hemen, mutfağa girdiğim gibi bağırdım.

Ben – Benim mi?

Annem geldi eğildi önümde, öptü yanağımdan, saçlarımı düzeltti.

Annem: Senin tabii sıpa, ödümüzü patlattın.

Öyle bir sarıldım ki anneme, dengesini kaybetti devrildi kadın, kıkır kıkır güldük annemle sarmaş dolaş mutfak mermerlerinin üstünde. Ertesi sabah kahvaltıda annem kaş göz etti, babana teşekkür et demek istiyor, anladım, kalktım yerimden, gidip kafamı babamın omzuna koydum. Bir süre öyle durdum. Babam hiç istifini bozmadı, sonra geçtim yerime oturdum, sofradan kalkarken başımı sevdi babam

Babam: Gücümüz buna yetti, büyüyünce çok para kazanır uçan halını da kendin alırsın artık.

Muzaffer bizim eve gelip misketlerimi bıraktıktan sonra sırayla bütün evleri gezmiş, Yasin'in ve Süleyman'ın misketlerini de geri vermiş. Yasin küfür, Süleyman teşekkür etmiş. Uçan halı meselesi zamanla kapandı. Bir süre bozuk çaldık ama Muzaffer'e, lastikçinin kızı memelerimi göstereceğim hurdalığa gelin dedi bir gün mesela, Muzaffer'i çağırmadık.

Ha bu arada, bu olaylar olduğunda Kerim'i henüz tanımıyorduk, o sebeple o nereye gitmek isterdi uçan halıyla bilmiyorum. Bana gelince, benim de vardı elbet bir hayalim, gece vakti halıya binecektim, Asuman'ların evine gidecektim, pencereye yanaşacaktım, camına tıklatacaktım. Asuman cama çıkınca, bindirecektim arkama, sabaha kadar gezdirecektim ve gün doğarken taş köprüde dudağından öpecektim. Gün geldi öptüm Asuman'ı, uzun uzun öptüm, bir kızımız oldu. Sırası gelsin, anlatacağım.

ASUMAN

Kızımın anası, başımın belası, kalbimin kapanmaz yarası Asuman...

Evimizde bir duvar saati vardı ben çocukken, salak bir kuş çıkardı içinden. Bir gün bozuldu saat, bir gece vakti çıktı kuş, bir daha da girmedi, bütün evi kaldırdı ayağa, ben uyandım, annem uyandı, babam uyandı, küçük dayım askerden yeni gelmiş o zamanlar bizde kalıyor, ilk o uyandı. Koridorda buluştuk ev halkı, herkesin uyku akıyor gözünden, dayım bir kurcalamış, iyice bozarım diye korkmuş bırakmış, babamın da her iş gelir elinden, evde ne bozulsa koyar mutfak masasının üstüne, oturur başına, yakar sigarasını, içer rakısını, becerene kadar kalkmaz başından. Annemin çok kereler sokakta içeceğine evde içsin diye dikiş makinasının orasına burasına iğne sokup kasten bozduğunu bilirim, o yüzden bir yılbaşı günü babam yeni bir dikiş makinası getirdiğinde eve, hem mutluluktan hem üzüntüden ağlıyordu annem...

Neyse gecenin yarısı söktü saati duvardan babam.

Annem: Delirme Adem bırak sabah yaparsın.

Dedi ama babam gözlüğü takmıştı bile.

Babam: Gidin yatın.

Diye homurdandı, dayım da bizim eski kamyonete göz koymuş, babamın gözüne girme peşinde o sıra.

Dayım: Ben oturayım senle enişte.

Babam: Yok istemem yatın hepiniz.

Annem: Adem laf dinle, sabah yaparsın gündüz gözüyle, yatalım uyuyalım.

Babam: Kaçtı benim uykum.

Annem: Yatınca gelir.

Babam: Selim hadi git yat oğlum.

Annem: Selim hadi git yat oğlum.

Annemin böyle bir huyu vardır, babam bana bu türden bir laf edince hemen arkasından harfi harfine tekrarlar.

Dayım: Hadi abla, Selim, yatın siz , ben otururum eniştemle, belki bir faydam dokunur, yalnız bırakmayayım.

Babam dayıma ters ters baktı. Babam birine ters ters bakınca kötü tiyatro oyuncularına benzer.

Babam: Sen bana bir faydan dokunsun istiyor musun Cemal, git yat çek battaniyeyi kafana.

Dayım komik bir şey söylenmiş gibi sırıtıp odasına gitti. Annem söylene söylene gitti yattı, babamla ikimiz kaldık...

Babam: Yok mu uykun?

Kafamı iki yana salladım, güldü bıyık altından, aynı benim gibi kafasını sallayıp taklidimi yaptı ve bu hareketiyle babam, ilk ve son kahramanım, çocuk ruhumun üzerine tereyağı ve bal sürdü...

Babam: Git alet çantasını getir.

Çantayı getirdim, oturduk babamla mutfak masasına, sabaha kadar uğraştı babam kuşu saate sokmak için, saatin her bir tarafını söktü, türlü türlü denedi, ne yapsa olmadı, saat adam olmadı, kuş yuvaya girmedi. Gün doğmaya yakın, alıp kucağına yatağıma götürdü beni, başım omzunda ilerlerken evimizin koridorunda, babamın nefesini kokluyordum, sanki yasak, gizli bir iş yapar gibi. Babamın nefesinin kokusu, şimdi bu satırları yazarken, aynı o gün gibi burnumda.

Bozuk duvar saatini boşuna anlatmadım. Meseleyi dönüp dolaşıp getireceğim yer Asuman'dır. O bozuk duvar saatine benzer Asuman. Seneler önce bir gece, saatten çıkan kuş gibi çıktı içinden bir kara bulut, yerleşti tepesine, bir daha da kaybolmadı. O gün bugün tepesinde bir kara bulutla yaşar... Bir kazağın boğazını mesela, önce bu kara buluttan, sonra kafasından geçirir giyer Asuman. Vakti gelince o talihsiz geceyi de anlatırım elbet.

Neşeli melodilere yazılmış acıklı sözler gibidir. Göbek de attırır, kan da kusturur adama. Anlaması zor kızdır, anlaşması kolay, anlamak için uğraşmazsa, hep anlaşır insan Asuman'la.

Türlü keyfi tattım, yedim içtim, konuştum sustum, yaşadım öldüm bu hayatta; aşkla sevişmek ve evlat kokusu, bu ikisi gibisi yok. Bir daha gelsem bu dünyaya, elbet olur farklı yapacağım birkaç şey, erken yaşta bir nefesli çalgı öğrenirim mesela, daha az büyük laf konuşurum, daha çok gülerim fotoğraflarda ve daha az uyurum yaz geceleri ama çıkarsa karşıma bir ara sokakta, başkasını aramaz, yine Asuman'ı severim, ana caddelerde kayboluruz beraber, ara sokaklara döneriz, belki bir oğlan çocuğu doğurur Asuman, kayınpederin adını veririz.

SÜLEYMAN

Garibim Süleyman. Annesi Süleyman'ı doğururken ölmüş. Babası ayyaşın tekiydi, Süleyman orta okulun son sınıfa giderken de öldü adam. Kumar oynuyor bir gece Eczacı Nazif'in deposunda, kaybediyor, kafası da güzel, kavga çıkarıyor, itiyorlar bunu, düşüp başını vuruyor, oracıkta gidiyor kan kaybından. Hayatta hiç unutmadığım hadiselerdendir, Süleyman'la birlikte girmiştim gasilhaneye, beraber yıkamıştık babasını, Süleyman ağlamamak için öyle bir tutmuştu ki kendini, ben ağlamıştım onun yerine, bize yardım eden görevli, ölen benim babam sanmıştı.

Hiç evlenmedi Süleyman, pek sevgilisi falan da olmadı. Bir ara bir Kürt kızına taktıydı kafayı, rehberlik yaptığı dönem, Kaş'ta tanışıyor kızla, bir süre takılıyorlar, anlatıyordu telefonda, âşığım perişanım yanıyorum ölüyorum, sonra kız evli çıktı, Süleyman'dan gizlemiş, bir ay sonra söylemiş, bir küçük kayıkta bunlar, Süleyman kürek çekiyor, kız bira içiyor, Süleyman'ın keyfi öyle yerinde ki, hiç huyu değildir, bir şarkı mırıldanmaya başlıyor ve...

Kız: Süleyman, ben evliyim.

Süleyman ne kürekleri bırakıyor, ne şarkıyı, mırıldana mırıldana, kıza da hiçbir şey söylemeden kıyıya kadar varıyor. Kızı indiriyor, kayığı bağlıyor, hâlâ dudaklarında o şarkı, sonuna geldikçe şarkının, baştan başlıyor Süleyman ve yürüyüp gidiyor kızın yanından. İlk Yasin'i aramış, beni de Yasin aradı, işim gücüm yok, bastım gittim Kaş'a, buldum bunu bir lokantada, oturdum karşısına, ne öpüştük ne selamlaştık, hemen girdim lafa...

Ben: Oğlum belki boşanacaktı kız...

Süleyman başladı bir şarkı mırıldanmaya, anladım ki şarkı o şarkı, ben de eşlik ettim Süleyman'a, birkaç tur o şarkıyı mırıldandık, sonra başka şarkılara geçtik, iki şişe büyük içtik, otele bile varamadık o gece, bir heykelin önünde sızdık, sabah çöpçülerle uyandık, bir hafta kadar kaldım Kaş'ta ve evli Kürt kızını Süleyman'la hiç konuşmadık. Ben ne zaman lafını etmeye kalksam, Süleyman girdi şarkıya...

"Kim bilir bu gidişin dönüşü olacak mı
Ah nasıl yollarına bakacağım kim bilir
Ufkumda batan güneş bu sabah doğacak mı
Kalben ne kadar dertli olacağım kim bilir..."

Hayatta iki tür insan vardır. Doğuştan kaybedenler ve sonradan kaybedenler. Süleyman birinci türdendir. Öyle alışıktır ki garibim kaybetmeye, bir kayıkta bir Kürt kızıyla baş başayken bile, vakitsiz başlar doğuştan bildiğini yapmaya, cesaretle yas tutmaya...